Os leões da Sicília

A saga da família Florio - I

Stefania Auci

Tradução
Francesca Cricelli

Rio de Janeiro, 2021

Copyright © Stefania Auci
© 2019 Casa Editrice Nord s.u.r.l.
Gruppo editoriale Mauri Spagnol
Título original: I Leoni di Sicilia
Copyright de tradução © 2021 por Harper*Collins* Brasil

Todos os direitos desta publicação são reservados à Casa dos Livros Editora LTDA.
Nenhuma parte desta obra pode ser apropriada e estocada em sistema de banco de dados
ou processo similar, em qualquer forma ou ameio, seja eletrônico, de fotocópia, gravação etc.,
sem a permissão do detentor do copyright.

Diretora editorial: *Raquel Cozer*

Gerente editorial: *Alice Mello*

Editor: *Ulisses Teixeira*

Copidesque: *Milena Vargas*

Preparação de original: *Marcela Ramos*

Revisão: *Isabela Sampaio*

Capa: *Stephen Brayda*

Arte de capa: Ritratto di signora con due adolescenti, *de Vittorio Corcos (1859-1933),
Archivi Alinari, Firenze*

Adaptação de capa: *Osmane Garcia Filho*

Diagramação: *Abreu's System*

Dados Internacionais de Catalogação na Publicação (CIP)
(Câmara Brasileira do Livro, SP, Brasil)

Auci, Stefania
    Os leões da Sicília – a saga da família Florio / Stefania
Auci ; tradução Francesca Cricelli. – 1. ed. – Rio de Janeiro,
RJ : HarperCollins Brasil, 2021.

    Título original: I leoni di Sicilia. La saga dei Florio
    ISBN 978-65-5511-054-8

    1. Ficção italiana I. Título.

21-54389   CDD-853

Índices para catálogo sistemático:
1. Ficção : Literatura italiana   853

Maria Alice Ferreira – Bibliotecária – CRB-8/7964

Os pontos de vista desta obra são de responsabilidade de seu autor, não refletindo necessaria-
mente a posição da HarperCollins Brasil, da HarperCollins Publishers ou de sua equipe editorial.

HarperCollins Brasil é uma marca licenciada à Casa dos Livros Editora LTDA.
Todos os direitos reservados à Casa dos Livros Editora LTDA.
Rua da Quitanda, 86, sala 218 — Centro
Rio de Janeiro, RJ — CEP 20091-005
Tel.: (21) 3175-1030
www.harpercollins.com.br

Para Federico e Eleonora:
pela coragem, pela imprudência,
pelo medo e pela loucura
que dividimos em dias
perdidos e reencontrados

Que tem perder-se da batalha o campo?
Tudo não se perdeu; muito inda resta:
Indômita vontade, ódio constante,
De atras vinganças decidido estudo,
Valor que nunca se submete ou rende

JOHN MILTON

Mapa da cidade de Palermo na época dos Florio

Legendas

A: Monte de Pietà. Constitui o quadrante noroeste da antiga cidade murada. Em seu interior, a catedral e o mercado do Capo são locais de destaque.

B: Castellammare (Loggia). É o centro da atividade dos Florio: na verdade, é aqui que se encontram a rua dos Materassai e o largo San Giacomo. A Cala abre-se para o mar, fechada do lado esquerdo pelo Castello a Mare e pelo Lazzaretto.

C: Albergheria. Abriga o Palácio Real e o mercado de Ballarò. É considerada a parte mais antiga da cidade.

D: Kalsa. Também conhecida como sede dos Tribunais graças à presença da antiga sede da Inquisição no edifício Steri e dos órgãos judiciais. Aqui se encontram prédios e residências nobres que estão entre os mais antigos e prestigiosos da cidade.

1) A Cala. Antigo empório comercial utilizado pelos fenícios no século VIII, torna-se um ponto de desembarque para os gregos, os cartagineses e os romanos. Mais tarde, os árabes constroem a primeira cidadela fortificada, Al Halisah, de onde se origina a Kalsa. Comerciantes, diplomatas e viajantes chegam nesta enseada e entram na cidade pelas numerosas portas, cada uma dedicada a um tipo específico de mercadoria, como a porta Calcina ou a porta Carbone. Durante séculos, a Cala representou a base do comércio palermitano. É aqui que os Florio chegam da Calábria, e é também aqui que o jovem Vincenzo aprende muitas lições que lhe serão úteis para garantir à sua família o lugar esperado.

2) Igreja de Santa Maria a Nova. Fundada em 1534, encontra-se no largo San Giacomo la Marina, no meio do caminho entre a praça Garraffello e a Cala. É construída em estilo gótico catalão, com um pórtico fechado por uma grade alta com três arcos rebaixados e abóbadas cruzadas. Ao contrário de sua vizinha, San Giacomo la Marina, demolida em 1860 após ter sido danificada pelos bombardeios bourbônicos, a construção permanece quase intacta até os dias de hoje. É a igreja frequentada por Giuseppina Florio.

3) Edifício Chiaramonte-Steri. Construído pela família Chiaramonte no século XIV, o nome deste edifício deriva da expressão latina *Hosterium Magnum*, que significa "grande edifício fortificado". Janelas gradeadas e minuciosamente decoradas, maravilhosos tetos de madeira e um uso habilidoso da volumetria fazem dele o exemplo mais importante do estilo gótico chiaramontano, presente apenas na Sicília e caracterizado por uma feliz mistura entre rigor militar na arquitetura e grande elegância nos elementos decorativos. Sede do tribunal da Inquisição do século XVII até o fim do século XVIII, foi posteriormente utilizado como Alfândega Real até 1958. Para os Florio, portanto, foi um local de comércio e de barganha. É aqui que alugam um armazém para comportar as mercadorias que entram e saem.

4) Catedral de Santa Maria Assunta. Fundada no século XII, suas raízes remontam ao passado fenício da cidade e seguem sua jornada no tempo através de diversas encarnações: romana, bizantina, árabe, normanda, aragonesa, espanhola e bourbônica, até chegar às obras de restauração contemporâneas (desde 2015 é patrimônio da Unesco). Sede de sepulturas reais, abriga a tumba do grande Frederico II da Suábia. É um edifício imponente que se encontra no centro de uma área riquíssima do ponto de vista arquitetônico: a poucos passos se vê o Palácio Real e, atrás dele, a normanda Loggia dell'Incoronazione.

5) Mercado do Capo. Ballarò, Vucciria, Lattarini, o mercado de pulgas próximo à catedral e, por fim, o mercado do Capo: estes são os grandes mercados populares de Palermo, parte importante da economia da cidade há séculos e, ao mesmo tempo, locais em que se pode apreciar verdadeiramente sua atmosfera desbocada e vital.

6) Palácio Real ou dos Normandos. A um passo da catedral de Palermo está o palácio real mais antigo da Europa. É um edifício de beleza mestiça, que reflete as diferentes culturas que foram se alternando na cidade: se parte das paredes externas remonta à dominação árabe, no interior da capela Palatina encontram-se mosaicos do período normando, enquanto a parte subterrânea é dos tempos medievais, hoje utilizada para a realização de mostras e exposições. Desde 1947 é sede da Assembleia Regional Siciliana.

7) Palazzo della Zecca. Grani, tari, ducati, onze... A moeda siciliana é uma coleção de nomes, metais e valores. Não são todas as cidades que têm o privilégio de cunhar moedas, e o fato de Palermo abrigar a casa da moeda do Reino das Duas Sicílias até 1836 é sinal de seu prestígio. Mais tarde, o edifício torna-se a sede do Conselho Real da Sicília. Depois de ter sofrido danos profundos durante a Segunda Guerra Mundial, tanto que atualmente resta bem pouco da construção original, hoje o local abriga uma sede do Ministério da Fazenda. Vincenzo Florio aluga um apartamento nas vizinhanças deste edifício: a região é tranquila, mas a um passo do coração da cidade, com o edifício Steri de um lado, a Cala do outro e o Cassaro a uma curta distância.

8) Igreja de São Jorge dos Genoveses e campanário da igreja da Annunziata. A Palermo renascentista é uma cidade cosmopolita, um caldeirão de culturas diversas que convivem, às vezes, com dificuldades e tensões. Cada comunidade tem seu ponto de encontro: com suas paredes brancas e fachada envelhecida, a igreja de São Jorge é o da rica comunidade genovesa, por quem foi fundada no século XV. Sua cúpula octogonal é uma visão familiar aos Florio durante os anos passados no distrito de Castellammare, do qual esta igreja é um ponto de referência, junto com o campanário da igreja da Annunziata, que é tudo que resta desta construção após os bombardeios de 1943. Hoje, São Jorge é usada como espaço para exposições.

9) Igreja de Santo André dos Amalfitanos. A uma curta distância da rua dos Materassai, ergue-se esta igreja fundada no século XIII pela comunidade de mercadores e navegadores de Amalfi, que a abandonam à guilda dos vendedores de especiarias depois de quatro séculos de convivência difícil. *Nenhum fármaco detém a morte* são os dizeres gravados na entrada da cripta, e quem sabe que tipo de reflexões esse *memento mori* suscitou nos Florio, que, com o comércio de sua cortiça, trouxeram dificuldades para os poderosos farmacêuticos parlemitanos. Desconsagrada após anos de degradação, hoje encontra-se fechada e indisponível para visitas.

10) Quattro Canti. Chamada por alguns de praça Villena em homenagem ao vice-rei que a mandou construir, esta praça octogonal também é conhecida como Teatro del Sole, porque, durante o dia, ao menos um dos edifícios que a rodeiam é banhado de sol. Local de grande elegância e de extremo rigor arquitetônico, é o cruzamento entre a rua Maqueda e o Cassaro, as duas principais vias do centro histórico. O número quatro é o símbolo desta praça: é o ponto de encontro dos quatro distritos; nas fachadas dos edifícios que a rodeiam, as quatro estações são representadas, e servem de abrigo para as estátuas dos reis Carlos V, Filipe II, Filipe III e Filipe IV, bem como das santas padroeiras Cristina, Ninfa, Oliva e Agata. Por fim, quatro fontes simbolizam os quatro rios que banhavam Palermo: Papireto, Kemonia, Oreto e Pannaria. Palco de "festas e garfos", como diz um provérbio local, aqui se pisa literalmente em história, inclusive a dos Florio, que atravessam a praça para ir ao teatro Carolino ou para visitar o Palácio da Cidade.

11) Rua dos Materassai. Antigamente chamada de rua dos Spadari, a rua dos Materassai é uma viela estreita e pobre. Se hoje muitos extracomunitários vivem aqui, no século XIX era habitada por imigrantes calabreses e napolitanos. Trata-se de uma rua nada luxuosa, portanto, mas situada no coração de Castellammare, o bairro comercial, a dois passos da Cala, da Alfândega e dos palácios do poder. Não é por acaso que Paolo Florio e seu irmão Ignazio estabelecem aqui seu depósito, que logo se torna uma *putìa* renomada.

12) Praça e fonte Garraffello. Uma praça de formato irregular, espremida entre os edifícios. Há nela uma fonte muito amada pelos palermitanos, cuja água era considerada milagrosa. E talvez seja mesmo, pois a fonte foi salva dos bombardeios da Segunda Guerra Mundial, que afetaram profundamente o bairro. Hoje, após um longo período de degradação e abandono, a praça ganhou nova vida e a fonte foi objeto de restaurações que trouxeram à luz seu antigo esplendor.

13) Porta Felice. É difícil imaginar uma entrada mais espetacular do que esta porta monumental que tem vista para o mar e dá acesso ao Cassaro. A porta Felice é assim chamada em homenagem à esposa do vice-rei que a manda construir em 1582, e é especial porque não tem arquitrave. Ricamente decorada, é composta por dois pilares de três andares, com frisos, alpendres, estátuas, fontes e um interior pequeno mas funcional, que abriga os oficiais do órgão de vigilância. Graças aos restauros que se fizeram necessários após os bombardeios da Segunda Guerra Mundial, a porta ainda existe, majestosa e elegante.

14) Palácio Butera. Junto com porta Felice, este complexo monumental oferece aos visitantes uma elegante e suntuosa recepção para a cidade. Depois de ter passado por um período de abandono em decorrência dos bombardeios da Segunda Guerra Mundial, foi usado como centro de convenções e foi casa de concertos e festas. Antiga propriedade dos Lanza di Trabia, uma das famílias mais importantes de toda a Sicília, cujo destino se confunde com o dos Florio, hoje o palácio Butera pertence à família Valsecchi, que o restaurou e transformou em um centro de exposições de arte moderna.

15) Igreja da Gancia. É por este nome que a igreja de Santa Maria dos Anjos, na Kalsa, é conhecida. Se "gancia" indica literalmente um abrigo para os necessitados — e, de fato, é aqui que os franciscanos fundam um no século XV —, hoje o termo traz à mente o motim ocorrido em 1860. A brutalidade da repressão é a gota d'água que abre caminho para a chegada dos Mil de Garibaldi, pouco mais de um mês depois. Além dos sinos tocados pelos frades para indicar o início da revolta que termina em sangue, na igreja ainda é possível admirar um teto espetacular de ladrilhos de madeira, que remonta ao século XVI e lembra um céu estrelado.

16) Teatro Carolino. Desabamentos, incêndios e reestruturações caracterizam a história de um dos teatros históricos de Palermo. Local de entretenimento do povo e ponto de encontro da alta sociedade, aqui se instalavam óperas sérias e divertidas, bailes e festas de máscaras na época do carnaval. A segunda geração dos Florio é dona, naturalmente, de um camarote. O nome "Carolino" foi atribuído ao teatro em 1799, em homenagem à rainha Maria Carolina da Áustria, mas, em 1948, torna-se Teatro Bellini, nome que mantém até hoje.

17) Castello a Mare. Construído pelos árabes e fortificado pelos aragoneses, é um baluarte em defesa da Cala, bem como um poderoso símbolo do poder bourbônico. Olhando por cima das mercadorias que chegam ao porto, os Florio avistam as sentinelas que fazem a ronda por seus terrenos e vigiam as embarcações. Ocupado pelos insurgentes em 1848 e 1860, foi demolido com a chegada de Garibaldi, que ordena sua destruição para evitar que seja novamente usado pelos Bourbon. Hoje, é possível visitar suas ruínas como parte do parque arqueológico da cidade.

PRÓLOGO

Bagnara Calabra, 16 de outubro de 1799

Cu nesci, arrinesci.
"Quem sai, consegue."
PROVÉRBIO SICILIANO

O terremoto é um sibilo que nasce do mar, insinua-se na noite. Ele incha e cresce, transformando-se em um estrondo que dilacera o silêncio.

Nas casas, as pessoas dormem. Algumas acordam com o tilintar das louças; outras, quando as portas começam a bater. Todas, porém, estão de pé quando as paredes tremem.

Mugidos, latidos, preces, maldições. As montanhas sacodem rocha e barro para longe, o mundo fica invertido.

O tremor chega à região de Pietraliscia, agarra os alicerces de uma casa e sacode-os com violência.

Ignazio abre os olhos, arrancado do sono por aquela agitação que abala as paredes. Acima, o teto baixo parece cair sobre ele.

Não é sonho. É a pior das realidades.

À sua frente, a cama de Vittoria, a sobrinha, balança entre a parede e o centro do quarto. Em cima do banco, a caixinha de metal oscila, cai no chão com o pente e a navalha.

Na casa ressoam gritos de uma mulher.

— Socorro, socorro! Terremoto!

Aquele berro faz com que ele se levante de imediato. Ignazio, porém, não foge. Deve antes proteger Vittoria: ela só tem 9 anos, está tão assustada. Puxa-a para debaixo da cama, protegendo-a dos destroços.

— Fique aqui até eu voltar, entendeu? — diz ele. — Não se mexa.

Ela concorda. O terror impede que fale.

Paolo. Vincenzo. Giuseppina.

Ignazio sai correndo do quarto. O corredor parece infinito, embora possa ser atravessado com poucos passos. Percebe que a parede escapa da palma de sua mão, consegue tocá-la de novo, mas ela é móvel, como uma coisa viva.

Ele chega ao quarto do irmão, Paolo. Um fio de luz se infiltra pelo batente da porta. Giuseppina, sua cunhada, pulou da cama. O instinto materno a acordou, avisando-lhe da ameaça que paira sobre Vincenzo, o filho de poucos meses. Ela tenta pegar o recém-nascido que dorme no berço atado às vigas do teto, mas o cesto de vime está à mercê dos choques da terra. A mulher chora em desespero, estica os braços enquanto o berço balança sem parar.

O xale que está vestindo cai, deixando os ombros nus.

— Meu filho! Mãe de Deus, nos ajude! — grita ela em siciliano.

Giuseppina consegue agarrar o bebê. Vincenzo arregala os olhos e começa a chorar.

No meio do caos, Ignazio percebe uma sombra. Seu irmão, Paolo. Ele pula do colchão, pega a esposa, empurra-a para o corredor, gritando:

— Vamos sair daqui!

Ignazio volta atrás.

— Espere! Vittoria! — grita.

Embaixo da cama, no escuro, ele reencontra a sobrinha, enrolada como um novelo com as mãos sobre a cabeça. Pega-a com força e sai correndo. Pedaços do reboco se desprendem das paredes enquanto o terremoto uiva.

Percebe que a criança procura se proteger agarrando a camisa dele até torcer o tecido. Chega até a arranhá-lo, de tanto medo.

Paolo os empurra para além da soleira.

— Aqui, rápido!

Eles correm para o centro do pátio enquanto o tremor chega ao ápice. Apertam-se em um abraço, as cabeças roçando, as pálpebras fechadas. São cinco. Estão todos ali.

Ignazio reza, treme e espera. Está acabando. Tem que acabar.

O tempo se desfaz em milhões de instantes.

Depois, assim como nasceu, o estrondo sossega, até parar por completo.

Por um segundo, há somente a noite.

No entanto, Ignazio sabe que aquela paz é enganosa. Esta é a lição do terremoto, uma lição que ele teve que aprender muito cedo.

Ele levanta a cabeça. Sente o pânico de Vittoria através da camisa, as unhas que se agarram à sua pele, a tremedeira da garota.

Lê o medo no rosto da cunhada, o alívio no rosto do irmão; vê o gesto de Giuseppina ao buscar o braço do marido, e Paolo que se desvincula dela para se aproximar da casa.

— Graças a Deus ainda está de pé. Amanhã, à luz do dia, vamos ver os danos e...

Vincenzo escolhe aquele momento para desatar em um choro incontido. Giuseppina o embala e consola.

— Calma, meu amor, fique quietinho.

Enquanto isso, a mulher se aproxima de Ignazio e Vittoria. Através da respiração acelerada e do cheiro de suor — medo misturado ao perfume de sabão da camisola —, Ignazio vê que Giuseppina ainda está aterrorizada.

Ignazio pergunta para a sobrinha:

— Vittó, como você está? Tudo bem?

A menina diz que sim, mas não tira a mão da camisa dele, agarra-se a ela. Ignazio força a mãozinha a sair. Entende seu medo: a garotinha é órfã, filha de seu irmão Francesco. Ele e a esposa morreram poucos anos antes, deixando-a aos cuidados de Paolo e Giuseppina, os únicos que podiam lhe oferecer uma família e um teto.

— Estou aqui. Fique tranquila.

Vittoria o encara, muda, depois se agarra a Giuseppina da mesma forma que fizera com ele até um instante atrás, como uma náufraga.

Vittoria vive com Giuseppina e Paolo desde que eles se casaram, há pouco menos de três anos. Tem o mesmo jeito do tio Paolo: é taciturna, orgulhosa e reservada. Contudo, naquele momento, é só uma menina aterrorizada.

No entanto, o medo tem muitas máscaras. Ignazio sabe que seu irmão, por exemplo, não vai ficar parado, lamentando-se. Já agora, com as mãos nos quadris e a expressão turva, contempla o pátio e as montanhas que encerram o grande vale.

— Bom Deus, quanto tempo durou?

Sua pergunta cai no silêncio. Depois Ignazio responde:

— Não sei. Muito. — Ele tenta acalmar o tremor que o faz vibrar por dentro. O rosto ficou tensionado pelo susto, o maxilar está enfeitado com um tufo de barba clara, incipiente, e as mãos finas estão agitadas. É mais jovem do que Paolo, que, na verdade, parece mais velho do que realmente é.

A tensão se desfaz em uma espécie de cansaço, dando espaço para sensações físicas: a umidade, a náusea, o mal-estar das pedras sob os pés. Ignazio está descalço, de pijama, quase nu. Tira os cabelos da testa, observa o irmão e então a cunhada.

Para decidir, basta um instante.

Encaminha-se para a casa. Paolo o segue e o puxa pelo braço.

— Onde pensa que vai?

— Elas precisam de cobertores. — Com a cabeça, Ignazio indica Vittoria e Giuseppina, que acalenta o recém-nascido. — Fique com sua mulher. Eu vou.

Nem espera pela resposta. Com uma mistura de pressa e cautela, sobe os degraus da frente. Detém-se na entrada para deixar que a visão se acostume à penumbra.

Pratos, mobília, cadeiras: está tudo no chão. Perto da despensa, uma nuvem de farinha ainda paira no ar.

Sente um aperto no coração: aquela é a casa que Giuseppina deu a Paolo como dote. É o lar deles, sim, mas também é um local caloroso, em que Ignazio se sente acolhido. Fica desalentado ao ver tudo assim.

Hesita. Sabe o que pode acontecer caso comece outro tremor.

Porém, a incerteza dura apenas um segundo. Entra e arranca os cobertores das camas.

Vai até seu quarto. Encontra o alforje em que guarda as ferramentas de trabalho, recolhe-o. Por fim, encontra a caixinha de ferro. Abre-a. A aliança de casamento de sua mãe brilha no escuro e parece querer confortá-lo.

Guarda a caixinha no alforje.

É no corredor que vislumbra o xale de Giuseppina: a cunhada deve tê-lo perdido durante a fuga. Ela jamais se separa dele: veste-o desde o primeiro dia em que entrou para a família.

Ignazio o pega, volta para a porta, faz o sinal da cruz olhando para o crucifixo próximo ao batente.

Um momento depois, a terra volta a tremer.

— Esse foi mais rápido, graças a Deus.

Ignazio divide as cobertas com o irmão; entrega uma a Vittoria. Por fim, o xale.

Quando o devolve, Giuseppina toca a camisola e sente a pele nua.

— Mas...

— Estava no chão — explica Ignazio, baixando os olhos.

Ela murmura um agradecimento e se enrola no tecido em busca de algum conforto capaz de lhe afastar aquele frio estranho que sente, feito de angústia e lembranças.

— É inútil ficar ao relento.

Paolo escancara a porta do estábulo. A vaca emite um som débil de protesto enquanto ele a puxa pelo cabresto para amarrá-la à parede oposta. Depois, acende uma lamparina com uma pederneira. Arruma amontoados de feno contra as paredes.

— Vittoria, Giuseppina, sentem-se.

Ignazio sabe que aquele é um gesto de cuidado, mas o tom é de ordem. As duas têm olhares distantes, fixos no céu e na rua. Ficariam a noite toda no pátio se ninguém lhes dissesse o que fazer. É a obrigação do chefe da família. Ser forte, proteger: é o que um homem faz, sobretudo um homem como Paolo.

Vittoria e Giuseppina se jogam sobre o monte de palha. A menina se enrola em posição fetal, com as mãos fechadas diante do rosto.

Giuseppina a observa. Observa e não quer relembrar, mas a memória é insidiosa, é implacável, vem de dentro, agarra-a pela garganta e arremessa-a de novo ao passado.

À sua infância. Aos seus pais, mortos.

A mulher fecha os olhos e manda embora a lembrança com uma respiração profunda. Ou ao menos tenta. Aperta Vincenzo mais forte, depois abre a camisola e o bebê logo alcança o mamilo. As mãozinhas apertam a pele fina, as unhas arranham em volta da aréola.

Ela está viva, seu filho está vivo. Não vai ficar órfão.

Ignazio, no entanto, está parado na soleira. Analisa a casa. Apesar da escuridão, procura sinais de que pode cair, alguma rachadura, algum muro trincado, mas não encontra nada. Não consegue acreditar, quase não ousa acreditar que *desta vez* tudo vai correr bem.

A lembrança de sua mãe é uma rajada de vento na noite. Sua mãe que ria, que lhe estendia os braços, e ele, pequeno, corria até ela. De repente, a caixa no alforje parece mais pesada. Ignazio a pega, tira o anel de ouro puro. Aperta-o com a mão sobre o peito.

— Mãe — sussurra ele.

É uma prece, talvez a busca por algum consolo. De um abraço do qual ele sente falta desde os 7 anos. Desde que sua mãe, Rosa, morreu. Foi em 1783, o ano do castigo de Deus, o ano em que a terra tremeu até não sobrar nada de Bagnara, só escombros. Aquele terremoto devastador que atingira a Calábria e a Sicília, causando milhares de mortes, arrastando dezenas de vidas em apenas uma noite em Bagnara.

Como daquela vez, ele e Giuseppina estiveram próximos.

Ignazio se lembra bem dela. Uma garotinha magra e pálida, agarrada ao irmão e à irmã, encarando fixamente dois montinhos de terra marcados por uma única cruz: seus pais, mortos durante o sono, esmagados quando o quarto desabou.

Ele, no entanto, estava ao lado do pai e da irmã; Paolo, um pouco mais atrás, os punhos fechados e um olhar sombrio no rosto adolescente. Naqueles dias, ninguém tinha chorado apenas os próprios mortos: o funeral dos pais de Giuseppina, Giovanna e Vincenzo Saffiotti, ocorrera na mesma data do de sua mãe, Rosa Bellantoni, e com eles foram enterrados diversos outros moradores de Bagnara. Os sobrenomes eram sempre os mesmos: Barbaro, Spoliti, Di Maio, Sergi, Florio.

Ignazio esquadrinhou a cunhada. No momento em que Giuseppina ergueu seus olhos e encontrou os dele, o jovem entendeu que ela também era castigada pelas lembranças.

Os dois falam a mesma língua, moram na mesma dor, carregam dentro de si a mesma solidão.

* * *

— Deveríamos ir ver o que aconteceu com os outros. — Ignazio indica a colina para além da aglomeração de Bagnara. No breu, luzes sinalizam a presença de casas e pessoas. — Não quer saber se Mattia e Paolo Barbaro estão bem?

Há uma leve hesitação na voz dele. Com 23 anos, Ignazio já é um homem feito; contudo, seus gestos fazem Paolo se lembrar daquele garotinho que se escondia nos fundos da casa da família, atrás da fornalha do pai, quando a mãe deles os repreendia. Depois, com a *outra*, a nova esposa do pai, Ignazio nunca mais chorou. Limitava-se a lançar-lhe um olhar fixo, cheio de ódio, e ficava em silêncio.

Paolo encolhe os ombros.

— Não é necessário. Se as casas estão de pé, então ninguém se machucou. Além disso, é madrugada, está escuro e a Pagliara é longe.

Ignazio, porém, espreita, ansioso, as ruas e mais além, em direção aos montes que rodeiam o vilarejo.

— Não. Vou lá ver o que aconteceu.

Ele pega o caminho em direção ao centro de Bagnara, ouvindo a recriminação do irmão.

— Volte! — grita Paolo, mas Ignazio levanta a mão para sinalizar que não vai voltar, que seguirá em frente.

Está descalço, de pijama, mas não se importa: quer saber como está a irmã. Desce da altura onde fica Pietraliscia e, poucos passos depois, chega ao vilarejo. Escombros por toda parte, pedaços de telhado, telhas partidas.

Vê um homem correndo, com uma ferida na cabeça. O sangue brilha sob a luz da tocha que ele usa para iluminar o caminho. Ignazio atravessa a praça, se enfia nas ruelas cheias de galinhas, cabras e cães em fuga. A confusão é enorme.

Nos pátios, mulheres e crianças rezam o terço ou chamam uns aos outros para ter notícias. Os homens, no entanto, procuram pás e enxadas, e recolhem os alforjes com suas ferramentas de trabalho, as únicas coisas que poderão garantir seu sustento, mais preciosas do que a comida e as roupas.

Ele sobe pela via que leva até a região de Granaro, onde fica a casa dos Barbaro.

Lá, à margem da estrada, há dois barracos de pedra e madeira.

No passado, eram casas de verdade: ele era pequeno, mas lembra-se bem delas. No entanto, o terremoto de 1783 as destruiu. Quem as perdeu reconstruiu-as como conseguiu com o material que pôde recuperar. Outros tinham usado as ruínas para erguer moradias maiores e mais elegantes, como fizera seu cunhado, Paolo Barbaro, marido de Mattia Florio, sua irmã.

A primeira pessoa que Ignazio vê é ela, Mattia, sentada em um banco, os pés descalços. Olhos escuros, olhar grave, a filha Anna agarrada à sua camisola e Raffaele adormecido em seus braços.

Naquele momento, Ignazio revê na irmã a própria mãe, com seus tons morenos. Vai ao encontro dela, abraça-a sem dizer uma palavra. A tensão deixa de afundar seu coração.

— Como estão todos? Paolo, Vincenzo? Vittoria? — Ela segura o rosto dele com as duas mãos, beija-lhe os olhos. Na voz, um aceno de choro. — Como está Giuseppina? — Abraça-o mais uma vez, e o irmão sente cheiro de pão e fruta, um aroma de casa, de doçura.

— Todos bem, graças a Deus. Paolo acomodou a esposa e as crianças no estábulo. Vim para saber como você… como vocês estão.

Dos fundos da casa, surge Paolo Barbaro. Seu cunhado. Ele traz um burro pelo cabresto.

Mattia se enrijece, e Ignazio a solta.

— Ah. Já estava indo buscar você e seu irmão — diz o cunhado, amarrando o animal à carroça. — Precisamos ir até o porto para ver como está o barco. Pode ser só você, não tem problema.

Ignazio abre os braços e deixa cair o cobertor.

— Assim? Estou quase nu.

— E qual o problema? Tem vergonha?

Paolo é baixo e troncudo. O cunhado, por sua vez, é seco, tem um corpo nervoso, jovem. Mattia segue adiante, caminhando com as crianças agarradas a ela.

— Tem roupas no baú. Pode pegar… — diz Mattia.

O marido a cala.

— Por acaso pedi sua opinião? Por que sempre tem que se meter em meus assuntos? E você, suba, rápido. Com tudo que aconteceu, ninguém vai notar a forma como está vestido.

— Mattia só queria ajudar — diz Ignazio, tentando defendê-la. Não suporta ver a irmã cabisbaixa, com as bochechas coradas de humilhação.

Ele sobe na carroça.

— Minha mulher fala demais. Vamos!

Ignazio quer responder, mas Mattia o impede com o olhar suplicante. Ele bem sabe que Barbaro não respeita ninguém.

O mar está viscoso, com cor de tinta, confundindo-se com a noite. Ignazio desce da carroça assim que chegam ao porto.

Diante dele, a enseada varrida pelo vento, obstruída por um amontoado de rochas e areia, protegida pelo rochedo imponente das montanhas e do cabo Marturano.

Ao redor das embarcações, homens gritam, verificando mercadorias, apertando cordas.

O movimento é tanto que mais parece ser meio-dia.

— Vamos. — Barbaro caminha em direção à torre do rei Ruggero, onde o mar é mais profundo. Lá estão atracadas as embarcações maiores.

Chegam diante de um barco de quilha chata. É o *San Francesco di Paola*, o veleiro *schifazzo* dos Florio e dos Barbaro. O mastro oscila ao ritmo das ondas, o gurupés se espraia em direção ao mar. As velas estão dobradas, o cordame em ordem.

Um fio de luz escapa da escotilha. Barbaro se inclina e escuta os rangidos com uma expressão que oscila entre a surpresa e a irritação.

— Cunhado, é você?

A cabeça de Paolo Florio surge na escotilha.

— E quem mais seria?

— Como vou saber? Depois de tudo que aconteceu esta noite...

Mas Paolo Florio já não dá mais atenção a ele. Agora, olha para Ignazio.

— E você? Não voltou com notícias. Saiu andando e desapareceu. Suba a bordo, rápido.

Então, Paolo entra no barco enquanto o irmão sobe a bordo. O cunhado permanece sobre o cais para verificar o costado esquerdo que bateu contra o embarcadouro.

Ignazio se inclina em direção ao convés, entre as caixas e os sacos de estopa que partirão da Calábria rumo a Palermo.

Este é o trabalho deles: o comércio, especialmente o marítimo. Poucos meses antes, o reino de Nápoles fora atingido por turbulências: o rei tinha sido deposto, e os revoltosos fundaram a República Napolitana. Um grupo de nobres e intelectuais difundira as ideias de democracia e liberdade, assim como ocorrera na França durante a revolução que testemunhou as decapitações de Luís XVI e Maria Antonieta. Ferdinando e Maria Carolina, porém, foram mais espertos e escaparam a tempo, apoiados pela parte do exército que se mantivera fiel aos ingleses, inimigos históricos da França, antes que os *lazzari* — o povo — os destruíssem com sua fúria.

Porém, ali, entre os montes calabreses, chegara apenas a última onda daquela revolução. Ocorreram homicídios, os soldados não sabiam mais a quem deviam obedecer, e os ladrões, que sempre infestaram as montanhas, começaram a atacar também os comerciantes da costa. Entre salteadores e revolucionários, as estradas ficaram perigosas e, ainda que o mar não tivesse igrejas ou tabernas, certamente oferecia mais segurança do que as estradas do reino dos Bourbon.

O interior do pequeno porão era sufocante. Cedros em cestos de vime, encomendados pelos boticários; peixe, sobretudo bacalhau calabrês e arenque salgado. Mais ao fundo, cortes de couro prontos para serem transportados a Messina.

Paolo vê os sacos de mercadoria. No porão, um cheiro de peixe salgado com o aroma levemente azedo do couro se espalha.

As especiarias, no entanto, não estão ali. Estas ficam em casa até o momento da partida. A umidade e a maresia podem danificá-las, e essa mercadoria deve ser conservada com zelo. Têm nomes exóticos que adquirem sabor na língua e evocam imagens de sol e calor: pimenta-do-reino, citrino, cravo, tormentilha, canela. Elas são a verdadeira riqueza.

De repente, Ignazio percebe que Paolo está nervoso. Vê em seus gestos, nas palavras sufocadas pelas ondas batendo no casco.

— O que foi? — pergunta Ignazio.

Ignazio está preocupado que o irmão tenha brigado com Giuseppina. Sua cunhada não é reticente como uma esposa deveria ser. Pelo menos, uma esposa adequada a Paolo. Mas não é isso que o perturba, percebe.

— O que foi? — repete.

— Quero ir embora de Bagnara.

A frase cai no momento fugaz entre uma onda e a seguinte.

Ignazio tem a esperança de não ter entendido bem, mas sabe que o irmão já expressara aquele desejo outras vezes.

— Para onde? — pergunta o mais novo, mais aflito do que surpreso. Tem medo. Um medo imprevisível, antigo, uma fera com o hálito ácido do abandono.

Mattia e Paolo sempre apoiaram Ignazio. Agora, Mattia tem a própria família, e Paolo quer ir embora. Deixá-lo sozinho.

Seu irmão baixa a voz. É quase um sussurro.

— Na verdade, penso nisso há algum tempo. O tremor desta noite me convenceu de que é o certo a fazer. Não quero que Vincenzo cresça aqui, com o risco de a casa cair em cima dele. Além disso… — Olha para o irmão. — Quero mais, Ignazio. Este vilarejo já não me basta. Esta vida não é o suficiente para mim. Quero ir para Palermo.

Ignazio abre a boca para responder, mas volta a fechá-la. Está desorientado, sente que as palavras são feitas de cinzas.

É claro que Palermo é uma escolha óbvia: Barbaro e Florio, como são chamados em Bagnara, têm uma *putìa*, uma loja de especiarias, por lá.

Ignazio lembra. Tudo tinha começado como um depósito havia uns dois anos, um lugar pequeno onde guardavam as mercadorias que compravam pela costa para revendê-las na ilha. No início, foi uma necessidade; depois, porém, o irmão Paolo percebeu que aquilo era uma grande oportunidade: poderiam aumentar as vendas em Palermo que, naquele momento, era um dos maiores portos do Mediterrâneo. Assim, o depósito se transformou em um empório. *Além do mais, em Palermo, há uma grande comunidade de cidadãos de Bagnara*, ponderou Ignazio. É um ótimo mercado, vivaz, rico e cheio de possibilidades com a chegada dos Bourbon foragidos da revolução.

Com a cabeça, Ignazio indica o cais sobre ele, onde estalam os passos do cunhado.

Não, Barbaro ainda não sabe. Paolo faz sinal para que o irmão fique de boca calada.

Para Ignazio, a solidão é um aperto na garganta.

O retorno para casa é silencioso. Bagnara é prisioneira de um tempo suspenso, à espera do nascer do sol. Quando chegam em Pietraliscia, os irmãos entram no estábulo. Vittoria dorme, e também Vincenzo. Giuseppina, porém, está acordada.

Paolo se acomoda ao lado da mulher, que permanece rígida, alerta.

Ignazio procura um lugar no meio da palha e se deita ao lado de Vittoria. A garotinha suspira. Instintivamente, ele a abraça, mas não consegue pegar no sono.

A notícia é difícil de aceitar. Como poderá viver sozinho, já que nunca ficou realmente sozinho?

O alvorecer perfura a escuridão pelas fissuras da porta, uma luz dourada que indica o outono iminente. Ignazio treme de frio: as costas e o pescoço estão encolhidos, os cabelos, cheios de sujeira. Embala Vittoria com doçura.

Paolo já está de pé. Bufa enquanto Giuseppina acalanta o pequeno que começou a se lamuriar.

— Precisamos voltar para casa — declara ela. — Preciso trocar a fralda de Vincenzo e, de toda forma, não posso ficar assim. É indigno.

Paolo bufa mais uma vez e escancara a porta: o sol se alastra pelo estábulo. A casa ainda está de pé e agora, na luz do alvorecer, é possível ver alguns escombros e algumas telhas quebradas. Mas nenhuma rachadura, nenhum estrago. Ela murmura uma bênção. Podem ir para casa.

Ignazio entra logo depois de Paolo. Atrás dele, Giuseppina. Percebendo os passos hesitantes da mulher, Ignazio espera, pronto para ajudá-la.

Atravessam a soleira. A cozinha está repleta de mobílias quebradas.

— Santa Mãe de Deus, que desastre. — Giuseppina segura firme o recém-nascido, que se queixa de forma incontrolável. O pequeno exala um cheiro de leite azedo. — Vittoria, me ajude aqui! Arrume isso, não posso fazer tudo sozinha. Vamos! — A garotinha, que ficara para trás, entra. Procura o olhar da tia, mas não o encontra. Com os lábios cerrados, ela se abaixa e começa a recolher os cacos. Não vai chorar, não pode.

Giuseppina avança pelo corredor que dá para os quartos. Cada passo seu é um lamento, um aperto no coração. Sua casa, seu orgulho, está cheia de destroços e objetos quebrados. Levará dias até conseguirem colocar tudo em ordem.

Quando chega ao próprio quarto, a primeira coisa que ela faz é lavar Vincenzo. Coloca-o sobre o colchão para poder se lavar também. O garotinho move as pernas, tentando agarrar um dos pezinhos, e consegue, dando uma risada aguda.

— Meu amor — diz ela. — Minha vida.

Vincenzo é sua *puddara*, sua "estrela Polar". Ela ama o filho mais do que ama qualquer outra pessoa.

Por fim, veste-se com uma roupa de ficar em casa. Nos ombros, o xale, que desce pelas costas.

Enquanto coloca o filho de volta no berço, Paolo entra no quarto.

O homem escancara a janela. O ar fresco invade o quarto, junto ao farfalhar das faias que começam a enrubescer em direção à montanha. Um pássaro pega-rabilonga cisca perto do horto que é cuidado pessoalmente por Giuseppina.

— Não podemos ficar em Pietraliscia.

A mulher se detém com as mãos no travesseiro que está sacudindo.

— Por que não? Há danos? Onde?

— O teto está em risco, mas não é só isso. Vamos embora daqui. De Bagnara.

Giuseppina permanece incrédula. O travesseiro escorrega de suas mãos.

— Mas por quê?

— Porque sim.

A voz não deixa dúvidas: há uma decisão irredutível por trás daquela declaração.

Ela o encara.

— O que está dizendo? Ir embora da minha casa?

— Da nossa casa.

Da nossa casa?, ela tem vontade de perguntar. A mulher olha para o marido de cara fechada. *Esta casa é* minha, pensa com rancor. *Minha, fui eu que a dei como dote enquanto você e seu pai queriam mais dinheiro, sempre mais, nunca era o bastante...* Porque Giuseppina se lembra bem da negociação para conseguir o dote que os Florio desejavam, e demorou algum tempo para que se contentassem, enquanto ela, por sua vez, não queria se casar. E agora essa ideia dele de ir embora? Por quê?

Aliás, não, ela não quer nem ouvir uma resposta. Vai para o corredor, saindo daquele cômodo e daquela discussão.

Paolo segue a esposa.

— Há rachaduras nos muros, telhas caíram. No próximo terremoto, o teto desabará sobre nossa cabeça.

Eles chegam à cozinha. Ignazio entende tudo depressa. Conhece os sinais de uma tempestade, e estão todos ali.

A mulher agarra uma vassoura para tirar a farinha do chão.

— Arrume-a: você é o chefe da família. Ou chame algum pedreiro.

— Não posso ficar aqui vigiando os pedreiros e não tenho tempo para isso. Se eu não partir, não teremos o que comer. Eu navego de Nápoles a Palermo, mas não quero continuar a ser um homem de Bagnara. Quero mais, para mim e para meu filho.

Ela emite um som entre o desprezo e a risada escancarada.

— Mas você é e continuará a ser um homem de Bagnara, mesmo que fosse parar na corte dos Bourbon. Não é possível deixar de ser o que se é, por mais dinheiro que se tenha. E você é um homem que vende coisas com um veleiro *schifazzo* comprado em sociedade com o cunhado que continua a tratá-lo como serviçal. — Giuseppina começa a transitar com as louças até a pia.

Ignazio ouve o barulho dos pratos batendo um contra o outro, imagina os gestos nervosos. Entrevê as costas da mulher se movendo de súbito, encurvada sobre o tanque.

Sabe como ela deve estar se sentindo: colérica, confusa, assustada. Angustiada.

Ele se sentia da mesma forma desde a noite anterior.

— Vamos embora nos próximos dias. É importante que você avise sua avó que...

Um prato é jogado ao chão.

— Eu não vou deixar minha casa! Esqueça!

— Sua casa! — Paolo sufoca uma blasfêmia. — Sua casa! Você não faz nada além de jogar isso na minha cara desde que nos casamos. Você, seus parentes e seu dinheiro! Sou eu quem lhe permite viver aqui, eu, com meu trabalho!

— Sim. É minha, é a casa que meus pais me deixaram. Só em sonhos você poderia morar em uma casa como esta. Vivia no palheiro de seu cunhado, lembra? Você recebeu *ducatos* de meu tio e meu pai, e agora decide que quer ir embora? — Ela pega uma panela de cobre e a atira no chão com violência. — Eu não vou embora! Esta é minha casa! O telhado está quebrado? Basta consertá-lo! Você nunca está por aqui, viaja todo mês. Vá embora, vá para onde bem entender. Eu e meu filho não vamos sair de Bagnara.

— Não. Você é minha mulher. O filho é meu. Vai fazer o que eu digo. — O tom de Paolo é gélido.

O rosto de Giuseppina perde a cor.

Ela cobre a face com o avental, golpeia a testa com os punhos, com uma raiva crua, implorando para sair.

Ignazio gostaria de intervir, apaziguar os ânimos entre ela e o irmão, mas não pode, e precisa desviar o olhar para se impedir de fazê-lo.

— Desgraçado! Quer realmente me tirar tudo? — fala Giuseppina, soluçando. — Aqui tenho minha tia, minha avó, os túmulos de meus pais. E você, por dinheiro, quer que eu deixe tudo para trás? Que tipo de marido você é?

— Chega!

Ela nem lhe dá ouvidos.

— Não? É isto que está me dizendo? Não? E depois, para onde vai querer ir, maldito?

Paolo observa os cacos de terracota do prato, desloca um deles com a ponta do sapato. Espera alguns segundos até que os soluços da esposa se aplaquem antes de responder.

— A Palermo, onde eu e Barbaro abrimos a botica. No momento, é uma cidade riquíssima, muito diferente de Bagnara! — Ele se aproxima, acaricia um dos braços dela. — Além disso, alguns de nossos conterrâneos vivem no porto. Você não estaria sozinha. — Seu gesto é desajeitado, um pouco rude, mas, no fundo, gentil.

Giuseppina afasta a mão do marido.

— Não — responde ela. — Eu não vou.

Então, os olhos claros de Paolo ficam duros.

— *Não* digo eu. Sou seu marido e você virá comigo a Palermo, ainda que eu precise arrastá-la pelos cabelos daqui até a torre do rei Ruggero. Comece a recolher suas coisas. Vamos partir na semana que vem.

ESPECIARIAS

novembro de 1799 — maio de 1807

Cu manía 'un pinía.
"Quem se empenha, não sofre."
Provérbio siciliano

Desde 1796, sopravam na Itália os ventos da revolução, carregados pelas tropas comandadas por um jovem e ambicioso general: Napoleão Bonaparte.

Em 1799, os jacobinos do reino de Nápoles se rebelaram contra a monarquia dos Bourbon e instituíram a República Napolitana. Ferdinando IV de Nápoles e Maria Carolina de Habsburgo se viram obrigados a pedir refúgio em Palermo. Voltaram a Nápoles somente em 1802; a experiência da república tinha sido encerrada com uma repressão brutal.

Em 1798, para fazer frente à presença crescente dos franceses, diversos estados — entre os quais a Grã-Bretanha, a Áustria, a Rússia e o reino de Nápoles — formam uma coalizão contra a França. Porém, logo após a derrota na batalha de Marengo (14 de junho de 1800), os austríacos assinam o tratado de Lunéville (9 de fevereiro de 1801) e, um ano depois, com o tratado de Amiens (25 de março de 1802), a Grã-Bretanha também firma a paz com os franceses, conseguindo, ao menos, assegurar suas posses coloniais. Com isso, a marinha britânica reforça sua presença no Mediterrâneo, sobretudo na Sicília.

Em 2 de dezembro de 1804, Napoleão se autoproclama imperador dos franceses e, após a decisiva vitória na batalha de Austerlitz (2 de dezembro de 1805), declara o fim da dinastia dos Bourbon, enviando a Nápoles o general André Masséna, encarregado de colocar no trono o irmão do próprio Napoleão, José, que se torna então "rei de Nápoles". Ferdinando é outra vez obrigado a fugir de Palermo, sob a tutela dos ingleses, apesar de continuar reinando na Sicília.

C anela, pimenta, cominho, anis, coentro, açafrão, sumagre, canela-chinesa...

Não, as especiarias não servem apenas para cozinhar. São remédios, cosméticos, venenos, perfumes e lembranças de terras distantes que poucos visitaram.

Para que um pau de canela ou uma raiz de gengibre chegue ao balcão de uma loja, deve passar por dezenas de mãos, viajar no lombo de um burro ou de um camelo em longas caravanas, atravessar o oceano, alcançar os portos europeus.

Os custos, é claro, aumentam a cada etapa.

Rico é quem pode adquiri-las, rico é quem consegue vendê-las. As especiarias para a comida — e ainda mais aquelas utilizadas para os cuidados médicos e em perfumes — são para poucos.

Veneza fundou sua riqueza no comércio das especiarias e nos impostos aduaneiros. Agora, no início do século XIX, são os ingleses e os franceses que as comercializam. De suas colônias além-mar, chegam navios carregados não apenas de ervas medicinais, mas também de açúcar, chá, café e cacau.

O preço desce, o mercado se diversifica, os portos se abrem, as quantidades de especiarias aumentam. Não somente em Nápoles, ou em Livorno, ou em Gênova. Em Palermo, os boticários fundam uma corporação. Têm até uma igreja própria, a de Santo André dos Amalfitanos.

E cresce também o número daqueles que podem vendê-las.

Ignazio prende a respiração.

É sempre assim.

Todas as vezes que o porto de Palermo surge à vista do *schifazzo*, sente um aperto no estômago, como um apaixonado. Sorri, segura o braço de Paolo e seu irmão retribui o gesto.

Não, ele não o deixou para trás em Bagnara. Quis que o acompanhasse.

— Feliz? — pergunta.

Ignazio assente, seus olhos reluzem e o peito se deixa invadir pela beleza da cidade. Segura nos cabos, projeta-se em direção ao gurupés.

Deixou a Calábria, sua família, ou o que sobrava dela. Agora, porém, com os olhos cheios de céu e mar, já não teme mais o futuro. O terror da solidão não passa de um fantasma.

A respiração se detém diante da sobreposição de matizes de um mesmo azul sobre o qual ressaltam, imersos na tarde, os muros que cercam o porto. Com os olhos vidrados nas montanhas, Ignazio acaricia a aliança da mãe, que usa no dedo anular direito. Colocou-a ali para não correr o risco de perdê-la. Na verdade, quando a toca, tem a sensação de ainda ter a mãe por perto, de poder ouvir sua voz. Ela o chamava, e ele ouviu.

Diante de Ignazio, a cidade se revela. Ganha forma.

Abóbodas de maiólica, torres com merlões, telhas. Eis a enseada, apinhada de falucas, bergantins, escunas, uma angra com formato de coração, comprimida entre duas línguas de terra. Em meio à floresta de mastros, veem-se as portas aninhadas entre os edifícios que foram construídos literalmente em cima delas: porta Doganella, porta Calcina, porta Carbone. Casas enraizadas, amontoadas, como se tentassem abrir espaço em busca de um pouco de vista para o mar. À esquerda, um pouco escondida pelos telhados, a torre do sino da igreja de Santa Maria de Porto Salvo; um pouco mais adiante, vislumbram-se a igreja de São Mamiliano e a torre estreita da igreja da Anunciação, e depois, quase junto dos muros da cidade, a abóbada octagonal da igreja de São Jorge dos Genoveses. À direita, outra igreja, pequena e atarracada, a de Santa Maria de Piedigrotta, e a silhueta imponente do Castelo a Mare, circundado por um fosso; pouco além, em uma língua de terra que avança mar adentro, o leprosário para a quarentena dos marinheiros enfermos.

O monte Pelegrino paira sobre todas as coisas. Por trás, uma cordilheira coberta de bosques.

Há um perfume que vem do continente e exala sobre a água: uma mistura de sal, fruta, madeira queimada, algas, areia. Paolo diz que é o cheiro da terra firme. Ignazio, no entanto, acha que é o perfume daquela cidade.

Chegam ruídos do porto em plena atividade. O cheiro do mar é abafado por um fedor acre: chorume, suor e alcatrão, além do odor da água morta.

Nem Paolo nem Ignazio se dão conta de que Giuseppina mantém os olhos pregados no mar, quase como se ainda pudesse ver Bagnara.

Não sabem que ela se lembra do abraço de Mattia. Aquela mulher, para ela, não é apenas uma cunhada: é uma amiga, é a segurança, é a voz que a orientou nos primeiros e difíceis meses do casamento com Paolo.

Giuseppina esperava que Barbaro e Mattia também fossem acompanhá-los a Palermo, mas aquela foi uma esperança vã. Paolo Barbaro anunciou que permaneceria em Bagnara e se deslocaria a Palermo para comercializar com o norte e ter outro porto seguro. E que precisava da mulher para cuidar da casa e dos filhos. Giuseppina, na verdade, suspeitava que ele quisesse afastar a esposa dos irmãos: Barbaro não gostava muito da proximidade deles, sobretudo a ligação entre Ignazio e Mattia.

Uma lágrima solitária escorre pela bochecha e cai no xale. Giuseppina recorda o farfalhar das árvores que descem as montanhas para quase chegarem no mar, as corridas pelas ruas de Bagnara até a torre do rei Ruggero, com o sol que refratava entre a água e os seixos da praia.

Lá, no embarcadouro sob a torre, Mattia lhe dera um beijo no rosto.

— Não pense que ficará sozinha. Vou pedir para que o escrivão lhe envie cartas, e você fará o mesmo. Agora não chore mais assim, por favor.

— Não é justo! — Giuseppina estava com os punhos apertados. — Não quero isso!

A outra a abraçou.

— Meu coração — responde em siciliano —, é assim mesmo. Nós somos de nossos maridos, não temos poder. Seja forte.

Giuseppina balançou a cabeça, pois não conseguia entender como era possível ser desenraizada assim da própria terra. Sim, as mulheres eram de seus maridos, eram eles quem mandavam. Mas os maridos, com frequência, não sabiam como tratar suas mulheres.

Era o caso de Paolo.

Depois, Mattia mudara de expressão. Deixara o abraço de Giuseppina para encontrar Ignazio.

— Eu sabia que esse dia chegaria. Era apenas uma questão de tempo. — Beijou a testa do irmão. — Que o Senhor o ajude e Nossa Senhora o acompanhe.

— Amém — respondera ele.

Mattia estendeu a mão e depois uniu Giuseppina e Ignazio em um só abraço.

— Cuide de nosso irmão Paolo — falou ela. — Ele é rígido demais com todos, mas especialmente com ela. Diga-lhe para ser mais paciente. Você pode fazê-lo, é irmão dele e é homem. Paolo não vai me dar ouvidos.

Ao se recordar de tudo aquilo, Giuseppina sente um nó no estômago. Sufocara as lágrimas de ternura nos ombros da cunhada, esfregando o rosto no tecido áspero de sua capa.

— Obrigada, minha querida.

A resposta da cunhada foi uma carícia.

Ignazio ficara sombrio diante das palavras da irmã. Virou-se para observar Paolo Barbaro.

— E seu marido, Mattia? Ele tem paciência? Ele a respeita? — O rapaz bufou devagar. — Você não sabe o dó que sinto ao deixá-la aqui sozinha com ele.

A irmã baixou os olhos.

— As coisas são como são. Ele se comporta como deve. — Uma frase. Um zumbido feito palha queimando.

E, naquele gesto, Giuseppina leu o que já sabia. Que Barbaro era violento com ela, que a tratava com brutalidade. O casamento deles fora combinado entre as famílias por motivos econômicos, assim como o dela com Paolo.

Os homens não conseguiam entender que as duas tinham em comum o coração despedaçado.

— Tia, olha! Estamos chegando! — fala Vittoria.

A menina está feliz, entusiasmada. O pensamento de uma nova cidade, distante de Bagnara, encheu-a de alegria desde o início. No dia antes da partida, a pequena disse a Giuseppina:

— Será maravilhoso, tia.

A mulher respondeu com uma careta.

— Você é pequena demais para entender. Não é como aqui no vilarejo...

— Verdade. — Vittoria não se sentiu desencorajada. — É uma cidade, uma cidade de verdade.

Giuseppina balançou a cabeça enquanto a tristeza, o rancor e a raiva corroíam seu estômago.

A garota fica de pé e aponta para algo. Paolo assente, Ignazio agita os braços.

Da multidão de embarcações, destaca-se um escaler que os guia para o atracadouro. No momento do desembarque, já havia se reunido uma pequena plateia de curiosos. Barbaro estica um braço para agarrar o cabo e amarrá-lo à abita. Um homem dá um passo à frente e os recebe.

— Emiddio!

Paolo e Barbaro desembarcam, cumprimentam-no com familiaridade e respeito. Ignazio os vê confabular enquanto estende a passarela para sua cunhada sair do veleiro. Giuseppina, parada sobre o convés, segura o menino como se quisesse defendê-lo de alguma ameaça. Então, Ignazio, gentilmente, ajuda-a a desembarcar.

— Aquele é Emiddio Barbaro, um primo de Paolo — explica o rapaz. — Foi ele quem nos ajudou a comprar a botica.

Vittoria salta para desembarcar, corre até o tio Paolo. O homem acena bruscamente para que fique calada.

Giuseppina lê no rosto do marido uma tensão estranha, como uma vibração profunda, uma fissura naquela atitude segura que com tanta frequência a faz sufocar um grito de raiva. Mas é ligeiro: em um instante, o rosto de Paolo volta a ficar carrancudo. A expressão é dura, o olhar cauteloso. Se Paolo sente medo, sabe escondê-lo bem.

Giuseppina dá de ombros. Aquilo não interessa a ela. Dirige-se a Ignazio, cochichando para que ninguém possa ouvi-los.

— Eu conheço Emiddio. Até dois anos atrás, ele voltava frequentemente para Bagnara, quando sua mãe ainda era viva. — Depois, o tom fica mais doce. — Obrigada — sussurra, e inclina a cabeça, presenteando-o com a visão de um pedaço da pele entre o pescoço e a clavícula.

Ignazio desacelera, depois a segue.

Apoia o pé sobre o cais de pedra.

Pelos olhos, Palermo chega até suas entranhas.

Agora está *na* cidade.

É uma sensação de surpresa e calor, que escorrega dentro dele, e da qual se recordará com melancolia quando, alguns anos mais tarde, conhecer de verdade a cidade.

Paolo pede para Ignazio ajudá-lo a descarregar a mercadoria e colocá-la no carreto oferecido por Emiddio Barbaro.

— Encontrei para vocês acomodações próximas às de muitos companheiros de Bagnara que moram aqui em Palermo. Vão se sentir em casa.

— É um lugar grande? — Paolo joga um cesto de vime cheio de cerâmicas na carroça. Um barulho anuncia a destruição de ao menos um prato. Logo depois, dois carregadores colocam na carroça a *corriola*, o baú com o enxoval de Giuseppina.

Ele sorri.

— Três cômodos no térreo. Claro, não são grandes como eram os da casa de Calábria. Foi um conterrâneo nosso que mostrou o local para mim, depois que o primo dele voltou para Scilla. Essencialmente, está a poucos passos da *putìa* de vocês.

Giuseppina não consegue fazer nada além de olhar para as pedras do cais e permanecer em silêncio.

Tudo está decidido.

A raiva se acumula, ruge dentro dela. Cola os pedaços de seu coração, junta-os, mas o faz de qualquer maneira, e aqueles cacos se posicionam entre as costelas e a garganta, provocando-lhe dor.

Ela gostaria de estar em qualquer outro lugar. Até no inferno. Mas não ali.

Paolo e Barbaro permanecem no porto e descarregam a mercadoria. Emiddio guia Giuseppina e Ignazio pela porta Calcina.

As vozes da cidade, no trajeto, lhe soam agressivas, brutais, desgraçadas.

O ar é podre ali. A cidade toda é suja, basta uma única olhada para perceber isso. Palermo é um local miserável.

À sua frente, a sobrinha faz uma pirueta e dá uma risada estrondosa. *Que razão ela tem para ficar tão feliz?*, pensa, irritada, enquanto arrasta os pés no chão lamacento. *Mas a verdade é que ela nada tinha e nada perdeu. Vittoria só ganhou.*

De fato, a garotinha imagina seu futuro e sonha, sonha em não ser só uma órfã acolhida por caridade. Sonha em ter algum dinheiro, talvez em se casar com alguém que não seja um primo distante. Mais liberdade em relação ao que era seu destino naquele vilarejo atochado entre as montanhas e o mar.

Giuseppina, porém, sente-se pobre e enlouquecida.

Do outro lado da porta, a estrada finca-se entre vendas e armazéns que se abrem para as vielas, ladeando casebres pobres. Reconhece alguns rostos. Não retribui as saudações.

Sente vergonha.

Ela os conhece bem. É gente que deixou Bagnara há anos. "Ralé", a avó sentenciou. "Mortos de fome que não quiseram permanecer no vilarejo", acrescentou o tio, "que preferiram uma vida fazendo bicos em uma terra estrangeira ou obrigando suas mulheres a trabalharem como criadas nas casas dos outros." Pois a Sicília é outro país, um mundo diferente que nada tem a ver com o continente.

E sua cólera aumenta porque ela, Giuseppina Saffiotti, não é uma miserável que teve que emigrar para encontrar o pão. Tem um terreno, um enxoval, um dote.

Quanto mais a estrada se afunila, mais seu coração pesa. Não consegue manter o ritmo dos outros. Não quer.

Chegam a um largo. À esquerda, uma igreja com um alpendre fechado com colunas.

— Essa é a Santa Maria a Nova — diz Emiddio, indicando a catedral para Giuseppina. — Aquela outra é São Tiago. Não vão faltar lugares para rezar — diz, conciliador.

Ela agradece, faz o sinal da cruz, mas naquele momento não pensa nas preces. Relembra, na verdade, o que foi obrigada a deixar para trás. Olha para a calçada pavimentada onde restos de frutas e verduras se afogam em poças de lama. Não há vento que consiga varrer o cheiro de morte e chorume.

Por fim, eles param na lateral da praça. Algumas pessoas vão mais devagar e lançam olhares furtivos; outros, mais descarados, cumprimentam Emiddio enquanto observam suas coisas, tentam atribuir valor às roupas, aos gestos, reviram com os olhos a vida dos recém-chegados.

Vão embora!, Giuseppina gostaria de gritar. *Sumam daqui!*

— Chegamos — anuncia Emiddio.

Uma porta de madeira. Cestos com frutas, verduras e batatas estão apoiados no batente.

Emiddio se aproxima e dá um pontapé em um balaio. Coloca as mãos nos quadris e fala com o tom de quem faz uma proclamação.

— Mestre Filippo, o que está fazendo? Pode retirar essas coisas? Os novos inquilinos de Bagnara estão aqui.

O vendedor é um velho com as costas curvas e um olho aguado. Vem do fundo do depósito apoiando-se às paredes.

— Pois bem, estou indo! — Ele levanta a cabeça e revela o outro olho, bem mais esperto, que estuda Ignazio e se detém em Giuseppina.

— Já não era sem tempo. Pedi para retirar essas coisas de manhã — diz Emiddio.

O velho se arrasta até os cestos e pega um. Ignazio faz menção de ajudá-lo, mas Emiddio alcança seu braço.

— Mestre Filippo é mais forte que eu e você juntos.

No entanto, há algo mais naquelas palavras.

E esta é a primeira lição que Ignazio aprende: em Palermo, uma frase pela metade pode valer mais que um discurso inteiro.

Entre um arquejo e um suspiro, o vendedor libera a passagem.

Restam as folhas e as cascas de laranja.

Basta um olhar de Emiddio para que sejam varridas.

Finalmente, eles podem entrar.

Giuseppina olha ao redor. De imediato percebe que a casa está vazia há bem mais que dois meses. O fogão a lenha está ali, quase na soleira. A chaminé não pode ser boa, pois o muro está preto, as maiólicas, trincadas, sujas de fuligem. Há apenas uma mesa; nenhuma cadeira, apenas um banquinho. Alguns armários de pedra, fechados com portas de madeira inchadas e rachadas. As vigas estão cobertas por teias de aranha; no chão, vermes e umidade. O piso range debaixo de seus pés.

A casa é escura.

Bastante escura.

A cólera se transforma em repulsa, sobe pelo estômago, vira fel. É tão forte que a mulher sente ânsia de vômito.

Isso é uma casa? A minha *casa?*

Passa além da soleira do quarto, onde estão Emiddio e Ignazio. O cômodo é estreito, parece mais um corredor: a luz insalubre entra por uma janela com barras, que dá para um pátio interno. Do lado de fora, vem o barulho de um chafariz.

Os outros dois cômodos são pouco mais que despensas. Não há portas, só cortinas.

Giuseppina aperta Vincenzo contra o peito, continua olhando ao redor sem conseguir acreditar no que vê. Contudo, é real. A sujeira. A miséria.

O menino acorda. Está com fome.

Ela volta para a cozinha. Encontra-se sozinha agora: Ignazio e Emiddio estão do lado de fora, além da soleira. Sente que suas pernas podem ceder, então se deixa cair no banquinho antes de desabar no chão.

O sol está se pondo, em breve a escuridão descerá sobre Palermo e sobre aquela pocilga, transformando-a em uma tumba.

É assim que Ignazio a encontra ao entrar na casa. Desolada, com a criança aos prantos.

Pensa então em se ocupar com as bagagens.

— Você precisa de ajuda? — pergunta ele a Giuseppina. — Logo Paolo chegará com outros cestos e a *corriola*. — O rapaz quer apagar a expressão de terror do rosto da cunhada. Quer distraí-la, quer...

— Pare. — A voz está despedaçada. Ela levanta a cabeça. — Não podíamos pagar por nada melhor que este lugar miserável? — pergunta ela de uma vez, sem raiva, sem forças.

— Não em Palermo. A cidade... é uma cidade. É cara. Não é um vilarejo como o nosso. — Ele tenta explicar, mas sabe que essas palavras nunca serão o suficiente.

O olhar da mulher é vazio.

— Isto é uma choça. Um *catojo*, um antro. Onde foi que seu irmão me trouxe?

É o alvorecer. Não há ninguém, ou quase ninguém, no largo São Tiago, a praça onde se encontra a *putìa* de Florio e Barbaro.

A porta da botica range. Paolo entra. Um fedor de mofo o agride.

Ignazio, atrás dele, deixa escapar um suspiro ofegante. O balcão está inchado de umidade. Há frascos e vasos soltos aqui e ali.

O desânimo passa de um para o outro, envolve-os e se acomoda entre o peito e a garganta.

— Ninguém me disse que vocês ficariam aqui — diz o garoto que lhes entregou a chave, tentando se justificar. — Dom Bottari está acamado, como sabem... não levanta da cama há semanas.

Ignazio pensa que a culpa não pode ser da doença, que Bottari perdeu o interesse pela loja. Aquela desolação não é coisa de pouco tempo.

— Passe-me a vassoura — diz Paolo, simplesmente. — E vá buscar alguns baldes. — Ele pega a vassoura e começa a varrer o chão. Faz isso com uma raiva controlada. Não foi assim que viu a *putìa* da última vez que esteve em Palermo.

Ignazio hesita, depois se dirige ao cômodo que se vislumbra pela cortina.

Sujeira. Bagunça. Papéis empilhados por todos os cantos. Cadeiras velhas, pilões quebrados.

A sensação de ter errado, de ter arriscado tudo e perdido, toma conta dele. Pelo som rítmico da vassoura, percebe que Paolo sente o mesmo.

Vrush, vrush.

Cada varrida é um tapa. Nada aconteceu conforme esperavam. Nada.

Começa a recolher os papéis, esvazia o saco de juta para acumular o lixo. Uma barata enorme cai sobre seus pés.

Vrush, vrush.

Seu coração é uma pequena pedra que se pode apertar entre os dedos.

Ele afasta o inseto com um chute.

Eles terminam a limpeza por volta do meio-dia. Na soleira, Paolo — descalço e com as mangas da camisa enroladas — seca o rosto suado.

Agora a botica cheira a sabão. O garoto está tirando o pó dos frascos e dos vasos e os organiza seguindo as instruções dadas por Paolo.

— Ah, então é verdade. A loja reabriu.

Paolo se vira.

A voz vem de um homem de meia-idade com olhos azuis tão claros que parecem pálidos. Uma entrada profunda na linha dos cabelos desenha uma mancha clara em sua testa. Veste-se de baeta com uma gravata plastrão presa com um alfinete de ouro.

Atrás dele está uma garota com capa de cetim bordada e brincos de pérola, de braços dados com um jovem.

— Que fim levou Domenico Bottari? Ele passou o ponto? — pergunta o jovem.

Paolo o observa. O rapaz tem a voz forte, marcada pelo sotaque, e o rosto sardento.

— Eu sou o proprietário, em sociedade com meu irmão e meu cunhado. — Seca a mão molhada nas calças com a barra dobrada na altura do tornozelo e estende-a para cumprimentá-lo.

— Você é o proprietário? — O rosto do jovem se desfaz em uma gargalhada. — É tão proprietário que não pode nem contratar alguém para limpar o chão?

— Outro calabrês! — exclama a garota. — Sinceramente, quantos pode haver no mundo? Quando eles falam, parece que estão cantando!

— E o que vão fazer, vender especiarias? — O homem mais velho ignora a chacota da jovem. Talvez seja filha dele? *Pode ser*, pensa Paolo. *São parecidos*.

O outro se aproxima e o examina com atenção.

— Ou vão fazer compra e venda de outras coisas? Quem são seus fornecedores?

— Com certeza já têm contato com outros calabreses ou com os napolitanos. Serão eles que vão vender a vocês as especiarias? — pergunta o mais velho.

— Eu... nós... — Paolo gostaria de impedir aquela saraivada de perguntas. Leva as mãos à frente, procura Ignazio, mas o irmão fora até o marceneiro à procura de ripas para consertar as diversas prateleiras e cadeiras tortas.

Vê o garoto perto da *putìa*. Está com um balde nas mãos e olha para aqueles dois com reverência. Paolo faz sinal para que se aproxime, mas entende que não, que ele não virá.

O homem mais velho se aproxima da porta.

— Com licença. — Ele entra na loja sem esperar resposta. — Bottari fechou bons negócios com essa *putìa*, mas faz mesmo um tempo que... — Uma olhada é o suficiente. — Vão ter que trabalhar bastante antes de poder vender alguma coisa sem passar vergonha. — Esfrega as mãos. — Se não sabem de quem comprar ou como vender, correm o risco de ficarem abertos do Natal até o dia de São Estevão.

Paolo apoia a vassoura à parede, depois desenrola as mangas. Sua voz já não é mais cordial.

— Verdade. Mas não nos faltam recursos ou vontade.

— Também vão precisar de sorte. — O rapaz entrou na loja logo depois do velho. Avalia as estantes, conta os frascos, lê o que está escrito neles. Parece dar um preço a tudo que vê. — Com essas coisas, não dá para ir muito longe. Aqui não é a Calábria. É Palermo, a capital da Sicília, e não é um lugar para mortos de fome. — Ele pega um frasco e segue a rachadura com o dedo. — Acham que podem seguir adiante com esses vasos lascados?

— Temos quem nos venda nossas mercadorias. Somos comerciantes de especiarias, temos nosso *schifazzo*. Meu cunhado vai nos trazer uma carga todo mês. É só questão de tempo até nos assentarmos e arrumarmos tudo. — Mesmo sem querer, Paolo está na defensiva, pois aquele homem o pressiona, zomba dele, coloca-o em uma situação difícil.

— Ah! Então são vendedores. Não são boticários.

O jovem cutuca o homem mais velho com o cotovelo. Não tem nem o decoro de falar em voz baixa.

— O que eu disse? Achei estranho... nenhuma matrícula foi feita no Colégio dos Boticários, tampouco no Colégio dos Farmacêuticos. São comerciantes.

— Tem razão — responde o outro.

Paolo quer enxotá-los: eles se intrometeram na vida deles, tentaram contar o dinheiro em seu bolso e ainda por cima fazem chacota...

— Bem, se não se importarem, preciso continuar o trabalho. — Ele aponta para a porta. — Bom dia.

O velho dá meia-volta sobre os calcanhares. Lança a Paolo um olhar de escárnio, depois bate os saltos, quase como se estivesse obedecendo a uma ordem, e sai da loja sem sequer cumprimentá-lo.

O jovem, em contrapartida, para e olha mais uma vez para as prateleiras.

— Dou dois meses a vocês, antes de encontrá-los mendigando na rua. Dois meses, no máximo, e vão fechar as portas.

Quando Ignazio retorna, encontra Paolo com o rosto enfiado entre as mãos trêmulas. Mexe em vasos e frascos, observa-os, balança a cabeça.

— O que foi? — indagou Ignazio. Algo deve ter acontecido. Seu irmão está transtornado.

— Há pouco vieram me ver aqui três pessoas. Dois homens e uma mulher. Fizeram todo tipo de perguntas. Quem somos, o que fazemos, como vendemos...

— Gente curiosa, então. — Ignazio levanta algumas ripas de madeira que pegara com o carpinteiro para consertar as cadeiras e as prateleiras. Pega o prego, coloca-o no lugar e começa a martelar. — E o que queriam, afinal?

— A questão não é o que queriam, mas quem eram.

Neste ponto, Ignazio se detém. O mal-estar na voz do irmão não é só de antipatia: há incômodo ali, talvez medo. Enruga a testa.

— Paolo, quem eles eram? O que queriam?

— O garoto que Bottari nos mandou me disse. O pobre coitado estava com tanto medo que nem quis chegar perto. — O irmão repousa a mão em seu braço. — Era Canzoneri, Ignazio. Canzoneri e seu genro, Carmelo Saguto, e não quero compartilhar com você a forma como se portaram.

Ignazio coloca o martelo sobre o balcão.

— *O* Canzoneri? O comerciante de especiarias que vende para o exército do rei?

— E para toda a aristocracia. Sim, ele mesmo.

— E o que veio fazer aqui?

Paolo indica a botica. Entre os braços abertos, cria-se o vazio, insinua-se a penumbra da tarde daquele outono cansado.

— Dizer-nos que, segundo ele, não vamos longe. — Na voz, há um quê de desânimo, de resignação, que toca Ignazio profundamente. E que o rapaz não consegue suportar.

Ele pega o martelo, segura um prego.

— Deixe que fale.

Uma martelada.

É como se Ignazio estivesse lhe devolvendo o pensamento quando o irmão revelara que queria deixar Bagnara.

— Deixe que todos falem, Paolo. Não viemos aqui para passar fome ou voltar para a Calábria na madrugada, como mendigos. —

Sua voz é dura. Ele não esconde a cólera, a indignação, o orgulho. Outro prego, outra martelada. — Viemos para cá e aqui ficaremos.

Depois de Canzoneri, outros boticários também foram bisbilhotar. Deram voltas na loja, espiaram pelos vidros, mandaram seus ajudantes irem lá dar uma olhada.

Os rostos são hostis, cheios de escárnio ou pena. Um deles, um tal Gulì, disse a ambos, de forma amigável, para não se sentirem espertos demais, porque Palermo "é difícil".

Palermo estuda os Florio. Estuda-os bem. E não os perdoa.

Clientes, poucos.

E pensar que há especiarias agora, e de primeira qualidade.

Por isso, quando ouvem o ranger da porta, algumas semanas depois, quase não acreditam em seus olhos.

Uma mulher. Um lenço na cabeça e um avental nos quadris. Na mão, um pedaço de papel. Estende-o para Paolo, que está mais perto.

— Não sei o que está escrito — diz ela. — Meu marido sente dor na barriga e tem febre alta. Disseram para comprar essas coisas, mas não tenho muito dinheiro e não posso ir à farmácia. Fui até Gulì e ele me falou que, com o que tenho, não posso comprar nada. Vocês... podem me vender isso?

Os dois irmãos se entreolham.

Paolo lê.

— São remédios para constipação. Vamos ver o que podemos fazer. — Lê os nomes das ervas em voz alta: — Arruda, flor de malva...

Ignazio alcança as prateleiras, pega os vasos. As ervas terminam no pilão, enquanto Paolo escuta a mulher.

— Faz quatro dias que meu marido sente dor e não sai da cama. — Ignazio espia ansioso, enquanto trabalha. — Essas coisas vão fazer com que ele melhore? Eu não tenho mais para onde ir. Precisei penhorar meus brincos para chamar o médico, porque o barbeiro não entendia nada.

Paolo massageia o próprio queixo.

— E a febre? Está alta?

— Ele se vira na cama e não consegue descansar.

— Não tem paz, o pobre homem... Claro, se a febre está alta...

Ignazio aponta um vaso enorme atrás dele. Paolo entende.

Uma colher cheia de uma cortiça escura acaba dentro do pilão.

A mulher vê Ignazio, desconfiada.

— O que é isso?

— Chama-se casca de quinquina. É a cortiça de uma árvore do Peru e serve para baixar a febre — explica Paolo, com paciência.

Porém, a mulher está preocupada e enfia as mãos nos bolsos. Ignazio ouve o tilintar de *grani* e de *tarì*[1] sendo contados.

— Desta vez não precisa pagar. Fique tranquila — diz ele, afinal.

Ela quase não acredita. Pega o dinheiro, coloca no balcão.

— Mas os outros comerciantes...

Paolo coloca a mão em seu braço.

— Os outros são como são e fazem como querem. Nós somos os Florio.

Foi assim que tudo começou.

As semanas passam, debulham-se uma após a outra. O Natal se aproxima.

Um dia, Giuseppina vai até eles logo após o toque dos sinos do meio-dia. Encontra o marido e o cunhado, que estão guardando vasos e pequenas balanças no cômodo traseiro da loja.

— Trouxe o almoço — diz ela. Tem nas mãos uma cesta com pão, queijo e azeitonas. Ignazio oferece uma cadeira para que ela se sente, mas a cunhada faz um gesto e diz que não. — Preciso ir. Vittoria está sozinha com Vincenzo.

Paolo pega o pulso dela.

— Não fuja sempre — diz ele com uma estranha doçura. Então, Giuseppina, com cuidado, volta para o lado do marido, que lhe dá uma fatia de pão molhada no azeite.

---

1 O *grano*, o *tarí* e a *onza* eram as moedas sicilianas da época. O *grano* era uma moeda de cobre, sendo a vigésima parte de um *tarí*. O *tarí*, em geral de prata, era a trigésima parte de uma *onza*. [N. da. A.]

— Já comi.

Ele aperta a mão dela.

— E daí? Só um pouco mais?

Giuseppina aceita. Contudo, mantém o olhar baixo.

Ignazio mastiga devagar. Estuda os dois.

Eles brincam. Ou melhor, Paolo brinca com ela. Giuseppina aceita os pedaços de comida que o marido lhe oferece, mas o rosto continua franzido.

Alguém bate à porta.

— O que é isso, não se pode ter um minuto de paz... — Paolo limpa a boca com a manga. Vai até a frente da loja, enquanto Ignazio engole o último pedaço de queijo e já se coloca de pé.

Giuseppina agarra seu braço.

— Ignazio.

O tom de Giuseppina é severo, ele tem quase a impressão de que é seu irmão quem fala.

— O que é?

— Preciso de sua ajuda. Eu... — Um tilintar de frascos vem do outro cômodo. — Queria mandar uma carta para Mattia. Poderia escrevê-la?

Ignazio se volta para ela.

— Paolo não pode ajudá-la?

— Pedi a ele. — A mão de Giuseppina está em cima da mesa. Ela a fecha em punho e desliza até encontrar a mão de Ignazio. — Ele disse que não tem tempo, e que eu não deveria fazê-lo perder tempo. A verdade é que não quer, sei disso, e, quando lhe pedi, ele ficou irado. Mattia não sabe como estamos, se já nos instalamos... Antes, eu e ela nos víamos todos os dias na igreja. Agora, nem sei se está viva. Gostaria ao menos de escrever a ela...

O rapaz suspira. Aqueles dois são como água e azeite: podem estar no mesmo frasco, mas nunca vão se misturar.

Ela fala baixo. Toca-o, aperta-lhe a palma.

— Não sei mais a quem pedir. Aqui, não tenho proximidade com ninguém, e não quero revelar minhas questões a um estranho. Poderia me ajudar?

Ignazio reflete em silêncio. *Não*, diz a si mesmo. *Deveria procurar o escrivão*. Não quer saber por que Giuseppina está com aquela expressão infeliz ou por que Paolo tenta se aproximar dela, mesmo sabendo que será rechaçado.

De toda forma, é inútil: ele os vê e os escuta todos os dias, embora jamais briguem em voz alta. Afinal, certas coisas se sentem com a alma e com o instinto. E ele, que quer bem a ambos, se encontra no meio deles.

É então que ele, o irmão paciente, generoso e gentil, sente desenrolar uma cobra que está escondida, uma cobra-d'água venenosa. Ignazio aprendeu a atirar pedras nela, porque não tem o direito de deixá-la emergir. Não pode dizer a Paolo o que fazer com a própria esposa.

Giuseppina agora fala muito perto dele.

— Por favor.

Ignazio sabe que não deve se colocar entre eles. Devia sair dali, mandá-la falar outra vez com Paolo.

Nesse momento, percebe que entrelaçou seus dedos nos dela.

Afasta-se de supetão e fala dando-lhe as costas.

— Está bem. Agora vá embora.

Quando Paolo lhe pergunta por que está levando papel e tinta para casa, Ignazio explica ao irmão. Vê como sua expressão azeda.

— Como quiser. Eu é que não quero ter que aguentar as reclamações dela até por carta.

Trocam poucas palavras durante o jantar; pegam os bocados de um mesmo prato no centro da mesa. De sobremesa, uva e um pouco de fruta seca. Vittoria passeia pelo cômodo com Vincenzo no colo. Canta.

Olha esse meu menino
Veja o quanto é bonito
Dorme, dorme
Dorme contente
Que essa é a hora

Esse é o momento
E vem, vem, sono
Vem e toma conta dele
Esse meu filho pequenino

Giuseppina seca as mãos no avental. Aproxima-se de Vittoria e lhe dá um beijo.

— Vão para a cama, os dois. Preciso fazer uma coisa com seu tio.
— Ela desaba no banco e tira os cabelos do rosto. — Então?
— Vou pegar o papel — Ignazio vai até o quarto que divide com Vittoria e procura a tinta. Esforça-se para ouvir o que vem da cozinha.
— Por que não pediu para mim? — pergunta Paolo.
— Você falou que não tinha tempo. — A voz de Giuseppina está amargurada.
— Pois bem. — A cadeira range. — Vou dormir, então.
Ignazio vai até o cômodo, impedindo a passagem do irmão.
— Paolo, fique conosco, dite algumas palavras de saudação você também.
Giuseppina agora olha para o marido. *Fique*, parece lhe dizer.
E Paolo fica.
Ele volta a se sentar e começa a escrever. Seu caráter é difícil, mas não poderia ser de outra forma, levando em conta como foi criado. É orgulhoso como todos os Florio.
Devolve o papel a Ignazio. Ele pega a pena e convida Giuseppina a começar.
— Querida Mattia... — Ela se interrompe e toma fôlego. Então, continua, como se não pudesse parar. — O menino cresce bem, seus irmãos trabalham da manhã até a noite...
"A casa é pequena, mas próxima à botica...
"Não há as verduras que recolhíamos juntas na montanha...
"Palermo é enorme, e conheço apenas as ruas que vão até o porto..."
Ignazio está concentrado.
Ele sente o que Giuseppina quer dizer de verdade.
Vincenzo ao menos me dá alguma alegria, enquanto Paolo e Ignazio me deixam sozinha o dia inteiro. Parece que vou enlouquecer neste buraco. Sim,

porque a casa é pouco mais que um depósito da botica, e passo meus dias solitária, extremamente solitária, com meu filho e Vittoria, e, nesta cidade enorme, não há espaço para mim, você não está aqui, e me perco entre as paredes, o barro e o nada.

Por fim, Giuseppina fica em silêncio.

Paolo se aproxima da esposa, a abraça pelos ombros.

— Amanhã cedo envio a carta — diz. Ele acaricia seus cabelos. Uma carícia muito longa, cheia de arrependimento, afeto e medo. Abre a boca para falar, mas não diz nada. Deixa o cômodo sob o olhar desorientado da esposa.

Deveria ter falado, pensa Ignazio. *Deveria. E também tê-la ouvido. Um casamento não é isso? Não é carregar a fadiga da existência juntos?*

Era o que ele teria feito.

— Como sempre, muito obrigada, dom Florio. Tenha um bom dia!

— Sempre à disposição. Até logo.

O Natal de 1799 passou depressa. O ano seguinte terminou, a botica cresceu. Eles, os irmãos Florio, se tornaram — depois de algum esforço — conhecidos. Por muito tempo, tanto a desconfiança dos moradores de Palermo quanto as fofocas disseminadas por Saguto, o genro de Canzoneri, os esmagaram. Os demais boticários, um pouco por medo, um pouco para não querer fazer desfeita a Canzoneri, mantiveram distância da loja deles. Paolo ainda se lembra dos dias passados à soleira da porta, à espera de que algum cliente entrasse, ou de que outro comerciante aparecesse para reservar um carregamento de especiarias. Além disso, tiveram que suportar os olhares de Saguto, que passava em frente à loja e quase se regozijava ao vê-la deserta. Paolo tinha jurado a si mesmo que tiraria aquele ar arrogante da cara dele.

O novo ano, 1801, chegou com gelo e chuva. A porta se fecha, como sempre, com aquele rangido familiar. Por um instante, o barulho da chuva adentra a loja, com o vento do inverno e o cheiro de madeira queimada.

Paolo olha ao redor e coloca em ordem os frascos que estavam na bancada.

No fim do ano anterior, houvera uma violenta gripe epidêmica. O canto das missas de Natal intercalava com as lamentações de tantos funerais.

As provisões de casca de quinquina diminuíram até quase se esgotarem. Passaram a ser vendidas pelas boticas mais importantes, como a de Canzoneri, literalmente a preço do ouro; uma pena para quem precisava.

Depois, inesperadamente, chegou o carregamento de especiarias trazido por Barbaro. Veio com o novo ano: caixas cheias que abarrotaram a loja. E a notícia se espalhou da noite para o dia. Na vida, por uma lei do destino, a desgraça de uns é a alegria de outros. E eis que no dia seguinte, a loja lotou, e não apenas de gente pobre em busca de ervas medicinais.

Boticários. Pequenos farmacêuticos. Alguns cirurgiões.

Postavam-se na porta, chapéu na mão e dinheiro no bolso, implorando que lhes vendessem casca de quinquina, impossível de se adquirir em qualquer outro lugar.

Paolo ainda se lembra de quando Carmelo Saguto, de passagem pelo largo San Giacomo, parou para olhar, incrédulo, o movimento de boticários à procura daqueles calabreses em que até então ninguém confiava. Correu para a loja, passando os outros clientes para trás, e pediu que Paolo lhe mostrasse a tal casca de quinquina, porque não podia ser verdade, gritava, estavam de brincadeira...

Paolo pegou um punhado e espalhou no balcão.

— Casca de quinquina do Peru. Acabou de chegar, e já vendemos tudo. Não há muito o que lamentar, Saguto.

O homem deu alguns passos para trás, rodeado pelos olhares constrangidos dos outros boticários e cirurgiões. Tinha o rosto inchado, o cenho deformado por uma careta. Ficou parado, depois cuspiu e disse:

— Escória da terra.

No dia seguinte, Canzoneri espalhou a notícia de que tinha outras especiarias e havia baixado os preços, prometendo tratamento especial aos clientes fiéis. Mas o estrago já estava feito.

— Salve-se quem puder — comentara Paolo.

A essa altura, ele havia entendido. É assim que funciona.

Foi naquele momento que ele deixou de ser um simples homem de Bagnara para se tornar *dom* Paolo Florio.

E seu nome passou a vir escrito em notas e documentos, contratos assinados pelos varejistas que, tendo comprovado a qualidade da mercadoria, voltavam a comprar deles.

Paolo coloca o último vaso na prateleira.

Verdade seja dita: aquele carregamento de casca de quinquina fora um golpe de sorte. Mas o que veio depois não foi fruto do acaso.

Lá de fora, na chuva, chega correndo o garoto Michele, assistente deles. Entra, carregando bem junto ao peito uma caixa coberta por uma tela impermeável, e sacode a água do corpo.

— Está chovendo a cântaros! — exclama, colocando a caixa no balcão. — Aqui está: noz-moscada e cominho. Também peguei um pouco de dictamo-branco, pois percebi que está acabando.

— Como está o depósito?

— Frio e úmido, mas com esta chuva não se pode fazer nada.

— A umidade estraga os aromas. — Paolo bufa. — Mais tarde, vão você e Domenico colocar os saquinhos no alto e isolar as portas com papel.

O jovem faz que sim, depois desaparece no fundo da loja, onde colocaram uma porta no lugar da cortina e pintaram as persianas.

Não é a única mudança no estabelecimento.

A loja já não é suficiente.

Paolo e Ignazio alugaram um depósito na rua dos Materassai, na circunscrição administrativa de Castellammare. Lá, podem armazenar a mercadoria que chega de todo o Mediterrâneo. Um salto de qualidade e tanto, que se fez necessário depois que abriram o atacado de especiarias para atender aos demais comerciantes.

Ele chama Michele.

— Diga, dom Paolo.

— Estou saindo. Ignazio vai se atrasar para voltar, não quero que haja qualquer problema com a aduana. Fique atento à loja.

O estrépito da chuva lhe causa um arrepio. Ele atravessa o largo San Giacomo e olha para a sua casa: a luz da vela transparece pelas persianas. Giuseppina deve estar cozinhando.

E Vincenzo…

Vincenzo é um garotinho inteligente. De noite, Paolo o observa brincar com Vittoria, ou observa Ignazio tentando ensinar aos sobrinhos as letras do alfabeto.

Logo depois, porém, sua mulher se debruça na janela para jogar fora a água suja de uma bacia. Ela o viu, ele tem certeza, mas não fez nada, nem sequer acenou.

Ele abaixa a cabeça e segue a passos rápidos para o edifício Steri. Giuseppina não sente afeto por ele. Isso nunca foi um problema: ele tem o trabalho. Não lhe faltam viagens marítimas, e a botica preenche seus dias.

Só de vez em quando ele deseja um abraço, para adormecer aquecido e amado.

Giuseppina fecha a porta com uma pancada. Paolo estava lá fora.

Quem sabe aonde ia.

Ela sente um aperto opressivo no peito.

Meu coração está sombrio, dizia-se em Bagnara.

Seu coração está imerso em escuridão. Odeia a casa. Odeia a cidade, o tempo úmido. Com o inverno e a chuva, é obrigada a manter as janelas fechadas e a acender velas.

Além do mais, não está sendo um dia bom. Sentiu-se indisposta e teve que ficar de repouso por algum tempo, enquanto Vittoria a ajudava com as tarefas domésticas.

Está grávida.

Teve a confirmação faz alguns dias. Suas regras não desceram e os seios estão doloridos.

Como se não bastasse todo o resto, tem que esperar outro bebê, ali, em Palermo, nessa casa sem luz.

Eu deveria contar a Paolo, ela pensa. Mas ainda não encontrou o jeito ou o momento certo.

Para falar a verdade, não sabe se quer esse filho.

Não confia em Paolo, pelo contrário. Fica ressabiada perto dele, às vezes chega a ter medo. Em outros momentos, o respeito reverencial que uma mulher deveria sentir pelo marido se transforma em um ódio efervescente, em uma faca revirando em sua barriga. E agora, um filho dele? Mais um?

Sente vergonha de sequer pensar isso, mas essa criança não deveria nascer.

Então, coloca um xale na cabeça e calça os sapatos. Sai, contorna o largo San Giacomo e desce em direção ao porto. Lá, em uma das espeluncas atrás do muro, mora a parteira dos que vêm de Bagnara, Mariuccia Colosimo. Da porta, chega um cheiro de sabão e de roupa para lavar. Ela hesita, mas em seguida chama, de repente:

— Dona Mariuccia! Está aí?

A mulher aparece, o rosto parece esculpido de rochas vulcânicas e os lábios são finos. A pele suada.

— Dona Giuseppina… estou preparando a lixívia para as roupas. Como posso ajudá-la? — pergunta ela, secando as mãos avermelhadas no avental.

Giuseppina hesita por um instante. O que ela deseja fazer não é certo, é pecado. Sua avó dizia que Nossa Senhora dá as costas a uma mulher que tira um filho.

Mesmo assim…

Giuseppina se aproxima e quase sussurra no ouvido da parteira.

— Será que posso vir visitá-la um dia desses?

A mulher inclina um pouco a cabeça. Tem um cheiro rústico, de feno e leite.

— Quando quiser. O que foi… Tem um ovo no ninho?

Ela assente.

— Mas meu marido ainda não sabe — acrescenta ela, sussurrando.

A parteira se empertiga. Não faz perguntas, só abre as mãos. Ela entende, entende tudo, e sabe que as coisas que as mulheres não dizem estão além do que os homens são capazes de entender.

— Sabe onde me encontrar. Estarei esperando.

Giuseppina assente mais uma vez, e a parteira volta para dentro.

Ela volta para casa com passos lentos. A chuva ensopou o xale e agora entra no corpete. São gotas grossas, pesadas, que dificultam os passos. Chegando ao largo San Giacomo, ela espia a botica. Pela vitrina, vislumbra algumas silhuetas, talvez clientes.

Suspira. Se Ignazio tivesse sido o marido escolhido pela avó, talvez tudo fosse diferente hoje em dia.

Ela se lembra de quando, anos atrás, enterraram os familiares deles, após o terremoto que destruíra Bagnara. Lembra o rosto do garotinho de olhos ternos, rosto anguloso, rosado pelo choro, encarando o monte de terra sob a qual fora enterrada a mãe, Rosa. E ela — que perdera ambos os pais, que era pouco mais do que um galho seco e torto de punhos fechados segurando o vestido, zangada com o mundo por ter levado embora sua mamãe e seu papai — aproximara-se dele, entregando-lhe um lenço para que secasse o ranho que lhe escorria do nariz.

"Não chore", repreendera-o. "Meninos não choram", dissera aquilo com raiva, talvez porque invejasse aquelas lágrimas libertadoras, porque ela mesma já não tinha mais choro. E ele a olhou, fungando. Não respondeu.

Ela volta para casa. A barra da saia está encharcada, o xale precisa ser torcido. Vittoria a interroga com os olhos.

— A senhora está toda molhada, tia! Está tudo bem?

— Sim, sim... tive que ir até dona Mariuccia perguntar uma coisa.

Vincenzo a distrai, puxando sua saia.

— Mamãe, colo.

Giuseppina abraça forte o filho e sente o cheiro tépido de seu pescoço. Seu filho foi a única coisa boa que o marido lhe deu. E está suficiente, ela não quer outro, esse que está crescendo em seu ventre, que lhe deixa cansada e sem fôlego. Poderia sair igual ao marido...

A raiva que sente de Paolo se acende novamente. Seu rancor é um rancor antigo que ela guarda amorosamente no peito, debaixo do coração. Ela desejava marido e filhos, mas se soubesse que o casamento seria assim, teria fugido para as montanhas.

Ah, Paolo era respeitoso, claro. Só tinha duas coisas na cabeça: trabalho e dinheiro. Até mesmo no dia de Natal, foi à botica verificar as encomendas, deixando ela e Vittoria sozinhas, comendo castanhas e olhando uma para a cara da outra.

Ele não era como Ignazio.

A chuva aperta. É quase meio-dia quando Paolo cruza a entrada de carroça, aquela do lado da aduana que fica dentro do edifício Steri: um cubo, perfurado por ajimezes finos, uma fortaleza dentro da cidade, nascido como propriedade da família Chiaramonte, depois usado como prisão durante a Inquisição e, mais tarde, como caserna, testemunha silenciosa de tanta história da cidade.

Paolo se protege na passagem entre os dois pátios, com outras pessoas, entregadores e comerciantes.

Ainda está por lá quando avista, na área aberta quadrada, Ignazio seguindo um sujeito que discute com ele. Reconhece-os.

— Paolo! Ignazio!

Os dois não escutam seu chamado. Barbaro empurra Ignazio, que abre os braços.

Paolo sai correndo de seu abrigo.

— O que há? O que está acontecendo?

Barbaro investe contra ele.

— Até você! Guardei uma víbora junto ao peito, foi isso! Essa é a gratidão por ter dado a vocês meu pão quando estavam morrendo de fome? Saem por aí alugando coisas sem me dizer nada? E assinam com os próprios nomes?

— O que quer dizer? — Paolo não entende, olha para o cunhado, olha para Ignazio. — O que foi?

Ignazio tenta explicar:

— Um dos trabalhadores de Canzoneri disse a ele que alugamos um depósito, diz que tentamos enganá-lo...

— E não é verdade? — Barbaro se precipita. — Preciso ouvir de estranhos que vocês estão fazendo coisas sem me contar nada? Somos sócios e também parentes, que diabos, e vocês me fodem? Ah, lembrem-se de quem é que coloca o dinheiro aqui! Se eu quiser, tiro o chão debaixo dos seus pés e vocês acabam com as pernas para o ar.

— Ah, o que é que você vai fazer? Me diga! — dispara Paolo. — Quem é que trabalha aqui, nós ou você? Fomos nós que arrumamos a botica e a fizemos funcionar novamente. Quando estávamos em Bagnara, você dizia que estava tudo bem, quando na verdade era um cômodo largado às traças e à umidade. E agora temos clientes, o dinheiro gira. Em vez de nos agradecer pelo que fizemos, quer um relatório completo? Venha trabalhar aqui, e avalie você mesmo se não fizemos bem em alugar um depósito. Por que está gritando conosco?

— Mas quem você acha que é? Tinham que me contar antes de alugar!

— Por quê? Você tinha que nos dar a sua bênção?

Barbaro coloca as mãos no peito dele e o empurra. Ignazio se coloca entre os dois antes que o irmão revide.

— Agora chega. Estão todos olhando — sussurra.

Sobre eles, dezenas de olhos famintos de raiva.

— Vamos para a loja. Lá poderemos conversar melhor.

Eles se afastam. Barbaro caminha à frente, Paolo e Ignazio o seguem. Distantes. Um ao lado do outro.

Carmelo Saguto observa a cena do alpendre. Não está feliz, não demonstra a mínima satisfação.

Ao menos não fisicamente.

Quando os Florio deixaram o edifício Steri, dom Canzoneri vai até ele.

— O senhor viu a cena que fizeram aqueles calabreses? Quase se deram pauladas.

O sogro faz que sim.

— Você não sabe de nada, não é verdade?

Carmelo abre os braços. Sua expressão é de inocência empastada com veneno.

— Eu? Não fiz nada. Foi Leonardo, o carregador, que levantou a voz. — Deixando de mencionar que foi ele próprio quem insuflou o trabalhador a falar daquele jeito, que é ele quem espalha as fofocas entre os funcionários da aduana, ou seja, que os Florio estão em conflito entre si e que se endividam. Não diz que sua arma preferida é a fofoca, mas seu sogro sabe. Por isso, o mantém por perto, mais próximo do que seus próprios filhos.

Ambos riem.

— *Jammuninni, va'*, vamos lá. — Canzoneri aponta a carroça. — Vamos voltar para casa. — Depois, se vira para o genro. — Mas está vendo o que acontece quando se faz negócio com parentes? É preciso ficar atento aos próprios passos, conhecer bem o seu lugar.

A risada de Saguto cessa bruscamente.

— Está insinuando que eu não sei? Por acaso já desrespeitei a *vossa senhoria* ou aos meus cunhados?

— Estou dizendo justamente para evitar que aconteça. — O sogro dá um tapa no teto e o veículo se move. — Você é esperto o bastante para saber como se portar. É um cão que reconhece o patrão, não é?

Ele responde que sim, com um nó no estômago. Porque no fundo é mesmo isto, um cão de guarda. Ele sabe bem, diz a si mesmo todos os dias quando se olha no espelho. Não é livre como aqueles dois calabreses, que não têm medo de nada e não precisam pedir nada a ninguém. E ele odeia os Florio, odeia-os por este motivo: por serem o que ele nunca será.

Aquela noite, Paolo Barbaro não dormiu na casa dos Florio, como faz quando está em Palermo. A discussão — acalorada, às vezes violenta — foi longa. Em certo momento, Paolo se levantou e foi até a loja, batendo a porta, cansado de ouvir repetidamente que havia tentado enganar o outro. Ignazio, por sua vez, ficou, continuando a explicar. Com paciência. Com calma.

Por fim, Barbaro cumprimentou Giuseppina.

— Faça seu marido refletir — disse-lhe na soleira da porta. — Ou vamos acabar com tudo de cabeça para baixo, porque eu, com alguém que me engana, não quero ter relação alguma.

Giuseppina não respondeu, porque a mulher da casa não responde. Mas uma coisa ela sabe: Paolo e Ignazio são honestos. Seu marido é mais dedicado ao trabalho que à família. Mas Ignazio, em especial, não seria capaz de enganar ninguém.

Já é tarde quando comem, depois que Paolo volta. Ninguém fala sobre a briga.

Ignazio parece cansado, febril. Não espera os outros acabarem de comer, vai se deitar quase sem se despedir. Vittoria e Vincenzo fazem o mesmo.

Paolo e Giuseppina ficam sozinhos.

Ele segura uma xícara de cerâmica com as duas mãos.

— Vamos dormir?

Ela continua a limpar. Não responde.

O marido larga a xícara. Coloca as mãos nos quadris de Giuseppina, que entende o que ele quer.

— Deixe-me.

— Você sempre tem que dizer não? Por que não? — pressiona ele.

— Estou cansada.

Paolo a agarra com mais força.

— O que devo fazer, suplicar para ter um pouco do que é meu direito? O que estou pedindo de tão estranho?

Há de fato um tom de súplica na voz dele, quase esmagando a esposa no fogão. Por um momento, Giuseppina acha que ele quer tomá-la ali, correndo o risco de que todos ouçam. Ela então afasta a mão que levantou sua saia e se solta.

No entanto, sente um arrepio, seu sexo traidor cedendo, incapaz de controlar o desejo.

— Não. Deixe-me, eu já disse!

O homem hesita. Não sabe se começa a gritar, se a enche de tapas ou se sai de casa batendo a porta à procura de outra qualquer para desafogar. Porque é disto que ele precisa: um pouco de conforto. Nada mais.

Paolo então a pega pelo pulso e a leva até o quarto. Tira sua roupa. Giuseppina fica de olhos fechados enquanto o marido procura o amor dentro dela e não lhe resta escolha se não entregar a ele.

* * *

No quarto ao lado, atrás da cortina que serve de porta, Ignazio acordou com frio. Olha para a escuridão. Escuta.

Na manhã seguinte, Giuseppina acorda antes do raiar do dia. Veste-se depressa. Não olha para o marido ainda adormecido.

Abre a porta. O inverno acossa Palermo sem piedade.

Com exceção dos poucos pedestres que vão em direção à Enseada, o largo San Giacomo está deserto. Ela acende uma vela para ter um pouco de luz, prepara fatias de pão e mel. Pega de uma prateleira uma cumbuca com pedaços de queijo e a coloca à mesa. Vittoria aparece no limiar da porta, murmura um "bom-dia", depois se afasta para se vestir.

Uma pontada faz Giuseppina levar a mão ao ventre.

Ensinaram-lhe que os filhos são mandados por Deus e que recusá-los é um pecado mortal. Ela acredita nisso, sabe que o Senhor dá e tira, que será punida se fizer algo de ruim contra aquela criança. Mas que escolha tem, se não sente aquele filho como seu? Não é como Vincenzo, que se agarrara à sua carne antes mesmo de vir ao mundo. Aquela criatura lhe era estranha...

Não, talvez seja só uma questão de tempo, repete para si mesma, tentando se convencer. Precisa se acostumar, deixar que a natureza siga seu curso e lhe ensine novamente a ser mãe.

Ou talvez já esteja pecando somente por desejar não ser mãe de novo.

Ela carregará aquela ideia consigo durante todos os anos vindouros. Quando se recordar daquele pensamento, será como ter um prego cravado em suas entranhas.

Outra cólica. Precisa se sentar, respirar fundo. Vittoria vai até ela logo em seguida.

— Tia?

— Dores de mulher.

Vittoria ainda não é uma moça formada, mas sabe do que se trata.

— Fique aí. Eu preparo — diz.

Ela é ágil e inteligente. Além disso, na noite anterior, ouviu os ruídos que vinham do quarto dos tios e entendeu. Uma coisa Vittoria sabe: não quer um homem que mande nela como seu tio. Quer um marido que a respeite, e que a deixe falar, pouco lhe importando se a tia diz que as coisas não são assim.

Logo depois, toda a família está reunida à mesa. Pela porta, entram rajadas geladas de vento que abaixam a temperatura do cômodo.

Comem depressa, de cabeça baixa. Ignazio e Paolo enrolam-se em suas capas e saem, um direto para a aduana, o outro para a botica.

Mas Paolo para e volta. Vai até a esposa e lhe faz um carinho.

Giuseppina não reage e observa-o ir embora.

Varrer, arrumar as camas, lavar as verduras, esfregar as panelas. Vittoria volta com as mãos roxas de frio e baldes de água da bica. Vincenzo protesta, quer sair. O cansaço de Giuseppina cresce a cada minuto, acompanhado das cólicas no ventre. Ela gostaria de descansar, mas não pode: há roupa para lavar, a lixívia para ferver. O suor escorre pelas costas e entre os seios.

Vittoria para de repente.

— Tia… — sussurra ela tapando a boca. — O que está acontecendo com a senhora?

Giuseppina abaixa o olhar. Manchas escuras na saia.

— O quê…

De repente, a mulher percebe que o calor que sentia entre as pernas não é suor, mas sangue. A confusão vira terror. Só tem tempo de murmurar que Vittoria chame a parteira antes de se prostrar no chão.

De pés descalços nos paralelepípedos brilhantes de chuva, Vittoria corre até a rua São Sebastião. Escorrega, levanta-se. Procura por Mariuccia; sabe que é a parteira dos que vieram de Bagnara. Paolo disse que, com frequência, aparecem mulheres e garotas pedindo por ervas recomendadas por ela.

A garotinha encontra o endereço.

— Dona Mariuccia, minha tia está perdendo sangue! — grita, com medo de que o pedacinho de família que lhe sobrou se destrua. — Ela desmaiou! Venha, venha!

— Quem é, quem é? — Um rosto enrolado em um lenço surge na janela pequena.

— Dona Giuseppina, a esposa de dom Florio. Venha!

— *Nossa Mãe Santana!*

A mulher desaparece lá dentro. Passos ruidosos descem as escadas, e pouco depois Mariuccia está diante de Vittoria com uma cesta na mão.

— Fique calma e me conte o que houve.

— Íamos começar a lavar a roupa e percebi que ela estava com o vestido manchado.

Naquele momento, uma voz a obriga a parar.

— Vittoria? O que está fazendo aqui?

— Tio Ignazio! — A garotinha se joga nos braços do tio. Cai no choro.

— O que está acontecendo?

Vittoria conta e o homem empalidece.

— Como... mas ela estava grávida?

Ela balança a cabeça, tremendo.

— Eu não sei de nada, tio.

O homem agarra a sobrinha, coloca-a debaixo da capa para protegê-la.

— Michele, leve a mercadoria até o depósito e avise Paolo para voltar para casa. Venha! — Eles correm juntos até o largo San Giacomo.

Mariuccia chegou antes e já está ajoelhada ao lado de Giuseppina que, acordada, chora em silêncio, com a roupa retorcida até quase os quadris. Do quarto ao lado, chegam os gritos de Vincenzo. No chão, uma mancha de sangue.

— Vittoria, vai até Vincenzo, acalme-o — murmura Giuseppina.

A garotinha obedece, sem tirar os olhos da mancha. A voz do menino se acalma de repente.

Mariuccia levanta a cabeça.

— Só veio você?

— Sou o cunhado dela. Preciso...

A mulher agita a mão.

— Não faz mal, mesmo você sendo homem. Ajude-me, precisamos colocá-la na cama.

Ignazio, porém, permanece imóvel.

— Ela estava mesmo grávida?

A parteira diz que sim. Pega um pano do cesto, começa a enxugá-la. Giuseppina solta um gemido de vergonha, esconde o rosto no cotovelo da mulher.

— Sim. Não deveria ter se esforçado. Agora já não há mais o que fazer.

Ignazio tira a capa e levanta Giuseppina, afastando-a dos braços de Mariuccia.

— Abram caminho — diz em um tom que não deixa espaço para retrucar. — Eu a carrego.

— Você vai sujar as roupas. — Giuseppina emite um lamento. — É sempre você quem está comigo — acrescenta, e depois aperta sua camisa. — Você, e não ele.

Ela fala baixo, tão baixo que ele acredita ter ouvido errado. Mas não, e isso só aumenta seu sofrimento.

Mariuccia prepara a cama com lençóis e toalhas para não sujar o colchão, porque terá que terminar aquilo que a natureza começou.

— Paolo não sabia? — sussurra Ignazio.

Ela diz que não, sem parar de chorar, e ele não pode fazer nada além de pedir-lhe desculpa. Murmura nos seus cabelos úmidos de suor. Ajuda-a a deitar-se na cama e está prestes a ir embora, mas volta, pega sua mão e beija a palma. Depois, se afasta, porque não quer que a parteira perceba o inferno que ele carrega dentro de si.

Quando Paolo volta para casa, Vittoria está ajoelhada limpando o chão.

— A tia está lá — diz baixinho, então mergulha as mãos na água avermelhada, torce o pano e volta a esfregar.

Paolo vai até ela.

— Você não deveria ter que fazer essas coisas...

— E, quem mais, se não eu fizer? — retruca Vittoria, em um tom duro, com um toque de repreensão.

De repente, o tio percebe que ela cresceu, que já é quase uma mulher. Mas ela não lhe dá oportunidade de falar.

— Ela passou mal por dias, vomitava, estava sempre cansada. O senhor não percebeu? — pergunta, séria, severa.

Paolo gagueja, diz que não. A culpa começa a envolver seu coração, apertando-o como se fosse um punho. Agora, só agora, começa a entender tantas coisas. Inclusive por que ela se rebelou na noite anterior.

Vittoria o observa sem dizer uma palavra. Levanta-se, joga a água suja porta afora. Mas já não há acusação naqueles olhos escuros e serenos. Há sofrimento, sim. Compaixão. Talvez até compreensão.

— Onde está Ignazio? E Vincenzo?

A garota pega um prato e começa a cortar algumas verduras para preparar um caldo de carne, como se faz para as puérperas.

— Tio Ignazio levou-o para que não ficasse aqui enquanto dona Mariuccia trabalha. — A voz se adoça. — Vá até a tia. Ela não deve ficar sozinha, pobre coitada, ou vai pensar que a culpa é dela.

Mas então a culpa é minha?, pensa Paolo. *Minha, que nem me dei conta de que ela estava mal?*

Na soleira do quarto, ele olha para a mulher com um arrependimento dolorido. Se soubesse, não teria insistido na noite anterior.

Aproxima-se com cautela.

— Você poderia ter dito. — Nenhuma repreensão, só amargura. Ele está despedaçado. Agora que seus olhos estão cheios com a dor dela, o sentimento de culpa o devora. — Por que não me disse?

Das pálpebras da mulher, gotas de pranto deslizam pela bochecha, seguem o caminho já traçado. O homem senta-se ao seu lado na cama.

— Não chore, agora. Por favor. — Enxuga as lágrimas dela. — Talvez fosse outro menino. Se vê que não era o destino.

Giuseppina fica imóvel, o olhar fixo na parede. Nem sequer uma palavra de perdão, nem sequer um pedido de desculpas, ao contrário do que fez Ignazio.

Mariuccia se retira do quarto.

* * *

A Cala está semideserta. Faz frio. Apenas poucos entregadores e marinheiros trabalham em volta dos navios. O vento bate com violência nos muros da cidade, sacudindo as janelas e fazendo redemoinho das roupas estendidas.

— Aquele barco?

Vincenzo está agarrado ao pescoço de Ignazio e aponta para o mar. O tio o cobre com sua capa para protegê-lo do vento tramontana. A igreja de Piedigrotta está fechada, não há nem pedintes diante da porta. Nos muros do Castello a Mare, uma sentinela faz a ronda, segurando seu chapéu.

— Chama-se *schifazzo*. Foi em um barco como esse que viemos para cá, quando você era pequeno.

— Muito pequeno?

— Muito. Cabia dentro de um cestinho.

Vincenzo se contorce. Ignazio coloca-o no chão e o garotinho se aproxima da borda de pedra do embarcadouro, olha para baixo, para a água turva e agitada. O topo de uma âncora coberta de algas afunda na escuridão.

— O mar é muito fundo?

— Muito, Vincenzinho — responde Ignazio, pegando a mão do menino. Vincenzo tem olhos escuros e confiantes, os cabelos claros lembram os de Paolo. — Mais do que você possa imaginar. Sabe que para além do mar, lá onde não se enxerga, há outra terra?

— Sim, eu sei. Lá está Bagnara. Mamãe sempre me diz.

— Não, não Bagnara. Ainda mais longe, há a França e a Inglaterra, a Espanha, e depois, ainda mais além, a Índia e a China e o Peru. Há países onde chegam barcos muito maiores do que este, e que levam especiarias como as que vendemos eu e seu pai, também há seda e outros tecidos que você nem imagina.

O rosto do garotinho brilha maravilhado. A mão dele se agita na do tio, gostaria de correr, mas o tio o segura firme: o chão está escorregadio, tem medo de que ele caia na água.

— O que é seda, tio Ignazio? — Ainda pronuncia o s de forma indecisa.

— Seda... — repete o tio — ... é um tecido precioso para pessoas ricas.

— Seda... — Nos lábios do garotinho, a palavra adquire um som de descoberta. — Eu também quero me vestir de seda, um dia. Quero fazer um vestido de seda para a mamãe.

Ignazio pega-o novamente no colo. O garotinho cheira as roupas do tio, sente o odor das especiarias: um perfume familiar, cálido, que faz com que se sinta protegido. Juntos, eles vão em direção à rua dos Materassai.

— Então, terá que trabalhar. Essas coisas custam muito caro — explica Ignazio, sem nenhuma dificuldade em conversar com o garotinho daquele jeito. Vincenzo é muito inteligente.

— Farei isso, tio Ignazio — diz ele após um longo instante, de um jeito estranho, com a voz baixa.

Com o tom de promessa.

A porta da botica continua fazendo um rangido irritante, mas o balcão fora renovado e os vasos para as ervas e especiarias também.

As janelas também foram pintadas novamente. Agora trazem apenas o nome Florio.

É fevereiro de 1803 e, há um mês, a empresa Paolo Barbaro e Paolo Florio não existe mais.

Após a briga na aduana, outras aconteceram. A última, poucas semanas antes, por causa de um carregamento de marfim raspado e canela.

Paolo foi até a Enseada porque ficara sabendo, por Michele, que o cunhado, embora já tivesse chegado, ainda não havia aparecido na botica como fazia habitualmente. Encontrou-o confabulando com um comerciante, um tal de Curatolo. Fizera um acordo com ele, vendendo-lhe a mercadoria por um preço ridículo.

Curatolo foi embora sem se despedir, a vergonha estampada no rosto. A Paolo só restou olhar para as especiarias indo embora com o comerciante. Logo depois, porém, agrediu Barbaro.

— Você está louco? Todo o marfim para ele, que é nosso concorrente? — Não podia acreditar no que tinha visto. — E agora, como vamos fazer?

— Nosso? Por acaso existe "nosso" com você?

— Era o nosso carregamento. Por que você fez isso?

— Não é assim que você se comporta? — respondeu Barbaro com um tom maldoso. — Você está pouco se lixando para mim, então eu estou pouco me lixando para o que serve para você. — Sacudiu as moedas em seu bolso. — E estas ficam comigo.

Paolo lhe deu as costas. Voltou para casa com o orgulho ferido. Contou tudo para o irmão e Giuseppina. Proibiu que ela tivesse qualquer contato com os Barbaro, inclusive com Mattia.

A sociedade morreu perante um tabelião. Venderam o veleiro *schifazzo* e parte da mercadoria que restava no depósito, dividindo o montante entre eles. Um papel, duas ou três assinaturas sem olharem na cara um do outro. Paolo adquiriu a botica e Barbaro lhes deixou o depósito da rua dos Materassai, procurando outro local na rua dos Lattarini, próximo ao depósito de outras pessoas oriundas de Bagnara.

Dessa guerra, eles ainda carregavam as feridas. A cólera fria que tomou o lugar da ira permanece em seus corpos.

Vincenzo caminha atrás da mãe, para e observa os arredores. Desfruta de um graveto de alcaçuz, absorto. Claro, agora que pode caminhar e correr sozinho, o mundo lhe parece imenso.

Giuseppina chama sua atenção quando ele está prestes a enfiar o pé em uma poça d'água.

— Cuidado! É possível que nunca olhe por onde anda? Você está com quase quatro anos, não é mais bebê!

Ele contempla a mãe com um olhar culpado. A mulher se desfaz em um suspiro. Vincenzo continua sendo o único e verdadeiro amor da sua vida.

Ao redor deles, ressoam diferentes sotaques. Um camponês tenta vender um carregamento de frutas cítricas para um comerciante inglês de casaca e botas. O carreto atrapalha os transeuntes, alguém reclama.

— *No, I won't buy those... arance. They are rotten!*

— Que história é essa? Estão todas boas, sinta só o cheiro! — Pega uma e mostra para o inglês, que continua reclamando, indicando um enxame de moscas fazendo um verdadeiro banquete em meio às frutas.

Ao ver a cena, um marinheiro napolitano levanta as mãos para o céu.

— Você acha que as pessoas são burras? Está cheio de moscas.

Gente de tantos países, outras línguas. A paz acabou depois que os franceses voltaram a perambular pelo mar Tirreno. Os ingleses declararam outra vez guerra à França e Napoleão retomou as hostilidades, atacando as embarcações que atravessavam o Mediterrâneo. Os navios mercantis já não estavam seguros, e os ingleses, que antes eram os donos do comércio marítimo, ficaram confinados em um canto. Palermo e a Sicília transformaram-se em um porto seguro, distantes da influência francesa. Além disso, encontravam-se basicamente no centro do Mediterrâneo: isso transformou Palermo em uma cidade que transbordava de comerciantes e marinheiros vindos de toda a Europa. As especiarias francesas chegavam dos portos do norte da Itália, as inglesas vinham de Malta, e assim por diante. Chegavam mercadorias da Turquia, do Egito, da Tunísia e da Espanha.

De tudo isso, Giuseppina pouco entende. Não são coisas com as quais uma mulher se envolva, como ela repete com frequência para Vittoria, que, ao contrário, insiste em saber, e tortura Ignazio com suas perguntas.

Giuseppina chega à botica. Atrás da vitrina, entrevê Paolo no balcão e, com ele, um homem em uma veste de veludo. Mais adiante, quase em frente à igreja, uma pequena porta pintada de dourado e verde.

Paolo, vendo esposa e filho entrarem, faz um gesto para que Vincenzo fique quieto e continua conversando com o cliente.

— Nossa casca de quinquina é puríssima, barão. Vem diretamente do Peru, e somos nós que a fornecemos para a maior parte dos farmacêuticos de Palermo... sinta o aroma. — Ele pega um punhado de casca de quinquina. É escura, farinhenta. Algumas lascas caem na bancada.

O homem torce o nariz.

— Que aroma intenso!

— É porque nós sabemos como preservá-lo. — Paolo abaixa o tom da voz. — O senhor deseja que eu prepare um pouco misturado com o ferro, certo?

— Sim, por favor. Sabe como é... tenho o espírito de um jovem, mas o corpo, ai, não me ajuda. Já não tenho a mesma munição que tinha no passado, e vocês devem imaginar como é desagradável ter que se retirar em certas circunstâncias — conclui com uma pontada de constrangimento.

— Então, o ferro lhe dará um novo vigor. Vamos colocar algumas sementes de funcho e lascas de casca de limão, dessa forma o senhor também ficará protegido das febres. Agrego à conta pelas mercadorias da semana passada?

— Não, pelo contrário. — Constrangimento e orgulho se seguem. — Eis o pagamento pelas últimas despesas. Assim não teremos mais pendências. — Algumas moedas brilham em sua mão. — Para o senhor. Sei que posso contar com sua discrição. Se vim aqui e não na loja de certos colegas seus mais graduados é porque me disseram que o senhor é mais discreto.

— Considere-me seu confessor.

Paolo é cordial, mas não servil. Os nobres de Palermo são uma raça estranha. Agarrados aos seus privilégios com unhas e dentes, devendo até as cuecas, mas cobertos de veludo e joias. Vendem casas e outras propriedades que já não podem manter, trocando-os como cartas marcadas de um baralho.

Vincenzo escolhe aquele momento para se soltar da mãe.

— Papai, papai! — chama, agarrando-se à borda do balcão e estendendo a mão para o pai.

Paolo se vira para o filho com desapontamento nos olhos.

— Agora não, Vincenzinho.

Os dedos do garotinho escorregam da madeira. Ele dá a volta ao redor do balcão e aparece no fundo da loja, onde sabe que estará o tio Ignazio. Encontra-o debruçado nos registros contábeis.

— Tio?

— O que você está fazendo aqui? — Ele coloca o sobrinho sentado na mesa. Abre o tinteiro, começa a escrever outra vez, percorrendo um monte de notas. — Veio com a mamãe?

— Hmm. — O garotinho chupa o graveto de alcaçuz, os pés balançando embaixo da mesa. — Tem cheiro de coisa boa. É cravo, não é? — acrescenta, farejando o ar.

— Sim, são cravos. Chegaram ontem. Fique parado. — Ignazio coloca a mão em seu joelho e transforma aquele gesto em carícia. — O que houve com a mamãe?

— Trouxeram um papel. Foi um marinheiro. Ela ficou agitada quando o viu.

— Um papel? Você quer dizer um envelope?

— Hmm.

Naquele momento, Ignazio levanta a cabeça. Uma inquietação estranha lhe sobe a coluna.

— Para quem ela levou a carta? Para ler, digo.

— Para uma das camareiras do edifício dos Fitalia, aquela que sabe tudo da patroa e que sempre conta para ela e para tia Mariuccia.

Ignazio bufa.

— Isso. Era o que faltava. — Segura a respiração e os pensamentos em um único suspiro.

Passaram-se mais de dois anos desde o aborto de Giuseppina. Desde então, viu como ela e seu irmão se afastaram. Vivem juntos, mas vidas paralelas, que não se encontram nunca. Não há interesse de nenhuma das partes, são dois estranhos que dividem a casa.

Giuseppina, aos poucos, se resignou. Afeiçoou-se à parteira Mariuccia, que se tornou a coisa mais parecida com uma amiga que ela poderia ter. Depois, além dela, chegaram outras duas garotas de origem calabresa, entre elas Rosa, a doméstica mencionada por Vincenzo. Uma grande fofoqueira, segundo ele e Paolo, que de fato não a suporta.

— E o que houve?

O pequeno larga seu graveto de alcaçuz, assumindo um ar sério, como que de repreensão.

— Ela começou a chorar. Depois, me trouxe até aqui para falar com meu pai.

O homem hesita. A caneta fica suspensa por alguns instantes antes de ser colocada de volta no tinteiro.

Giuseppina não é o tipo de pessoa que chora sem razão.

Ignazio tenta ouvir a conversa, escuta Paolo cumprimentar o cliente. Em seguida, ouve a voz da cunhada. Então, pede ao sobrinho que fique quieto. Aproxima-se da entrada, permanecendo à sombra da porta.

— Então? O que foi? — pergunta Paolo.

Giuseppina tira um envelope do bolso e entrega ao marido.

— É de Mattia. Está desesperada, nos pede ajuda para o marido, que está na cidade: adoeceu e está sozinho, não tem ninguém para cuidar dele. Nós estamos aqui, estamos em Palermo...

Um silêncio recai sobre a botica.

A mão de Giuseppina permanece estendida no vazio antes que Paolo pegue a carta.

Ele a rasga em vários pedaços.

— Mas... você nem a leu — balbucia ela, mais dolorida do que surpresa. — É sua irmã!

Paolo lhe dá as costas.

— *Era* minha irmã. Ela escolheu ficar ao lado daquele canalha com quem se casou.

Giuseppina abre os braços.

— Com quem *se* casou? Ela não tinha escolha! Tinha catorze anos e teu pai forçou o casamento para se livrar dela. Nenhuma mulher tem escolha quando se casa. Eu consegui me rebelar quando você me arrastou para cá?

Por essa acusação, Paolo não esperava.

— Você ainda me joga isso na cara? Nossa vida melhorou, você é tão cega que não percebe isso? Queria ficar em Bagnara, ser uma camponesa? E aqui? Não vê que eu ganho bem? De onde acha que vêm essas roupas novas ou o baú que mandei fazer para você?

— Como não! E continuamos a viver em um estábulo. A casa é...

— Também vamos mudar de casa em breve!

— Quando? Pois eu me sinto uma serviçal em minha própria casa!

— Cuidado com a forma de falar, ou juro diante de Deus que lhe dou os tapas que nunca dei!

Giuseppina mantém os punhos cerrados contra os quadris.

— Mattia não tem nada a ver com a briga que você teve com Barbaro porque, quer você goste ou não, Paolo, Barbaro continua sendo seu cunhado. Trabalhou com ele, vocês dividiram o pão e o suor... e agora? Caramba! Vocês não podem se perdoar? Sua irmã...

Paolo lança um olhar para Giuseppina que a deixa congelada. A postura, os gestos, o rosto, tudo fala de uma irredutibilidade nutrida pelo rancor. Até Ignazio sente aquela ira.

— A culpa é dele. Quando sou traído, mesmo que apenas uma vez, não volto atrás. Sabe o que ele quer de mim? Dinheiro. O *meu* dinheiro, o dinheiro que eu levo para casa depois de muito trabalho, enquanto ele quer bancar o patrão. Naquelas moedas, há o meu suor, há o meu sangue e o sangue do meu irmão. Você já não se lembra mais do que ele fez, não é? — A cada frase, a voz sobe mais um tom, carregando-se de mágoa. — Provocou discórdia entre os fornecedores, disse aos outros comerciantes que deveríamos prestar contas a ele. Que *eu* tinha que prestar contas a ele. *Eu*, que fiz com que este lugar se tornasse o que é agora.

Giuseppina começa a ficar com medo. Recua em direção às prateleiras.

— Mas sua irmã...

— Como você tem a coragem de me pedir para ler a carta de alguém que traiu seu próprio sangue? Para mim, estão todos mortos.

Nesse ponto, a mulher está encurralada entre as prateleiras e o marido.

— Espera... sua avó era uma Barbaro. O que houve? Eles vieram pedir ajuda? Eu tinha proibido você de manter qualquer relação com eles.

— Agora chega, Paolo.

Ignazio entra na loja, coloca a mão no ombro do irmão. Sabe como acalmá-lo.

Ele também não consegue perdoar Barbaro. Não tanto pelas ofensas proferidas, ou pelas insinuações que ameaçaram destruir os negócios, mas pela ruptura que aquilo provocou entre ele próprio, Paolo e Mattia.

Giuseppina olha atordoada do marido para Ignazio. Corre até Vincenzo, pega-o no colo. A última coisa que veem dela é a barra da capa que bate na porta.

— Por que você teve que brigar com sua mulher? Ela e Mattia se gostam.

— Bem! — A risada de Paolo é amarga. — E o que os outros fizeram e disseram sobre o marido dela, não lhe importa nada. — Arruma os cabelos, dissimulando a amargura.

Ignazio gostaria de abraçar o irmão. Acalmá-lo. Mas sabe que não adiantaria: Paolo está aferrado ao seu rancor.

Abaixa-se para recolher os pedaços da carta de Mattia. Vê seu nome num fragmento, o nome de Paolo em outro. Sua família está em frangalhos como aqueles papéis, e ele não conseguiu impedir isso.

Giuseppina volta para casa segurando firme na mão do filho. Ele não fala. Observa-a em silêncio, o graveto de alcaçuz outra vez entre os dentes.

Quando atravessam o limiar da porta, Vittoria vai depressa até os dois, pega Vincenzo no colo e lhe faz cócegas, cobrindo seu pescoço de beijos.

Giuseppina, pelo contrário, desaba em uma cadeira.

— Nada. — Ela imita o gesto de Paolo. — Rasgou-a diante de mim. Nem da sua tia ele quer saber. — Coloca as mãos diante da boca para se segurar, porque uma esposa não deve falar mal do marido, especialmente para os parentes, ainda que, Deus é sua testemunha, seu desejo fosse gritar como uma louca.

Vittoria se entristece. Coloca Vincenzo no chão, ele foge para o quarto.

— Tia, não há nada que a senhora possa fazer. — Tira uma mecha de cabelo do seu rosto cansado. — Tio Paolo é assim. Além disso, foi muito destratado pelo tio Barbaro, fez bem em se portar assim, a ofensa foi grande demais.

Giuseppina não responde. Vittoria por acaso faz ideia do que é não ter ninguém em quem confiar? Faz ideia de como Mattia a acolheu e ajudou?

A carruagem estacionada em frente à botica dos Florio parou o trânsito na rua dos Materassai. Quase não é possível caminhar por ali, sendo a passagem tão estreita. No céu, voam as primeiras andorinhas, e o cheiro de feno fresco e de poucas flores tímidas se espalha pelo ar.

Dentro, Michele atende um homem, um artesão que veio abastecer-se de laca e mínio. Ignazio, por sua vez, atende outra cliente.

Uma aristocrata.

A dama diante dele é uma bela mulher, enrolada em uma capa com borda de pele de raposa para se proteger do frio daquele mês de março inclemente. Sua pele revela alguns anos a mais, escondidos com sabedoria pelo pó de arroz. Ignazio esboça um sorriso e continua macerando a artemísia com anis e dictamo.

Vê-lo no balcão de atendimento tornou-se algo raro. Desde que os Florio romperam com Barbaro, em 1803, as coisas foram de vento em popa. Eles criaram laços com vários comerciantes, tanto napolitanos quanto ingleses, que, aliás, se tornaram ótimos fornecedores. São confiáveis e têm o interesse de manter boas relações com os sicilianos, visto o imenso poder dos franceses no restante da Itália. Poucos meses antes, Napoleão conquistara o reino de Nápoles e os Bourbon fugiram para a Sicília com o rabo entre as pernas, colocando-se sob a proteção dos ingleses. A derrota foi abrasadora demais. Então, Palermo permanece um dos poucos portos livres da influência de Napoleão, uma praça preciosa para o intercâmbio e para a coalizão contra os franceses.

Ignazio se ocupa sobretudo da administração e da contabilidade. Contudo, para alguns clientes especiais, ele volta ao balcão de atendimento.

— Vir à vossa loja é sempre tão... *exótico*. Há tantos perfumes de terras distantes. A propósito, dom Paolo, onde está?

— Meu irmão deve estar voltando. Assim que avistou sua carruagem, pensou que pudesse lhe interessar alguns dos objetos dos quais lhe falara em sua última visita.

O olhar da mulher fica mais atento.

— Trata-se do âmbar, não?

Ignazio assente, sem parar de macerar as ervas no almofariz.

— Âmbar do Báltico, de grande pureza. Provém das charnecas da Ásia e já vem granulado.

Um rangido de dobradiças.

— Senhora. — Paolo Florio cumprimenta a dama, fazendo uma mesura. Apoia no balcão uma caixinha de madeira e marfim. — Perdoe meu atraso, mas estava trabalhando para atendê-la.

A dama estica o pescoço, com ar impaciente.

— E então?

— A caixa em si é uma joia, mas não é nada se comparada ao que contém. — Reflexos de luz dourada se espalham sobre o balcão. — Olhe. Não é maravilhoso? Além de tudo, é justo o que a senhora precisa. Sabia que o âmbar traz alívio aos distúrbios estomacais e conserva as energias do corpo?

— É verdade? — Ela toca as esferas e no mesmo instante retrai a mão, exclamando, surpresa: — Estão quentes!

— Porque não é uma pedra, mas uma resina. Dizem que sua luz preserva a faísca da vida. Com sua licença... — Paolo inclina-se para a frente e expõem-lhe um fio. — Aqui está. Experimente.

A roupa se ilumina com os reflexos. A mulher o toca, admira. O maravilhamento é substituído pelo desejo. Já decidiu.

— Quanto?

Paolo enruga a testa, simula reticência. Por fim, murmura o preço.

A boca da mulher murcha.

— É uma loucura. Meu marido me repreenderá por dias. — Contudo, seus dedos continuam a percorrer o colar. Abaixa o tom, fala com amargura e contrariedade: — Enquanto ele gasta meu dote na mesa da jogatina, eu não posso me permitir sequer um capricho.

— Ah, mas a senhora não está gastando dinheiro por um capricho. Está adquirindo um remédio para sua saúde, assim como o tônico que lhe está preparando o meu irmão. A propósito, como vai o inchaço do ventre?

— Muito melhor. O senhor tinha razão, não era nada de grave.

— Fico feliz em saber. Esse é um remédio antigo, uma coisa para poucos clientes. Caso se tratasse de algo mais complexo, teria sido eu o primeiro a indicar que a senhora fosse até dom Trombetta, na Porta Carini. Ele é um ótimo farmacêutico, além de ser nosso cliente. — *E é um dos que deixou os fornecimentos de Canzoneri para adquirir nossas especiarias*, pensa.

Mas a dama nem o escuta. Seus olhos brilham com a luz do âmbar. Suspira profundamente.

— Assim seja. Deixo aqui um sinal e uma nota promissória para o pagamento. Meu marido passará para saldar o resto.

Ignazio dissimula o desapontamento com uma tossida.

Mais uma nota promissória, mais dinheiro pago em parcelas. Certos sicilianos são ricos somente de nome e títulos que não valem nem as pedras em que estão esculpidos seus brasões.

Seu irmão, ao contrário, nem pestaneja.

— E eu estarei aqui à espera dele.

Paolo vai até o fundo da loja buscar papel e tinteiro. Ignazio, por sua vez, verte as ervas trituradas em uma garrafa com álcool, agita o composto com uma varinha de vidro. Chama a camareira da dama.

— Tome cuidado. O tônico deve repousar no escuro por oito dias. Deverá servir um copinho para sua patroa toda noite após filtrá-lo. Entendeu?

A mulher mastiga um: "*Caciettu*", anuência que revela sua origem campestre. Ignazio sela a tampa, cobre a ampola com um tecido escuro. Entrega-a à doméstica no momento em que a patroa está assinando a nota promissória.

Paolo acompanha a nobre até a saída. A carruagem finalmente libera a rua dos Materassai daquela presença incômoda.

— É bom ter clientes que não pedem desconto no preço. — Paolo acaricia o colete.

Ignazio veste uma roupa parecida sobre uma camisa branca de mangas dobradas até os cotovelos.

— Só espero que o cavalheiro Albertini não crie muitos problemas. Quando sua esposa vem comprar, depois ele reclama que ela está jogando dinheiro fora. — Ignazio lê a nota promissória assinada pela mulher. — Ele poderia dizer que não autorizou a mulher a fazer esse tipo de gasto. Você sabe, não é?

— Não vai fazer isso. Albertini é parente de tabeliães, de juízes, e é dono de uma estalagem em Bagheria. No final, vai pagar, porque não quer passar vergonha. — Depois, observa o irmão: — Você deveria baixar essas mangas. Não somos carregadores.

Mesmo que ainda sejam considerados assim, nenhum dos dois o admite abertamente. E talvez por isso sejam tão cuidadosos com o aspecto da loja e da vestimenta.

Ignazio sabe que é assim que os chamam, e isso lhe faz mal.

Certas lembranças são feridas abertas nas quais as pessoas jogam sal.

Ele ainda lembra. Aconteceu duas semanas atrás.

Na aduana do edifício Steri, no cartório de escrituras, o escritório onde são registradas as especiarias e se contabiliza as mercadorias que entram e saem. Um grande cômodo retangular no andar térreo que dá para um pátio quadrado.

Ele aguardava a liberação dos produtos recém-desembarcados para então passar pelo escritório do tabelião-chefe e recolher os impostos. Enquanto isso, parou para conversar com um jovem inglês, Ben Ingham, que chegara havia pouco tempo em Palermo.

— Acho uma cidade bem vivaz... mas como posso dizer... *really chaotic...* como vocês dizem?

Ignazio esboçou um sorriso.

— Não é fácil viver aqui, o senhor tem razão. É uma cidade ingrata, pior do que uma mulher. Adula e depois... — Abriu indicador e polegar, movendo-os rapidamente. — Promete muito e não dá nada.

— Ah, eu percebi. Por isso, entendi que é preciso ser prudente... e *as you say...*

— *Taliàrisi u' cappotto?*

O inglês enrugou a testa, tentando entender aquela frase. Intuía o significado, tentou repeti-la. Depois, explodiu em uma risada rouca, porque não conseguiu.

De repente, a voz de Carmelo Saguto preencheu a sala. Ignazio viu como ele havia ignorado a fila, indo diretamente até o tabelião-chefe e sendo recebido com grandes reverências.

Alguém havia reclamado, mas foram apenas resmungos, não um verdadeiro protesto: Saguto era o genro de Canzoneri, e ninguém o confrontava.

Pouco depois, chegou a vez de Ignazio.

Assim que saiu do escritório principal, Saguto o tomou como alvo.

— Ah, aqui está dom Florio. O jovem. — Fez um gesto irônico com a mão, procurando um olhar de cumplicidade dos outros funcionários. — Como vão os negócios? Fartos?

— Muito bem, obrigado.

— Isso mesmo. Vocês estão se saindo muito bem. — Saguto aproximou-se da escrivaninha e espiou o valor. — Minha nossa, quanto dinheiro.

O funcionário assentiu.

— Os Florio são trabalhadores. Você deveria dizer ao seu sogro para tomar cuidado.

— Precisam comer muito pão e cebola para chegarem à altura dos Canzoneri. Com todo o respeito, hein? — acrescentou outro escrivão. — Uma família de muita honra. Ainda me lembro do pai do seu sogro. Excelente trabalhador…

Falavam como se Ignazio não estivesse presente. Como se ele, seu trabalho, seu dinheiro, sua própria existência não tivessem qualquer valor.

Ignazio quase arrancou o recibo da mão do escrivão.

— Se já terminaram…

Mas Saguto não queria que ele fosse embora. Pelo contrário, ergueu a voz e impediu sua passagem.

— Mas me conte, como está o seu cunhado? Quero dizer, aquele homem de Bagnara, da rua dos Lattarini, que teve que vender tudo. Ah, o senhor não diz nada? — Começou a rir. Uma risada seca, que lembrava uma lixa esfregando o ferro. — Nem animais se comportam assim.

Ignazio teve que pedir ajuda aos santos para permanecer calmo.

— Nós estamos todos bem, obrigado. De qualquer maneira, não meta o nariz na minha vida, que eu não lhe digo como o senhor deve se portar com seus parentes.

O volume das conversas ao redor deles abaixou. Saguto deu alguns passos, depois retrocedeu.

— O senhor agora também quer me ensinar como se porta uma verdadeira família? Logo o senhor que não passa de um vira-lata, um cão de fim de feira? Não se olha para o dinheiro quando é uma questão de sangue. O senhor sabe quanto dinheiro há aqui? — Ostentou um maço de notas fiscais.

— Feitas as contas, não é muito mais do que o meu. E, pelo menos, somos eu e meu irmão. Vocês são quantos? Quatro, cinco... em quantas partes precisam dividir? De qualquer forma, o senhor continua sendo o secretário de dom Canzoneri, não um farmacêutico como os filhos dele. O senhor é o garoto de recados.

Carmelo Saguto ficou pálido. Porém, logo depois se esquentou.

— Se sou o garoto de recados, você e seu irmão são dois carregadores. Ainda me lembro de teu irmão recolhendo lixo dentro da loja.

Na aduana, de repente, o ar gelou.

Atrás dele, alguém sussurrou um:

— Verdade, esses dois eram carregadores.

E outro emendou:

— Se ganharam dinheiro, só Deus sabe como foi.

À porta, comerciantes, marinheiros, outros funcionários pareciam vira-latas à espera de um osso, com a boca salivando, prontos para recolher aquela história e espalhá-la por toda a região de Castellammare, tornando-a ainda mais violenta, enriquecendo-a com detalhes.

Ignazio sentiu um toque em seu braço.

— O senhor terminou, sim? Porque é a minha vez.

Ele se virou, reconheceu o jovem inglês Ben Ingham.

— Devo-lhe um favor — disse-lhe Ignazio ao sair.

— O senhor me deve. Mas também teria se comportado dessa forma. Dar espetáculo nunca é uma boa ideia, sobretudo se a plateia é esta — respondeu o inglês.

Ignazio ainda treme ao rememorar o incidente. Aquela cena fixou-se em sua memória e não quer abandoná-lo. No entanto, continua grato a Ingham por aquela frase que impediu que ele quebrasse a cara de Saguto diante de todos.

Ignazio tira seu avental e veste o paletó e a capa.

— Trabalhar com as mangas para baixo me incomoda, se enchem de pó e manchas. Seja como for, quando a senhora entrou aqui, ela já queria aquele âmbar. O tônico era só uma desculpa.

Paolo ri.

— Eu o havia descrito de forma tão sedutora que deve ter causado uma impressão e tanto nela.

Do fundo da loja, vem o som de pilões nos almofarizes de pedra, um ritmo assíncrono que pontilha os dias deles. Agora são dois os garotos que trabalham por lá, com Michele, e a eles confiam a preparação dos pós. Ignazio conta com a ajuda de Maurizio Reggio, um contador que o ajuda com as faturas.

O irmão está saindo, mas volta atrás.

— Na caixinha, porém, não havia só o fio de âmbar.

Paolo acaricia o estojo que ficou no balcão. Abre-o.

— Não. — Tira de lá um par de brincos. Grãos de coral que se alternam com pérolas. — Pedi para o capitão Pantero encontrar um presente para Giuseppina em Nápoles, para a festa de São José. Encontrou estes penduricalhos. Espero que ela goste.

Giuseppina é sempre severa. Porém, naquele momento, parece ter abrandado um pouco. Talvez seja sinal de uma paz cansada, compartilhada com Paolo, ditada pelo hábito de viver com um homem que não ama, mas por quem se apegou.

Naquele momento, entra um cliente, um camareiro uniformizado. Ignazio aproveita para escapar e voltar ao seu livro de contabilidade.

Há algum tempo, os Florio alugaram um armazém na área atrás da aduana, dentro da vasta propriedade do edifício Steri. São cômodos frescos, bem assistidos, distribuídos em um corredor que dá para um pátio de serviço, por trás do cartório das escrituras; lá, eles guardam as especiarias em trânsito para outros portos ou à espera de serem entregues a outros vendedores. O tributo de entrada é recolhido apenas quando os produtos chegam efetivamente a Palermo, não antes. É uma prática comum para os atacadistas: melhor pagar o aluguel de um cômodo do que sobrecarregar-se de tributações. Há ali especiarias provenientes das Índias, trazidas pelos ingleses, e outras das colônias francesas, desembarcadas em Livorno e em todo o mar Tirreno, adquiridas pelos marinheiros italianos e revendidas em Palermo. Há ali mercadorias de altíssima qualidade provenientes de todo o Mediterrâneo. Não podem dizer que são ricos como os Canzoneri, é verdade. Mas já deram alguns passos adiante.

De qualquer maneira, o depósito da rua dos Materassai ficou pequeno demais.

Ao chegar ao cartório de escrituras, ele descobre que Maurizio já havia terminado quase todos os afazeres.

— Liberei os pacotes para entrada na alfândega e preparei a entrega do carregamento de casca de quinquina em Messina e em Patti. As sacas partirão amanhã de manhã. — Ele exibe os recibos e aponta para um carrinho vigiado por um dos trabalhadores da botica.

— Então, vá até a loja e registre as concessões. Diga a meu irmão que logo mais estarei de volta.

Ao ficar sozinho, Ignazio concede a si mesmo o luxo de um passeio até a Enseada. O horizonte é uma linha azul nítida. A luz torna-se rarefeita, o vento já não é tão pungente como nas semanas anteriores. A primavera é um perfume pairando no ar.

Basta um momento para tomar a decisão.

Ele se vê caminhando pelo beco da Neve, acompanhado por um frescor que varre os cheiros da humanidade apinhada entre os becos. Ultrapassa a pequena porta onde se vende a neve que chega de Madonie; em algum lugar, acima dele, o som de um violino e a voz de um professor repreendendo o aluno. Pelas ruas, nas estalagens, nas lojas, vozes e sotaques se misturam: genovês, toscano, um pouco de inglês e de napolitano, todos juntos.

Segue pela rua Alloro sem olhar para os edifícios ricos dos palermitanos nobres; chega até a rua dos Zagarellai, ocupada por mulheres com pérolas dos pés à cabeça ou carregando crianças aos berros. Param diante das lojas, avaliam, compram.

Ignazio se aproxima de um balcão coberto por um arco de pedra. Na superfície, fitas de todos os tipos: de seda, de renda, bordadas, de veludo.

O olhar de Ignazio recai sobre uma fita dourada. Imagina-a no corpete de sarja verde que Paolo comprou há algum tempo para a esposa.

— O que deseja, senhor? — A dona da loja se apresenta para ajudá-lo naquele dilema. — Aquela fita?

— Sim. — Limpa a garganta. — Preciso de um presente. Quanto de fita é necessário para um corpete?

Alguns olhares perplexos se erguem ao seu redor.

— Depende. Para quem é? Para sua esposa? — Indica o anel da mãe que Ignazio leva no dedo.

Ele levanta a mão e diz que não, que não é casado.

— Para minha irmã — improvisa. E não sabe por quê, mas enrubesce como uma criança.

A mulher observa-o, cética.

— Quanto deseja?

Pânico.

— Quanto seria necessário?

— Depende de como ela é.

Ele tenta responder. Não faz ideia. Como é que foi se meter naquela confusão?

— Ela tem um busto cheio? Gosta de coisas simples ou gosta de muitas decorações?

— É para ser usado em uma ocasião de gala ou como um cinto? — pergunta outra mulher, que circula com algumas rendas.

O coro de mulheres o deixa atordoado.

Ele não sabe, Deus do céu. Ignazio arrisca:

— Acho que é como a senhora. — E indica uma garota que está experimentando uma cordinha. Esta ri, sua boca mostra dentes marcados pelas cáries.

— Cristina, dê-nos dois cortes, assim ela os une. — Quem fala é uma mulher mais velha, sentada a um canto, com rosto igual a uma cortiça. Provavelmente é a patroa. — Pegue também a fivela.

E Cristina, a atendente, mostra fivelas de osso. A velha tem razão: algumas são muito bonitas. Ele escolhe uma com o desenho de uma sereia.

Pouco depois, Ignazio volta para casa com um pacotinho escondido debaixo da capa. Falta pouco para chegar à rua dos Materassai. Fez um percurso sinuoso e se encontra no beco dos Chiavettieri, dominado pelo cheiro de lixas de ferro e pelo assobio dos tornos.

É pela festa de São José, diz a si mesmo. *Giuseppina trabalhou tanto pela nossa família, merece isso e muito mais, a forçamos a vir para cá, além disso, ela sempre foi muito respeitosa comigo e...*

O pacotinho debaixo da capa torna-se subitamente um incômodo.

Não pode lhe dar um presente assim. Não é realmente seu irmão... ou o é, o que importa? São cunhados, ela o conhece a vida toda.

Eles são uma família, certo?

Chega o dia de São José. Giuseppina recebe o presente de Paolo com um sorriso e uma surpresa que se transformam em gratidão. Pega os brincos, segura-os no alto, para que Vincenzo não os tome de sua mão, e coloca-os.

O marido continua sorrindo enquanto ela se olha no espelho, incrédula e feliz.

O pacotinho com a fita e a fivela permanece nas mãos de Ignazio, escondido atrás das costas. Ele também se limita a sorrir e sente-se bobo, deslocado no lugar, deslocado no tempo.

Afasta-se. Depois de um tempo, volta ao seu quarto. Esconde o embrulho em um baú aos pés da cama.

Giuseppina o encontrará ali, depois da morte dele.

Vincenzo corre depressa entre os becos, sem se preocupar se está sujando de lama as calças. Chega até a rua Tavola Tonda e bate com força a uma porta.

— Peppino, ah, desce! O bergantim chegou, *amuninni,* vamos!

Um garotinho aparece na soleira. Deve ter uns seis anos, mais ou menos a idade de Vincenzo. Tem os olhos espertos, os cabelos amarfanhados, os pés sujos. Riem. Correm, um descalço e o outro com sapatos de couro. Nos olhos, o prazer de estarem juntos.

— De onde você disse que vem seu pai?

— Marselha. Os franceses dão especiarias aos marinheiros napolitanos, que depois revendem ao meu pai. E então são vendidas na botica.

Atravessam a porta da aduana agarrados a um carreto. Quando o motorista percebe, ameaça-os com um bastão, mas eles fogem às gargalhadas.

Chegam ao embarcadouro suados e com os rostos corados.

Os cabelos de Vincenzo brilham sob o sol de setembro. Ele vê o tio no convés, inspecionando o carregamento que aos poucos vai sendo retirado do compartimento de carga. Reggio o segue, com papéis na mão, e conta em voz alta.

Outros comerciantes aguardam a sua vez no embarcadouro, mas são os Florio que ocupam a maior parte. Vincenzo sabe disso porque ouviu seu pai dizer com orgulho na noite anterior. Também sabe que, se aquele negócio der certo, poderão mudar de casa. Isso foi a mãe que lhe disse.

Seguido de Vincenzo, Peppino pula um rolo de cordas.

— Caramba, seu tio tem botas de cavalheiro.

— Meu tio se preocupa com isso. Diz que as pessoas percebem quem você é pelo jeito de falar e, se não está bem vestido, nem ouvem. — Com uma das mãos, ele protege os olhos do sol.

As especiarias cobrem o cheiro mais forte, de maresia. Ele reconhece o cheiro do cravo e da canela e, em rajadas, o perfume de baunilha.

Ao se virar para falar com Reggio, Ignazio vê o sobrinho e reconhece também o garotinho com ele: Giuseppe Pastore, filho de um marinheiro de Bagnara casado com uma mulher de Palermo.

Se seu irmão soubesse que Vincenzo anda com aquele fedelho, ficaria furioso, e não sem razão. Francesco Pastore, o pai de Peppino, vive de bicos; é sua esposa quem mantém a casa com seu trabalho de criada de cozinha. Porém, ele não pensa da mesma maneira, pelo contrário. Vincenzo tem que conviver com todos os tipos de pessoas e conseguir manter a dignidade diante de qualquer um. Além disso — puxa vida! —, eles também brincavam descalços pelas ruas de Bagnara.

Naquele momento, Reggio se dirige até ele.

— Terminamos, dom Ignazio. Guardo tudo na aduana?

— Tudo, sim, exceto o pacote de índigo e um pacote de açafrão. Esses devem ser levados para o armazém na rua dos Materassai.

Do embarcadouro, chega uma espécie de murmúrio, que Ignazio interpreta como um suspiro de alívio.

Não é sua culpa ter uma cota maior de carregamentos. *Que eles se conformem,* pensa. Porém, a julgar pelos olhares ferozes quando ele põe o pé no chão, não se trata de inveja.

É animosidade.

— Como é, já terminaram?

Quem diz isso é um comerciante da rua dos Lattarini, Mimmo Russello: um dos que antes colocava no mercado especiarias de qualidade duvidosa e sobrevivia à sombra de Canzoneri ou de Gulì.

— Lamento tê-lo feito esperar tanto. Sua vez, por favor. — Ele realça aquelas palavras simulando uma reverência.

Uma risada chega até eles, de outro lado alguém tosse com a mão na boca.

— No passado, aqui, era só o Canzoneri que ditava a lei. Agora, há também o senhor, já não dá mais para trabalhar. O que é isso, vocês arranjaram tudo entre si? — resmunga Russello.

— Nós? Com Canzoneri? — A risada de Ignazio é sincera. — Nem como companheiros de procissão!

— Vocês dão risada enquanto os cristãos que precisam trabalhar passam fome. Assim que vocês ou Saguto chegam na aduana, tudo fica paralisado. Vocês decidem os preços, pegam os melhores carregamentos. Agora, até aqui, o senhor chega e se comporta como patrão.

Ignazio não ri mais.

— Este é o meu trabalho. Não é minha culpa se os clientes não vão até vocês, mestre Russello. — Carrega o sotaque na palavra "mestre", para que quem esteja ali ao redor entenda a diferença entre eles. — Se os nossos preços são altos, é porque a qualidade é a melhor de toda Palermo, as pessoas sabem disso. Querem mais especiarias? Coisas diferentes? Venham até o nosso escritório e conversaremos.

— Sei. Muito bem. Assim, entre vocês e Canzoneri, todos me arrancam o couro.

— Então não reclame. — O sarcasmo foi substituído pela frieza.

— Ninguém está lhe roubando nada. Este é o nosso trabalho. — Ele diz aquilo no dialeto de Palermo, que já quase perdeu todos os sons da Calábria.

Russello cerra as pálpebras.

— Está certo — murmura. Perscruta as roupas de Ignazio, chegando às botas. Aponta para elas com o queixo. — Não estão apertadas? Dizem que, quando alguém caminha descalço por muito tempo, não consegue suportar sapatos fechados.

Ao redor de Ignazio, o silêncio coalha em olhares de surpresa e constrangimentos. Só os marinheiros continuam gritando e chamando um ao outro, sem perceber o que está acontecendo.

A resposta chega enquanto Russello já está na metade da passarela.

— Não, não me doem os pés. Eu posso me permitir um couro macio. Mas garanto que o senhor, sim, sentirá muita dor nas calças se ousar colocar um dedo em nosso dinheiro.

Ele usa o tom pacato de uma constatação, contudo, os comerciantes se mexem, estão confusos. O calmo Ignazio Florio nunca usou uma palavra de ameaça.

Ele se afasta sem olhar para a cara de ninguém. Sente a raiva em ebulição em seu âmago: corrosiva, injusta. Em Palermo, não é suficiente rebentar as costas de tanto trabalhar. É necessário sempre levantar o tom de voz, impor algum poder, real ou fingido, lutar com quem fala demais e sem propósito. A aparência conta. A mentira compartilhada, o pano de fundo de papel machê em frente ao qual se movem todos em um jogo teatral.

Ninguém perdoa a realidade, a verdadeira riqueza.

Seu olhar encontra o de Vincenzo, ainda empoleirado sobre o rolo de cordas.

O rostinho do sobrinho anuvia-se, assustado. Mesmo antes de falar, Ignazio pega-o pelo braço.

— Quem te disse para vir até aqui? E com aquele lá? O que vão pensar de nós? — indaga ele, apontando para Peppino. O ressentimento lhe instiga a procurar uma via de fuga. — Se seu pai soubesse que você anda pela rua assim, lhe daria um monte de sopapos.

O garotinho balbucia uma desculpa. O que fez de mal?

Peppino, atrás dele, desce do rolo de cordas, afasta-se alguns passos.

Vincenzo continua olhando para o amigo enquanto é levado embora. Olha para Ignazio e depois para Peppino.

Não entende.

Acessos de tosse seca. E renitente.

Paolo vagueia pela casa, com a mão em frente à boca para não acordar Ignazio, nem Vincenzo e Vittoria, nem Giuseppina.

Estremece debaixo do cobertor que pegou para se cobrir. Está suando. Vai à sala de jantar: no cômodo, uma mesa, uma cristaleira sobre a qual se apoia para respirar melhor. Duas tapeçarias estão penduradas na parede.

Aproxima-se da janela em busca de um pouco de ar puro, mas hesita: está frio demais.

Lá embaixo, o chão de paralelepípedo brilha de umidade, branco sob a luz da lua. Os cestos do vendedor de frutas permanecem vazios, apoiados à porta de seu antigo quarto.

A casa nova é bonita. Fica no primeiro andar, tem janelas e portas de verdade e um fogão com braseiro que funciona.

Outro acesso de tosse. Paolo massageia o peito. A cada acesso, percebe seu tórax estropeado. Deve ser um resfriado que não quer ir embora. E como poderia ir embora? Se ele está sempre por aí ao sol, na praia, no vento…

Passos atrás dele.

Ele se vira. No escuro, um rosto. A camisola mal cobre os pés descalços no chão de alvenaria.

Seu filho o observa.

Quando adulto, a primeira imagem que Vincenzo terá de seu pai será esta. Não a voz, nem seus gestos ou uma emoção qualquer. A memória, implacável, vai lhe devolver um homem encurvado que o observa com aqueles olhos febris e as marcas de quem carrega uma doença.

Voltará a sentir novamente a angústia que viveu quando intuiu, confuso, que sua vida mudaria.

Na garganta, ouvirá sua voz frágil de criança. No nariz, aquele cheiro de doença que ele já aprendeu a detestar.

— O que o senhor tem, papai?

Vincenzo já está grande: tem sete anos e um olhar do qual nada escapa. Paolo percebe na voz do filho um medo inominável.

— Um pouco de tosse, Vincenzinho. Volte para a cama.

Mas o garotinho diz que não. Puxa uma cadeira de um canto para olhar pela janela com ele. Ficam encostados, um ao lado do outro. Sincronizam suas respirações, seus olhares se deslocam sobre as mesmas pedras.

Vincenzo pega a mão do pai.

— Posso ir amanhã à botica?

— E o professor? O que diríamos ao professor?

— Depois da aula? — insiste o garotinho.

— Não.

Desde o momento em que seu pai decidiu que ele deveria estudar, acabaram-se os dias de liberdade de Vincenzo entre a Enseada e os becos do porto, com Peppino e com os filhos dos outros antigos moradores de Bagnara. Mas ele não desiste. Sempre arranja um motivo para fugir, até a Enseada ou até seus amigos. Encontra-se com eles para jogar *morra* nos paralelepípedos da praça de Santa Oliva, as grandes pedras lisas que compõem o piso da praça. É lá que sua mãe o encontra, pegando-o pela orelha e levando-o de volta para casa, onde, todos os dias, um jovem que está se preparando para ser padre, Antonino Gagliano, lhe dá aulas particulares.

Escrever, contar, ler. Na verdade, ele gosta de estudar, mas gosta ainda mais de ficar atrás do balcão, ouvindo o tio conversar com os fornecedores e os capitães de barcos, gosta de aprender os nomes de lugares, distinguir a forma dos navios no porto. Sabe reconhecer os cheiros das especiarias: da casca de quinquina, do cravo, da arnica e até do funcho gigante.

Parece que o pai lê seus pensamentos.

— Você precisa ter paciência. Paciência e perseverança: se não aprender, nunca poderá fazer o meu trabalho.

— Mas o senhor não estudou.

— É verdade. — Suspira. — Por esse motivo, tive que trabalhar muito mais e fui até passado para trás. Mas, se você sabe das coisas, tudo fica mais fácil. Quanto mais coisas você sabe, menos passarão por cima de você.

Vincenzo não se deixa convencer.

— Uma pessoa precisa ver as coisas, papai, não só estudá-las.

— Quando você for maior. — Tenta pegá-lo no colo, mas não consegue. Uma tontura o obriga a se apoiar no batente. — Vamos voltar para a cama, vamos. Estou cansado.

Vincenzo, no entanto, o abraça. Paolo aperta-o contra o peito, e o filho esconde seu rosto no pescoço do pai e inala seu cheiro, uma fragrância de ervas medicinais e suor. Escondido naquelas sensações, percebe algo novo, desagradável e ácido, algo que não lhe pertence.

Recordará daquele abraço durante toda a vida.

O ano de 1806 está quase terminado; a tosse de Paolo, porém, não vai embora. Tornou-se profunda, insistente. Ele não quer se consultar, mesmo que Ignazio insista. Paolo está sempre cansado, consegue permanecer na loja apenas por pouco tempo.

Maurizio Reggio se ocupa da contabilidade e Ignazio administra o negócio. Os clientes o encontram atrás do balcão, os varejistas fazem os pedidos a ele. A delicadeza dos seus traços se perdeu nos anos de trabalho. É um homem jovem de voz pacata, sem emoção. Do seu rosto, não escapam preocupações pelos negócios, nem o medo de que a dor no peito que acossa Paolo possa ser algo sério.

E é.

Ele entende isso quando Orsola, a faxineira que Paolo insistiu em contratar para a esposa, chega esbaforida à loja.

— Dom Ignazio, venha logo. — Ela está ofegante, esfrega as mãos no vestido. — Seu irmão está mal.

Ainda que seja inverno e falte pouco tempo para o Natal, Ignazio não se detém para pegar a capa. Corre, devorando os degraus da escada. Para na soleira do quarto. A um canto, afundada em uma cadeira, Vittoria tem as mãos sobre os lábios, balançando-se para a frente e para trás.

— Minha Nossa Senhora, que desgraça — murmura, e não sabe dizer outra coisa.

Giuseppina, ao contrário, está em pé. Segura um balde cheio de lenços sujos. Tem o rosto de quem sabe mas não consegue admitir haver entendido.

Ignazio entra lentamente, tira o balde de suas mãos. Os dedos de Giuseppina tremem. Ele os cobre com os seus por um instante.

— Vá para a cozinha. Diga a Orsola para chamar imediatamente o cirurgião Caruso, depois se lave, lave o menino, e você também, Vittoria. Lavem toda a roupa de cama com água fervente e lixívia.

As mulheres saem do quarto. Só então Ignazio encontra forças para se virar para o irmão.

Paolo está afundado entre os travesseiros. Os lábios e o bigode estão sujos de vermelho. Esboça um sorriso de escárnio.

— É isso. Eu sabia que não era uma friagem.

Ignazio hesita por um instante antes de se sentar na cama. Abraça Paolo com força. Ele é seu irmão, não importa o quanto esteja doente.

— Eu vou cuidar de tudo, entendeu? — E apoiou sua testa à do irmão, assim como o fizera Paolo, anos atrás. — Eu não vou te deixar sozinho. — Apertou sua nuca. — Vou mandar preparar imediatamente a tintura de equinácea. Depois, vou providenciar uma casa fora da cidade, talvez em Noce ou em San Lorenzo. Você terá calor e ar limpo. Vai se sentir melhor, eu prometo.

* * *

Na cozinha, Vittoria e a faxineira preparam caldeirões de água quente para imergir os lençóis e as roupas. O rosto da garota está pálido, seus lábios comprimidos como uma ferida.

Giuseppina não consegue fazer parar o tremor de suas mãos. Vincenzo, enrolado nas toalhas, está empoleirado sobre a mesa da cozinha. Aos seus pés, uma bacia fumegante. Vê sua mãe transtornada e não sabe bem por quê.

Ignazio entra naquele momento. Parece ter envelhecido de repente.

— Todos nós precisamos ser examinados. — Fala com severidade, sua voz perdeu o candor.

Giuseppina gostaria de dizer algo, mas percebe que tem uma pedra na garganta. Atrás dela, o filho percebe que algo grave está acontecendo. Sua intuição infantil lhe diz isso, como uma iluminação que já é uma certeza.

— Papai está mal?

Giuseppina e Ignazio viram-se na mesma hora.

Vincenzo entende.

A mãe tenta se aproximar, mas o cunhado a detém. Fala com ele como se fosse um homem feito:

— Sim, Vincenzo.

Os olhos escuros da criança se apagam. Ele desce da mesa, atravessa o cômodo e vai até seu quarto. Em cima da cama, há uma lousa. Sobre a ardósia, as tarefas deixadas pelo professor.

Ele se senta. E começa a escrever.

Naquela noite, ninguém dormiu.

Nem Paolo, alma perdida que continua tossindo. Nem Vincenzo, que não consegue imaginar o que vai acontecer com seu pai e abafa o choro no travesseiro. Nem Vittoria, que sente a aproximação do fantasma de uma nova solidão.

Nem Giuseppina, que dá as costas ao marido, encara a escuridão e carrega o medo dentro de si.

Nem Ignazio, que caminha descalço, com a camisa para fora das calças e o colete aberto. Recebendo com satisfação a sensação de frio que sobe do piso.

A doença de Paolo muda tudo.

Já sabe que a notícia começará a circular por Palermo e que alguns — Canzoneri, em primeiro lugar — vão tentar tirar proveito da situação.

Os negócios ficarão completamente sobre suas costas. Ele vai precisar de mais um funcionário; terá que garantir que Vincenzo estude sem quaisquer distrações. Terá que cuidar de Giuseppina.

E isso o faz tremer.

Não sabe o que precisará enfrentar nos próximos meses. O quanto a doença do irmão já avançou. E quais serão as consequências.

Pensa novamente em uma manhã de outono, quando seu irmão, ainda adolescente, o arrastara até a casa de Mattia e Paolo Barbaro, protegendo-o da raiva da madrasta e da indiferença do pai. Salvara-lhe a vida, agora ele entendia.

Mattia.

Mattia mudou-se para Marsala com os filhos. Algumas vezes, Ignazio lhe mandou dinheiro para que Raffaele estudasse ou simplesmente para ajudá-la a seguir adiante, já que Paolo Barbaro, depois que ficou doente, não podendo mais trabalhar, encontrou uma casa mais barata para si e para sua família por lá.

Ou talvez, admite com vergonha, para limpar a própria consciência.

Precisa avisar a irmã. Paolo não sabe, mas a esposa transgrediu suas ordens de cortar relações com ela. Antes timidamente, depois a intervalos regulares, Giuseppina pediu a Ignazio para que lhe escrevesse as cartas, e ele cedeu.

Dessa forma, a relação familiar se manteve próxima, aquele pedaço de vida. É um segredo que compartilha com a cunhada, uma daquelas coisas não ditas que os une desde sempre.

O motivo para entrar em contato com Mattia chega poucos dias mais tarde. Paolo se mudou para o campo, e Giuseppina foi com ele para procurar uma criada que o auxilie dia e noite.

Ignazio e Vincenzo, por sua vez, permaneceram na cidade.

Começo de tarde. Os atendentes estão em casa para almoçar.

— Com licença?

Vincenzo, que está fazendo divisões no balcão da loja, levanta a cabeça.

— Tio, estão te procurando — diz.

Ignazio se debruça à porta dos fundos. É um de seus despachantes que navega com um barco faluca, veio buscar um pouco de anis.

— Mestre Salvatore, bem-vindo. Entre, por favor.

— Saudações, dom Florio. Vejo que o senhor está bem. E seu irmão, como está? No porto, me disseram que ele não está muito bem... — Palavras ditas em um tom de voz baixo, respeitosas, acompanhadas de olhares de esguelho para o garotinho.

— Hm, obrigado, porque aqui de bênçãos nós estamos precisando... Meu irmão está... Tem dores no peito, mas claro que não está moribundo. Ele está se tratando fora da cidade e espera a vontade de Deus.

— Veja só! E dizer que eu ouvi coisas terríveis. As pessoas falam à toa.

— Não têm mais nada para fazer, parece. Venha... — Empurra-o delicadamente em direção ao escritório nos fundos da loja.

Ignazio percebe um cheiro de maresia e de sol que lhe trazem de volta lembranças da adolescência.

Quem sabe se seu irmão ainda pensa no mar e nos dias em que navegava no *San Francesco*, entre Nápoles e Messina.

Ao assinar os recibos dos carregamentos, pergunta ao homem qual serão as próximas etapas da sua viagem.

— Estou voltando de Messina, então, eu planejava descer até Mazara del Vallo e depois Gela... Por quê?

Ignazio observa-o de cima a baixo, o queixo apoiado nas mãos fechadas.

— E se eu lhe pedisse para parar em Marsala e entregar uma carta? O senhor o faria?

— *Caciettu*. Com certeza. É algo importante?

Ele tirou um envelope da escrivaninha.

— Importantíssimo. Deve ser entregue a Mattia Florio Barbaro, e somente a ela. Se o senhor observar bem, escrevi o último endereço conhecido no papel. Mesmo que não estejam mais lá, não devem estar distantes.

O marinheiro concorda. Franze a testa. Lembra-se de algo, de alguma fofoca a respeito de um cunhado dos Florio que eles teriam enxotado dos negócios, sem se preocuparem com o fracasso dele. Não lhe olharam mais na cara, como desconhecidos.

Enfiou a carta no bolso do casaco. Não perguntou nem quis saber de nada: não são coisas que lhe dizem respeito.

— O Senhor o ajude e Nossa Senhora o acompanhe, dom Florio. E mande minhas saudações a seu irmão: vou rezar para que São Francisco de Paula o proteja.

— O senhor também, mestre Salvatore. O senhor também.

Observa-o se afastar, balançando sobre os paralelepípedos, como se ainda estivesse no convés de um navio. Um pouco arrependido de ter lhe pedido para entregar aquela mensagem.

Mas não havia alternativa. Não sabe quanto tempo ainda resta.

Giuseppina apoia a testa na mão, seus olhos estão parados no retângulo de céu que se vislumbra pela janela. É um azul forte que anuncia uma primavera criança, prepotente e raivosa.

Paolo piorou muito. Em alguns momentos, a tosse quase o impede de respirar. Ela mandou Orsola avisar Ignazio, que agora administra a botica em período integral.

Sente um toque no ombro. Ela segura e beija a mão. Com um farfalhar de tecido, Mattia Barbaro senta-se diante dela.

As duas mulheres se olham sem dizer nada.

Mattia chegara dois dias antes de Marsala, em uma viagem paga por Ignazio, trazendo consigo o filho Raffaele. A vida para os Barbaro está cada vez mais difícil, mas não se discute voltar para Bagnara: Paolo Barbaro é orgulhoso demais para mostrar a todos como acabou e, sobretudo, não está disposto a ouvir os habitantes de Bagnara falarem o tempo todo a respeito do sucesso dos Florio.

Mattia teve que enfrentar uma briga feroz — a primeira após anos de complacência — com o marido, que não queria deixá-la sair, que reclamava porque não tinham dinheiro, que Paolo não merecia tal sacrifício.

Mas ela é uma Florio, e os Florio não abandonam o próprio sangue.

O rosto de Mattia é uma máscara de resignação e cansaço que puxa seus traços para baixo. O tempo e os desgostos tingiram seus cabelos de branco e pesaram sobre suas pálpebras.

Do outro lado do cômodo, chegam as vozes das crianças: Vincenzo está mostrando seus livros a Raffaele, o primo poucos anos mais velho que ele. Vittoria está com eles, vigia-os e, de vez em quando, estica o ouvido para ouvir as conversas das tias. Ela também ficou muito transtornada ao ver o rosto de Mattia tão amarrotado pelo tempo e pelo cansaço.

Giuseppina observa-os, desanimada.

— Ele não entendeu que o pai está morrendo. — Diz isso com angústia e uma pontada de rancor. — Às vezes, vejo-o parado diante do quarto, sem se atrever a entrar, mesmo quando Paolo faz sinal para que se aproxime. É como se ele não quisesse mais vê-lo daquele jeito, e não percebe que aquele pobre cristão fica chateado.

— É uma criança: tem medo do que está acontecendo. Mas você, ao contrário, não deve se deixar abater. É o momento em que precisa ter força e pedir ajuda a Deus.

— Deus não está nem aí para mim. Se tivéssemos ficado em Bagnara, isso não teria acontecido, eu sei.

— Não, você não tem como saber. Pode ser que os nossos maridos tivessem naufragado com o barco, ou que outro terremoto houvesse acontecido. O que podemos saber, nós, dos caminhos que a vida escolhe? — Ela também conhece essa amargura e, por isso mesmo, sabe o quanto pode fazer mal. — Você não deve mais pensar no que foi e no que poderia ter sido. Eu também não queria ir para Marsala, mas tive que ir, porque o meu marido adoeceu. Pelo meu marido, tive que deixar de lado a minha família; para o meu irmão, eu não existia mais. Contudo, você vê agora? Estamos aqui, novamente juntos.

Giuseppina tenta, inutilmente, arrumar seus cabelos. Uma mecha cai de novo na testa.

— Você ainda tem um marido e tem Ignazio. Ele é o seu sangue. Eu não tenho mais ninguém, os meus parentes estão todos mortos... — Palavras ácidas, com o xale que cai sem beleza por um dos lados e a impotência que queima em sua garganta. — O que é que eu tenho, você é capaz de me dizer?

No silêncio que se segue, Mattia fecha os olhos.

— Você tem seu filho, que é uma joia. — Ela sorri, triste. — E você também tem Ignazio. Nunca percebeu?

Quando Giuseppina lhe disse que Paolo havia piorado, Ignazio chamou o cirurgião Caruso. O médico prometeu vê-lo tão logo encontrasse um transporte para chegar até Noce.

— Poderia ser muco ou acúmulo de humores. Deixem-me auscultar os pulmões, e então poderei lhes dizer.

Com isso, Ignazio alugou uma caleche e foi buscar o médico na casa dele. Seu irmão seria examinado, ele lhe contaria sobre a chegada de Mattia, lhe daria uma esperança, diz a si mesmo enquanto atravessava as oliveiras de Noce com o cirurgião.

Deve haver alguma esperança.

Quando volta, já é tarde da noite.

Seus passos estão pesados, os olhos, avermelhados. Vincenzo e Raffaele já estão dormindo, de costas um para o outro, arrebatados pelas emoções do dia. Vittoria varreu os cômodos e foi descansar.

As duas cunhadas, ao contrário, esperam na cozinha.

Giuseppina lê o desconforto no rosto dele. Vai até ele, se detém com as mãos apertadas ao redor das pontas do xale.

— E então?

Mattia está com ela. Ele balança a cabeça.

— Nada. Ele não quer vê-la.

A mulher cobre a própria boca para sufocar os soluços.

— Como? Nem doente? Nem agora seu coração fica mais brando? — Recusa um abraço de Giuseppina. — Sem coração e sem consciência. Não mereço nem o perdão?

Ignazio aperta-a em seu peito.

— Sinto muito. Ele começou a gritar, regurgitou sangue. Tive que lhe dar láudano para acalmá-lo. — Ele busca algum conforto no rosto de Giuseppina, que está parada atrás de Mattia, com os punhos fechados e os olhos úmidos.

Ele omitiu a cólera do irmão, a fúria que vomitou. A tristeza que sentiu quando o irmão lhe disse que, para ele, Mattia estava morta, que, se tivesse vindo por causa de dinheiro, ela podia ir embora e morrer bem longe dali, porque ele já tinha pensado no testamento, e ela e aquele cachorro do seu marido não obteriam nada.

Não precisa dizer nada a Giuseppina. Ela sabe.

Mas também não pode lhe contar do desconforto do cirurgião após ter auscultado o peito de Paolo. Pelo menos não agora.

Mattia afasta-se do irmão.

— Carregarei muitos pecados diante de Deus, mas não esse rancor. — Bate no peito. — Ele é meu irmão, quero o bem dele e rezo para que Deus o perdoe, pois isso ele não precisava fazer. Comprei uma briga com meu marido para vir aqui, e agora ele me renega como uma leprosa?

Mais soluços. Giuseppina leva-a para o quarto.

— Acalme-se, meu coração — sussurra. — Venha, vamos dormir.

São irmãs sem dividir o mesmo sangue, pensa Ignazio.

A cunhada se vira.

— Tem um prato de macarrão com brócolis, separei para você. Ainda deve estar quente. Você também, coma e descanse.

Ele assente, mas não tem fome.

No limiar do quarto, porém, Mattia hesita.

— A maldade feita volta — diz. — Certas coisas se pagam, uma geração após a outra. Isso está fazendo mal não apenas a mim, mas a todos vocês: ele deverá se lembrar disso, sempre.

Giuseppina estremece, e Ignazio também se arrepia.

As palavras soam como uma *magarìa*, uma praga, e certas coisas, quando ditas, não podem ser retiradas.

Caem no tempo, passam de uma geração a outra até se realizarem.

* * *

Giuseppina espera Mattia adormecer para arrumar a cozinha.

— Eu não mereço isso — continuava repetindo Mattia. — Cuidei dele como se fosse sua mãe. Lavei as roupas dele. Protegi. E agora ele me enjeita dessa maneira? — Escorreram mais lágrimas. Giuseppina secou-as enquanto a raiva fervia-lhe por dentro.

E agora? O que ela quer? Que o marido que nunca amou sare e volte para casa?

Um homem, para uma mulher como ela, é uma segurança, a única possível. É um prato de comida na mesa, um balde de carvão para o *cufune*, o braseiro de bronze entalhado.

Ela se enrola no xale. Não, não é isso que a assusta de verdade. É outra coisa, que tem a ver apenas com ela, algo que está um pouco além do alcance dos seus pensamentos.

Ela se assusta ao ver uma sombra no escuro da cozinha.

É Ignazio, com a cabeça na mesa, as costas trêmulas.

Ele está chorando.

Soluços contidos, sufocados, de um homem que não consegue abafar dentro de si a dor imensa, mas que tem medo de fazer barulho.

A mulher dá um passo para trás. Volta para o quarto.

Ignazio dorme pouco e mal naquela noite. Esperava sentir-se restaurado após aquele choro, mas não. Ele tem medo de não conseguir cumprir com sua obrigação. Medo de fracassar.

Mas não pode sequer pensar nisso, muito menos dizer a alguém.

Ele se levanta, se arruma com cuidado para que não digam que os Florio estão passando por dificuldades. Não importa que seja cedo demais, tão cedo que o alvorecer não passa de uma sensação. A botica o aguarda.

Porém, ao entrar na cozinha, ele se depara com Giuseppina.

— E Mattia? — pergunta ele.

— Ainda está dormindo, a coitadinha. Esta noite, ela teve pesadelos.

Ele a observa servir-lhe uma xícara de leite morno.

— E você? Dormiu?

— Um pouco.

Ela pega a vassoura e começa a varrer enquanto ele mergulha um pedaço de pão na xícara.

De repente, a mulher para. Fala sem olhar para ele.

— Diga-me a verdade.

Ele entende, como sempre a entendeu. O leite vira um veneno em sua boca.

— Ele piorou. É inútil esconder de você.

— Foi o cirurgião que disse?

— Sim.

— Ele está morrendo?

Ignazio não responde.

Diante dele, há um vazio. Nenhum som, nenhum calor. Giuseppina parece ter se dissolvido, deixando uma estátua em seu lugar.

Depois, um soluço. E mais um. A vassoura cai de repente. O desespero explode, jorra do rosto dela, de seu corpo abalado, de sua boca escancarada.

Há algum tempo, Ignazio entendeu que, quando as pessoas vivem juntas, acabam por criar vínculos. Ama-se não a pessoa, mas a ideia que se tem dela, as sensações que ela provoca, até o ódio que se sente. Afeiçoamo-nos aos nossos demônios.

— Por favor... não fique assim... — implora a ela, e não pode fazer nada além de abraçá-la, pois parece que ela está se despedaçando, tão violentos são seus soluços.

Ele abafa em seu pescoço o pranto dela. Percebe que também está chorando, choram juntos, abraçados. Quando as lágrimas estancam, porém, sente que ela enrijece. Giuseppina levanta o rosto, eles quase se tocam.

O fantasma que carrega dentro de si se transforma em um corpo encarnado que, naquele momento, é seu.

Não do seu irmão, não do seu sobrinho. *Seu.*

Ele sempre ficou um passo atrás dela. Nunca a tocou sem ser com respeito.

Pode fazê-lo agora que Paolo está distante, confinado em uma cama.

Ela também parece confusa. Mas quando prega os olhos em seu rosto, a sensação de perda desaparece. Apoia a mão em seu rosto, toca-lhe os lábios.

Por um momento, Ignazio imagina o que poderia ter acontecido se fosse ele no lugar de Paolo.

Se Giuseppina fosse sua mulher, e Vincenzo, seu filho, e aquela fosse a casa deles. Imagina os dias e as noites, os filhos que teriam tido em Bagnara ou ali em Palermo. Uma vida pequena, modesta e comum os faria felizes, ou pelo menos serenos.

Mas não é essa a sua existência.

Giuseppina é a mulher do seu irmão, e ele é um traidor. É isso o que ele é: um infame.

Fecha os olhos. Só por mais um instante, mantém segura a imagem daquela vida que sonhou. Abraça-a forte antes de soltá-la e sair, para que a tentação não tome conta dele novamente.

Alguns dias mais tarde, Mattia volta a Marsala com a faluca do mestre Salvatore. Ignazio lhe deu um pouco mais de dinheiro, e Giuseppina, um longo abraço. Mattia vai embora com o coração pesado e nada é capaz de aliviar a dor que ela sente, nem mesmo a ternura de Vittoria ou o adeus de Vincenzo, um sorriso desdentado e tímido. Ela sabe que não vai mais ver seu irmão, Paolo. Sabe que certas feridas não encontram cura, que seu tempo já passou.

No cômodo, a doença é um fedor sufocante, contra ele nem a rajada cítrica que chega de fora é suficiente. Um limoeiro estende seus galhos até a janela. O sol traz o som das primeiras cigarras que cantam entre os ramos.

Do limiar, Giuseppina observa o tórax de Paolo, que levanta e abaixa com dificuldade. Morde os lábios. Tudo está se precipitando.

Alguém toca seu braço.

— Estou aqui. Vim o quanto antes. — Ignazio fica ao seu lado, fala no seu ouvido. — Na loja, está tudo organizado. Em todo caso,

Maurizio vai me substituir enquanto for necessário. — Mas Giuseppina nem sequer ouviu, Ignazio lê isso em seus olhos perdidos. — Trouxe Vincenzo comigo. Ele está brincando embaixo das árvores, vá ficar um pouco lá com ele.

Ela acolhe aquele convite com alívio.

Gostaria de chorar, mas não consegue. Sofre por aquele marido que nunca amou, porém, ao mesmo tempo, sofre por si mesma, porque sabe que vai sentir sua falta. Será um vazio com o qual terá que acertar as contas pelos anos que virão.

Viveu com Paolo sem amor, às vezes até com ódio. Não poderá lhe pedir perdão pelo mal que causaram um ao outro. Paolo está alcançando um limiar além do qual já não será possível falar. Agora mesmo, já não conseguem. O sentimento de culpa que carrega será o seu quinhão de purgatório na Terra.

Ignazio entra, dispensa a camareira que faz vigília no canto. Ao ouvir sua voz, Paolo vira a cabeça. A febre deixou seus olhos brilhantes.

O irmão se senta na cama. Já não lhe pergunta como se sente: abandonaram também essa última hipócrita formalidade desde que o cirurgião o encontrou na botica poucos dias antes, dizendo-lhe que o mal sutil havia devorado os pulmões de Paolo.

— É questão de pouco tempo, agora — disse-lhe.

Ignazio agradeceu, pagou os honorários do médico e continuou trabalhando.

Paolo, no entanto, resistiu por muito tempo. Contava com a fibra forte e a teimosia dos Florio para manter-se vivo.

O irmão pegou sua mão.

— Hoje, a criada me colocou sentado embaixo do limoeiro. Comecei a tossir e comecei a cuspir sangue, não sei quanto. Tiveram que trocar todas as minhas roupas. — Ele fala com dificuldade. — O Senhor dá, o Senhor tira, dizem. — Esboça um sorriso amargo. — De mim, está tirando tudo. — Um acesso de tosse. Longo, dolorido. Recomeça a falar, mas sua voz é um ferro se esfregando na pedra. — O tabelião Leone lhe disse que eu fiz um testamento?

Embaixo do lenço, os lábios de Ignazio ardem.

— Sim.

Paolo sente falta de ar. Ignazio segura a cabeça dele, ajuda-o a beber água, depois diz:

— Ninguém vai incomodar Vincenzo enquanto eu for vivo. Já encontrei um tutor para dar aulas de latim e outras coisas a ele no lugar de Antonino Gagliano, que logo será ordenado padre...

Um gesto de Paolo o interrompe.

— Está bem, está bem. — Aperta-lhe o braço, e Ignazio percebe quão pouca força lhe resta. — Você, porém, me ouça. Precisa ser aquilo que eu não posso mais ser.

Ignazio segura a mão do irmão.

— Você sabe que o amo como se fosse meu filho.

— Não. Mais que isso, entende? Você tem que educá-lo. Eles vão cuidar do dinheiro, mas você será o pai. Entende? O pai dele. — Olha para Ignazio como se quisesse entrar na cabeça do irmão.

Ignazio não consegue suportar. Levanta-se. Do lado de fora, Vincenzo e Giuseppina brincam debaixo do limoeiro. Ele fala medindo as palavras. Não quer deixá-lo agitado.

— Encontrei um dos primos de Barbaro no porto. Trouxe-me uma mensagem do nosso cunhado Paolo.

Paolo bate a mão na cama.

— Deus! Eu pensei tanto nele e em Mattia. — Agora está chorando. — Entendi que essa é a punição que o Senhor me mandou. Quando ele estava mal, eu poderia ter ajudado. Teria sido um gesto de misericórdia. Quando nossa irmã veio, poderia tê-la visto, pobrezinha, e eu... Ao contrário, não fiz nada, só a rejeitei. — Ele enxuga os olhos. — Diga a Mattia que eu a perdoo, está bem? E que ela deve me perdoar? Eu não fiz o que deveria! O demônio tinha confiscado a minha alma, maldito seja eu.

Ignazio olha para ele. Gostaria de dizer algo, confortá-lo, mas a voz se recusa a sair de sua garganta, o coração parece ressecar-se e se fechar até ficar do tamanho do punho de uma criança. O irmão está aterrorizado, está estampado em seu rosto. Deve estar sentindo a morte muito próxima para pedir desculpa dessa forma, para chegar a se arrepender pela sua dureza de espírito.

Paolo levanta a cabeça do travesseiro. Os cabelos encharcados de suor estão grudados na testa.

— Então? O que Barbaro mandou dizer?

Ignazio se obriga a responder. Sua voz, antes prisioneira, se liberta com um suspiro.

— Diz que está rezando por você e lhe deseja pronta recuperação.
— Não sabe por quê, mas acha aquela frase ridícula.

Começa a rir, e o irmão, após um instante, ri também.

Eles riem juntos, como se a vida fosse uma imensa brincadeira, como se a tuberculose de Paolo fosse só um chiste colocado em prática pelo Criador, como se pudessem voltar atrás e consertar tudo. Mas não, e esta é a coisa engraçada: tudo é verdade e não haverá paz, tudo permanecerá sem solução, interrompido, quebrado.

As risadas de Paolo se transformam em um acesso de tosse. Ignazio corre, oferecendo-lhe a bacia, e o irmão cospe grumos de sangue e muco.

Ignazio o abraça. Paolo está muito magro. A doença o consumiu, ele ficou só pele e osso, continentes de um espírito indômito que não quer se entregar. Ainda não.

Quando Vincenzo, poucos dias depois, abre a porta, vê diante de si um homem com um saiote preto e capa violeta. É o padre de Olivuzza, dom Sorce. Tem o rosto cansado pelo calor intenso.

— Sua mãe mandou me chamar. Onde ela está? — pergunta.

A criada aparece.

— Por aqui, rápido.

O garotinho espia-os de um canto. Pelo jardim, além da porta escancarada, chega um perfume de verão e de calor.

Vincenzo foge. Não quer saber, não quer ouvir.

Ignazio chega quando tudo já terminou.

Encontra Giuseppina sentada aos pés da cama. Não fala. Não chora. Ela morde as juntas dos dedos. Parece muito distante, e talvez esteja.

Ela olha para o cadáver.

— Precisa de boas roupas — sussurra então.

Entre os dedos, segura o terço.

Ele responde mecanicamente que sim.

— Vou à rua dos Materassai para organizar o funeral. Preciso dizer a Maurizio Reggio que feche a loja por dois dias. — Faz uma pausa. — Preciso escrever a Mattia e a nossos parentes de Bagnara. Levo Vincenzo comigo.

Giuseppina limpa a voz, mas o que sai da garganta é um sussurro.

— As missas. Tem que haver muitas missas para aliviar sua alma, que no final ele se arrependeu de tudo o que fez contra a irmã. Disse-me enquanto lhe trocava a roupa de dormir, depois da confissão. E também o dízimo para os órfãos. Diga-o a Vittoria, ela pensará nisso.

Ignazio concorda. Segura o ar em seu peito. Respira, pois ainda pode fazê-lo.

Aproxima-se do corpo de Paolo. Ainda guarda um pouco de calor: a pele do rosto está transparente; as mãos, antes fortes e cheias de calos, agora são só osso. Os cabelos e a barba desbotaram.

Ele estende a mão. Acaricia-o. Depois, de repente, se abaixa, beija--lhe a testa e fica assim, com os lábios colados naquela pele, com a dor apertada na garganta.

Carregará aquele momento consigo por toda a vida. O beijo é o selo de uma promessa, um juramento que sai de sua boca e que só ele e Paolo podem ouvir.

Levanta-se e sai do quarto. Vai até embaixo do limoeiro, onde o garotinho o aguarda.

— Você se despediu do seu pai?

Vincenzo não olha para ele. Brinca com um pedacinho de madeira, quebra-o em muitos pedaços.

— Sim.

— Quer vê-lo de novo?

— Não.

Ignazio estende a mão, e Vincenzo a segura. Ambos se dirigem juntos para a carruagem que os espera na entrada.

* * *

Diante da loja, há uma pequena multidão, em sua maioria de cala-breses. Maurizio Reggio está na soleira, abraça Ignazio, ouve suas instruções. Poucos minutos mais tarde, as persianas de madeira se fecham, marcadas pelo luto.

Ignazio não foge dos olhares. Alguém faz o sinal da cruz, outros lhe oferecem algum conforto. Ele caminha de peito erguido, a mão do sobrinho agarrada à sua. No limiar, Vittoria chora em silêncio. Puxa para perto de si o primo, beija-o, aperta-o.

— Agora você também está desprotegido, como eu — diz ela.

Vincenzo permanece imóvel. Calado.

Em casa, encontram Giuseppe Barbaro, um dos parentes de Emiddio, que se coloca à disposição para organizar o funeral.

— O Senhor acolha sua alma — diz ele.

Ignazio responde com um "Amém".

Tudo está silencioso. Orsola pega Vincenzo e o leva ao seu quarto para vestir-lhe com as roupas do luto. Do quarto dos seus pais, chega o som do baú sendo remexido.

O farfalhar dos tecidos é acompanhado de frases truncadas. Vittoria, Ignazio, Emiddio.

— O mal sutil estava avançado demais…

— Morte santa…

— Será necessário ocupar-se da casa — diz de repente a garota.

— Ela deve ser decorada por um pintor. Sua missa deverá ser cantada por frades. Ele não é… não foi um homem qualquer. Meu irmão era *dom* Paolo Florio. Aqui em Palermo, nossa botica tem um nome, e foi o trabalho dele que a tornou importante.

De repente, Vincenzo compreende *de verdade*.

A consistência das mãos do seu pai nas costas dele. Seu aperto. A barba que roçava seu rosto. O olhar severo. As mãos que mediam a casca de quinquina na balança. O cheiro de especiarias que carregava em si.

Cambaleando, Vincenzo caminha até o quarto dos pais.

Seu pai não voltará mais. E, no momento em que essa verdade toma conta de si, ele se depara com o olhar de Ignazio, voltando a encontrar um vazio tão dolorido quanto o seu.

De repente, a ausência se dilata até engolfá-lo.

Vincenzo então foge com os olhos cheios de lágrimas, os pés escorregando pelas pedras. Ele foge daquela casa, iludindo-se que assim conseguiria deixar para trás a agonia que o esmaga.

— Vincenzo!

Ignazio o chama, e o garoto parece voar sobre a calçada. De repente, na rua São Sebastião, ele o perde de vista.

Ignazio para, apoiando as mãos nos joelhos.

— Agora até você tem que me aprontar... — murmura.

Toma fôlego. Depois, volta a procurar o garoto em meio ao porto apinhado. Evita os conhecidos que querem pará-lo para dar os pêsames, abrindo espaço entre os itens prontos para serem embarcados.

Chega ao centro da Enseada, percorre-a com o olhar desde a igreja de Piedigrotta até o leprosário. O Castello a Mare lança uma sombra sobre o porto. Dezenas de mastros e velas confundem a vista.

Por fim, o encontra.

Vincenzo está sentado no extremo limite do embarcadouro, as pernas pendendo.

E chora.

Ignazio aproxima-se com cautela. Chama-o. O garoto não se vira, mas estica as costas.

Ignazio gostaria de chamar sua atenção, e talvez até devesse: com tudo o que ocorreu, sua fuga foi um mero ato de exibição. Além disso, é um menino, e meninos não choram. Mas não o repreende.

Senta-se ao lado dele. Ambos permanecem em silêncio por algum tempo, um ao lado do outro. Gostaria de consolá-lo, dizer-lhe como se sentiu quando a mãe morreu, depois do terremoto. Tinha mais ou menos a mesma idade, se lembra bem da sensação de abandono, do vazio.

A desolação.

Mas o pai?

Nem consegue imaginá-lo: seu pai, mestre Vincenzo Florio, ferreiro de Bagnara, é pouco mais do que uma lembrança. Quanto a Paolo, por sua vez, estiveram juntos desde que começaram a trabalhar no mar.

Agora, sente medo do que o aguarda, um medo danado, mas não pode dizê-lo a ninguém, muito menos a uma criança.

Vincenzo fala primeiro:

— Como eu vou fazer sem ele?

— É o que coube ao seu pai. É a vontade de Deus. — Com aquelas palavras, Ignazio procura uma explicação que possa ser boa o suficiente para si mesmo. — Todos nós temos um destino escrito em nossos ossos desde o momento em que viemos ao mundo. Não podemos fazer nada a respeito.

O silêncio é preenchido pelo marulhar das ondas rebentando no embarcadouro.

— Não. Se a vontade de Deus é essa, eu não quero. — Vincenzo segura as lágrimas.

— Vincenzo, mas o que você está dizendo?

Esta frase é violenta, blasfema, forte demais para uma criança de oito anos.

— Não quero ter filhos para depois morrer assim. A mamãe chora, você também está mal, eu vejo. — Ele fala em um tom feroz. Então, ergue a cabeça. — Agora, preciso viver sem ele, e não sei como fazer.

Ignazio olha fixamente para a água escura. Sobre eles, as gaivotas dão voltas no ar vespertino.

— Tampouco eu sei como fazer. Falta-me a terra debaixo dos pés, Vincenzo. Ele sempre esteve presente, e agora... — Respira profundamente. — Agora estou sozinho.

— Agora *estamos* sozinhos — sussurra Vincenzo.

Depois, apoia-se no ombro do tio, que o abraça.

Tudo mudou, pensa Ignazio. Ele já não pode se permitir o luxo de ser filho e irmão. Agora ele é o chefe. Agora o trabalho é seu. Toda a responsabilidade é sua.

É a única certeza que ele tem.

SEDA

verão de 1810 — janeiro de 1820

> *'U putiàru soccu ave abbànìa.*
> "O comerciante decanta o que tem."
>
> Provérbio siciliano

Ao se tornar rei da Espanha, José Bonaparte é substituído pelo cunhado de Napoleão, Joaquim Murat, que sobe ao trono no dia 1° de agosto de 1808.

Em 1812, estoura na Sicília uma revolta devido a uma taxa sobre as receitas instituída por Ferdinando IV. O Parlamento Siciliano promulga uma Constituição — inspirada no modelo inglês — que de fato enfraquece o rei bourbônico e estabelece a abolição dos feudos e a reforma do aparelho do Estado. O objetivo é modernizar a sociedade insular, além de criar uma relação ainda mais próxima com os ingleses, que têm interesse em manter a independência da ilha.

No mesmo ano, Napoleão começa a desastrosa campanha da Rússia. Após a derrota na batalha de Lípsia (19 de outubro de 1813), Murat alia-se à Áustria, com a esperança de preservar seu reino. Volta a ficar ao lado de Napoleão em 1815, no entanto, os austríacos o derrotam definitivamente na batalha de Tolentino (2 de maio de 1815). O tratado de Casalanza (20 de maio de 1815) sanciona, então, o retorno de Ferdinando IV a Nápoles e o estabelecimento de seu filho Francisco em Palermo como general do reino.

Em 8 de dezembro de 1816, o soberano dá um golpe e reúne sob uma única coroa os reinos de Nápoles e da Sicília, adotando o nome de Ferdinando I, rei do reino das Duas Sicílias. A Constituição de 1812 é revogada. A ilha é tratada como uma colônia e submetida a um duríssimo regime fiscal.

A seda não pertence a Palermo.
Pertence a Messina.
Ou, melhor, pertencia.

Do Estreito de Messina até a planície de Catânia, famílias de camponeses criavam bichos da seda à sombra de amoreiras seculares, cujas folhas eram usadas para nutrir as larvas. Eram sobretudo as mulheres que se ocupavam disso e recebiam por aquele trabalho fedido e ingrato. Eram mais livres e independentes do que as campesinas ou as serviçais que trabalhavam para as famílias nobres. Podiam guardar o lucro para si.

Dinheiro precioso, suado, que as mulheres usavam comprando enxoval ou móveis para a futura casa.

Depois, a descoberta: no Extremo Oriente, produzia-se muito mais seda, com custos muito menores.

Os ingleses então começam a distribuir seus tecidos, fabricados por eles mesmos a partir de fios adquiridos nas colônias, ou tecidos importados com estampas exóticas. Chega dos padrões de listras ou cores tediosas da Europa. Após tantos anos de guerra contra Napoleão, deseja-se fantasia e vitalidade.

As exportações da Sicília para o restante da Itália começam a diminuir, até quase cessarem. As amoreiras caem no abandono.

Começa a febre das coisas chinesas: móveis, porcelanas, marfim entalhado.

E, obviamente, tecidos.

Até os Bourbon se contagiam, tanto que o rei Ferdinando decide que seu palácio de caça — e sua *garçonnière* — deve ser um "Palacete Chinês".

Todos os ricos têm pelo menos um cômodo forrado de seda.

Todos os ricos se vestem de seda.

* * *

Abre-se a porta. Os vidros já não tilintam mais, as dobradiças, bem lubrificadas, deslizam sem barulho.

A mão percorre o balcão. Tampo de mármore sobre mogno, polido como veludo. As maiólicas do piso prendem o olhar, que depois sobe na direção da cômoda de nogueira com os nomes das especiarias gravadas. Um cheiro de madeira nova e verniz paira no ar.

Ignazio está no centro do cômodo. Sozinho, mas não deseja nada de diferente.

Imaginou esse momento por dois anos, desde que o antigo proprietário, Vincenzo Romano, aceitou ceder-lhe a loja. Quando ainda a dor pela morte de Paolo era uma ferida com dificuldade de cicatrizar.

Naquele momento também era verão.

— Mas o que está dizendo? — Ao ouvir o pedido, o rosto de Vincenzo Romano, proprietário do imóvel da rua dos Materassai, virou uma lua cheia.

Sentado à escrivaninha, Ignazio o perscrutara de cima a baixo. Após tê-lo convocado ao escritório — porque passara a ser ele quem convocava as pessoas —, não o convidara a se sentar. Deixara-o em pé como um pedinte, para confundi-lo. Para deixá-lo constrangido. Deixara-o esperar enquanto assinava uma série de documentos. Porque os negócios dos Florio eram volumosos.

Depois, fez seu pedido.

— O senhor está louco? — Romano agarrou a borda da escrivaninha. — Mas nem morto! Eu não vendo.

Ignazio sabia do apego dele ao dinheiro e imaginava encontrar um muro em seu caminho, mas estava preparado para a escalada. Conduzira seu ataque sem agressividade, porém com firmeza. Paciência e gentileza eram, como sempre, suas armas prediletas.

— Mas o senhor precisa entender minhas razões. Esses cômodos e o mezanino também precisam de uma reestruturação. O senhor sabe: a Casa Florio não pode funcionar em um local com manchas de mofo e portas rangendo.

— E então? Passe uma demão de tinta e um pouquinho de óleo...

— Não é esse o problema. É a água que chega como um soluço, o piso está estragado... as reformas serão muitas e urgentes. Duvido que encontre um locatário bom como nós. Se formos embora, terá que arrumar de qualquer jeito o local.

Vincenzo Romano pensou em recusar. Mas só por um instante. Sabia que Florio tinha razão.

Eis ali uma hesitação. A rachadura no muro. Estava estampado em seus olhos desorientados, na boca entreaberta.

Então, Ignazio o pressionou.

— Tenho uma ideia, se o senhor se dispuser a me ouvir. Um meio-termo bom para os dois.

— Do que se trata?

Só então sinalizou que o homem se sentasse.

— Uma enfiteuse.

— Magnífico! Eu continuo o dono, mas todos os direitos serão seus. Para mim fica só o título de proprietário, ou seja, nenhum direito de nada. — Romano xingou baixinho. — Não me trata como um cão, mas quer que eu ande de coleira, grande diferença.

— Pense bem. A enfiteuse o manteria, pelo menos aos olhos dos outros, como dono da loja. E seria eu, com minha empresa, a me ocupar da reforma. Mas, se não quiser vender — abriu a mão com um gesto eloquente —, tem todo o direito de fazê-lo. Assim como nós temos o direito de nos mudar.

Ignazio falou com absoluta determinação. Escondeu bem seus próprios medos, porque, claro, estava correndo um risco. Uma recusa de Romano significaria encontrar outro local para a botica, e depósitos em outra área.

Significaria deixar o lugar onde tudo havia começado com Paolo.

Mas não podiam mais ficar em uma loja com mofo nos fundos e com as portas carcomidas. Não combinava mais com o que se tornara a Casa Florio.

Romano viera recolher o aluguel e vira-se diante de uma oferta inesperada. Andou pelo cômodo e perguntou, mais surpreso do que sarcástico:

— Foi mordido pela inveja de Canzoneri e Gulì, que têm loja própria?

— Na verdade, não. É que é preciso de algumas certezas. Saber que são seus os tijolos onde se deixa o sangue: se alguém deve jogar suor e sangue em alguma coisa, essa coisa deve ser sua, e ninguém deve dar ordens. Não vou gastar dinheiro em uma loja depois o senhor pode resolver vender a outra pessoa. Entende?

Claro que entendia.

Romano se despediu com um "Vou pensar a respeito".

E pensou menos do que Ignazio temia. Aceitou a proposta.

Antes, veio a enfiteuse. Depois, a reforma: o encanador, o carpinteiro, os ladrilhos e os vidros novos. Passados alguns meses, Ignazio havia recuperado o valor do aluguel. Tornou-se dono absoluto da botica.

Ao se lembrar daqueles seis meses de reforma, o coração canta em seu peito.

Albarelos e vasos novos com o nome *Florio* pintado na base ocupam todas as prateleiras. Nos depósitos da rua dos Materassai, no largo San Giacomo e na aduana, esperam sacos de casca de quinquina peruana, prontos para serem triturados para que se obtenha o pó de quinino.

A botica Florio tornou-se o que ele sempre imaginara. Uma verdadeira drogaria.

Só uma coisa restou da antiga loja: a balança de precisão, a mesma que seu irmão usara desde os primeiros dias de trabalho.

Serve como um lembrete de quem é, de onde veio.

Lá fora, os rumores de curiosos e serviçais dos nobres que espiam pela porta, à espera da reabertura. Apenas tentam entender o que se tornou aquela pobre lojinha administrada por aquele homem de Bagnara, dizem, mas seus rostos os traem, e Ignazio se regozija de vê-los assim, divididos entre a curiosidade e a desconfiança. Nunca admitiriam terem sido mordidos pela inveja e pelo maravilhamento, e era isso que os fazia permanecerem ali, esperando.

Ele aguarda na soleira quem, até então, tentou atrapalhar seus negócios. Hoje começa um novo jogo, não somente com Canzoneri e Saguto, mas com todos os boticários de Palermo, que já sussurram, se perguntam, temem.

Porque os Florio já não são simplesmente lojistas. Agora são comerciantes, e podem dizê-lo de cabeça erguida.

A porta se abre. Entra alguém.

Ignazio se vira.

É Giuseppina.

— Mas... está lindíssimo! — A mulher está boquiaberta, maravilhada. A ruga entre as sobrancelhas se desfaz. Alisa o vestido escuro com a mão enluvada. — De verdade, eu não acreditava que pudesse mudar tanto.

Ela também mudou.

Com a prosperidade, chegaram as camareiras, as roupas feitas por costureira e não mais remendadas à luz de vela, sapatos e casacos novos. A mesa está mais rica, para ela, para Vincenzo e Vittoria, que ainda mora com eles, por mais que, com cada vez mais frequência, esboce o desejo de ter uma família que seja sua. Mas não é apenas uma questão de roupas mais elegantes, ou de mãos que já não são mais ásperas.

Giuseppina tem uma nova luz nos olhos. Parece serena.

Ignazio observa seu caminhar pela loja: mexe no gaveteiro, abre uma gaveta, cheira as especiarias.

Ela ergue a cabeça, sorri para ele.

E ele não consegue parar de olhar para ela.

— Realmente, um belo trabalho, sim — elogia Giuseppina, baixinho.

Ele gostaria de tocar o rosto dela, sentir o calor. Porém, apesar disso, cruza os braços, atento para não amassar o paletó que mandou fazer especialmente para a reabertura. Quem entrar na loja deve entender de imediato que não tem mais que negociar com um garoto com camisa de mangas.

É naquele instante que entra Vincenzo.

— Mamãe! Tio! Vocês não me esperaram?

O garotinho é alto para a idade. Parece um adolescente, ainda que tenha acabado de fazer onze anos.

Ignazio passa a mão nos cabelos do menino.

— Não fomos a parte alguma. Seja como for, o que vocês precisam ver é a parte de trás. A tinta ainda está secando.

Mãe e filho seguem pelo corredor que leva ao escritório comercial. Nas escrivaninhas — também novas —, tinteiros, resmas de papel e carimbos.

Ignazio aponta um longo letreiro de madeira: está apoiado no chão, no fundo do cômodo. As cores da pintura são vívidas, a tinta ainda está fresca. Embaixo, sutilmente assinado pelo pintor Salvatore Burgarello, bastante conhecido em Castellammare.

— Ele terminou hoje cedo. Disse para deixar secar longe do sol, senão as cores racham.

Giuseppina está com as mãos nos lábios, quase como se quisesse segurar uma exclamação.

O olhar de Vincenzo, ao contrário, corre da pintura para o tio. Indica o que está escrito:

DROGARIA DE IGNAZIO E VINCENZO FLORIO

— Você pediu para que colocassem também o meu nome! Por quê? Ele abraça o menino.

— Porque você é meu sobrinho e herdeiro do seu pai.

E porque — pensa, com uma ternura que aquece seu peito — *você é meu filho não de carne, mas de alma.*

No letreiro está pintado um bosque. Embaixo, um riacho que brota das raízes de uma árvore e do qual um leão bebe em busca de restauração.

É uma árvore de quinquina.

— É sempre um prazer servi-la, dona Margherita. Até logo.

A anciã passeia do balcão até a porta, de braço dado com Vincenzo. O garoto é um adolescente alto e magro, uma cabeça mais alto do que ela. A anciã assente, faz um gesto de bênção com a mão.

— Que bonzinho. Eu o vi crescer. Quando era bem pequeno, já via que era um garotinho esperto. Agora que cresceu, continua respeitoso. Muito bem, muito bem... Deus lhe pague!

Vincenzo continua sorrindo até a porta se fechar. Mas fica emburrado assim que a cliente sai.

— Nossa Senhora do Carmine, isso não se acabava mais!

Os atendentes da drogaria riem. Margherita Conticello, do bairro dos Tribunais, é uma velhota difícil de suportar para quem quer que seja. Deixá-la ser atendida por Vincenzo, no seu papel de aprendiz, é um jogo do qual ele sempre sai derrotado.

Do escritório chega um barulho de conversa.

Ignazio aparece com um homem de rosto queimado de sol: Vincenzo Mazza, mais um cidadão de Bagnara que se estabeleceu em Palermo.

— Tudo bem, então eu lhe darei notícias — diz ele, com forte sotaque calabrês. Aperta a mão de Ignazio, dá um tapinha no ombro de Vincenzo. — Ora, Vincenzinho, mas como você cresceu! O que te dão para comer?

— Pão, azeitona e cebola.

— E sua mãe rega os seus pés para que fique mais alto na manhã seguinte?

Mais risadas.

Depois das despedidas, Ignazio volta ao fundo. O garoto o detém.

— Tio, podemos conversar?

Ignazio suspira; já imagina o motivo da discussão.

— Venha. — Senta-se e massageia as têmporas. Está se matando de trabalhar. Disso, porém, Vincenzo tem plena consciência: o garoto tem quinze anos e a empáfia de quem se debruça sobre o mundo e acha que já sabe tudo. Aponta-lhe a cadeira. — O que é?

Vincenzo desaba como um saco vazio.

— Dona Conticello veio. De novo. — Cobre o rosto com as mãos.

— Sei mais sobre a gota dela do que o médico. Ela quer ser atendida somente por mim ou por você; diz que quer falar com os patrões e não com os garotos atendentes.

Ignazio massageia os lábios.

— E qual o problema? É uma cristã, ela precisa conversar e gosta de você. Concorde com tudo, e ela irá embora feliz. E já que estamos aqui, não é para se sentar assim. Costas eretas, olhar direto e mãos nos joelhos. Quantas vezes tenho que dizer?

Vincenzo se ergue, mas sem tirar as mãos do rosto; em vez disso, espia o tio com ar de súplica.

— Mas preciso mesmo estar no balcão? Não aguento as pessoas que se lamentam, tenho vontade de afogá-las na Enseada. Eu seria um ajudante melhor no escritório, com o senhor Reggio, você sabe como eu sou bom em fazer contas. Por favor!

Ignazio o prega na cadeira com seu olhar.

— Não. E já expliquei por quê.

— Porque desse jeito eu posso entender as pessoas e adivinhar o que realmente querem. Porque assim vou aprender a disciplina e adquirir resistência ao cansaço. Porque saberei respeitar o trabalho dos outros. Vincenzo enumera as motivações na ponta dos dedos e bufa. — Esqueci de alguma coisa?

— Sim — diz Ignazio, apontando a sala. — O que você vê, eu e seu pai construímos trabalhando, começando com uma loja que parecia uma despensa. Quero que você entenda o que este lugar significa para nós, para os Florio.

O garoto está cabisbaixo, ofegante. Fica em silêncio.

— Agora de volta ao trabalho — ordena Ignazio.

As feições de Ignazio só se suavizam depois que o menino já saiu. O sobrinho se parece com seu irmão Paolo, é verdade, mas ao mesmo tempo não poderia ser mais diferente. É alegre, ama dar risadas, olha para a vida sem temor.

Vincenzo é o seu orgulho, sua alegria. Está aprendendo depressa, mas não basta. Precisa também aprender a manter os pés no chão.

Ele ainda está refletindo quando a porta envidraçada se abre novamente.

— Mas pelo menos você pode me dizer o que o senhor Mazza queria?

Ignazio olha para o teto.

— A cabeça está no lugar, hein? — Ele lhe mostra um fascículo. — Toma, leia.

Não precisa repetir. Vincenzo pega os papéis, olha-os.

— Uma apólice de seguro?

— Sim. Eu e Mazza temos a intenção de pôr no seguro uma grande quantidade de sumagre. Na prática, pagando um determinado prêmio de seguro, podemos nos garantir caso haja perda no carregamento.

— Assim não se repetiria aquilo que ocorreu com o navio do comandante Olsen, quando você teve que pagar o resgate pelos carregamentos de especiarias?

Ignazio mostra um parágrafo do documento.

— Exato. Como você bem deve lembrar, tivemos que gastar muito dinheiro para ter de volta a mercadoria.

— Ninguém faz isso aqui em Palermo. Contudo, parece uma coisa boa… — conclui Vincenzo, devolvendo-lhe os papéis.

É quase tão alto quanto seu tio; o que é muito para um adolescente.

— E é: o seguro não te quebra, mas a perda de um carregamento poderia quebrar, embora nem todos consigam entender isso — explica Ignazio, com paciência. — Convenceu-me o fato de Abraham Gibbs ser o gerente da empresa. Os ingleses sabem como impor respeito, têm uma frota que os protegem na cara dos franceses, coisa que nós não temos. Precisamos tutelar os nossos interesses, e aprender a fazê-lo seguindo o exemplo deles. Aqui em Palermo, eles alugaram depósitos e entrepostos que lhes permitem fazer comércio em todo o Mediterrâneo; Palermo e Malta são dois portos seguros para eles. Sabem como proteger os navios mercantis: põem os carregamentos no seguro há décadas e Gibbs tem experiência nessa área. Além disso, ele não é um mero comerciante, é também o cônsul inglês, o que nos confere outras garantias. Aliás, falando nisso… — Procura um documento entre os papéis e o entrega a Vincenzo. — Já que você quer se afastar do balcão, não vai ficar chateado de ser entregador. Isso é para Ingham. Assegure-se de que ele leia pessoalmente.

— Para Benjamin? — Seus olhos se iluminam.

Vincenzo tem curiosidade sobre aquele sujeito que fala com um sotaque estrangeiro bem carregado e administra coisas e pessoas com apenas um aceno de mão. Tem muito dinheiro, tanto que pode se permitir alugar um navio inteiro para enviar à Grã-Bretanha as mercadorias que compra na Sicília. Entre os mercadores ingleses, como John Woodhouse, Jampes Hopps e o próprio Gibbs, é o mais conhecido. Talvez não o mais rico — *ainda não*, pensa o garoto —, mas certamente o mais esperto. E o mais determinado.

— Para você, é senhor Ingham. Vincenzo, lembre-se, respeite para ser respeitado. O fato de ele ser nosso vizinho não o autoriza a tomar liberdades indevidas. Agora vá.

O garoto desaparece ao cruzar a porta.

Ignazio suspira. Às vezes, se sente realmente seu pai, e é como um pai que chama a sua atenção e o ama.

Porém.

Há um lado sombrio naquele garoto. Só percebeu isso em algumas situações. Um fundo de desassossego, um espírito de rebeldia que o preocupa; e, porque nunca teve que lidar com esse tipo de sensação, não sabe bem como enfrentá-la.

Na rua dos Materassai, a primavera explode em todas as sacadas estreitas, nas flores e nos vasos de ervas aromáticas, nas roupas estendidas ao sol entre um prédio e outro, no cheiro de sabão e de molho de tomate fresco. Cortinas brancas ondulantes tomaram o lugar das janelas fechadas nas tempestades invernais.

Há um trânsito de homens, sobretudo mercadores que se vestem como os ingleses, com colete e paletó. Do largo San Giacomo, chegam os gritos dos vendedores e, mais além, em direção à rua dos Argentieri, ressoam os martelos dos artesãos. Um marinheiro de pele bem escura confabula com um sujeito de cabelos ruivos e pele queimada pelo sol em uma língua que é uma mistura de árabe e siciliano.

Com as mãos no bolso e o coração leve, Vincenzo percorre os poucos metros que separam a loja da casa de Benjamin Ingham. O inglês é mais rico do que qualquer um naquela rua. Mais do que muitos moradores de Palermo.

Arruma o colarinho do paletó, bate à porta. Um mordomo uniformizado o acomoda na entrada, depois, é o próprio Ingham quem o recebe.

— O jovem Florio! Bem-vindo! Venha, vamos nos sentar.

— Senhor... — Vincenzo segue o inglês em seu escritório, sem tirar os olhos das costas dele.

Pouco menos de quinze anos separam um do outro, ainda assim o jovem já teve suas experiências — de vida, de negócios — que o marcaram, fazendo com que aparente bem mais idade do que tem.

Ben Ingham usa uma gravata plastrão e um terno de corte sóbrio. Seu rosto tem manchas do sol siciliano e rugas que falam de tenacidade, rigor e disciplina. Vincenzo percebe nitidamente o poder que aquele homem emana. É como uma forma de calor que o circunda, um sopro de vento que força as pessoas a ficarem pelo menos a um palmo de distância, algo físico e ao mesmo tempo intangível. Ele jamais levanta a voz, nem se altera como fazem outros comerciantes. Não precisa.

O que Vincenzo não sabe, nem tem como saber, é o quanto Ingham trabalhou para alcançar essa posição. Chegou em Palermo após o naufrágio do navio que transportava a baeta produzida em Leeds pela sua família, levando-a à falência. Ingham se viu sozinho, em uma cidade desconhecida, sem meios de sustento. Quando Ignazio o conheceu, na aduana, o inglês estava tentando se inserir no comércio de tecidos na Sicília, já que a baeta, a seda e o algodão eram as únicas coisas que ele conhecia e sobre as quais sabia falar. Contudo, aprendeu depressa e hoje em dia vende enxofre, sumagre e peles aos demais comerciantes ingleses.

— Tem algo para mim?

Vincenzo lhe entrega o envelope.

Enquanto o homem começa a ler, o garoto olha ao redor. Nunca estivera ali, e acha aquele lugar extremamente fascinante, tão diferente da botica e seu ruído. O silêncio é abafado, o ar, impregnado de um aroma doce, talvez de tabaco com folhas de hortelã.

A sala é cheia de luz, couro, madeira, livros. Nos documentos, carimbos estrangeiros.

De uma porta à sua direita chega um farfalhar de papel e vozes discretas; logo depois, um homem entra no cômodo para mostrar a Ingham um documento e lhe pede algo em inglês. Vincenzo conhece apenas algumas palavras daquela língua e não consegue entender o que estão falando. Acompanha o secretário com os olhos. O homem some tão silenciosamente quanto chegou.

Ao perceber seu interesse, Ingham franze as sobrancelhas.

— Posso ajudá-lo com alguma coisa?

Surpreso e envergonhado, Vincenzo se explica:

— Não, é que... Perdão, mas esse escritório é tão... — Mexe as mãos, apontando as paredes — ... diferente.

— Um pouco da Inglaterra na Sicília. — Ingham parece satisfeito. Convida-o a se aproximar. — A organização é tudo. Olhe, os volumes estão divididos por ano, e dentro há seções para pagar e receber. Acho que dom Ignazio adota um critério semelhante.

— Sim. — Vincenzo lê o que está escrito nas lombadas de couro. — Gostaria de visitar seu país, senhor — diz ele, quase sem querer. — Deve ser muito diferente do meu.

— Por que não ir? Vocês também têm carregamentos da Inglaterra... poderia pedir a seu tio para partir com um dos navios que transporta a mercadoria. Seria uma experiência muito instrutiva.

A voz do garoto se torna cautelosa.

— Sim, temos alguma coisa.

Se há uma regra que ele aprendeu é nunca falar dos negócios de família.

Ingham dá uma volta ao redor do menino até ficar diante dele.

— Mais do que "alguma coisa", se me lembro bem. Há tempos que vocês não comercializam somente especiarias.

— Tratamos mercadoria que provém de muitos portos, sim, e não só do Mediterrâneo.

— Imagino. Vocês, os Florio, não chegaram aonde estão agora só vendendo cravo e canela para fazer doces. — Devolve o documento ao menino depois de ter rabiscado alguma coisa. — A propósito, diga ao seu tio que não há problemas: as pessoas das quais fala, efetivamente, têm solvência.

A cautela com que Vincenzo tinha falado é varrida pela curiosidade. Tenta espiar a resposta.

— Então são notas a serem descontadas?

As pálpebras de Ingham se estreitam, escondendo os verdadeiros pensamentos.

— Também. Mas, se não é seu tio a lhe contar, não serei eu.

Então, entende por que seu tio o mandou ir até lá. E o pensamento lhe traz um sorriso.

Quando Vincenzo volta à loja, corre outra vez ao balcão para trabalhar com os demais. Não reclama. Está com a cabeça cheia de pensamentos; nos olhos, a biblioteca de Ingham; no nariz, o aroma do tabaco. No peito, uma vontade desconhecida de mar e de céu aberto que pertence às suas raízes, ao passado da sua família.

No escritório, Ignazio repassa os olhos sobre a resposta do mercador inglês. Sorri ao ler a última frase:

Vincenzo promete. Vai acabar por lhe roubar o trabalho,
mais cedo ou mais tarde.

É quase noite quando finalmente Ignazio e Vincenzo deixam a botica. O céu primaveril está passando do cinza ao azul-escuro, e os poucos transeuntes nas ruas se arrastam sobre os paralelepípedos após um dia de trabalho.

Vincenzo sufoca um bocejo.

— Tio, você se importa se eu fizer uma caminhada antes de voltar para casa? Minha cabeça está confusa.

Ignazio responde com uma batida nos ombros.

— Basta que você volte com a badalada de San Domenico, porque precisamos comer e você sabe que sua mãe se irrita.

— Eu sei. De toda forma, ainda preciso estudar, amanhã vem dom Salpietra...

— E então vai logo, vai.

Ignazio observa-o caminhar, um véu de indulgência em seu olhar. Depois, percorre os poucos metros que separam a botica da casa e, lentamente, abre a porta. Um cheiro de carne de panela atiça seu olfato, fazendo-o lembrar que pulou o almoço.

Giuseppina está sentada na cozinha, com o terço na mão, a cabeça apoiada no punho fechado, o rosto embelezado pelo sono. Diante dela, a mesa posta. Cochilou enquanto esperava.

Ele permanece imóvel, na dúvida entre acordá-la ou deixá-la descansar, então se permite olhá-la, observar seus cabelos que fugiram da trança e emolduram um rosto em que surgiram as primeiras rugas. Depois, Giuseppina abre os olhos e a expressão plácida se apaga com o sentimento de culpa.

— Santa Mãe, adormeci rezando…

Ignazio apoia o casaco no encosto da cadeira. Ela recita uma prece jaculatória, murmura um "Amém" e beija o terço. Quando volta a olhar para ele, detecta no cunhado aquela doçura desarmante que faz tremer seu coração e a obriga a desviar o rosto.

Ignazio se aproxima.

— Está cansada? Olimpia não está ajudando o suficiente? Você quer mais uma arrumadeira em casa? Podemos nos permitir isso, você sabe — diz ele, solícito.

Ela responde que não, se enrola no xale, apertando-o sobre o peito.

— Não, não precisamos. Eu sei que já não é como antes, e que agora… Mas por isso mesmo eu pensava no passado, no Paolo. Eu pensava em como éramos, em tudo que passamos. Comecei a rezar por ele.

Paolo.

Seu irmão morreu há sete anos. Giuseppina continua rezando pela alma dele e vestindo as roupas do luto, mas não pela dor. Não. Nela há um desejo tenaz de expiar pecados que ninguém atribui a ela, uma necessidade de se punir pelo mal que ambos fizeram um ao outro.

— Eu com ele… não, não era feliz — diz de repente, como se respondesse aos pensamentos de Ignazio. — Mas era o marido que a minha família e a vontade de Deus me deram, eu o tomei para mim. E, se tivesse sobrevivido, talvez, eu teria aprendido a lhe querer bem, porque não era uma pessoa má. Era sério, trabalhador, uma pessoa que não podia viver sem o trabalho. E se às vezes brigávamos, era por sermos iguais.

— Vocês brigavam porque queriam coisas diferentes — responde Ignazio, comovido. — Porque você dizia branco e ele dizia preto. Você não o suportava, e ele obrigava você a fazer coisas contra sua vontade, isso lhe fazia mal. — Ele não consegue parar.

Amava seu irmão mais do que a si mesmo e cultiva a sua memória, mas não pode deixar que Giuseppina o santifique, endossando culpas que não são dela.

Ela levanta a mão, quer responder. Mas assente.

— É verdade. Mas você sabe, não se fala mal dos mortos.

Ignazio sente crescer a esperança, outra vez. Embora saiba que a esperança é uma erva daninha e, como sempre, se obriga a arrancá-la. Fecha os punhos, observa Giuseppina se movimentar pelo cômodo, mas não consegue sufocar aquele sentimento de injustiça que oprime suas entranhas.

— Paolo morreu. Está em paz, e você deveria se dar um pouco de paz também — murmura ele.

Giuseppina, com as mãos nas panelas, se detém. Envolve os próprios ombros e, silenciosamente, se amaldiçoa.

— Não consigo. Não consigo — diz, por fim.

E, naquelas palavras, coloca a dor e a raiva que carrega dentro de si, e o remorso, e a solidão, e a incapacidade de perdoar e de se perdoar.

Quando Vincenzo volta para casa, encontra-os absortos, cada um fechado em um silêncio que ele não consegue decifrar. Comem a carne de panela, trocando apenas poucas frases sobre o que fizeram durante o dia.

Ignazio é o primeiro a sair. Dá um tapinha nas costas do sobrinho, depois se aproxima da cunhada, quase a tocando de leve. Com as mãos ocupadas carregando os pratos, Giuseppina para no limiar da cozinha.

— Boa noite — diz Ignazio, e seu hálito faz cócegas nos cabelos dela.

Ela sente algo se agitando no peito, o eco da lembrança de algo nunca vivido, de uma vida que nunca teve a coragem sequer de sonhar.

E, enquanto Giuseppina se inclina para a frente, ele vira o rosto e se afasta.

Vincenzo observa aquela cena e percebe que algo está acontecendo. *Talvez eles tenham brigado*, ele pensa. Ou sua mãe está ressentida por algo que o tio disse. *Quem sabe...* Via os dois sempre juntos, e jamais se perguntara a respeito de nada. Eles eram — e serão — a sua família, criaram-no, cada um do seu jeito, como é certo que seja na ordem das coisas.

Porém, naquela noite, pela primeira vez, ele tem a sensação de que não é bem assim. De um jeito confuso, mas inequívoco, intui que eles não são duas pessoas separadas, mas sim um casal. E que construíram uma família ao seu redor, talvez abrindo mão de si mesmos. Porque se amam com um sentimento que não tem nada a ver com o casamento, mas nem por isso é menos forte, menos tenaz. No entanto, há um fantasma que os divide: o do seu pai, Paolo.

Então ele compreende que existem amores que não carregam esse nome, mas ainda assim são igualmente fortes, igualmente dignos de serem vividos, por mais dolorosos que sejam.

A igreja dos boticários, Santo André dos Amalfitanos, está lotada. Os homens trajando roupas escuras, e as poucas mulheres, um véu preto. Por perto, as vozes e os cheiros da Vucciria, a feira de Palermo.

Em frente ao portão, encontra-se parada uma carruagem de cortejo com cavalos adornados de escuro e penachos pretos. Atrás, já está formada a fila de órfãos. Duas carpideiras batem no peito e espiam a entrada, esperando para aumentar o tom dos lamentos na saída do féretro.

É o funeral de Salvatore Leone, um ancião que trabalhava com especiarias em Palermo, um dos melhores clientes da Casa Florio.

O caixão avança pelo corredor da igreja, seguido pelo padre e pelos coroinhas que carregam o turíbulo. Logo depois, a viúva aos prantos e as duas filhas vestidas de seda e crepe preto.

Vincenzo está nos últimos assentos, atrás do tio. Está suando. Setembro é um mês abafado de calor, ainda impregnado de verão.

— Um funeral de primeira classe — sussurra Vincenzo. — Os órfãos, o coro de coroinhas... Só o carro funerário deve ter custado os olhos da cara. — Passa dois dedos sob o pescoço, onde a barba coça e o incomoda.

Os dezessete anos trouxeram-lhe de presente um punhado de pelos, com os quais ainda está aprendendo a lidar.

Ignazio faz um sinal com a cabeça.

— E pensar que a família pôde oferecer a ele essa cerimônia, apesar da crise. Independentemente do resto, é preciso ter dignidade na morte da mesma forma que na vida.

O garoto e o tio se aproximam da família do defunto e oferecem suas condolências. As três mulheres estão devastadas, apertam as mãos e choram.

Enquanto as carpideiras retomam os lamentos, os representantes do Colégio dos Boticários aglomeram-se com o estandarte em volta dos familiares. Observam e tagarelam.

— Você viu? — pergunta o garoto.

Ignazio faz que sim.

— Devem ter ficado sabendo do acordo com o cunhado de Ben, Joseph Whitaker, sobre a pimenta preta da Sumatra?

— Pode ser. O problema não é nosso, Vincenzo. Nós vamos pagar caro por aquela pimenta preta, mas pelo menos a encontramos. Eles não.

Um grito das carpideiras é seguido de imediato por uma série de soluços da viúva. Em um solavanco, o carro se coloca em movimento e a procissão segue atrás. Os dois Florio permanecem um passo atrás em relação aos outros comerciantes.

— Senhores... Estava mesmo procurando por vocês.

Alto, bem constituído, perfumado de sândalo, Giuseppe Pajno se aproximou pelas costas deles sem que sequer percebessem. É um atacadista, daqueles com quem os Florio fazem operações de compra e venda. Eles se conhecem, se respeitam. Fizeram vários negócios juntos, entre os quais a aquisição de produtos coloniais apreendidos por corsários sicilianos e revendidos em Palermo.

Trocam apertos de mãos.

— Como está?

— Melhor do que dom Leone, com certeza. — O homem se coloca entre os dois, falando em voz baixa. — Pobre homem, depois de uma vida trabalhando... Era seu cliente, não?

— Um dos melhores, ainda que nos últimos tempos tivesse certa dificuldade de acertar as contas em dia.

— Como todos, aliás, neste momento.

Um alarme ressoa na cabeça de Ignazio.

— Era também um dos seus compradores, me parece.

— Sim. O senhor sabia que Leone tinha vendido a loja para dom Nicchi, há poucos dias?

Não, ele não sabia. Mas Ignazio não o deixa transparecer.

— Ouvi dizer — responde, sem dar o braço a torcer. — Eu pensava em visitar os familiares de dom Leone nos próximos dias. Dadas as circunstâncias, não me parece o caso falar de negócios.

Pajno desacelera de forma imperceptível.

— O senhor é um cavalheiro, dom Ignazio. Outros não são. — Faz um gesto com o queixo em direção ao estandarte da corporação.

— Ah. — Vincenzo entende. — O que disseram, agora? Não fazem outra coisa que não seja falar mal e colocar empecilhos. Outro dia mesmo, no cartório de escrituras...

Pajno apoia a mão em seu braço.

— Infelizmente, há pessoas que não os admiram tanto. Quanto mais alto se sobe, mais obstáculos se encontram, e com frequência são os próprios cristãos que falam demais e causam danos. Vejam — acrescenta, olhando para ambos —, eu sou um mercador, assim como vocês. Para mim, vale quem trabalha e me paga. Levando em conta a relação que temos, me pareceu correto avisá-los de que há pessoas dizendo coisas ruins sobre o seu trabalho.

— Quem? — Ignazio caminha, mantendo o olhar fixo no féretro, o rosto impassível.

— Dizem que vocês estão sem fluxo de caixa, e que a questão da pimenta preta é apenas uma fofoca para que as pessoas tenham vontade de comprar a mercadoria. Depois da partida dos ingleses, Palermo tornou-se um lugar morto. Todos achávamos que, derrotados os franceses, o comércio seria retomado. Porém, apesar disso, tudo está parado, mesmo que Napoleão tenha sido despachado para o exílio lá onde Judas perdeu as botas, como dizem. Com a crise que eclodiu, encontrar especiarias importadas tornou-se muito difícil, já não há mais segurança para viajar pelo mar, e não se sabe com quem assinar contratos. Agora, de uma hora para outra, vocês contam vantagem, dizendo ter recebido pimenta diretamente de Sumatra. — Abaixa o tom de voz. — Têm que admitir que é estranho.

— Mas é verdade! Nós...

O olhar do tio é uma facada. Vincenzo se cala.

— Aposto todos os nossos estoques do armazém da aduana que quem coloca esse papo na roda é Saguto, não é mesmo? — A voz de Ignazio é uma lâmina.

Lentamente, Pajno concorda.

— Ele afirma que o senhor está à beira da falência. Há pouco tempo, ouvi dizer que está endividado até o pescoço e que não vai conseguir fechar as contas no fim do ano. É um animal peçonhento, aquele homem. Não sei por que ele cisma tanto com o senhor, mas é um desses que se utiliza da arma dos covardes: a maledicência. E pode acreditar, ele sabe bem como engambelar as pessoas.

Ignazio fala com calma, escondendo a cólera nos punhos fechados no fundo dos bolsos.

— O contrato com Whitaker foi assinado com a procuração de Ingham, que é seu cunhado, além de ser seu agente em Palermo. O senhor duvida da palavra dele?

— Pessoalmente, eu tomaria cuidado. — Pajno encara o bico do sapato. — Pois Ingham é um estrangeiro, e muita gente não confia totalmente nos estrangeiros, mesmo sendo ricos.

— Carmelo Saguto é um piolho com tosse, mas, de tanto morder e picar, consegue ser notado. O senhor por acaso acredita nele?

O mercador enlaça as mãos por trás das costas.

— O senhor está me devendo um carregamento que recebeu há dois meses e ainda não pagou.

Ignazio não responde de imediato.

— Entendo — diz, por fim. — Se me lembro bem, o prazo que contratamos é de três meses.

— Sim, é verdade. Vamos dizer assim: essa nossa conversa foi uma forma de lhe avisar que se cuide. O senhor é um negociador confiável, dom Florio, uma pessoa séria.

— Mas então por que o senhor veio? O preto, se não mancha, suja.

Às suas costas, Vincenzo intervém duramente:

— Se tem tanta admiração por nós, poderia perguntar diretamente se temos dinheiro para pagar. Não era necessário fazer esse teatrinho.

— Vincenzo! Que modos são esses?

Pajno sorri e, naquela breve risada, há a admissão da culpa.

— Ah, bendita juventude! — Confessa sua falta de confiança quase com leveza, com um tom de desculpa que quer se passar por cumplicidade. — O senhor também se preocuparia com seus movimentos se tivesse medo de perder dinheiro.

Naquele momento, o cortejo fúnebre encosta para receber a bênção. Mais choro, mais preces.

Ignazio fica para trás juntamente com Pajno.

— O senhor terá seu dinheiro, como foi estabelecido, Pajno, com crise ou sem crise. Os Florio sempre pagam suas dívidas. E se não basta minha assinatura, o senhor tem minha palavra.

Ignazio estende a mão. O outro a aperta.

— Nessa eu confio. Aguardo-o.

Na volta, Vincenzo olha para o tio, que caminha cabisbaixo. Lê sua indignação, sua raiva.

— Por quê? — pergunta-lhe de repente, sinceramente surpreendido. — Por que alguns nos odeiam tanto? E não estou falando apenas dos Canzoneri e daquele verme do seu genro, tio. Mais cedo ou mais tarde, vou quebrar a cara deles...

Ignazio desacelera.

— Não sei. E olha que já me pergunto isso há muito tempo. No começo, eu achava que era por sermos estrangeiros na cidade: nos acusavam de colocar preços baixos para roubar o trabalho. Depois, começamos a ganhar dinheiro e não nos perdoaram por isso. Tentamos fazer as coisas do nosso jeito, sem pedir ajuda a ninguém. Algumas pessoas ateariam fogo na nossa loja, se pudessem.

— Mas aqui somos todos estrangeiros, até Ingham. E, no entanto, nunca lhe disseram nada.

— Porque veio com os ingleses, e isso o colocou em uma posição privilegiada: ninguém dizia não aos aliados do rei. Agora, porém, depois da guerra com Napoleão, ele está passando pelas mesmas dificuldades que nós. Aliás, já é muito que tenha decidido ficar aqui depois que seus conterrâneos foram embora.

O largo San Giacomo os recebe com um abraço de sol e de frescor. Vincenzo respira, enchendo os pulmões.

— Ou talvez porque aqui tenha se tornado a casa dele.

Em Ignazio, essas palavras despertam novamente as lembranças de sua chegada em Palermo, quando esperava encontrar seu lugar no mundo. Lembra o momento da sua partida de Bagnara, quando o veleiro *schifazzo* guiado por seu irmão Paolo atracou no cais. O *São Francisco de Paula* parecia resistente à partida. Havia se arrastado até a entrada do porto com a vela latina que batia contra o mastro em busca de um pouco de vento.

Ignazio então pensou que Bagnara não queria deixá-los partir. Ao ultrapassarem o promontório, porém, um sopro potente passou entre o cordame do barco, fazendo-o ranger. A latina inflou-se, a vela do gurupés abriu-se como uma asa. A mudança de velocidade foi imediata.

Revê Paolo segurando o timão, conduzindo o barco para mar aberto. Pensa outra vez nas promessas que a cidade lhe fizera logo em sua chegada, seduzindo-o com aquela riqueza de gente, cores, vida. Ainda que o começo tenha sido dificílimo, ainda que o cansaço tenha sido imenso, ainda que ele sobretudo tenha se anulado para garantir que Vincenzo, Giuseppina e Vittoria tivessem algum bem-estar, ele, Ignazio, estava feliz. Tinha trabalhado muito, e o fizera com alegria.

Entretanto, Palermo revelara-se traiçoeira. Deu e tirou tanta coisa. Palermo nunca quitava suas dívidas.

Giuseppina está parada na porta do quarto de Vincenzo, observando. Ele está olhando para a rua. Parece aguardar a chegada de alguém.

Ela tem quase quarenta anos. Nunca amou ninguém mais do que ama o filho.

Ele é a sua carne. E é por isso que ela sabe.

Está apaixonado.

Pela primeira vez, Giuseppina percebe que o tempo está passando. Aceitou as primeiras rugas e deu de ombros ao descobrir os fios brancos nos cabelos. Mas isso é demais. Uma mulher que levaria seu filho embora? Ela não consegue nem cogitar. Significaria que o pedaço de alma que colocou dentro dele já não será mais seu. Estaria sozinha.

Isso deve acontecer e acontecerá, ela sabe, é uma lei natural. Mas não agora, é cedo demais.

Ela volta atrás, os passos abafados pelo tapete. Esconde-se na cozinha, onde Marianna, a cozinheira, prepara o jantar.

Suspira. Não tem com quem se abrir. Sente falta de Vittoria, que decidiu casar-se com um parente distante e agora mora em Mistretta. Pietro Spoliti é o nome dele. Um comerciante que, como os Florio, possuía um pequeno barco com o qual ia de um lado a outro entre os portos do mar Tirreno. Sempre trazia notícias de Bagnara, contava quem havia se casado, quem havia morrido ou partido; e Giuseppina, que precisava se manter sempre ligada ao seu vilarejo e ao mundo das suas lembranças, convidava-o para comer em sua casa, assim podia ouvir aquelas histórias, aquele sotaque tão familiar.

Um dia, contudo, Pietro falou com Vittoria em particular e pediu-a em casamento: sabia que não poderia lhe oferecer o mesmo bem-estar que sua família lhe dava, mas lhe garantiu uma vida digna e livre. Não seria mais a serviçal de outros, mas a patroa em sua própria casa.

Aquilo deixou Vittoria confusa e com o coração desorientado. No entanto, ela é uma garota prática: aproximava-se dos vinte e cinco anos e passava os dias em Palermo fazendo serviços domésticos e bordando com a tia. Em casa, sentia-se uma monja, uma daquelas solteironas que pagam seu sustento com o trabalho doméstico, tornando-se invisíveis aos olhos do mundo para não incomodar e deixando que os anos passem por si.

Quando Pietro voltou, ela lhe disse que sim. Juntos, comunicaram a Ignazio e Giuseppina. O tio foi generoso: deu-lhe um bom dote e um abraço demorado, dizendo que ela havia tomado a decisão certa. Giuseppina, por sua vez, olhou torto para ela, como se houvesse sido traída.

— Por que você quer ir embora? O que lhe falta aqui? — perguntou-lhe, melancólica.

— Nada, tia. A senhora foi uma mãe para mim, apesar de não ser a minha mãe — falou Vittoria, cabisbaixa. — Mas eu quero uma casa que seja minha, quero decidir o que fazer da minha vida. Aqui, eu não posso fazer isso, aqui, sou apenas a sua sobrinha, não tenho um teto meu nem uma renda minha. Não quero ser a parente solteira para o resto da vida. Tenho sorte, pois Pietro é um homem honesto, e acredito que vai me respeitar.

Giuseppina não pôde responder àquelas palavras. Era simples: Vittoria tivera mais lucidez e mais coragem do que ela. Estava escolhendo viver em uma casa mais pobre, longe de Palermo, mas ser dona do seu destino.

Olha ao redor, manda embora aqueles pensamentos melancólicos. Sua morada não pode ser definida como luxuosa, mas eles têm uma empregada doméstica todos os dias e outra que trabalha por hora fazendo o serviço mais pesado. Dos móveis trazidos de Bagnara, restou apenas o baú do seu enxoval. Tudo fora renovado, até os lençóis.

Vivem com uma prosperidade que ela jamais poderia imaginar vinte anos antes. Contudo, sente falta de Bagnara. Sente falta do filho recém-nascido agarrado ao seu seio.

Sente-se sozinha na ilha, distante da terra a que pertence.

Abriria mão de tudo com prazer para voltar atrás. Para Bagnara. Para Vincenzo criança.

Poderia até amar Paolo. Quem sabe.

Já não se lembra mais da voz do marido. Ainda tem diante de si o rosto severo, os gestos bruscos, as repreensões ásperas. Dele, Vincenzo herdou as cores, o olhar cortante e aquela determinação que se assemelha à inflexibilidade.

No entanto, se Giuseppina pensa no calor, nos gestos afetuosos, nos encorajamentos mudos, é outro o rosto que recorda, pelo qual sente — ainda, sempre e para sempre — um sentimento tímido e, ao mesmo tempo, um apego de animal selvagem.

Giuseppe Pajno não é o único que ouviu fofocas a respeito dos Florio. Na tarde seguinte ao funeral, Guglielmo Li Vigni, secretário de outro varejista, Nicolò Raffo, se apresenta na botica. Quer saber sobre a provisão de sumagre e, ao mesmo tempo, quase por acaso, pergunta se vão pagar a tempo a remessa de açúcar do mês anterior. E assim eles descobrem que Saguto apareceu no escritório de Raffo com a intenção de comprar suas notas de crédito. Com aquele seu jeito mesquinho, todo cheio de insinuações e entrelinhas, Saguto disse ter certeza de que os Florio não pagariam as dívidas e tentou, assim, convencer Raffo a lhe endossar os documentos.

— Teria sido cômodo para mim, dom Ignazio — conclui Guglielmo, com um suspiro. — Ele estava com o dinheiro na mão... mas eu não faria essa desfeita com vocês. Além disso, nunca entendi por que ele o odeia tanto... o senhor é um cavalheiro.

— Agradeço por sua consideração, dom Li Vigni. Carmelo Saguto vive de inveja e raiva, que certamente não são causadas nem por mim nem por meu sobrinho. É ele que as carrega dentro de si porque gostaria de ser sabe-se lá quem e, no entanto, é o secretário de dom Canzoneri, nada mais. O momento é difícil para todos, mas juro pela minha honra que o senhor vai receber todo o seu dinheiro, centavo por centavo.

Quando o sujeito sai do escritório, Vincenzo pergunta, com um toque de temor:

— Tio, mas estamos mesmo em dificuldade?

Ele fecha a porta, volta-se para o cofre de armário.

— Temos pouco dinheiro em caixa, é diferente.

— Mas temos as notas promissórias...

Ignazio apoia-se na escrivaninha.

— Vincenzo, não existe milagre: as pessoas não pagam, e se não pagam, nós não temos dinheiro. Não se come com um pedaço de papel. — Sente a boca seca. — Vamos ter que pedir um empréstimo. Precisamos de dinheiro em espécie.

Vincenzo sente o estômago embrulhar. Até agora, o tio o manteve protegido de qualquer preocupação, e no entanto...

— Mas todos ficarão sabendo! Aquele cretino do Saguto vai espalhar aos quatro ventos!

— Maldição, eu sei! — Ignazio dá um soco na escrivaninha. O tinteiro pula. — Mas se não há escolha, temos que engolir o orgulho. Dobra-te como o junco até passar a tempestade, assim dizem os velhos. É o que faremos. — Ele esfrega a base do nariz. —Você vai para casa. Vou conversar com umas pessoas e, por favor, não diga nada a sua mãe...

Vincenzo sente seu rosto enrubescer. Murmura um "Sim, tio", pega o casaco e sai. Todos os seus pensamentos são suplantados por aquela preocupação. Até a imagem dos olhos negros que há semanas provocam-lhe rubores e o fazem gaguejar feito um garotinho.

Mas não é fácil.

E não apenas pelo orgulho. Não é fácil encontrar uma pessoa de confiança quando se trata de negócios. Não é fácil encontrar quem lhes dê dinheiro sem abrir a boca e contar por aí.

Quando Vincenzo tiver a mesma idade que seu tio tem agora, vai *realmente* entender o quanto lhe custou aquela decisão.

É tarde da noite quando ouve-se da entrada um tintilar de chaves.

Ignazio.

Giuseppina o ajuda a tirar o casaco. Ele também tem tufos brancos nas têmporas e os olhos pesados.

— Mas você tem dormido o suficiente? — pergunta ela de repente.

Ele fica sem chão.

— Tenho toda a eternidade para descansar. Agora não tenho tempo para isso, especialmente depois da guerra com os franceses. — Ele coloca a mão no rosto dela. — De qualquer forma, obrigado por se preocupar.

A mulher se esquiva daquela carícia.

Ignazio, com um nó amargo na garganta, abaixa a mão.

— Vincenzo?

— Ele está no quarto. Eu queria conversar sobre ele.

O silêncio fica impregnado de perguntas.

Ele segue-a até a cozinha. Marianna está preparando o atum, dessalgando-o: troca a água e o submerge completamente, só assim o sal em excesso cede. Um cheiro denso, de molho com batatas, desperta seu apetite.

Giuseppina faz sinal para a cozinheira, que se afasta e fecha a porta ao sair.

— Ele está estranho. Você também notou?

Ignazio prova um pouco do molho da panela com uma casca de pão.

— Ahm! Sim, claro! Hoje ele ficou com a cara colada na vitrine da loja. Acho que estava esperando alguém — diz, e então lambe os dedos. — Sim, o molho está muito bom.

A mulher empalidece.

— Esperando quem?

— Tenho um palpite. Não faça drama, é só um garoto com um rabo de saia rondando sua cabeça. — Ignazio reluta, não quer entregar o sobrinho.

Mas Giuseppina, além de mãe, é um cão de guarda.

— Quem é?

— A filha dos barões Pillitteri. Notei que ele se senta sempre atrás dela na igreja e que impediu um dos balconistas de atendê-la para se ocupar pessoalmente dela. Ele detesta estar no balcão, mas literalmente empurrou o outro para poder falar com ela.

— Isabella Pillitteri? Aquela coisinha, pura pele e osso? Filha de nobres que acabaram com tudo na jogatina?

— Mas ela me parece sensata. Fala em voz baixa, é sempre modesta...

— Não acredito! Pelo comportamento do pai e do irmão, que tiveram que vender até as cuecas para pagar as dívidas, ela nem deveria sair de casa. Deveria se trancar em um convento, e nem lá iriam aceitá-la, afinal não tem mais dote. — Giuseppina caminha pela cozinha, nervosa, se detém diante dele. — Tem certeza de que é ela?

— Não, mas é bastante provável. Além disso, ela mora aqui atrás, na pracinha de Santo Elígio. — Ignazio omite o fato de que, em pelo menos duas ocasiões, Vincenzo se ofereceu para ir para aqueles lados resolver algumas pendências.

Giuseppina caminha pela cozinha com as mãos na testa.

— Não é melhor arranjar alguém de Bagnara para que ele se case imediatamente?

— Esqueça Bagnara e os casamentos arranjados, por favor! — explode Ignazio. — Vincenzo é quase um adulto e é homem: você não pode mantê-lo agarrado à sua saia para sempre. Não é mais uma criança de colo. Vai fazer dezoito anos, você já se deu conta? E já que estamos falando disso, vou lhe dizer algo que venho pensando há algum tempo: daqui a alguns meses, ele irá à Inglaterra com Ingham e seu secretário. Ele me pediu muitas vezes e Ingham aceitou levá-lo e hospedá-lo. Mudar de ares vai lhe fazer bem; e essa fantasia vai passar.

— Como? Ir à Inglaterra? — Ela desaba na cadeira, levando a mão ao peito. — Meu filho vai viajar e você não me disse nada? É por isso que ele está estudando inglês com o secretário daquele mercador, não é?

— Sim. Vincenzo precisa ver o mundo, conhecer o que for possível. E você vai ver que, depois que voltar da Inglaterra, ele vai esquecer a pequena baronesa.

Giuseppina balança a cabeça. O fato de que seu filho, o *seu* Vincenzo, tenha olhado para uma garota como aquela a deixa perturbada até mais do que a viagem, por mais cheia de perigos que esta seja, ela imagina.

— Ele precisa tirar aquela lá da cabeça!

Ignazio levanta a voz.

— Basta! Nem sabemos se realmente é isso e, mesmo que seja, vamos ajudá-lo a refletir. E a viagem não lhe fará mal. Agora ponha a mesa, que depois eu ainda preciso trabalhar.

O jantar transcorre em silêncio.

Vincenzo está perplexo. Come, espia a mãe, percebe-a carrancuda e não sabe explicar o motivo.

Quando a mesa está limpa, senta-se com o tio para verificar a contabilidade.

Ignazio separa as faturas das promissórias; Vincenzo faz as contas.

— Há gente demais que não paga — comenta a certa altura. — E ainda bem que temos as vendas na botica, porque, por agora, como fornecedores, não é possível trabalhar nem dando de presente a mercadoria. Entre guerras, dívidas e frio, está tudo indo por água abaixo.

Quase como que numa resposta àquela frase, a empregada doméstica entra para acrescentar carvão ao braseiro que aquece o cômodo. É um ano sem calor, o ano de 1817.

Ignazio espera que ela saia, se arrepia e faz uma careta.

— Depois do empréstimo, já será um milagre não fechar com prejuízo.

— Não seremos os únicos. Todos estão enfrentando problemas — comenta Vincenzo. — Até Saguto pediu para postergar os pagamentos por parte do seu sogro... supondo que o velho ainda mande em alguma coisa. Depois do derrame, é o filho mais velho que toca os negócios.

— Saguto é um pajem. É tratado bem porque ganhou dinheiro ao casar-se com a filha do velho, mas no fim das contas não passa de um sujeitinho. É um cachorro que late para os mortos de fome e lambe as botas dos ricos.

— Sim, é um cachorro, mas tem pouco do que latir. Os Canzoneri também estão endividados agora. Até pararam de caçoar.

— Metade de Palermo está endividada, Vincenzo. E a outra metade tem créditos que não consegue cobrar.

O sobrinho não responde. Continua fazendo cálculos e ruminando. Naquela manhã, fora à Enseada. Tudo estava vazio pela estrada. Onde antes havia as lojas dos ingleses, agora há somente vitrinas fechadas e portas trancadas. Na rua São Sebastião, onde há o atacado de vinho para os mercadores, notou o taberneiro que varria o chão de uma sala vazia.

Depois da derrota de Napoleão, o Mediterrâneo foi libertado da praga francesa, e os ingleses já não tinham mais nada que os segurasse na Sicília: àquela altura, podiam comercializar onde, como e com quem quisessem. A ilha perdeu a sua importância estratégica. Os portos foram esvaziados.

Palermo parecia morta.

Na volta, Vincenzo passou em frente à botica de Gulì. Queria saciar a curiosidade.

A loja, com seus batentes de nogueira e vasos de alabastro, estava deserta. Gulì estava apoiado no balcão e olhava para fora com ar desolado. Depois, avistou Vincenzo e cuspiu no chão.

Tem pouco para cuspir, Vincenzo pensou então. Procura no maço de promissórias e esboça um sorriso quando encontra o papel: a assinatura de Gulì, preto no branco.

Ignazio abre um pouco a janela para deixar sair a fumaça do braseiro.

— Nunca tinha me acontecido de ver tantas lojas fecharem em tão pouco tempo. Até Ingham me disse que recebeu muitos pedidos a menos...

— O que ele esperava? Depois que seus conterrâneos foram embora, o comércio morreu. Retiraram-se e nos deixaram para resolver os problemas com os napolitanos.

Vincenzo balança a cabeça. As mudanças foram muitas e muito rápidas nos últimos anos.

Ninguém conseguiu se opor ao retorno dos Bourbon: os sicilianos estavam divididos. Palermo odiava Messina; os moradores de Trapani eram aliados de Messina e detestavam Palermo; os de Catania ficaram por conta própria. Podiam se gabar de ter o Parlamento mais antigo do mundo, mas não sabiam o que fazer com ele, e isso ficou muito claro. Só estavam unidos por uma questão: a aversão por tudo aquilo que estivesse "além do farol", além do estreito de Messina.

Depois, o desastre. O retorno dos Bourbon a Nápoles.

Desde dezembro de 1816, os napolitanos ocupavam os cargos nos escritórios e nas aduanas, os napolitanos eram os comandantes militares. Palermo já não tinha nem poder nem independência. Tarifas mais pesadas, restrições e novas obrigações a serem aplicadas no comércio foram o golpe de misericórdia.

E a economia, que se arrastava, parou completamente.

Vincenzo fecha o livro de contabilidade com uma pancada.

— Neste mês, pagamos mais do que recebemos, mas há algumas promissórias com vencimento próximo.

Deita a cabeça na mesa e solta um bocejo ruidoso.

Ignazio olha feio; o sobrinho murmura um pedido de desculpas e se recompõe. Depois, o tio lhe indica o demonstrativo com as contas.

— Nós não somos uma confraria de caridade. — Pega as notas promissórias. — Chega de alargar prazos.

Continuam trabalhando em silêncio, ombro a ombro. Às vezes, quando está perdido em pensamentos, Ignazio acredita ainda ter a seu lado o irmão e fala com ele em calabrês. Então, o sobrinho levanta a cabeça e Ignazio percebe o erro.

É naquele momento que a lembrança se transforma em uma mordida no estômago e se faz um pesar.

Na manhã seguinte, quando Vincenzo acorda, encontra o tio já pronto.

Ignazio brinca com o anel de sua mãe, observa-o brilhar à luz do dia. Depois, perscruta Vincenzo.

O que Rosa Bellantoni pensaria desse neto.

Ouve-o xingar em voz baixa, derrubando a bacia e a lâmina, cobrindo o corte que sangra debaixo do lábio com um lenço.

— Mas o que é, já está nervoso desde cedo? Dê aqui para mim que o ajudo.

Vincenzo se senta. Bufa.

A mão de Ignazio é firme e ágil. Fala em voz baixa para que Giuseppina não os ouça.

— O que está acontecendo, Vincenzinho? — Enxagua a lâmina de barbear. O metal tintila na cerâmica. — Você está estranho esses dias. Até sua mãe percebeu.

O garoto recua.

— Tenho preocupações, tio.

— Quieto, senão eu o machuco — intimou-o. Levanta o queixo do sobrinho com os dedos. — Coisas graves? Algum problema de dinheiro do qual você não me falou?

— Não. Nada disso.

Outra passada. Sob o sabão, aparece a pele.

— Alguma mulher?

Um instante de hesitação. Depois, imperceptivelmente, ele faz que sim.

— Ah.

Vincenzo enrubesce.

— Tome cuidado para quem olha, Vincenzo. — A lâmina desliza sobre a mandíbula delicadamente. — E tome cuidado com o que faz, ou com quem. Não precisa muito para fazer besteira, especialmente quando é o sangue que manda.

O olhar do garoto ficou envergonhado e implacável.

— Tio, você sabe que já não sou mais criança.

— É verdade. Mas as mulheres fazem com que os homens se tornem bobos. E você não é bobo — concluiu. Devolve o barbeador nas mãos do sobrinho. — Espero você na loja. Não demore.

Isabella Pillitteri tem dezesseis anos, cabelos pretos, olhos brilhantes e o pescoço longo como de um cisne. Tem modos refinados, uma graça que combina um jeito acanhado de jovem a uma sensualidade exuberante.

É bonita. Muito bonita.

Fez mais de um homem perder a cabeça em Palermo. Mas é paupérrima, porque seu pai — que Deus o tenha em bom lugar — era apaixonado por jogos de baralho. Desde o edifício que possuíam em Bagheria até as joias de sua mãe, tudo foi abocanhado pelos credores. Depois, certo dia, ele foi encontrado morto na cama.

Isabella sabe que ele se envenenou, mas não é algo que se possa dizer. Os suicidas não são benditos na igreja.

No que diz respeito ao irmão, seu fraco são as mulheres que ele costuma visitar. Briga o tempo todo com a mãe.

Àquela altura, ninguém mais lhe concede crédito. Só aquele jovenzinho da drogaria ainda aceita suas promessas.

Isabella sabe que ele morreria por ela. Não se surpreende ao vê-lo, de manhã e à noite, debaixo de sua janela na pracinha de Santo Elígio, na casa que um tio materno cedeu à mãe por piedade e afeto.

O rapaz é um pouco mais velho do que ela, é gentil, e sua família tem um pouco de dinheiro, pelo menos é isso que se diz por aí. Mas ela não se interessa por um partido desses. Ela é filha de barões. Perderam suas terras, estão endividados até a próxima geração, mas ainda podem comer usando o aparelho de jantar de porcelana, pouco importando se nos pratos só há brócolis e cebola. Aquele garoto é apenas um jovem novo rico.

No entanto.

Lá está ele, como em todas as manhãs.

Isabella esconde-se detrás da cortina.

— Mamãe, lá está aquele garoto outra vez — anuncia.

A baronesa Pillitteri chega apressada.

— Uh, que chato! — Afasta-a da janela. — Não lhe dê confiança. Não é de alguém como ele que precisamos. Você é a única que pode nos garantir um pouco de tranquilidade. Precisa procurar um bom partido, e casar-se bem rápido.

Mas Isabella resiste, dá uma olhada para Vincenzo, acena, e o rapaz responde ao cumprimento.

A mãe chama sua atenção.

— Sua sem-vergonha, o que está fazendo? — Fecha a cortina, sacode a menina. — Você quer estragar tudo? Não pode se comportar assim com um palerma que suja as mãos naquele trabalho. Essa gente é vil, não tem educação.

Isabella resigna-se a obedecer. Sabe que os aristocratas se misturam somente com seus semelhantes e procuram uma beleza como a sua. E sabe que a beleza também passa rapidamente.

Porém não consegue ignorar os olhares de Vincenzo Florio. Não são como o olhar dos demais cortejadores: o dele alcança seu âmago, ela ri, constrangida, se sente fascinada, aquele olhar apaga seu sorriso, lhe causa dor.

No domingo seguinte, durante a missa noturna de São Domingos, Vincenzo consegue se sentar atrás de Isabella Pillitteri.

Evitou acompanhar a mãe durante a manhã à igreja de Santa Maria a Nova. Giuseppina se tornou opressora, pergunta-lhe constantemente o que faz ou aonde vai. Vincenzo prefere estar com Ignazio, que, no máximo, controla-o com seus olhos severos.

Mas o que importa? Por um olhar dos olhos felinos de Isabella, ele suporta a invasão da mãe e a desaprovação muda do tio.

A pele de Isabella é branca, parece mármore em contraste com os cabelos pretos. Ele pode quase sentir seu calor, o perfume do pó de arroz. É tão forte a atração que imagina sentir sob os dedos o batimento da veia azul do pescoço, escondida pela gola.

Sonha em vê-la vestida de seda: um vestido luxuoso, com um decote que insinue os seios leitosos. Imagina tocar aquela seda e sentir aquele corpo próximo ao seu. E depois descer em direção...

Ele cobre o rosto com as mãos.

Ela é uma mulher, isso ele já entendeu, que pode levá-lo à loucura.

No final da missa, Vincenzo corre adiante e dá um jeito de ficar na frente dela.

Sendo miúda, Isabella é obrigada a levantar a cabeça. Arqueia levemente as sobrancelhas como em uma pergunta silenciosa.

Aquele instante dura outros mil.

Um acesso de tosse, Vincenzo deixa-a passar.

— Por obséquio — murmura com uma voz gutural que não sabe direito de onde saiu.

Então, a garota começa rir, e ele acha aquele som o mais lindo do mundo.

Isabella faz menção de agradecer, mas é empurrada pela mãe.

— O que você está fazendo? Vamos!

Ainda concentrado na garota, que continua virada para ele, Vincenzo não percebe o olhar de profundo desprezo da mãe dela.

Mas Ignazio, parado ao lado do sobrinho, percebe.

E responde àquele olhar com o mesmo olhar gélido.

— Ainda está atrás daquela lá? — Giuseppina cospe as palavras, que parecem cair na mesa do almoço e rolar até o chão.

Ignazio prefere ignorá-la. Segura os talheres e começa a comer. Depois de uma manhã respondendo a perguntas dos funcionários napolitanos que tentavam taxar até seus sapatos, está exausto e faminto.

Giuseppina vai até a janela, senta-se novamente, levanta-se. Diante dela, o prato de macarrão ao molho é ignorado.

— Você não diz nada?

Ele continua comendo, mas diz:

— Ele precisa entender por conta própria que ela não é a moça adequada e…

— E se ele aprontar alguma coisa? Nós é que vamos ter que aguentá-la, com suas dívidas e seu filho bastardo?

— Pare com isso agora. — Ignazio arqueia as sobrancelhas, mostrando-lhe o lugar dela à mesa. — Se isso acontecer, e apenas se isso acontecer, vamos tomar as providências. Não antes. E serei eu que o farei. Você é a mãe, mas eu sou homem, sei como ele raciocina. Depois, se ela se comportar como uma mulher leviana, a culpa certamente não é de Vincenzo. É um homem feito, é normal que… — pigarreia — … que procure aquilo que todos os homens procuram.

Giuseppina enrubesce sob o peso do olhar de Ignazio. Às vezes, esquece que seu cunhado é homem e que ele também deve ter as suas *necessidades*.

As chaves viram na fechadura. Vincenzo chega esbaforido.

— Desculpem o atraso, eu...

— Não, não te desculpo. Onde você estava?

— Mamãe, mas que...

— Agora você vai ficar quieto e me ouvir. Eu não quero saber daquela Pillitteri, você entendeu? Ela tem um irmão que gasta dinheiro nos bordéis, e a mãe dela espera que alguém rico seja burro o suficiente para se casar com a filha. Ao que me parece, você é o candidato perfeito, pela forma como está se comportando.

— Ah, por São Francisco de Paula! — Ignazio cobre os olhos com a mão. — Você não podia esperar que eu falasse com ele, não é?

O garoto afasta-se da mesa.

— A senhora não deve falar assim comigo. Isabella é...

— Isabella? Você já a chama pelo nome?

— Ela se chama Isabella, maldição! Sim, estive perto da sua casa. E daí? — Agora Vincenzo também levantou a voz. — O que a faz pensar que não seja uma... mulher honesta?

— Basta olhar a forma como ela se move para saber a laia dessa mulher. — Não há potência humana ou divina que possa reconduzir Giuseppina à razão quando ela está assim, tão enfurecida.

É então que Ignazio vê: o lado sombrio de Vincenzo, algo que o tio sempre notou no sobrinho. Destrutivo, nutrido pela determinação, alimentado pelo ódio. Ali está, pulsante, reluzente.

— Vincenzo, se acalme. — Ignazio vai até ele, tentando apaziguá--lo, mas o garoto nem sequer ouve.

Afasta-o. É como se não reconhecesse mais a mãe: não sabe quem é aquela bruxa que cospe tantos insultos na sua cara. É o desprezo que lê em seu rosto que o fere profundamente.

— Quem lhe dá o direito de se crer superior a ela? A senhora sempre julgou com tamanha facilidade, sempre esteve fechada em casa em seu mundo, nunca quis ver o que há lá fora! A senhora se diverte em torturar os outros, é isso.

— Eu sou sua mãe!

— Não... — A cólera o sufoca, cortando-lhe a fala. Ele se retira em direção à porta. — Se olhe no espelho e se pergunte quem realmente é, antes de insultar as pessoas. — E sai, batendo a porta.

Ele devora os metros que o separam da botica. Graças a Deus a loja está deserta: todos estão em casa para o almoço.

Tenta se acalmar contando as especiarias e seus usos.

Hamamelis como lenitivo.

Cravo para a náusea e a indigestão.

Potentilha contra as infecções intestinais.

Raiz de castanheiro-da-índia para as varizes.

Casca de quinquina para as febres...

Ignazio terminou depressa o macarrão já frio, enquanto Giuseppina continuava berrando.

Ele nunca admitirá, mas sabe que os temores da cunhada não são infundados: um bastardo é a última coisa de que precisam. Então, sai sem nem se despedir e vai até a botica.

Encontra o sobrinho sozinho, no escritório, debruçado nos registros. Coloca a mão em suas costas.

— Você confia em mim?

Ele faz que sim.

— O que está acontecendo com a pequena baronesa, Vincenzo?

— Nada, tio. Eu juro.

No seu olhar, Ignazio percebe novamente o lado sombrio cuja existência ele sempre temeu. Agora, aquele lado já emergiu, e não há como mandá-lo embora.

— Não é como minha mãe diz: ela fala assim por... — Passa as mãos entre os cabelos volumosos e ondulados. — Nem sei por quê.

— Ela é sua mãe, tem medo que você a deixe de lado. — *E tem ciúmes*, pensa. *Porque sua mãe não o ama como um filho, mas como uma parte de si, com um tipo de amor que não deixa espaço para nada mais.*

Vincenzo apoia os cotovelos na mesa.

— Mas acho que ela também gosta de mim. Quero dizer, Isabella.

— O que o faz pensar isso?

— Outro dia, ela estava atrás da cortina: quando passei embaixo da sua casa, ela me cumprimentou. Agora, me sorri abertamente, mesmo se está com a mãe, que depois chama sua atenção. Aquela velha me desdenha como se eu tivesse peste.

— A mãe dela também quer o melhor para a filha.

— E eu não sou bom, então?

Ignazio não responde. Os Florio são abastados, é verdade. Mas Vincenzo não é o herdeiro de uma família nobre e, para gente como aquela, o sangue é tudo. Passa-lhe a mão nos cabelos.

— Escute. No mês que vem você vai partir para a Grã-Bretanha e ficará longe por alguns meses. Quando voltar, se ainda a quiser, eu vou tentar convencer sua mãe. Mas não antes. Neste momento, se sua mãe encontrasse a pequena baronesa, a enforcaria.

Vincenzo deixa escapar uma risada. Contudo, seu olhar se fecha.

— Sabe, tio, pensei também nessa viagem. Não sei se é uma boa ideia partir.

O tio congela.

— Como assim?

— Não tenho certeza de que quero ir.

— Você precisa ir, Vincenzo. — Como sempre, Ignazio falou com calma, mas por dentro pegava fogo.

O garoto deixa cair a caneta. Uma gota de tinta se esparrama sobre a página.

— Mas se Isabella...

— Ela é uma mulher, e por ora é bonita e lhe atrai, mas certas coisas não duram para sempre, Vincenzo. O que dura é o trabalho!

— Se a mãe dela fizer ela se casar com outro, eu...

— Não. — O tio levanta a voz, sacode-o. — Não pode me fazer uma coisa dessas. Não pode ser sempre tão ingrato depois de todos os sacrifícios que fiz por você e por esta empresa. Você também precisa cuidar desta loja e das pessoas que trabalham aqui. Não pode mais só pensar em si mesmo, Vincenzo.

Não pode mais só pensar em si mesmo.

São essas palavras que enchem a cabeça dele enquanto caminha cabisbaixo, com os punhos cerrados no bolso.

Palavras pesadas como pedras.

Tem dificuldade de se livrar do sentimento de culpa. É verdade: seu tio devotou-se ao trabalho, e o fez por ele e por sua mãe. Sente-se sufocar, é um animal enjaulado.

Nunca esteve tão consciente de pertencer a uma família como naquele momento.

Por fim, chegou à Enseada.

Até um ano antes, o porto transbordava de navios e, pelo embarcadouro, descarregavam caixas com carimbos ingleses ou de suas colônias. Agora, toda a área parece ter sido engolida pela terra, envolvida em um silêncio pastoso no qual se pode ouvir até o marulhar das ondas.

A ideia da viagem à Inglaterra vem à tona novamente, com mais força que nunca.

Meu Deus, é verdade: quero ir, pensa o jovem. É o que mais deseja desde que conheceu Ingham. Por outro lado, Isabella é o desejo de um coração matreiro, convencido pelas promessas contidas em um olhar por trás de uma cortina.

Os sapatos devoram o calçamento e o levam até a pracinha de Santo Elígio.

Para o diabo as convenções. Ele precisa saber.

É fim de tarde quando Isabella sai. O primeiro que vê é Vincenzo, apoiado no muro em frente ao portão.

Ele vai até ela, pega sua mão.

— Então? — pergunta-lhe de supetão. — Me diga agora.

Ela prende a respiração, gostaria de responder, não consegue, tenta.

— Eu...

Um leque se abre sobre os lábios dela, interrompendo sua voz. Ágil, a baronesa se insinua entre eles.

— Então o quê? O que você quer?

— Falar com Isabella, não com a senhora.

— Como ousa chamá-la pelo nome? Ela para você é a jovem baronesa Pillitteri. E agora, rua, antes que eu chame meu filho para lhe dar os tapas que merece um carregador como você.

Por trás da mãe, a garota está muito pálida e não reage. Mantém os punhos fechados sobre a boca.

Vincenzo sente acumular-se a raiva sob o esterno.

— Seu filho, *senhora* — nunca lhe daria a satisfação de dirigir-se a ela com o título nobiliárquico —, deve estar bêbado em algum bordel gastando o último dinheiro que a senhora lhe deu.

As bochechas da mulher murcham. Talvez, quando jovem, tenha sido fascinante como Isabella. Mas a vida marcou seu rosto, roubando--lhe até a última centelha de graça.

— Você, cachorro de fim de feira! Como ousa falar assim comigo?

— Eu não estou lhe faltando com respeito. A senhora, sim.

As pessoas param para olhá-los. Alguns dão uma espiada da janela.

— Os meus antepassados davam chibatadas em pessoas como você se por acaso levantassem os olhos ou dissessem uma palavra a mais, e você ousa falar assim comigo? Volte para o esgoto do qual saíram você e sua família de carregadores de porto.

Vincenzo esquadrinhou a mulher. A renda da roupa está remen-dada, a barra da saia, completamente puída e até desfiando.

— Foi a senhora que escolheu essa roupa para sair? Ou talvez tenha sido sua doméstica… Mas não, não é possível: a senhora já não tem mais uma camareira pessoal, não é? Então deveria ter feito uma escolha mais atenta, porque a seda da saia está rasgada, *senhora*.

O som de um tapa ressoa na rua.

Vincenzo fica petrificado.

Não se lembra da última vez em que sua mãe lhe deu um tapa.

Agora, pálida de vergonha, Isabella recua até o portão. Vincenzo percebe e ultrapassa bruscamente a baronesa, esquecendo-se da bochecha que ardia.

— Isabella! — chama.

Primeiro ela faz que não com a cabeça, depois repete a recusa em voz alta, antes de desaparecer no escuro do pátio.

— *Não.*

A baronesa se aproxima de Vincenzo e, erguendo-se quase na ponta dos pés, encosta os lábios na orelha dele. As palavras são lâminas.

— Antes de ver alguém como você tocar em minha filha, prefiro vê-la morta ou desonrada — sussurra. — Ou até virando uma puta em um bordel. — Afasta-se, depois levanta a voz para que todos escutem. — Você pode ter todo o dinheiro do mundo, mas sempre terá fedor de suor. Entregador você é e entregador você será. É o sangue que faz a diferença.

Vincenzo permanece imóvel no meio da rua, enquanto Palermo passa por ele. As janelas se fecham, risos desaparecem em meio ao barulho das carroças. Alguns olham para ele com simpatia, com compadecimento. Outros não escondem o desprezo.

É o sangue que faz a diferença.

Afasta-se da praça. Ergue a cabeça, estica as costas. Mas sente-se como se fosse de chumbo.

Tudo nele se despedaça. Só a humilhação o mantém íntegro.

Nunca mais, diz.

Nunca mais.

— Então? O que o senhor acha de Yorkshire?

Benjamin Ingham está sentado na carroça diante dele. Fala em inglês.

Vincenzo está com o nariz pregado na janelinha, observando o campo.

— É bonito, mas a Inglaterra inteira é diferente do que eu imaginava — responde, enfim. — Eu achava que fosse cheia de cidades e casas. — Olha para Ingham. — Nunca vi tanta chuva, ainda mais em agosto.

— São os ventos do oceano que a trazem — explica Ingham. — Aqui, não há montanhas que seguram as nuvens, como na Sicília. — Depois, ele observa a roupa do jovem e concorda, satisfeito. — Meu alfaiate fez um ótimo trabalho. O que você trouxe de Palermo não era adequado para esse clima.

Vincenzo tateia a baeta do paletó: é quente, resistente, não deixa passar a umidade. Mas o que realmente o surpreendeu foi o algodão com que foram feitas as camisas. Suas roupas tinham uma trama bruta; essa, ao contrário, é macia, vinda dos teares a vapor que Ingham lhe descreveu com tom entusiasmado.

Naquelas poucas semanas, está aprendendo mais do que em um ano inteiro de estudos. Toda aquela viagem é uma descoberta: o oceano, que lhe deu uma sensação de tamanha vastidão até provocar medo; as rochas na costa francesa, o sol que se torna uma presença evanescente. E as fábricas. Quantas fábricas!

"Antes de chegarmos à minha casa, em Leeds, iremos a um dos estabelecimentos industriais têxteis que me pertencem", prometeu-lhe Ben na sua chegada. "Uma fábrica de baeta, com teares acionados a vapor. O senhor verá que maravilha."

E é para lá que estão indo.

Ao descer da carruagem, Vincenzo é invadido pelo cheiro da combustão do carvão: um cheiro forte, amargo, que se mistura ao vento do norte.

Os operários estão ocupados em volta de vagões de carga e caixas cheias de telas.

Ele observa as paredes de tijolo aparente no pátio. Nenhum reboco. Nenhuma decoração. No centro, um prédio com um grande portal e uma chaminé no telhado de ardósia.

O superintendente se apresenta para receber Ingham: é um homem gordo vestindo um paletó com botões quase rebentando. Leva-os até a entrada comentando sobre algumas avarias em um motor.

Benjamin o conforta, diz que depois falará com ele. Faz um gesto para que o jovem o acompanhe.

Eles entram.

Apitos, pancadas, zumbidos, um dos quais, estridente e contínuo, parece vir do teto. A algazarra é ensurdecedora. Vincenzo se entrega ao escuro e ao calor.

Percebe movimentos. Corpos. Voltam à sua memória as tercinas do Inferno de Dante que aprendeu com dom Salpietra, quando o poeta encontra os indolentes que correm e se debatem uns contra os outros, seguindo uma pequena bandeira, engalfinhando-se sem motivo.

Só depois de alguns segundos é que percebe homens, mulheres e crianças de todas as idades que se movem ao redor das máquinas. Muitos estão com a pele brilhante de suor e um lenço na cabeça.

Benjamin puxa-lhe o braço.

— Há mais de trinta pessoas empregadas aqui. O trabalho tem sua ordem bem precisa: ali, produzem os fios que depois são trabalhados nesse setor da fábrica. — Indica uma parte do pavilhão que parece mais iluminada. Vincenzo avista algumas crianças sentadas, fazendo a cardagem da lã. — Antes, eram pastores ou tecelões domésticos; agora, têm um salário garantido e um teto sobre suas cabeças.

Um apito à sua direita. Vincenzo debruça-se sobre a lançadeira mecânica que desliza, trançando a trama e a urdidura, como se tivesse vida própria. Sente o impulso de tocar os fios, mas se detém ao notar os dedos da mulher que empurra o tear. Faltam-lhe duas falanges.

Percebe o suor que se junta entre suas escápulas, escorregando pelas costas. Grudando seu casaco. Não há ar lá dentro. Como conseguem trabalhar assim?

Ingham lhe indica alguns cilindros pretos, separados da área de trabalho por um muro. É dali que chegam os apitos e estouros. Quanto mais se aproximam, mais o calor se torna sufocante. Os rostos dos operários parecem febris, alguns trabalham com o torso nu. Quase não percebem os recém-chegados; contudo, naqueles olhares furtivos, Vincenzo colhe uma mistura de amargura e resignação.

Ali está, o coração da fábrica. O motor a vapor é um monstro de carapaça preta, lustroso de gordura. Uma chapa esconde os pistões colocados em movimento pelo calor. Com cautela, quase com reverência, ele estica a mão em direção a um daqueles tubos. Está quente, sente o movimento que vibra sob sua palma. Parece pulsar por conta própria.

Ingham tem razão quando afirma que nada parecido poderia funcionar na Sicília. Na Inglaterra, os operários trabalham sem lamentos nem malandragem, não falta água e, principalmente, não faltam empreendedores.

— A cabeça das pessoas é diferente — explica ele no final da visita, já no escritório.

Uma camareira serve-lhes chá, uma mistura que Vincenzo nunca provou e que tem perfume de flores. Ele levanta a xícara, tentando se adequar à etiqueta inglesa, tão diferente da ritualidade simples de sua família.

— Não basta ter dinheiro para construir uma empresa. É preciso ter ideias e coragem para levá-las adiante. Vou lhe dar um exemplo. De todos os boticários de Palermo, quantos têm o volume de negócios de vocês?

— Não muitos — admite Vincenzo. — Talvez alguns, Canzoneri e Gulì.

— E por quê? Tenho certeza de que o senhor já pensou a respeito.

— Conhecem esse jeito de trabalhar há gerações, e assim continuam fazendo. — Os pensamentos em que tantas vezes tropeçou se alinham, ganham um sentido. — Nunca pensaram que poderiam ir além. Então...

— Pararam onde estão. Em uma lojinha. — É estranho ouvir aquela palavra pronunciada com sotaque inglês.

Enquanto Ingham degusta o chá, Vincenzo abaixa o rosto e reflete. Por um instante, os pensamentos dele estão ofuscados pela lembrança de Isabella. Ele tira a jovem da cabeça, assim como faz com as palavras sussurradas pela baronesa.

— Mas e se esses maquinários fossem implantados na Sicília? Não baixariam os custos? — insiste.

— Sim e não. — Ingham apoia a xícara. Já está na hora de partir. — Não pense que eu não cogitei. Teria que importar os teares e as peças de troca, além dos mecânicos... sem contar que aqui o carvão se encontra facilmente. O ideal seria ter uma fábrica que produza esses maquinários em Palermo.

— Mas não existe — conclui Vincenzo, desiludido. — Seria uma operação com prejuízo.

Enquanto estão prestes a subir novamente na carruagem, Ingham coloca a mão em seu braço.

— De resto, eu diria que podemos deixar de ser tão formais. Pode me chamar de Ben.

O siroco é uma coberta molhada jogada sobre Palermo.

Os nobres se mudaram para São Lorenzo ou para Bagheria para passar o verão nas casas cercadas de jardins. Quem tem mais sorte passa os dias fechado em casa, molhando as cortinas para refrescar o ar ou refugiando-se nos cômodos subterrâneos.

Nem as crianças têm vontade de brincar. São vistas na praia, além da Enseada, pulando na água ou correndo uma atrás da outra sobre as pedras.

Os que são obrigados a trabalhar atravessam as ruas cabisbaixos debaixo de um sol cruel. Ignazio detesta o calor: duplica o cansaço, tira-lhe o ar. Chega à botica ao raiar do dia e sai quando Palermo está envolta no anoitecer.

É então que os habitantes de Palermo se apropriam novamente de sua cidade. Nas ruas estreitas, entre os becos de tufo e de pedra que se abrem detrás de suntuosos edifícios aristocráticos — com as persianas fechadas, pois os donos estão em suas casas de campo —, a vida retoma seu fluxo. Do porto chegam ventos carregados de umidade; quem pode pega a carroça ou a carruagem para fazer um passeio perto do mar. Aparecem viaturas reluzentes e carrinhos pintados com figuras de paladinos, pequenas carroças despretensiosas, carregadas de gente que procura um pouco de refresco. O tempo do Festim, a grande festa popular da padroeira, Santa Rosália, ocorreu há pouco, deixando a cidade cansada e ébria de festa e cores.

Cadeiras e bancos são carregados para a frente das portas; as mulheres conversam vigiando os filhos; os operários adormecem em pequenos palheiros jogados nas sacadas.

Giuseppina espera-o à janela, com um remendo nas mãos. Comem, imersos em um silêncio sereno, familiar.

A noite termina na sacada, observando as pessoas na rua. Ela, com um leque de palmeira e um copo de água com *zammù*, e Ignazio, com uma cumbuca de sementes.

Certa noite, de repente, Giuseppina se entristece.

— O que foi? — pergunta ele, mais por hábito do que por verdadeira preocupação.

— Nada.

— O que você tem? — insiste ele.

Ela dá de ombros. Parece melancólica. Depois, fala, baixinho:

— Você nunca pensa na casa de Pietraliscia?

Ignazio coloca a cumbuca de sementes no chão.

— De vez em quando. Por quê?

— Eu, ao contrário, penso sempre. Digo a mim mesma que gostaria de voltar lá pelo menos para morrer. — Inclina a cabeça para trás, procura as estrelas, não as encontra. — Quero voltar para a minha casa.

— Mas o que você está dizendo? — Ignazio fica desorientado.

Giuseppina quase não o ouve.

— Você está bem estabelecido com o trabalho — diz ela, conversando mais consigo mesma do que com ele. — Eu, ao contrário, não sei o que é que estou fazendo aqui. Tirando Mariuccia, que já está bem velha, e um punhado de outros conhecidos, não tenho ninguém aqui. Poderia pedir a Vincenzo para vir comigo e ele de lá te ajudaria a comercializar, organizaria o trabalho...

Ignazio não consegue acreditar no que Giuseppina acaba de sugerir. Agarrado ao parapeito, busca palavras, mas não as encontra.

— Mas o que está dizendo? Nós mandamos navios para Marselha e você me fala da Calábria? Vincenzo, que fala inglês e francês, vai morar em Bagnara? Ele é um cidadão, aliás, de fato é um palermitano, e você gostaria de levá-lo para um vilarejo com quatro ruelas? — diz isso com veemência, com incredulidade, com raiva. — Faz quase dezoito anos que estamos em Palermo. Até o túmulo do seu marido está aqui.

— Muito bem que fez o seu irmão! Tirou tudo de mim e não me deu sequer um pouco de amor. Só se apegou ao dinheiro do dote e depois me largou em um canto.

— Ainda está pensando nisso? O seu dote pertencia a você, agora você está aqui. Aonde quer ir, sozinha e sem ninguém? Quem vai pensar em mim e em seu filho?

As rugas no rosto de Giuseppina se deformam em uma careta de raiva.

— Essa coisa de família é assim mesmo! Eu preciso ser a serva de vocês até os últimos dos meus dias, não é? Sou uma cretina de tentar perguntar, esperando que você fosse diferente, mas você também é como todos os outros, egoísta e infame. — Ela se levanta. — E sabe o que me faz mais mal? Que meu filho está ficando como você, com um coração de pedra que…

— Mas o que você tem hoje à noite? O que você está dizendo do seu filho?

— Nada, estou só pensando em voz alta. Já que é inútil falar com você. Pois você também já se esqueceu de tudo, para você só conta o dinheiro e a empresa. — Então, ela desaparece atrás da cortina.

Ignazio fica na sacada, o punho fechado sobre o parapeito de ferro. *É ingratidão, isso,* diz a si mesmo. *Não é culpa minha.*

Ele tem vontade de começar a gritar feito louco. Giuseppina fez-lhe acusações cruéis e injustas, sem reconhecer sequer uma das mil coisas que ele sempre fez por ela.

Então, de repente, ele se pergunta se fizera certo de se matar trabalhando tanto assim, sem sequer um pouco de afeto. E não está pensando no afeto que se manifestou nos cuidados com ele, porque isso Giuseppina nunca deixou faltar.

Está pensando em outra coisa, em algo que morde sua carne e o mantém acordado de madrugada há anos, tantos anos.

Chega.

Alcança a cunhada no quarto. Ela trocou de roupa: está de camisola, lisa, sem enfeites, herança do seu enxoval. Está diante da penteadeira, tentando tirar as presilhas dos cabelos.

— Por quê? — Ignazio não se segura mais. — Você não sabe quem é para mim? Por que precisa sempre se lembrar do passado?

Giuseppina abaixa os braços.

— Eu já lhe disse. Não é algo que eu tenha escolhido. Para mim, estar aqui é uma penitência.

— Não me jogue na cara essa culpa. As pessoas seguiram adiante, fizeram suas vidas e muitos também vieram para a Sicília… até

Vittoria e Pietro Spoliti moram em Mistretta. O que você acha que restou em Bagnara?

Giuseppina não responde. Sabe que Ignazio tem razão. Contudo, alimentou aquele rancor por tantos anos que não consegue mais viver sem ele. Aquele ressentimento é um espinho entre suas costelas e seu estômago. Joga as presilhas de lado, começa a se pentear.

— Saia daqui, por favor. — Agora joga a escova na penteadeira. — Saia daqui! — grita.

Então ouve alguns passos que se afastam.

Mas o rancor não, esse não diminui.

As palavras saem da sua boca quase sem que ela perceba, porque a raiva é tamanha e por muito tempo ficou dentro de si.

— Vocês são isto: uma gente que pega o que quer! — grita. — Antes o seu irmão, e agora você, vocês pegaram a minha vida. Vocês me reduziram a menos do que nada, vocês transformaram o meu filho em um canalha, em um cão de matilha.

Mais passos.

De repente, se vê apertada em um abraço que machuca. A camisola se abre, revela seu seio.

Ignazio aperta as costas dela no seu peito. Está tremendo.

Eles se veem no espelho.

Giuseppina vê um estranho e sente medo. Porque o homem que a agarrou daquele jeito não pode ser o calmo e paciente Ignazio. Aquele é um homem desesperado, um indivíduo disposto a fazer qualquer coisa.

— Se eu fosse como os da minha raça, teria pegado o que quero há anos — murmura.

Diz ao seu ouvido, e suas mãos confirmam.

Giuseppina está com medo. Nunca o viu desse jeito, e o que lê em seu rosto faz suas pernas tremerem.

Mas lê também o próprio desejo, e é isso que a enrubesce, que lhe tira o fôlego.

Basta pouco. Os dois sabem.

E é ela que ultrapassa a fronteira. Vira-se, procura Ignazio. Não lhe importa se vai se arrepender na manhã seguinte. Não lhe importa se os dois se arrependerem e não conseguirem se olhar na cara durante dias. Não importa se suas mãos conhecerão o caminho percorrido tantas vezes pelos olhos e pelo desejo, se negarão aquilo para o resto de suas vidas.

Vão sepultar aquela noite na memória, porque serão fortes o arrependimento e a consciência de haver traído quem já não existe. Será algo impossível de se falar, nem mesmo em um sonho.

Uma vergonha para guardar para sempre na memória.

Dezenove anos.

Naquele ensolarado 3 de abril de 1818, faz dezenove anos que Vincenzo está no mundo e que Ignazio faz papel de pai dele. Dezenove anos que, com Giuseppina, formam uma família feita de ausências e silêncios.

Naquele dia, ao fecharem a loja, apareceram licores e biscoitos no balcão. Ignazio pensou em convidar os funcionários da botica para tomar um drinque; depois, foram para casa, onde os espera Giuseppina, que, para aquela ocasião, preparou um guisado.

No retorno dele, em outubro do ano anterior, Ignazio e Giuseppina se encontraram no embarcadouro. Quando ele desembarcou, ela o abraçou com o ardor possessivo das mães. Vincenzo ficou parado, encabulado; logo depois, procurou o tio com o olhar, e o homem, de lado, fez um gesto. Quando se aproximou, apertaram-se as mãos.

Nada mais.

Mas o tio logo entendeu que aqueles três meses na Inglaterra tinham lhe feito bem: o garoto com o coração partido havia desaparecido, fora substituído por um jovem orgulhoso, com lábios rígidos, as costas amplas e a expressão determinada.

Em casa, enquanto os entregadores subiam com as bagagens, eles se sentaram para conversar na sala.

— Você não pode imaginar o que vi, tio. Os maquinários de lá fazem tudo em menos do que a metade do tempo. — E assim seguiram-se relatos sobre os motores a vapor, sobre rocas e locomotivas.

De vez em quando, Giuseppina deixava a cozinha para se aproximar do filho, beijava seus cabelos e o escutava, cheia de orgulho.

Ignazio, ao contrário, perscrutava-o com enorme atenção.

— Por esse motivo, os ingleses podem se permitir comercializar com preços tão competitivos — concluiu.

— Exato. É aqui que nós poderíamos entrar, oferecendo a eles o que precisam. — Do bolso do casaco, Vincenzo tira um envelope, que estende ao tio sem uma palavra.

— Nomes e endereços de fábricas e representantes comerciais — comentou Ignazio, enquanto passava os olhos no conteúdo da folha.

— Fico feliz. Ingham foi um bom mestre.

Vincenzo juntou as mãos sob o queixo, um esboço de sorriso acompanhava o gesto.

— Na última parte da viagem, fiquei com ele em Londres. Encontrei representantes comerciais, latifundiários, além de alguns proprietários de fábricas. Eles achavam que tinham um garotinho diante de si, então conversavam com Ingham sem reservas. Ouvi tudo, assim entendi que acham ruim ter vários fornecedores diferentes.

Ignazio encontrava no sobrinho a paixão que o animara por tanto tempo.

— Bem. E então?

— Podemos ser nós os intermediários na Sicília. Vejamos o tanino: eles o usam para trabalhar as peles e o couro, além de fixar as cores. Nós, aqui na Sicília, temos o sumagre, certo? Vamos adquiri-lo, moê-lo, transformá-lo em tanino e vendê-lo diretamente aos curtumes.

Ele olhou para a lista de nomes, depois para o sobrinho. Vincenzo deixara crescer um pouco de barba, o que lhe conferia um ar adulto. Mas era o comportamento dele que se tornara radicalmente diferente: sério, até severo.

— Ingham já o faz — sussurrou Ignazio.

— Sim. Mas ele é inglês. Nós, ao contrário, somos palermitanos, podemos colocar preços mais baixos...

Giuseppina os interrompeu para chamá-los à mesa.

Vincenzo fizera-lhe um gesto para esperar; aproximou-se de um baú e tirou de lá dois embrulhos.

— Esse é para você, tio. Esse é para a minha mãe.

Giuseppina pegou o presente com a alegria de uma criança. Um corte de tecido com desenhos orientais surgiu em meio ao papel. Ela pegou uma ponta e levou-a ao rosto.

— Seda! — exclamou. — Mas quanto você gastou?

— Seda chinesa, para ser mais exato. Nada que eu não pudesse me permitir. — Então olhou para o tio e fez um gesto com o queixo. — Agora abra o seu.

Baeta escura para um terno e uma gravata. Ignazio apreciou a qualidade do tecido, sua maciez.

— Vem de uma das fábricas de Ben. Vou lhe contar à mesa.

E conversaram muito.

E depois conversaram mais.

O homem está à escrivaninha, o sobrinho percorre os registros dos anos anteriores até o do ano atual, informa os valores, compara as quantidades de mercadorias que entram e que saem. A casca de quinquina é seu ativo mais importante. Mas há outras coisas.

— Com relação ao ano passado, tivemos um crescimento na venda do sumagre. — Vincenzo esfrega os dedos no livro. — Quase tudo comercializado no mercado inglês. Depois, vêm os carregamentos de seda chinesa. Desapareceram assim que passaram pela aduana, literalmente.

— Mas os franceses também não brincam. Outro dia, Gulì enviou um grande carregamento de sumagre pela rota de Marselha. — Ignazio morde o lábio, medita por alguns segundos. — Sabe, Vincenzinho, eu estava pensando em propor a venda de couros semitrabalhados, além do tanino. Os ingleses usam couro de borrego e cabrito, que aqui não faltam. O que você acha?

O garoto concorda.

— Acho que precisamos tentar. Você e meu pai começaram com uma despensa, você me repetiu isso mil vezes, e agora nos chegam carregamentos de metade da Europa. Vamos começar a fazer propostas? Veja, você está pensando em fazer negócios com couro, já eu queria falar sobre os franceses que estão comprando enxofre. Já ouviu dizer? Porque não...

Em silêncio, o tio indica uma pasta na escrivaninha, com algumas anotações de Maurizio Reggio.

— Pensei nisso antes de você. Perguntei a algumas pessoas, entre elas mercadores e gerentes de minas, quais seriam as condições de venda do enxofre. — Olha-o brevemente, com o olhar carregado de ironia. — O que você está fazendo, quer me ensinar a fazer meu trabalho?

A risada do sobrinho aquece-lhe o peito.

É janeiro de 1820 e faz muito frio. Há algum tempo, Ignazio sente dores reumáticas e pediu para que acendessem o braseiro no escritório, no fundo da botica.

Vincenzo tira a casca de uma porção de frutas, jogando-as no braseiro. O cheiro bom de casca de laranja se espalha no ar.

Naqueles dois anos, Vincenzo cresceu bastante. Ignazio observa-o e percebe que não foi só o corpo dele que mudou, mas também a mente. Torna-se cada vez mais fria, mais calculista.

Lembra, por exemplo, de quando ele colocou na cabeça que deveria importar e vender pó de córtice inglês, mesmo sabendo bem que os farmacêuticos de Palermo não iriam gostar daquela novidade. Alguns dias antes, seu desejo se concretizou: o protomédico, autoridade encarregada da venda de novos fármacos na Sicília, concedeu-lhe o alvará, dando-lhe assim um resguardo contra qualquer tipo de queixa. Compradores não faltariam para aquele córtice refinado e de excelente qualidade.

E os protestos também não vão tardar, pensou Ignazio.

Assim, quando um funcionário bate à porta e, com ar envergonhado, anuncia que uma delegação de farmacêuticos chegou para "pedir explicações", tio e sobrinho mal têm tempo de trocar um olhar de cumplicidade. De fato, o grupelho de homens enrolados em suas capas pretas já está à porta: à frente de todos, Carmelo Saguto e o cunhado, Venanzio Canzoneri.

Ignazio se levanta, recebe-os, acomoda-os no escritório e se senta à escrivaninha. Vincenzo, por sua vez, permanece em pé, olhando-os de cara fechada.

— Então, Florio, digam — começa Venanzio Canzoneri. Tem costeletas espessas e ruivas, fala com o tom de quem está acostumado a mandar. — Sim, enfim, o que é essa história de que agora vocês podem vender fármacos? Recebemos essa notícia, mas é estranha demais para acreditar.

— Que o senhor também tenha um bom dia, dom Canzoneri — responde Ignazio, levantando os olhos para o teto. — Vejo que o senhor também vai bem.

— Até imagino quem foi que lhe contou isso. — Vincenzo caminha ao redor do homem. Coloca-se às costas de Saguto, debruça-se na direção dele, quase falando ao seu ouvido. — O senhor, como sempre, é pior do que uma mulherzinha de cortiço.

— Alguém falou alguma coisa? Foi o garoto? — Saguto se vira de repente, tenta agarrá-lo, mas Vincenzo dá um pulo para trás e ri na cara dele.

Ignazio faz um gesto ao sobrinho para que se aproxime da escrivaninha, e ele, engolindo o orgulho, obedece. Não quer que uma briga comece ali dentro do seu escritório. Mas não está disposto a se deixar intimidar.

— Nada além daquilo que já lhe contou o seu... discreto cunhado, dom Venanzio. A propósito, como está seu pai? Ouvi dizer que teve outro mal-estar há algumas semanas e que está se recuperando com dificuldade.

— Sobrevive, pela vontade de Deus. — Canzoneri cruza as mãos sobre o ventre. Falar do pai que se encontra em estado vegetativo o incomoda. Faz com que se sinta deslocado, mesmo sendo ele, de pleno direito, o dono da farmácia. — Voltemos ao caso. O alvará. O senhor sabe que não pode comercializar fármacos? Nem o senhor nem seu sobrinho são farmacêuticos, tampouco me parece que haja um farmacêutico trabalhando em suas dependências.

— Não faremos nada que não esteja previsto na lei. O protomédico nos concedeu essa possibilidade, ao que somos bastante gratos.

Temos um documento que nos permite, um alvará especialmente outorgado. De resto, sou eu que lhe pergunto: o que o senhor está fazendo aqui?

Canzoneri bufa, agitando-se na cadeira. Atrás dele, Pietro Gulì, o velho farmacêutico que tanto ridicularizou Paolo e Ignazio quando chegaram a Palermo, enxuga os lábios, depois toma a palavra:

— Há um Colégio de Boticários com regras precisas. Do qual os senhores não fazem parte. Pior, não solicitaram o alvará, nem respeitam as regras que guiam a nossa corporação quanto ao comércio de ervas medicinais.

— Porque não existem apenas as vossas regras — retruca imediatamente Vincenzo. — Sabe qual é o seu problema, dom Gulì? O senhor pensa que as leis foram feitas só para o senhor e que pode usá-las e abusá-las como lhe convém.

— Mas é assim, meu caro garoto — responde Venanzio Canzoneri em voz baixa, interrompendo a resposta melindrada de Gulì. — Essa nossa reunião é um esclarecimento preventivo. Considerem assim.

Vincenzo se inclina para a frente. Agora ele também sente subir-lhe uma raiva venenosa.

— O que quer dizer?

— Vocês estão demonstrando que ainda pensam como estrangeiros, apesar de já viverem em Palermo há quanto... vinte anos, não é isso? Tiveram sorte e empenharam o seu esforço, reconheço isso. No entanto, vocês ainda não conseguem entender que, aqui, certas coisas mudam não quando se quer mudá-las ou quando se tem um alvará. Mudam quando há condições para que isso ocorra.

— Há condições. Mais da metade dos especieiros de Palermo são nossos clientes exclusivos.

Saguto escancara os braços, em um dos seus gestos teatrais.

— Sei. Vocês têm tudo isso porque seus documentos foram aceitos. Mas e se o dinheiro deixasse de circular?

— Saguto, não gosto do jeito como o senhor fala. Algumas vezes...

— Vincenzo. Não. — Ignazio coloca a mão no braço do sobrinho. Não é assim que os Florio respondem.

Vincenzo recua um passo, mas continua encarando Saguto, que ri, satisfeito.

A atenção de Ignazio se concentra sobretudo em Gulì, depois no outro participante daquela reunião, que até agora ficou num canto. Conhece-o bem: é Gaspare Pizzimenti, farmacêutico da circunscrição dos Tribunais. É um homem de certa idade, tem um jeito distinto e o rosto bexiguento, talvez tenha sofrido de varíola quando criança.

— Diga, Gulì, e o senhor, Pizzimenti, de quem vocês compraram o carregamento de casca de quinquina nos últimos dois anos?

Pizzimenti limpa a voz.

— Do senhor, mas...

— Sempre disseram que as nossas mercadorias eram as melhores no mercado, que nosso córtice inglês era engarrafado sem refinamento. Não precisam ter vergonha, podem confessá-lo aqui. Estamos entre homens honrados, não é verdade? — pergunta Ignazio, e deixa que suas palavras fiquem suspensas por alguns segundos.

— Vamos, ninguém vai chamar a sua atenção por isso. O senhor não é o único que o faz. Contudo, agora, ouvindo seus colegas, talvez não tenha mais interesse em fazer comércio conosco, e vários outros como você. Mas acredito que não seria tão fácil truncar as relações. Pelo contrário, não seria nem fácil nem indolor. Para o senhor, eu quero dizer.

Vincenzo entende imediatamente: sabe o que buscar e de onde.

Abre a gaveta da escrivaninha contábil, pega algumas folhas, entrega-as ao tio. De repente, surgem diante de Ignazio notas promissórias separadas por nome e valor.

O nome de todos eles aparece nelas.

Ele cruza os braços e encara-os. Espera que entendam.

— É verdade que há regras a serem respeitadas — diz Ignazio, enfim. — Existe, de fato, a honra de sempre quitar as dívidas que se contrai. Certo?

O sorriso de Saguto se desfaz em uma careta. Pizzimenti volta ao seu canto. Gulì abaixa a cabeça, olha para os próprios sapatos.

Venanzio Canzoneri emite um suspiro pesado, quase libertador.

— Certo — admite.

Poucos instantes mais tarde, já estão do lado de fora. Canzoneri ainda está de cabeça erguida, caminha sem dirigir a palavra a ninguém. Saguto, ao contrário, se vira. Entrevê Ignazio e Vincenzo no limiar e morde o indicador da mão fechada em punho. Nunca vai esquecer o que acaba de acontecer.

QUININO

julho de 1820 — maio de 1828

> '*U pisu di l'anni è lu pisu cchiù granni.*
> "O peso dos anos é o maior."
>
> Provérbio Siciliano

Fomentada pela aristocracia palermitana e alimentada graças a uma densa rede de sociedades secretas, cresce a aversão aos Bourbon, "culpados" de terem apagado toda a ambição siciliana de independência da união do reino de Nápoles com o reino da Sicília, e de anularem a Constituição de 1812. Em 15 de junho de 1820, estoura em Palermo uma revolta que obriga o príncipe Francesco a se refugiar em Nápoles e leva à criação do Parlamento Siciliano, que restabelece a Constituição. Entretanto, sopram ares revolucionários também no continente: em 7 de julho, a insurreição liderada pelo general Guglielmo Pepe força Ferdinando I a aceitar a mesma Constituição que Ferdinando VII da Espanha promulgara em março.

O espírito de independência do governo siciliano — determinado a restaurar o reino da Sicília — entra, obviamente, em conflito com os Bourbon, que aproveitam a discórdia entre as cidades sicilianas (especialmente entre Palermo, Messina e Catânia) como uma oportunidade de reprimir a revolta com sangue. Em novembro, é restabelecida a monarquia, e a Sicília volta ao controle do governo napolitano. Em março de 1821, as potências da Santa Aliança — Prússia, Rússia e Áustria —, às quais o rei Ferdinando I havia recorrido, derrotam definitivamente os revoltosos: os austríacos entram em Nápoles em 24 de março, devolvendo o trono ao rei, e ficarão no poder até 1827, quando Francesco I das Duas Sicílias, que sucedeu ao pai Ferdinando em 1825, consegue enfim afastá-los.

Um leão ferido bebendo em um riacho. Não muito longe, uma árvore estica suas raízes em direção à água, liberando suas qualidades medicinais.

Essa é a imagem que marca a atividade dos Florio: do letreiro da botica até a estátua de São Benedito De Lisi colocada em frente ao túmulo da família, no cemitério de Santa Maria de Jesus, em Palermo.

A árvore que mergulha as raízes no riacho é a árvore de quinquina, cuja casca provavelmente salvou milhões de vidas humanas. Os primeiros a perceberem suas potentes qualidades febrífugas são os índios — do Peru e da Bolívia —, mas essas propriedades não escapam aos jesuítas que, no século XVII, levam essa casca à Espanha: seca e fechada em pacotes, é vendida nos mais importantes portos da Europa.

Chamam-na de cortiça.

Contudo, quando na Europa são descobertos seus usos terapêuticos, entende-se também que se trata de um fármaco para poucos: porque é caro, porque provém de muito longe, porque a cortiça deve ser triturada à mão. Além disso, aquele pó deixa os doentes sem forças, ainda que tire a febre, uma coisa que parecia, para as pessoas simples, mais grave do que a febre em si.

No século XIX, a mudança: graças aos moedores mecânicos, em pouco tempo foi possível obter enormes quantidades de cortiça refinada. O preço cai. Em 1817, Pierre Joseph Pelletier e Joseph Bienaimé Caventou extraem daquela cortiça o quinino. Porém, apenas no fim do século a conexão irrefutável entre a malária e os parasitas será comprovada, e só no início do século XX, na Itália, quando ainda morrem quinze mil pessoas ao ano devido à malária, o Estado aceitará vender o quinino nas lojas de sal e tabaco.

* * *

— Corram, corram, dizem que no porto estão chegando os navios dos espanhóis!

— Mas o que está dizendo! São napolitanos, estão trazendo o rei Ferdinando para cá, pois em Nápoles estourou o fim do mundo!

— O rei? Se vier para cá, o afogamos!

— Foram os soldados! Os soldados de Nápoles pediram a Constituição, e o rei lhes concedeu!

— Para eles sim e para nós não? Maus filhos!

— Ferdinando precisa nos devolver a Constituição, depois daquela que nos tirou em 1816. É um direito nosso. Viva o reino da Sicília!

— A revolução, estourou a revolução!

Homens, carros, cavalos. Desde o primeiro dia, devido à festa de Santa Rosália, Palermo está em revolta. Vozes transbordam pelas ruas e praças.

Ignazio recolhe os fragmentos de gritos da multidão, que parece um enxame no largo San Giacomo.

— Atento! — O tio empurra Vincenzo pouco antes de uma carroça passando a toda velocidade atropelá-lo.

Quem pode abandona Palermo. Outros, ao contrário, aproveitam para chamar atenção para si e fomentar a raiva do povo. Com a revolta em curso, não se sabe o que vai acontecer.

O sobrinho tira uma mecha de cabelos do rosto.

— Precisamos reforçar as portas dos depósitos! Se passar pela cabeça de alguém saqueá-los…

— Se quiserem atacar a cidade a ferro e a fogo, não serão duas hastes a mais que poderão impedir. Vamos!

Sobem pela rua dos Materassai, indo contra a maré humana. Ignazio entra na botica. Os batentes estão fechados com as persianas e só a porta está aberta, vigiada por um funcionário.

Ignazio olha ao redor e sua mente escapa para longe, para um lugar e um tempo distantes. Ainda morava em Bagnara quando estouraram as desordens contra os Bourbon, que deu origem à República Napolitana. Naquela época, também testemunhara desordem e mortos por todo o reino. Mas fora, sobretudo, a ocasião para acertos de conta particulares e vinganças familiares. Homicídios e saques muitas vezes não tinham qualquer relação com as motivações políticas: revelavam, ao contrário, a vontade de fazer pagar o próprio inimigo, talvez um parente detestado, um camponês que praticava pequenos furtos, um criador esperto demais ou um padre que acumulou riquezas com os pedidos de dízimo.

Não, dessa vez é diferente, diz a si mesmo.

Em Nápoles, algumas divisões do exército se rebelaram. Descobriu-se, portanto, que muitos oficiais haviam aderido à Carbonária, sociedade secreta norteada por ideias liberais e anticlericais, e, então, seguindo seus comandantes, boa parte dos soldados passou para o lado dos revoltosos. Logo, o rei Ferdinando se viu em dificuldade. Foi obrigado, poucos dias antes, a conceder uma carta constitucional que reconhecia os direitos à nobreza e ao povo, e que estabelecia até mesmo a criação de um Parlamento.

Os sicilianos não ficaram a ver navios, pelo contrário. O insulto de 1816, quando o rei destronou o Rei da Sicília e revogou a Constituição de 1812, era impossível de ser esquecido. No dia 14 de julho de 1820, com a cidade transbordando de gente para a festa da Santa Rosália, estourou a revolta. Ninguém queria mais viver como prisioneiro em sua própria casa, e com isso os nobres, os intelectuais e o povo aproveitaram a crise de Nápoles para declarar a independência da Sicília.

A verdadeira faísca, porém, partiu dos aristocratas. Em 1799, os Bourbon em fuga foram acolhidos e protegidos, e qual fora a sua forma de agradecer? Privar os nobres de seu poder, de seus privilégios, dos cargos que sempre ocuparam no passado, porque assim havia sido e assim deveria continuar. Os sicilianos governavam os sicilianos. Os nobres comandavam os camponeses.

A Sicília era estranha: o rei não tinha aliados entre os nobres, pelo contrário. Os nobres sicilianos competiam com a Coroa, porque o rei era um estranho, que viera se impor na casa deles. Já os nobres estavam na Sicília havia gerações, alguns desde os tempos dos árabes e dos normandos. Eles próprios tinham criado aquela ilha, com seu poder, seus rituais, seu sangue e seus casamentos, moldando-a com o sal, a terra e a água do mar. E eram ótimos em manobrar as massas de pobres a seu bel prazer. Acendiam o fogo, mas deixavam os mais humildes manusearem-no e, inevitavelmente, se queimarem.

— *Amuninni*. Vamos — diz Ignazio a Vincenzo.

— Aonde?

— Querem confiscar as mercadorias na aduana, ainda que não se entenda o porquê. Já não é possível entender mais nada, malditos sejam!

— Mas então o nosso carregamento...

— Tudo parado. Suspenderam os navios que estavam partindo, que desgraça! — exclama Ignazio, furioso. — Dizem que estão formando um governo provisório, mas a aduana está um caos, Ben Ingham acaba de me avisar. Rápido, ele nos espera lá.

Ignazio caminha decidido. Enquanto a multidão se espreme nos becos, chegam até o pátio quadrado da aduana, invadido por comerciantes e homens do mar.

A entrada está guardada por soldados com expressão de quem gostaria de estar em qualquer outro lugar naquele momento. Eles contêm a multidão com seus rifles, ameaçando atirar, mas ninguém parece escutá-los.

— Insisto. Vocês nos deixarão passar porque é o nosso direito.

Vincenzo reconheceria em qualquer canto a voz de Benjamin Ingham.

Ignazio se aproxima.

— O senhor Ingham tem razão. Temos um navio pronto para partir. Os nossos documentos já estão lá dentro. — Indica o volume branco atrás do soldado. — Se nossas mercadorias não partirem, vocês nos causarão uma perda de milhares de onças.

— Não podemos, senhor — responde um dos soldados. — E de nada adiantaria. Um despacho militar proibiu todas as partidas.

Levantam-se as vozes.

— Mas como? Além disso, quem é que mandou esse despacho?

— Queremos falar com um funcionário!

— Queremos ver os documentos!

— Quem é que decidiu, hein?

Os soldados se entreolham, aterrorizados.

É nesse momento que alguns funcionários procuram fugir do cartório de escritura. São recebidos aos berros e alguém até os alveja com esterco. Os aduaneiros procuram abrigar-se nos recantos que se abrem ao longo dos muros do século XV, mas é em vão. A multidão quer respostas.

Por fim, se apresenta um funcionário que fede a suor e medo.

— É inútil que vocês fiquem aqui! — grita. — Tudo está paralisado, não se pode partir. Afundariam seus navios com canhões!

— Mas por quê? Por nada?

Vincenzo olha Ingham com sincera estupefação. É incrível como consiga ser ouvido no meio daquele alarde sem levantar a voz.

— Assim nos disseram! — grita o aduaneiro em resposta. — Voltem para casa! — Ele se afasta.

— Vocês ouviram? Rua! — ecoa um soldado, levantando o rifle.

Alguns mercadores recuam.

Vincenzo, porém, não se resigna. Segue o homem e pega-o pelo braço.

— Não me diga besteiras. Não chegou despacho nenhum — sussurra. Aproxima-o de si. Estão a poucos centímetros um do outro, podem sentir seus cheiros de cansaço e de cólera. — Vocês podem enganar aos outros, mas não a mim. Ninguém pode estabelecer porcaria nenhuma.

O aduaneiro tenta se soltar.

— Deixe-me ou eu chamo os guardas.

— Quanto?

O homem arregala os olhos.

— Como? O quê?

A outra mão de Vincenzo chega até a gola do homem, aperta-a.

— Quanto para deixar partir o navio?

Ingham o seguiu com Ignazio. Está ao lado do jovem, sem tirar os olhos do chão.

— Junto-me ao pedido do jovem Florio — murmura. — Quanto?

O homem hesita.

— Eu...

— Seja rápido, por Deus! — exclama num sopro Ignazio, enquanto um comandante de navio se aproxima.

O aduaneiro indica os depósitos com o queixo. Em seus olhos há pânico e cobiça.

— Encontrem-me lá daqui a pouco. Lá, nas portas do fundo. — Olha Vincenzo, depois Ingham. — Só vocês três.

No beco atrás da aduana, a sombra se reduziu a uma linha. Os minutos viram horas. A porta de Doganella está fechada, presidida por uma fileira de soldados.

O sol de julho é um animal feroz. O rosto de Ingham é vermelho cor de fogo, tomado por sardas. Ignazio enxuga a testa com um lenço.

De repente, um dos portais se abre. O rosto do aduaneiro é uma mancha de branco no escuro.

— Entrem.

Os três trocam olhares e entram depressa, com alguns passos. A sombra os acolhe como água fresca, o cheiro de umidade os envolve.

— Quanto? — pergunta o aduaneiro.

Vincenzo sente um repente de piedade. Aquele homem nada mais é do que um pobre coitado aterrorizado.

E a confirmação chega de imediato.

— Tenho três filhos pequenos para criar, e estou colocando em risco meu trabalho por vocês — sussurra.

Vincenzo se aproxima da porta para verificar se alguém se aproxima. Quem dá o preço é Ingham. O homem tenta negociar. Uma bolsa passa das mãos de Ignazio às do funcionário, que confere as moedas.

Imediatamente depois, as autorizações.

— Os documentos estão com a data de três dias atrás, assim não haverá problema. O navio deve partir com a maré noturna, com as luzes apagadas e com as velas reduzidas. O porto ficará aberto, pelo menos por enquanto. Vou cuidar para que não haja nenhum soldado naquele lado do embarcadouro... desde que não ocorra uma catástrofe.

O sorriso de Ingham é como a lâmina de uma faca.

— Tenho certeza de que você arranjará para que seja assim.

Ignazio chama Vincenzo.

— Temos as autorizações para nós e para Ingham. Corra até o navio, entregue-as ao comandante e explique-lhe toda a questão. Não esqueça, só para ele.

Vincenzo sai rapidamente, seguido pelo aduaneiro. Ingham e Ignazio atravessam o corredor e chegam até o pátio deserto, por onde se entra nos armazéns particulares. As fechaduras estão trancadas, as portas, bloqueadas.

Tudo parece certo. Respiram com alívio.

Fora, Palermo dorme em um torpor pesado. O calor e as emoções deixaram-na exausta, desfeita, adormecida no mormaço do fim de tarde. Os dois seguem o percurso dos muros e chegam até a porta Felice, a única que ainda está aberta.

— Vincenzo me impressionou hoje. — Ingham caminha com indolência, as mãos nos bolsos. — Teve uma presença de espírito notável para a idade. Foi muito pragmático, pois o momento não lhe permitia sutilezas.

— Pois é.

O inglês observa Florio com o canto do olho.

— O senhor não está contente com ele?

— Ah, sim. Estou orgulhoso, teve coragem. É que às vezes... — Hesita. Não sabe o que dizer. Vincenzo age com um distanciamento que ele não entende por completo.

Chegam à Enseada. Do mar vem o sopro do vento por entre os mastros dos barcos. Ainda há sinais da baderna da manhã não distante da porta Doganella.

O inglês afasta um carreto revirado.

— Vincenzo tem uma personalidade muito... difícil, sim. Extraordinariamente determinado.

Ignazio encontra o barco que alugaram. No chão, o sobrinho está falando com alguns marinheiros.

— O senhor acha?

— Sim. — Ingham coloca os olhos em Vincenzo. — Sabe, tenho muitos sobrinhos na Inglaterra, filhos da minha irmã, jovens valorosos e rigorosos. Mas nenhum deles tem no corpo a raiva que tem seu sobrinho. Uma raiva saudável, não me entenda mal, daquelas que fazem a gente chegar longe.

Na voz do mercador inglês, Ignazio percebe admiração, talvez até uma pontada de inveja. Contudo, não consegue se sentir feliz.

Vincenzo foi novamente para a Inglaterra. Ficou fora todo o verão, voltou há pouco tempo, trazendo um grande baú de madeira e um ferreiro inglês com quem só ele consegue conversar. Fecharam-se no armazém do largo San Giacomo por alguns dias. E é no fim de um desses dias, quando já escureceu, que Vincenzo vai até a casa de Isabella Pillitteri. Diz a si mesmo que é por acaso, que chegou lá quase contra a sua vontade. Mas sabe que não é verdade.

A casa está vazia, as janelas estão lacradas. Ele acaba ouvindo que as duas mulheres tiveram que se mudar de Palermo por um tempo: o parente que lhes concedia a moradia decidiu que não podia mais mantê-las até o fim da vida e as obrigou a ir embora, com seus pertences fechados nas poucas bagagens e carregados em um carreto. Já o irmão, diziam que se alistara no exército napolitano para trazer um pouco de dinheiro para casa e ficar longe dos bordéis.

Com os olhos fixos naquelas sacadas que o tempo e a falta de cuidado estão desfazendo, Vincenzo pensa que existe um tipo de justiça divina morosa e tortuosa. Uma lei não escrita pelo destino: se alguém fere o outro, mais cedo ou mais tarde experimenta a mesma dor.

Aquele pensamento arranca-lhe uma consideração amarga: quão diferente ele é do garotinho com coração despedaçado que fora à Inglaterra pela primeira vez? Era um bobo naquela época, um burro que deixara que uma velha bruxa o insultasse publicamente. Agora, ele é um homem. Contudo, ainda sente um toque de raiva e de arrependimento. Raiva, porque Isabella não o quis ouvir, porque escapou, porque para ela foi mais importante o sangue nobre; arrependimento, porque a possibilidade de construir uma família com ela nunca existiu.

Águas passadas, se diz. Ele tem vinte e cinco anos, e mais cedo ou mais tarde encontrará uma menina com quem fazer alguns filhos. Mas não agora, pois não quer complicações de mulheres e família. Ficaria rico, ah, sim, rico o suficiente para apagar aquele ar de superioridade e deboche do rosto de pessoas como a baronesa Pillitteri. Ficaria tão rico que não teria problema algum em encontrar uma garota de uma família com muitos títulos e mais hipotecas ainda.

Uma nobre que se rebaixaria a um burguês como ele. O dinheiro não diz palavras falsas. São os homens que têm quatro caras. E o que lhe dá mais prazer, mais do que um corpo de mulher — que ele também aprendeu a conhecer na Inglaterra — ou do que uma garrafa de vinho, ou que a comida, é o seu trabalho. O lucro. Quanto ao reconhecimento social, não importa o tempo que demorará para obtê-lo: ele chegará.

Na noite seguinte, Vincenzo voltou para casa suado, sujo de graxa, mas satisfeito. Pediu ao tio que o acompanhasse, na manhã seguinte, levando Reggio, e mais um trabalhador com um saco de casca de quinquina.

Quando lhe pediram explicações, a resposta foi:

— Você vai ver.

E agora Ignazio não consegue acreditar em seus olhos.

A máquina é uma carapaça de ferro que faz um barulho sibilante. Dentro, dois volumes de ferro compõem o moedor, fechado hermeticamente com uma tampa.

Ignazio estende a mão sobre a tampa, depois olha Vincenzo, que espera de braços cruzados a reação do tio. Não muito distante, está Maurizio Reggio, impressionado e fascinado.

Vincenzo sinaliza para que o operário inglês pare o maquinário. Ignazio e Maurizio se aproximam. Com delicadeza, abrem a tampa. Ambos são instantaneamente envolvidos por uma nuvem escura, enquanto o cheiro de cortiça se expande pelo cômodo. Sob a placa de metal, acumulou-se um pó cuja consistência é parecida à cinza.

— Você me escreveu sobre isso, mas eu não acreditava que fosse tão rápido — murmura Ignazio, impressionado. — Em meia hora, tritura mais cortiça do que cinco operários em uma hora. — Encara o sobrinho. — E na Inglaterra, fazem assim?

— Exato, só com esses maquinários; depois, exportam para as colônias. Olha, o pó é muito mais puro, já que o rebotalho permanece embaixo, e já está pronto para ser vendido. Não precisa nem peneirar. É suficiente recolhê-lo em potinhos de vidro.

Maurizio Reggio afunda um dedo no pó.

— Impalpável... É incrível, de verdade!

Vincenzo solta uma breve risada. Fecha a tampa para não dispersar as substâncias voláteis, depois ordena ao trabalhador palermitano que pegue os potinhos.

— Lacre as tampas e coloque o nosso carimbo com cera. — Por fim, agradece em inglês ao ferreiro e explica ao tio: — Direi a ele para treinar os nossos operários como manusear a máquina, assim poderá voltar para Leeds com o próximo navio.

Os três homens saem. É um daqueles dias em que o sol ainda está quente mas a luz já não é tão forte, sentindo-se no vento uma frescura pungente de mar.

— A Inglaterra faz bem a você. E a nós também. — Ignazio pega o sobrinho pelo braço. Tornou-se um homem com os cabelos bagunçados de Paolo e os olhos puxados como os da mãe.

Giuseppina.

Sua cunhada está envelhecendo como ele, porém ainda preserva aquele olhar indômito que sempre o fascinou, desde que a conheceu. Há anos permanece ao seu lado, cuida dela.

Não pode fazer outra coisa.

Esfrega o anel de sua mãe. Paolo — que descanse em paz — morreu há muitos anos. Vincenzo e ele administram juntos a empresa.

Ele poderia procurar outra mulher: alguém que lhe desse afeto, com quem finalmente construir uma família. Ter um pouco de felicidade. Talvez de ternura.

Contudo, continua ao lado de Giuseppina e Vincenzo.

Escolheu viver assim. Pode confessar isso a si mesmo com a tranquilidade de quem fez as contas com o passado.

Alguém poderia dizer que é um iludido. Mas Ignazio não finge, não age por um sentido de dever.

O que sente por Giuseppina não tem mais o sabor da paixão. É algo que relembra a doçura das noites de outono, com a consciência de que o verão já passou e que o inverno espera atrás da porta.

Chegam à botica já quase ao meio-dia.

— Quando você me escreveu de Londres, dizendo ter a intenção de comprar essa máquina, fiquei perplexo, mas, depois de ter visto funcionar, não tenho dúvidas. — Ignazio reflete em voz alta. — Se vendermos o quinino em potes lacrados, o mercado já não é só Palermo, mas toda a Sicília.

— A intenção é essa, tio.

Maurizio os antecede, abre a porta da loja. O cheiro de especiarias se mistura no ar impregnado pelo perfume do mar que chega da Enseada.

— Ah, mas eu acho que ainda não chegou o momento, Vincenzo — argumenta. — Especialmente porque você não tem pessoal suficiente. Além disso, os farmacêuticos não ficarão contentes, você vai ver.

Vincenzo dá de ombros.

— Mudarão de ideia. É questão de tempo — diz com segurança enquanto escancara a portinhola que separa o balcão do fundo da loja. — E nós vamos lhes mostrar como fazer.

Os clientes os cumprimentam, Ignazio aperta algumas mãos e fala com um atendente, mas não consegue expulsar aquela lembrança que surgiu em sua mente. Quatro anos antes. Sua ideia de pedir ao protomédico o alvará para venda de medicamentos. A concessão. E os farmacêuticos que choveram na botica, furiosos, calados somente pelas notas promissórias que ele lhes esfregou na cara... *Mudaram de verdade os tempos? Mudarão em algum momento?*, pergunta-se, a caminho do escritório.

Vincenzo está ocupado fazendo cálculos para arriscar previsões de venda.

— Tio, já temos o alvará para os pós-medicinais. Nem os farmacêuticos nem os boticários podem dizer nada. Ainda não o usamos, mas agora...

Ignazio passa as mãos nos cabelos já manchados de cinza.

— Sabe quanto quinino os farmacêuticos compram de nós, e por qual preço. Imagine quanto ganham em cima disso revendendo? Com a venda direta da cortiça, vamos atingir o bolso deles. Você pode prever o que acontecerá, não é?

O sobrinho levanta os braços, xinga com os dentes fechados.

Ignazio fica imóvel por um instante.

— Porém... há uma solução para não colocarmos o carro à frente dos bois. — Ele imita o som de tambores com os dedos na mesa. — Chame Maurizio. Temos que preparar um pedido para o vice-rei.

Passam-se os dias. O pedido é preparado com cuidado, sondam o terreno com conversas informais.

Por fim, Ignazio e Vincenzo se apresentam pessoalmente perante Pietro Ugo, marquês das Favare, vice-rei da Sicília.

Permanecem sentados por muito tempo nos sofás de brocado em um cômodo com pé-direito altíssimo, à espera com outros requerentes. Os atendentes do palácio lançam seus olhares igualitariamente divididos entre a curiosidade e o desprezo. *O que querem esses entregadores vestidos de veludo? Por que têm a pretensão de falar pessoalmente com o vice-rei?*

Ignazio continua impassível. Não se tornou um dos comerciantes mais importantes da Sicília se preocupando com o pensamento de lacaios cuja única sorte é serem filhos de alguém que também foi serviçal do palácio.

Vincenzo, ao contrário, caminha pelo cômodo com as mãos na cintura e se agita quando vê pessoas que chegaram depois deles sendo recebidas primeiro.

Bufa ferozmente quando passa um padre com capa de veludo.

— Vincenzo... — Ignazio só levanta os olhos. — Calma.

— Mas, tio...

Ignazio levanta a mão.

— Chega.

Com os dentes mordendo os lábios, Vincenzo volta a se sentar ao lado do tio.

Esperam. Lá fora, o dia desliza sobre Palermo.

É fim de tarde quando Pietro Ugo os recebe.

Um pajem de uniforme os faz entrar, depois volta a se camuflar na tapeçaria do escritório.

Duas costeletas amplas, olhos vivazes sob uma testa ampliada devido à calvície. Sentado à escrivaninha tartarugada incrustada de marfim, o homem os olha de cima a baixo, concentrando-se em Ignazio. Examina-o por longos segundos antes de decidir que sim, aqueles dois podem se acomodar.

Ignazio fala baixo, com as costas eretas e os dedos indicando os documentos. Descreve a máquina, explica que já possuem o alvará para vender fármacos.

— Mas então o que vocês querem? Se já possuem um ato oficial... — Pietro Ugo escuta-o atentamente. — Quer dizer, o quinino é um fármaco. Não está incluído no alvará do protomédico?

— Sim e não. Até agora, sua venda foi prerrogativa exclusiva dos farmacêuticos. — Ignazio cruza as mãos sobre o colo. — É uma questão difícil, vossa excelência. Não estamos reivindicando competências médicas que sabemos não ter: nosso investimento é de natureza puramente econômica. Não gostaríamos de nos vermos na situação de possuir uma máquina que não podemos usar por culpa de um impedimento burocrático.

— Entendo. Então vocês querem um alvará *ad hoc*. — Os dedos do homem massageiam o queixo coberto pelo cavanhaque, o olhar já tomado por outros pensamentos. — Vou pedir que meu secretário estude a questão e...

Vincenzo espalma as mãos na escrivaninha e fala com ardor.

— Só lhes pedimos que tutele nossos direitos, vossa excelência. Queremos fazer nosso trabalho de comerciante em paz, e essa máquina vai nos permitir uma inovação em nosso ofício. Não somos servos de ninguém, não queremos favores. Só queremos que nos seja reconhecido o direito de trabalhar.

O marquês se surpreende, como se tivesse notado o rapaz apenas naquele momento.

— E o senhor quem é, jovenzinho?

— Vincenzo Florio, vossa excelência.

— É meu sobrinho.

Os dois Florio falam ao mesmo tempo: Vincenzo com orgulho, o tio com vergonha.

O vice-rei os observa com um brilho de diversão nos olhos.

— O fogo e a água — murmura. Lentamente, volta a apoiar as costas na cadeira. O olhar permanece fixo sobre a borda ornamentada da escrivaninha. — Vocês sabem, hoje eu ouvi requerentes de todos os tipos: gente que pedia dinheiro, assistência, proteção, até um padre pedindo certa paróquia. — Levanta o olhar, muda o tom de voz. — Ninguém, porém, me pediu o reconhecimento de um direito de poder trabalhar como vocês fizeram.

Ele se levanta.

Ignazio e Vincenzo o imitam. A audiência terminou.

Depois, estranhamente, o vice-rei estende a mão aos dois.

Quando os dois percebem que não é para que seja beijada, mas para um aperto, ficam mais surpresos do que hesitantes. O pajem os acompanha à porta. Na soleira, a voz do vice-rei chega até eles:

— Vocês terão notícias em breve.

E as notícias chegam no fim de 1824.

Pouco antes do Natal, um papel com o carimbo real é entregue à Autarquia dos Ramos e Direitos, encarregada — de fato — dos direitos de venda.

A novidade circula por toda Palermo, entra nos cômodos dos contadores, atravessa as drogarias e enfim chega até a rua dos Materassai.

No escritório, se festeja: poderão vender pó de quinino da empresa Florio e não só em Palermo, mas também em Licata, em Canicattì, em Marsala, em Alcamo e em Girgenti.

Copos de vinho passam de mão em mão. Maurizio Reggio ergue a própria garrafa.

— Aos Florio e a quem trabalha com eles!

Ignazio ri, depois bebe. Foi um bom ano: não só obtiveram a patente de venda, mas, poucos meses antes, também conseguiram adquirir uma cota de propriedade de uma escuna, a *Assunta*.

— Vamos usar a *Assunta* para as entregas em toda a Sicília — anuncia, segurando o copo em uma das mãos e apoiando a outra no mapa da ilha, aberto na escrivaninha. — Quinino preparado em garrafinhas lacradas com cera e com o nosso selo. Entregas todos os meses.

Vincenzo ergue um brinde.

Naquele momento, chega até a loja um barulho de vidro quebrado. Logo depois, ouvem-se gritos.

— O que está acontecendo? — Ignazio corre para a botica, seguido por Maurizio e pelo sobrinho.

Dois clientes assustados estão fugindo, deixando no balcão seus pedidos já embalados.

— Ladrões, vocês são ladrões! Canalhas! Quem vocês subornaram para conseguir esse alvará?

Carmelo Saguto está tentando destruir a loja. Francesco, o chefe dos atendentes, o detém colocando as mãos em seu peito na tentativa de empurrá-lo para fora.

Ignazio sente seus sapatos esmagando vidro e vê que os cacos estão cobertos por um pó dourado: são fragmentos de uma jarra de canela espalhados no chão.

— Agora você veio para cá, seu corno! Seu trapaceiro! — grita Saguto. — O que está fazendo, tornou-se de repente um estudioso? Porque sabe que é preciso estudar para vender fármacos, e o senhor não estudou. Quer vender o pó de cortiça? Ou na verdade vocês compraram esse alvará?

Com cautela, Ignazio se aproxima.

— Obtivemos um alvará para a venda de pó medicinal há quatro anos — diz, sem erguer a voz. — O senhor se lembra, não é? Temos uma licença. Qual é a novidade?

— O quinino em pó! Depois, que história é essa de que vocês têm uma máquina? Que invenção é essa? Foi aquele meio inglês do seu sobrinho quem trouxe, é?

— E qual é o problema? — Vincenzo avança, mas o tio o segura.

— O cachorrinho começou a latir. — Saguto ri, enxuga a saliva com a manga. Olha para os dois com maldade, com ferocidade. — Não me lembro, não. O senhor ainda tem as notas promissórias, por acaso?

Ignazio não responde. Porém, depois, percebe que Vincenzo está tremendo atrás dele, e então diz, ainda com calma:

— Trata-se de um moedor, dom Saguto. Faz a mesma coisa que fazem os operários com o almofariz, só que mais rápido e melhor. — Ele só quer que aquele homem vá embora.

— Diga isso aos idiotas a quem vão vender. Uma máquina não tem olhos, mói tudo do mesmo jeito. Aliás, sabe o que digo? Façam isso. Vendam esse pó! Vai acabar, antes de mais nada, com vocês, porque assim que entenderem quão trapaceiros vocês são, ninguém mais vai querer essa porcaria. — Cospe no chão. — Deveriam continuar com o que sabem fazer de melhor.

Ignazio abaixa os braços.

— Agora o senhor foi longe demais — diz, agora em um tom gélido. Aponta para a porta. — Vá embora.

Saguto ri, e a sua risada é de desprezo.

Francesco empurra-o em direção à saída.

— Ande logo...

— Não me toque, carregador! — grita Saguto.

Depois, arruma a gravata que se soltou, ostentando uma elegância que não tem.

O olhar de Carmelo Saguto ultrapassa Ignazio, chega até Vincenzo, gruda em seu rosto.

— Vou embora, sim. Vocês podem ter todo o dinheiro do mundo, mas continuam sendo o que eram, e seu comportamento o demonstra.

— Eu mandei ir embora!

Vincenzo acompanha o tio, com as mãos nos flancos.

— Não, não, espera. Deixe-me ouvir. E o que nós éramos?

— Piolhos que enriqueceram. Nasceram entregadores e continuarão assim.

Um ar gélido se instala no ambiente.

O punho de Vincenzo é tão rápido e inesperado que Saguto não tem tempo de desviar. Pega-o em cheio, entre a base do nariz e os olhos, arremessando-o no chão.

Imediatamente depois, Vincenzo o agarra pelo colarinho, arrasta-o para fora da loja, na rua dos Materassai. Dá nele uma surra com técnica, com violência, com os dentes cerrados, sem um grito.

Francesco, Ignazio e Maurizio Reggio não conseguem separá-los. Vincenzo desfere mais um golpe em Saguto, que, por sua vez, revida com um soco no olho e faz o outro cambalear.

Mas Vincenzo é jovem, ágil. Acerta-o com uma cabeçada no estômago e o joga na sarjeta enlameada.

— Agora chega! — É Ignazio que grita. Coloca-se entre os dois, enquanto Maurizio e Francesco conseguem finalmente empurrar Vincenzo para a porta da loja. — Você! Cá para dentro! — ordena ao sobrinho, que se sacode e respira com dificuldade.

Depois, Ignazio se vira para Saguto, caído no chão. As calças estão sujas, há um rasgo no paletó que deixa o forro à mostra.

Vincenzo bateu para machucar.

— Não vou terminar a obra do meu sobrinho pelo respeito que tenho por mim mesmo. O senhor é um covarde, Saguto. Durante toda a vida, o senhor e os Canzoneri cuspiram veneno sobre nós, os Florio, nos insultaram, nos ridicularizaram com sua arrogância. Mas agora chega. Ouviu? Chega! Esse tempo acabou. O senhor não conta para nada. Se somos carregadores, o senhor também é. Mas eu e a minha família nos elevamos, trabalhamos por tudo isso... — Aponta para a loja. — O senhor, ao contrário, o que fez? O que era ainda é, ou seja, o secretário dos Canzoneri. E assim será para sempre. Agora suma, e não apareça mais por aqui se não for para pedir desculpas.

Volta à botica sem olhar nem mais uma vez para Saguto ou para o grupo de curiosos que se aglomerou. Respira fundo. Os batimentos cardíacos estão acelerados, um leve tremor nas mãos.

Levanta a cabeça, deparando-se com os rostos surpresos dos atendentes e de Francesco.

— Voltem a trabalhar — diz, arfando.

Depois, vai ao escritório, de onde ouve uma série de xingamentos. Maurizio fez Vincenzo se sentar e colocou um pedaço de pano molhado sobre a maçã de seu rosto.

— Mandei um garoto buscar um pouco de gelo na rua do Alloro — explica Maurizio. Levanta a compressa de pano, troca-a por outra, mais fria. — Que laia de canalhas, vir aqui insultar trabalhadores honestos. Como ousam?

Ignazio continua de pé. Observa o sobrinho sentado ao lado da escrivaninha.

— Deixe-me ver.

Um hematoma começa a se formar entre o olho e a mandíbula.

Vincenzo não reclama, não fala. Olha para o vazio. No rosto, uma sombra: não é raiva, não é cólera. É algo mais escuro e indefinível.

— Pode voltar, Maurizio. Eu fico aqui — diz Ignazio.

Reggio se assusta ao ouvir o tom gélido como metal.

Ignazio nunca falou assim.

Deixa o tio e o sobrinho sozinhos.

Ignazio se aproxima de Vincenzo. Sua mão se abre e se fecha. Tem vontade de estapeá-lo como nunca fez. Apesar disso, fala em voz baixa, furioso:

— Não faça isso nunca mais, entendeu? Você nunca pode demonstrar ser vulnerável aos insultos deles. Nunca.

A sombra no olhar de Vincenzo cresce, parece prestes a explodir; depois, desaparece, substituída pela amargura.

— Eu não aguentava mais ouvi-lo. Deixei-me tomar pela raiva e não enxerguei mais nada.

— Você acha que eu não sei do que eles nos chamam? Que para eles fomos e permanecemos sendo entregadores? — Ignazio o chacoalha, erguendo a voz. Ele, sempre controlado, sempre comedido nos gestos. — Há vinte anos dão risada de mim e dificultam a minha vida. Por acaso você sabe a respeito das mercadorias trocadas no último minuto, dos funcionários que o colocam na fila para esperar enquanto os outros passam à sua frente? Antes faziam isso porque eu e o seu pai éramos dois quase desesperados, depois, porque pensamos em crescer e fazer comércio com os nobres. Achavam que estavam lidando com gente sortuda, e não com duas pessoas se matando de trabalhar. Você acha que eu não sei que eles nos consideram pouco mais do que lama? Mas eu não sou como eles, e nem você é. E agora é diferente. Começaram a falar mal de nós porque... abra bem seus ouvidos, Vincenzo: *nos invejam*. Eles sentem raiva e inveja de nós, e a raiva queima. Então, é o dinheiro que você ganha que é preciso esfregar na cara deles, porque essa é a medida do fracasso deles. Não os socos: esse sim é um comportamento de carregador de porto. Os fatos devem falar por você. Lembre-se disso.

Vincenzo se levanta de repente. Sente tontura, precisa sentar-se outra vez. O tio Ignazio nunca lhe falou abertamente sobre essas coisas.

— Mas então não... Você...

— A calma, Vincenzo. O controle de si mesmo. Eu ignorei isso por anos, mas nunca esqueci — diz, tocando a própria testa. — Guardei tudo aqui. Não esqueço nada do que me fizeram. Porém, nunca demonstre a eles que você está com raiva, porque é a cólera que nos leva a fazer as maiores besteiras. Essa é uma gente que pensa com as vísceras. Nós não. Você tem que endurecer o couro, até ficar forte como um touro, até não sentir, e seguir adiante pela sua estrada.

Entreolham-se.

— Entendeu?

Vincenzo concorda.

— Então, vamos voltar a trabalhar.

Ignazio volta à escrivaninha. Ignora a sensação de opressão e falta de ar que pesa sobre seu peito. Pega os papéis, uma caneta, depois se prepara para escrever. Volta a olhar para o sobrinho, sentado com a cabeça caída entre os braços.

Vincenzo só não é seu filho porque não foi sua a semente que o gerou. De resto, ele lhe deu sua alma. E todo pai gostaria de poupar desilusões e sofrimentos aos filhos, mesmo sabendo que isso os ajudará a crescer, a se tornarem mais fortes, espertos, a "mostrar os dentes", como dizem os velhos palermitanos.

Olha para ele e sente um aperto no coração. Gostaria de lhe tirar a dor, mas não é possível. Trata-se de uma lei da existência, como a que regula o ciclo dos dias e das estações: cada um carrega consigo a marca do próprio sofrimento.

Deitado na cama, Vincenzo observa o teto iluminado pela lua. A maçã do rosto lateja de dor.

Há vento, escuta os lençóis estendidos baterem contra o ferro da sacada.

Revira-se na cama.

Entregador. Foi do que o homem lhes chamou.

É um instante. Eis a última imagem de Isabella Pillitteri. Sua mãe, aquela megera, o definira da mesma maneira: *entregador* e *carregador*. É por isso, pensa com seus botões, que perdeu a cabeça com Saguto. Precisa agradecer seu tio por tê-lo tirado de seu jugo, ou acabaria matando-o.

Isabella.

Agora a lembrança já não dói tanto. Permanece a vergonha, isso sim, e a vontade de se vingar. Mas ela, não mais. Ela é uma sombra, um fantasma perdido nas curvas da adolescência de um menino que foi mimado demais. Há algum tempo, leu no jornal o anúncio do seu casamento com um marquês vinte anos mais velho.

Não aconteceu porque não podia e não tinha que acontecer.

A voz de Ignazio ressoa em seus ouvidos. O rapaz faz uma careta, e as sombras das roupas mexidas pelo vento parecem responder.

Vincenzo tem bastante intimidade com a raiva.

Carrega-a no peito há anos. Cria-a como uma filha.

Um relâmpago corta a noite em duas. Está para começar a chover.

Ele não é como o tio, que tem paciência, domínio de si, coragem.

Coragem, sim, ele sente que tem. Calma? Domínio de si? Toca seu hematoma. Ainda precisa trabalhar esses aspectos.

Tem vinte e cinco anos. É um homem. Ainda dorme no seu quarto de infância, em uma cama com a cabeceira de bronze pintado.

Estudou, viajou. Suas roupas são de bom corte. Quanto à sua família, achava que era respeitada, e provavelmente é, mas não por todos, não como deveria.

E é isso que lhe provoca indignação. Descobrir que nunca basta, nunca é suficiente. Que, independentemente do que ele faça, carrega consigo um pecado original, ainda que a culpa não seja sua.

Na rua dos Materassai, entre os becos do bairro de Castellammare, eles são os Florio: intermediários, comerciantes, atacadistas de mercadorias coloniais, pessoas dignas de admiração a quem consultar para receber conselhos sobre o envio de mercadoria ou de uma carta de garantia.

Mas aquela é uma cidade dentro da cidade, é a Palermo do mar que tem pouca relação com a outra além de Cassaro, a grande rua que, em um móvel barroco que é o cruzamento dos Quatro Cantos com a rua Maqueda — a ampla e elegante rua de pedras desejada pelos vice-reis espanhóis —, divide a cidade em quatro setores: a antiga Kalsa, agora sede dos Tribunais; a Albergheria, onde fica o Palácio Real; o Monte de Pietà, com seu mercado do Capo e, finalmente, Castellammare, onde ele mora, o antigo bairro da Loggia.

Bate a mão na cama. Lá fora, um estrépito de chuva atinge os vidros.

Ele os vê, certos rostos altivos que o desafiam e lhe pedem para abaixar a cabeça, ceder o lugar.

Ele, normalmente, vira para o outro lado. Agora não o fará mais. Vai manter a cabeça erguida, como o tio que se transformou em uma pedra e não olha mais para a cara de ninguém.

Fará com que engulam sua arrogância: as pessoas comuns, como Saguto, os nobres, como os Pillitteri. Todos.

Ele jura a si mesmo, colocando aquela promessa como um lacre sobre a sua raiva.

Precisa ter paciência. Paciência e rancor.

No outro quarto, a uma porta de distância, Ignazio está de pé. Observa o temporal.

Ouve baterem. Quando se vira, vê Giuseppina no limiar, com os cabelos soltos e os olhos inchados.

— Se você não estivesse, sabe-se lá quantas vezes ele já não teria se colocado em uma enrascada. — Giuseppina fala baixo e sua voz quase se perde no temporal. — Você o criou como se fosse seu. — Engole em seco o orgulho e as lágrimas. — Paolo nunca o teria tratado como você faz.

Ignazio está surpreso. Do seu peito resignado desperta um alívio. Não quer ler o que não há naquelas palavras: Giuseppina ainda está furiosa por tudo o que o marido — e o destino — lhe impuseram, e talvez sempre se sentirá assim.

Apesar de tudo.

— Eu amo Vincenzo. — *E você*, dizem seus olhos. *Eu estou aqui, a um passo de distância.*

A mulher assente. Gostaria de lhe dizer outras coisas, muitas outras, mas não o faz. Porque o rancor é uma barragem de pedra entre a garganta e a alma. É a sua segurança, seu álibi para justificar a infelicidade.

O ar da primavera é morno. Tem cheiro de mar e sangue.

Ignazio observa os atuns descarregados um depois do outro, vítimas da matança após a festa do Santíssimo Crucifixo daquele maio de 1828. Os olhos enormes, reluzentes, têm um ar de espanto. A pele prateada rasgada pelos arpões.

No fundo do barco preto, outros animais esperam para ser descarregados. Serão arrastados para a parte interna da almadrava onde serão pendurados pela cauda para expurgar o sangue e outros humores por pelo menos dois dias antes de serem eviscerados.

Ele se vira, procurando Ignazio Messina com os olhos. Encontra-o junto ao *rais* da almadrava, o chefe dos pescadores.

Ignazio é o secretário deles, contratado desde que Maurizio Reggio deixou o cargo. Confessou se sentir inadequado para o volume dos negócios; por sua parte, Ignazio sabia que Maurizio já não estava à altura da tarefa, mas não queria colocá-lo porta afora depois de tantos anos de serviço e dedicação. Sua demissão fora um alívio para todos: a dimensão dos negócios da Casa Florio exigia pessoas com experiência e entusiasmo, coisas que Maurizio já não tinha.

Ignazio Messina, no entanto, é esperto. O Florio logo gostou daquele homem que já tinha certa idade, mas ainda era cheio de energia. Especialmente por ter um olhar que parece pacífico, embora, na verdade, observe com profundidade.

O secretário os alcança. Tem um ar satisfeito.

— Essa segunda descida das redes também foi boa. Eu disse para dom Alessio passar amanhã pela empresa para retirar o dinheiro para ele e a tripulação.

— Bom — resmunga Ignazio.

Põe a mão diante dos olhos para se proteger do sol. Os pescadores de atum estão terminando o desembarque. Alguns carregam baldes para limpar o sangue, outros recolhem as cordas.

Da rampa dos barcos, ele consegue ver a costa até quase Madonie.

Embaixo, a Enseada e Palermo com as abóbadas de maiólicas e os muros de ocre. Lembra-se da sua chegada ali, a emoção em ver a cidade que lhe era oferecida, barulhenta e cheia de promessas.

Depois, a vida que mudava, os negócios que cresciam e, com eles, Vincenzo. Passados tantos anos, até a dor pela perda de Paolo deixou de ser tão latejante, transformando-se em um pensamento melancólico, uma tristeza que se encaixa entre a garganta e o peito, forçando-o a suspirar.

Às vezes sente sua falta, é verdade: mas, para além disso, percebe com intensidade o arrependimento pelo que já foi e nunca mais voltará, lembra-se do seu corpo robusto, da esperança, do entusiasmo, até da emoção de um amor sem esperança que o fazia sentir-se vivo.

Sente falta de ser o que era.

Sente falta do mar.

É uma pontada entre o estômago e as costelas que faz com que ele entenda isso. Constata um sentimento de perda quando se lembra do rolamento do barco sob os pés, ou da liberdade que sentia no veleiro *schifazzo*, trinta anos atrás.

Era uma criatura do vento e foi obrigado a se transformar em um homem da terra e do dinheiro.

De repente, aquela dor, que era somente um gemido da alma, se transforma em um aperto que corta sua respiração. O sangue acelera em sua garganta. Fecha os olhos, apoia-se no braço de Messina.

Não é a primeira vez que acontece.

— O que foi, dom Ignazio?

A mandíbula se afrouxa, a cabeça volta ao lugar.

— Cansaço — diz ele com um gesto furtivo.

— O senhor trabalha demais. Dá a alma aos negócios e nunca descansa. — O secretário parece se preocupar sinceramente. — Seu sobrinho sabe como tratar com os clientes. O senhor poderia...

— Esses são assuntos meus — interrompe-o, mais brusco do que o necessário.

O outro se cala.

Com passadas lentas, os dois homens caminham ao lado do muro do estabelecimento.

— Sempre gostei deste lugar — diz Ignazio, baixinho, e o vento carrega suas palavras. — Há alguns anos, quando assumi a administração, não dava muito lucro. Pescava-se pouco, os ingleses tinham ido embora e não havia mais dinheiro. Depois, em poucos anos... — estala os dedos — tudo mudou.

O secretário olha ao redor.

— Não era o momento. Este ano, ao contrário, o mar foi generoso. — Faz um sinal com a cabeça indicando a parte de trás do edifício, de onde chegam vozes, pancadas, rangidos de correntes. — Podemos colocá-lo no sal e vendê-lo no continente, além do farol.

— Sim.

Ignazio apoia-se à parede. Embaixo dele, água preta e pedras; em frente, o reflexo do sol.

Sua vida sempre foi assim: uma alternância de tempos certos e errados aos quais ele teve que se adaptar. Talvez tenha se tornado bom por isso, porque se dedicou a ser o que não era.

Afasta-se do muro.

— Vamos lá, voltemos à rua dos Materassai. Tenho assuntos para concluir.

— Mas, dom Ignazio, estamos no meio da tarde. Quando chegarmos à cidade, estará anoitecendo!

Ignazio o precede.

— Quem tem tempo não espera o tempo. Depois, Vincenzo está me esperando para encerrar as atividades.

Sobe de novo na carruagem. Olha por mais um instante o mar desde a almadrava da Arenella, com o coração pesado de anseio e arrependimento.

No dia 18 de maio de 1828, Ignazio abre os olhos. Percebe a luz que se infiltra pelas persianas da sacada que dá para a rua dos Materassai: um clarão nítido que anuncia o verão junto às andorinhas que cantam no forro do sótão.

Está cansado. Passou uma péssima noite. Sofre há algum tempo de problemas de digestão, tanto que às vezes prefere comer só pão e fruta.

Não quer se levantar, mas deve. Escora-se no colchão, sente uma tontura, cai novamente sobre os travesseiros. Sente dor no braço esquerdo, mas é normal, pois dorme com frequência daquele lado. Recobra o fôlego, espera.

Adormece, quase sem perceber.

Quando acorda, já passou uma hora. Chama a camareira, Olimpia, e a mulher aparece em seu quarto correndo.

— Aqui estou.

A serva escancara as cortinas. O sol invade o quarto, ilumina os lençóis desordenados.

— Dom Ignazio, o que o senhor tem? Mãe de Deus, está branco como uma parede.

Ignazio sufoca um acesso de tosse, senta-se com dificuldade.

— Estou com indigestão. Você me prepara água, louro e limão? — Massageia o peito.

O estômago parece ferver.

Olimpia recolhe as roupas que ele deixou de qualquer jeito na noite anterior, cansado demais para arrumá-las. Dobra as calças, e, no entanto, continua conversando.

— Seu sobrinho veio vê-lo há pouco. Estava preocupado, o pobre coitado. Encontrou o senhor dormindo e o deixou descansar. Agora está na loja. Dê-me um minuto que eu preparo a água com louro.

A mulher sai. Ele se escora na mesa de cabeceira para se levantar. Respira melhor em pé.

Bebe a infusão, faz a barba, se veste. Suas mãos tremem.

Já não sou um garotinho, diz a si mesmo, olhando no espelho. Tem as pálpebras inchadas, os cabelos grisalhos, as mãos trêmulas. O tempo é um credor que não aceita notas promissórias.

Da cozinha, chega a voz de Giuseppina. Deve ter saído cedo para ir ao mercado. É algo que gosta de fazer, diz ela. Ignazio sabe que na verdade é porque não confia nas empregadas.

Ele acaba de fazer o nó da gravata quando ela surge à porta, uma das mãos na ombreira e a outra na maçaneta.

— Olimpia me disse que você está mal. Eu e o Vincenzo também pensamos quando saímos...

— Estou bem — interrompe-a, áspero.

Veste o paletó, mas aquele gesto lhe provoca mal-estar. As dores no braço aumentaram. Sente ânsia de vômito. Cambaleia.

Ela o segura antes que caia. Pela primeira vez, depois de muitos anos, Ignazio e Giuseppina estão próximos. Ele sente o perfume dela; ela sente que ele está mesmo mal.

O coração se faz um tambor sob o esterno. A dor no peito estoura subitamente.

Ignazio desaba no chão. Giuseppina não consegue segurá-lo: é pesado demais, é carregada com ele e, ao cair, a bacia cheia de água se quebra. Água e cacos por todo o chão.

— Olimpia! — berra Giuseppina. — *Olimpia!*

A serva chega, coloca as mãos na cabeça.

— Dom Ignazio! Minha mãe, o que houve?

— Me ajude, vamos colocá-lo na cama.

No entanto, Ignazio já está quase sem consciência e tem convulsões.

— Chame Vincenzo! Corra até a loja, diga-lhe que venha imediatamente.

— Que incêndio — grita Olimpia. — Que coisas terríveis! — De fato, seus berros pareciam os de quem anuncia uma catástrofe.

Giuseppina está prestes a cair no choro. Ignazio está pálido, suado. Ela o aperta contra o peito, tira os cabelos da testa dele. Abre a gola, arranca a gravata.

O que está acontecendo com ele? Ele não pode morrer, sempre esteve aqui, ele é...

— Ignazio! — chama-o, a voz é mais um choro. — Meu Ignazio!

Agora ela já está soluçando.

Sente um tremor na mão do cunhado.

Ignazio abre os olhos, encontra os dela. Seus dedos se abrem, roçam o rosto dela.

Por um instante, Giuseppina vê tudo nele. Quanto e o quê, como e por quanto tempo. E entende o quanto ela será infeliz daquele momento em diante, e o quanto foi feliz, sem saber.

— Tio! — Vincenzo corre para o quarto, se joga no chão ao lado de Ignazio. — Tio, o que você tem... — Coloca as mãos sobre o peito dele enquanto sua mãe continua a segurá-lo e se balança.

Ele quase o arranca dos braços dela.

— Tio! Não!

Não, grita mais uma vez, e o chama de novo. Não pode morrer assim, ele não. Como fará sozinho?

Ignazio parece olhar para Vincenzo por um momento. Chega a esboçar um sorriso.

O coração cede naquele instante.

É Ignazio Messina quem comunica a morte de Ignazio Florio ao tabelião do cartório. E também é ele quem chama o escrivão notarial para a rua dos Materassai no dia seguinte ao funeral, para que seja feita a leitura do testamento.

Vincenzo, com a gravata do luto, espera na sala, cheia de habitantes de Bagnara e funcionários da Casa. No canto, de preto, Giuseppina. Parece ter envelhecido tudo de uma vez. Sente dor, está apagada, ela que também já foi dura, combativa. Há dois dias vai até o quarto do cunhado, apoia a mão na cama, solta um suspiro amargo e sai. Vai de um lado para outro.

Depois da chegada de Serretta, parentes e funcionários sentam-se à mesa. Todos, exceto Vincenzo, que permanece em pé ao lado da janela, olhando para fora. Mantém os braços cruzados, impassível.

A luz de maio inunda as paredes, se espalha sobre a tapeçaria flamenga comprada anos atrás, sobre os tapetes adquiridos pelos comandantes que faziam comércio no Oriente, sobre os móveis de ébano e nogueira. Cada coisa foi escolhida por Ignazio, agora Vincenzo percebe.

Em trinta anos, graças a ele, tudo mudou: ele transformou a loja deles em uma empresa, transformou-os no que são.

Os Florio de Palermo.

E também fez com que ele se tornasse um homem.

O escrivão notarial diz os valores, as cotas de propriedades, heranças para os sobrinhos de Bagnara, um valor para Mattia e seus filhos.

Vincenzo não se mexeu.

— O senhor ouviu o que eu disse, dom Vincenzo?

Dom Vincenzo. Todos os olhos estão sobre ele. Agora ele é o chefe da família.

O escrivão notarial Serretta está aguardando.

— Sim — responde Vincenzo.

Ele conhece o testamento do tio. Tinham redigido dois documentos semelhantes, anos atrás, em que um nomeava o outro seu herdeiro. Mas há uma cláusula que Ignazio introduziu há pouco tempo. É um sinal, uma mensagem. Quando o escrivão notarial pronuncia aquele apêndice, Vincenzo parece sentir a presença sólida e gentil de Ignazio entre eles, ao seu lado.

— Que a empresa continue sob a mesma razão social de Ignazio e Vincenzo Florio.

Assina o aceite da herança sem dizer uma palavra. Aperta a mão do escrivão notarial. Beija a testa de sua mãe, que chora. Aproxima-se de Ignazio Messina.

— Ocupe-se dos documentos. Vemo-nos daqui a pouco na loja.

Ele sai.

Seus pés sabem aonde ir.

Cabisbaixo e decidido, ele avança, afastando-se dos transeuntes. Chega à Enseada, continua até o final do embarcadouro.

Senta-se no chão, como fez anos atrás, quando seu pai morreu.

Na ocasião, disse ao tio Ignazio: "Agora *estamos* sozinhos."

Agora estou *sozinho*, pensa.

Uma lágrima, apenas uma, escorre pelo seu rosto.

ENXOFRE

abril de 1830 — fevereiro de 1837

Addisiari e 'un aviri è pena di muriri.
"Desejar e não ter é uma pena de morrer."

PROVÉRBIO SICILIANO

Em 1830, ascende ao trono do reino das Duas Sicílias o jovem de vinte anos Ferdinando II, que se demonstra propenso a favorecer a renovação econômica e social. Tem início uma prudente política fiscal e, sobretudo, um impulso notável à renovação da infraestrutura. O reino bourbônico se transforma em um lugar onde a tecnologia e a ciência são amplamente valorizadas: a indústria metalmecânica, a criação de ferrovias e a construção de navios militares com casco de metal são impulsionadas. Um primeiro sistema de aposentadoria na Itália é criado, e tem início a implementação da primeira rede de iluminação pública. Além do mais, busca-se melhorar a utilização das minas de enxofre, o que leva a um confronto aberto com os ingleses e franceses, determinados a adquirir o enxofre a preços inferiores aos do mercado.

Entre 1830 e 1831, estouram movimentos revolucionários na França (com a ascensão ao trono de Luís Filipe de Orleães, monarca constitucional) e na Bélgica (que obtém a independência). Em julho de 1831, em Marselha, Giuseppe Mazzini funda a Jovem Itália, que almeja atingir "a independência do estrangeiro", "a unidade da pátria" e a instauração da república; contudo, os movimentos revolucionários organizados pelos mazzinianos em 1833 e em 1834 acabam todos em derramamento de sangue.

Enxofre. *U' sùrfaru*, em siciliano.

O ouro do diabo.

Pedras que acendem fogo.

A riqueza maldita dos mercadores.

O tesouro que os donos da terra encontraram sob os pés após tê-lo amaldiçoado por séculos; sua presença deixava as terras estéreis, não servindo nem para a pastagem, por culpa das exalações do terreno.

Agora, pelo contrário, corredores tortuosos são escavados no chão. Crianças e homens em fileira, como formigas, saem com cestos de pedras amarelas que deformam as costas.

Os torrões são pesados, recolhidos em sacos, prontos para serem vendidos.

Recolhido, o enxofre parte da Sicília e chega ao resto da Europa: à França e, especialmente, à Inglaterra, que garantiu a maior parte da produção, mas há também outros destinos, entre eles o norte da Itália.

O enxofre é queimado em uma câmara de chumbo e, mediante calor e vapor aquoso, se transforma em óleo de vitríolo, o precioso ácido sulfúrico usado para produzir tintas ou útil nos processos químicos de transformação dos tecidos que começam a surgir por todos os cantos da Europa.

O ouro do diabo gera riqueza. Produz prosperidade e trabalho.

Em todo lugar. Exceto na Sicília.

Porém, os sicilianos não percebem isso.

Não todos, pelo menos.

Há pouco raiou o sol. Trouxe consigo uma luz tépida, serena, típica de manhãs de primavera como as daquele dia de abril de 1830.

Na rua dos Materassai, a vida já se encontra em movimento.

Giuseppina pega um *tricotto*, biscoito típico da Sicília, e molha-o na xícara de leite. No líquido, as migalhas boiam.

— Você vai voltar para o almoço, filho?

Vincenzo não responde. Severo, vestido com uma sobrecasaca escura e botas lustrosas, está imerso na leitura de uma mensagem que um entregador lhe trouxera.

— Você ouviu o que eu disse?

Ele faz um gesto para que ela se cale. Depois, de repente, amassa o papel, joga fora.

— Maldição!

— O que foi? — Giuseppina vai até ele. — O que você tem?

— Nada. Deixe para lá.

Olimpia escolhe aquele momento para entrar na sala.

— O que vai fazer, posso tirar as xícaras? — pergunta ela, quase cantando.

Depois, percebe que o patrão está tenso, e a patroa, ansiosa, e o sorriso que traz nos lábios esmorece. Ela recolhe as louças e desaparece sem fazer barulho.

— O que foi? — insiste Giuseppina.

Sua voz preocupada persegue Vincenzo. A roupa preta farfalha no chão, como areia arrastando no piso.

— Nada, eu disse. — Ele recolhe o casaco, lhe dá um beijo.

— Mas...

— Fique tranquila e cuide das suas coisas.

A mulher permanece com as mãos juntas ao peito. Vincenzo, carne da sua carne, não é mais seu há tempos. Nada e ninguém consegue entrar naquele mundo feito de dinheiro, homens, mercadorias.

A única pessoa que se preocupava com ela morreu há quase dois anos. Ela já está velha.

Lentamente, com o coração pesado, volta a se sentar.

Vincenzo abre a loja como o tio fazia. Alguns minutos mais tarde, chegam os funcionários, depois entra Ignazio Messina, que já foi até a Enseada saber das últimas novidades.

Vincenzo recebe a todos com uma saudação que é mais um grunhido. Chama o secretário. O homem o observa por um momento e é o suficiente para entender.

— O que está acontecendo, dom Vincenzo?

Ele se senta à escrivaninha que era do tio Ignazio.

— O *Anna* está perdido.

— Nossa Santa Senhora! Como? — O secretário bate com a mão na testa. — O que houve?

— Piratas. Tinha deixado o Brasil havia menos de três dias. Provavelmente, foi perseguido pela costa e atacado assim que se colocou em rota para a Europa.

— Sangue de Deus! — exclamou Messina. — Vão pedir resgate, esses covardes. Há mortos, machucaram alguém?

— Parece que não, pelo menos segundo o que dizia o despacho dessa manhã. — Vincenzo encosta na cadeira, desolado. — São uns cornos, eis o que são. Era um navio europeu sem escolta, nunca tinha ido até lá, então foi imediatamente notado.

— Claro, deve ter sido assim mesmo… Não precisávamos dessa captura, será um prejuízo grande. Porém, vamos pensar nas coisas boas. O senhor tinha razão em querer contratar o comandante Miloro: é alguém que sabe o que faz e por isso temos que mantê-lo conosco. — O secretário apoia os cotovelos na escrivaninha. — Chegamos até o Brasil sem conhecer as rotas dos veleiros americanos e sem procurar intermediações com os ingleses. Isso é muito importante. Pode chorar com um olho só, dom Vincenzo.

— Miloro conhece os ventos e as correntezas, é um homem estudado. Não está ali por capricho. — Tamborila os dedos na mesa onde está espalhado um mapa geográfico do Atlântico. — Não me preocupo pelo carregamento: é uma grande perda, mas tem seguro. O importante agora é que sabemos que podemos comprar açúcar e café nas colônias sem passar pelos ingleses e franceses. Assim, também as nossas coisas, como o azeite e o vinho, podem chegar à América. — O sorriso de Vincenzo é amargo, quase uma careta. Ainda que tenha acabado mal, agora o caminho está aberto. Pode instaurar relações comerciais com os americanos, e não só isso. Pode chegar à América com seus navios e suas mercadorias, como há muito tempo faz Ben Ingham, que já tem participação nas ferrovias que partem da costa leste até o oeste dos Estados Unidos.

Instintivamente, Messina olha na direção do corredor, para fora, onde Palermo espera notícias sobre as quais falar e fofocar.

— Mas quando ficarem sabendo por aí...

Vincenzo se levanta. Acaricia o anel do tio, aquele que pertencia à mãe de Ignazio e que ele tirou de sua mão quando já estava no caixão. Imagina como o tio ficaria feliz com o resultado, como o teria olhado, escondendo o entusiasmo sob uma camada de impassibilidade.

— Quando souberem por aí, os estúpidos vão exultar porque perdemos um carregamento. Os mais espertos vão tentar nos imitar.

— Encaminha-se para a saída. — Mais tarde, o senhor deve avisar a seguradora. Agora, venha comigo.

— Aonde? — O secretário mal tem tempo de recolher a pasta e os documentos. Precisa segui-lo pelo corredor. Às vezes, não consegue acompanhar o ritmo daquele homem.

— Para a almadrava.

A Casa Comercial Ignazio e Vincenzo Florio é muito rica para ser uma casa de negócios de Palermo. Comércio de especiarias e bens coloniais, participação em uma seguradora fundada por comerciantes palermitanos e estrangeiros, cotas de propriedade de vários navios de carregamento. Administra as almadravas de San Nicolò l'Arena, de Vergine Maria e, recentemente, passou a administrar também a da Isola delle Femmine: investimentos que se tornaram rentáveis após anos de vacas magras.

Para Vincenzo, porém, "a almadrava" é o estabelecimento de Arenella. A única, verdadeira, grande paixão de Ignazio que ele quis manter alugada mesmo durante o período em que a pesca de atum se encontrava em crise profunda.

"É uma questão de amor", dizia seu tio.

E ele também se apaixonou por aquele lugar, sem se dar conta, e o quer da mesma forma como se deseja o corpo de uma mulher.

Como ocorre com certos amores que crescem por dentro até que seja impossível sufocá-los, e que duram por toda a vida.

Ignazio Messina desce da charrete, seguido por Vincenzo. O secretário apoia-se em uma bengala, Vincenzo ultrapassa-o, caminha a passos rápidos. Passa pela porta do estabelecimento, pintada com o mesmo preto dos barcos de pesca.

Chega até o paiol em que estão sendo tratados os barcos, onde o trabalho pesado é feito. Dentro, vozes de homens, um cheiro seco de mar e de algas. Os marinheiros se preparam para baixar a almadrava no mar.

— Dom Florio! — Um pescador de atum descalço vai até ele. — Trago-lhe uma mensagem de sua senhoria. Espera-o na descida, onde há a barraca.

— Obrigado. — Vincenzo sinaliza para que Ignazio Messina o siga.

— O barão? — pergunta o homem, perplexo.

— Mercurio Nasca di Montemaggiore, sim. — Vincenzo ultrapassa um grupo de homens remendando as redes para a pesca de partida, aquela que aproveita a chegada do atum em procriação no Mediterrâneo. — É um dos proprietários *pro quota* da almadrava junto ao monastério de São Martino delle Scale.

— Sim, eu sei que é um dos patrões... Mas por que o convocou aqui? Quer dizer, é estranho que um aristocrata se rebaixe a pedir uma reunião em uma almadrava.

Passam pelos pescadores de atum que estão calafetando os barcos. Vincenzo, que é um palmo mais alto do que Messina, olha-o por cima dos ombros. No ar, um cheiro de pez e alcatrão.

— Tente imaginar: o que pode pedir um barão a um comerciante como eu?

— Só uma coisa.

— Exato. — Vincenzo inclina a cabeça na direção do secretário. — Há alguns dias, Nasca di Montemaggiore me mandou um bilhete: pedia uma reunião. E para que eu agisse com discrição.

— Ah. Então os rumores a respeito dele...

— São verdadeiros. Está com a água no pescoço. Descontei algumas de suas notas promissórias, e ele ficou sabendo. Por isso quer conversar comigo. Acredito que esteja procurando quem, entre nós, pobres mortais, possa lhe emprestar dinheiro.

Na descida pavimentada com pedras e argamassa, uma tenda branca resplandece contra o azul do mar.

O barão está sentado a uma mesa de campo. É um homem de meia-idade e veste roupas um pouco surradas que revelam um gosto atado ao passado: uma camisa com apliques de renda e uma casaca de contornos bordados. Atrás dele, um serviçal uniformizado; ao seu lado, um homem distinto, talvez o seu faz-tudo.

Ao redor, pedaços de redes e âncoras abandonadas à ferrugem.

— Senhor Florio. — O tom é de um soberano que concede uma audiência.

De fato, o homem estende a mão para receber a reverência do homem comum. Vincenzo segura-a, aperta-a com força. O nobre a puxa de volta, fechando-a em punho diante do ventre.

Depois, sem esperar convite, Vincenzo se senta e fala com o camareiro:

— Uma cadeira para o meu secretário, por cortesia.

O outro obedece.

A testa do barão está perolada de suor. Suor demais para aquele abril apenas tépido.

— Então... — Ele hesita.

Vincenzo está impassível.

— Então.

O faz-tudo murmura algo ao ouvido do barão, que concorda com visível alívio e lhe faz um gesto para continuar.

— Sua senhoria deseja pedir sua colaboração. — O homem aspira as vogais, no típico sotaque do interior da Sicília. — O barão teve que enfrentar despesas imprevistas devido às conjunturas econômicas desfavoráveis, às quais se agregaram a necessária reforma do palácio de Montemaggiore. A situação dos seus celeiros é especialmente delicada neste momento, e sua senhoria se encontra numa temporária crise de liquidez...

— Em suma, não tem mais dinheiro. — Vincenzo fala diretamente com o barão, que mantém os olhos vidrados no mar. — Compreendo muito bem. Também a minha atividade de empreendedor me expõe a graves riscos. O *senhor* tem toda a minha compreensão.

O barão limpa a garganta. Palavras roucas rolam para fora.

— Vou lhe falar com franqueza, senhor Florio: preciso de um empréstimo, sim. É por isso que lhe pedi uma reunião neste lugar. Não me parecia digno discutir um acordo de negócios no meu palácio.

Vincenzo não responde.

O silêncio se faz sal. Seco e amargo.

— Quanto? — pergunta Messina.

O faz-tudo hesita.

— Pelo menos oitocentos *onças*. Sua senhoria está disposto a oferecer como garantia sua cota de propriedade da almadrava. — Extrai de uma pasta de couro alguns documentos e os entrega a Ignazio Messina, que começa a ler.

— Vocês precisam nos dar alguns dias para avaliar o valor do empréstimo e as garantias oferecidas — conclui enfim Messina.

A voz do barão se tinge de temor e vergonha.

— Eu… Temos despesas bastante vultosas e me vejo obrigado a pedir que o senhor tome uma decisão até amanhã.

— Amanhã? Não sabia que estava tão apertado. — A surpresa de Vincenzo parece autêntica. Dirige-se a Messina, mas o outro balança a cabeça, indica os papéis.

Muito pouco tempo.

— Vê? Até meu secretário diz que não é possível. Uma semana é o mínimo indispensável para avaliar suas garantias. — Não espera um sinal de licença, se levanta. — O senhor saberá a resposta daqui a uma semana. Senhores, bom dia.

O barão estende a mão a ele.

— Espere! — Agarra a manga do faz-tudo, puxa-o. — Não! Pelo amor dos céus, não! — Quase grita. — Será tarde demais, diga-lhe!

O faz-tudo tenta acalmá-lo, enquanto Messina, perplexo, recolhe os documentos, acena uma reverência e, sem dizer uma palavra, se afasta.

Alcança Vincenzo em frente à charrete. Escolhe não olhar aquele fantasma de emoções que surge no olhar do outro.

— Mas, dom Vincenzo, o senhor não acredita que... Será que o senhor não foi muito... — suspira.

— Não. Se ele quer esse dinheiro, fará de tudo para obtê-lo. E o terá, mas nas minhas condições.

— Para garantir a quantia, cedem-se as ferramentas marítimas e de terra, a escada portaló, as âncoras, o corpo, os açudes, o mar limítrofe e os depósitos da almadrava...

O escrivão notarial Michele Tamajo lê monotonamente; parece quase a entoação do ofício dos defuntos.

Vincenzo, de terno escuro, está absorto em um pensamento secreto. Ignora o zumbido de uma mosca presa no cômodo, o farfalhar das páginas do ato, o ranger das cadeiras.

Com a devida distância, o barão Mercurio Nasca di Montemaggiore encara-o com ódio. Tem o rosto enrubescido, as pálpebras pesadas. Se um olhar matasse, Vincenzo Florio já teria morrido com intenso sofrimento.

— E isso é tudo. — O escrivão notarial se dirige ao barão. — O senhor tem certeza de que quer assinar?

O homem indica Vincenzo.

— Não me deixou escolha, esse... agiota! — A voz é de um rancor destilado.

Vincenzo parece percebê-lo somente naquele momento.

— Um agiota, eu? Barão, eu não sou uma congregação de caridade.

— O senhor está se aproveitando do meu estado de indigência! — O barão torce a boca. — O senhor está me obrigando a me vender.

— Não, senhor. Não minta. Eu pedi uma semana para avaliar suas garantias, e fiz muito bem, pois descobri que as ferramentas do estabelecimento estavam em petição de miséria. Então, ofereci-me para adquirir a sua cota da almadrava para ajudá-lo. E, afinal de contas, o senhor me pediu o pagamento em dinheiro para aquietar os credores. E foi o que recebeu. E agora tem a coragem de me dizer que eu não lhe deixei escolha?

— O senhor não tem sangue nobre, isso se vê! É um indivíduo mesquinho e sem respeito. — A voz se torna um sibilo. — *Vous êtes un parvenu insolent!*

Vincenzo, que pegou a pluma de ganso para assinar o contrato, hesita. Não importa que tenham se passado anos e que no lugar do dialeto haja o francês. Aquele insulto ainda queima, sempre.

— O senhor pode voltar atrás, se pensa assim — murmura, gélido.

No cômodo, o silêncio se faz pesado, interrompido somente pelo zumbido da mosca. Uma gota de tinta cai no papel.

Todos sabem, e o escrivão notarial Tamajo não é exceção: o barão está arruinado. Mas sabe também que aquele homem é orgulhoso como poucos.

— A última palavra é sua, senhor barão — intromete-se, então, para salvar as aparências. — O que o senhor decide?

A tentação é forte. É provável que o barão esteja pensando que talvez ainda possa resistir por algum tempo, vender as últimas joias da esposa, ceder sua cota da almadrava aos monges de San Martino delle Scale, que já são proprietários de parte do edifício. Mas sabe bem que os monges mantêm os bolsos bem fechados e que as joias da mulher são pouco mais do que bugigangas. Segura um soluço de humilhação.

— Assine, por Deus — sussurra depois. — Assine e suma da minha vista.

Vincenzo assina com um floreado sob a mancha de tinta. Deixa o lugar a Ignazio Messina e ao faz-tudo do barão, para que concluam as questões burocráticas, e se esconde no fundo do cômodo, os braços cruzados, as sobrancelhas unidas que lhe conferem um ar predatório.

No fim, Messina se aproxima.

— O senhor poderia ter ficado no escritório, eu tenho a procuração. Não era necessário assistir a essa cena.

Mas Vincenzo continua a encarar Nasca di Montemaggiore.

— No futuro, talvez. Não hoje. — Estende a mão. — Me dê a bolsa.

— Mas…

Seu olhar não admite réplicas.

Vincenzo se aproxima do barão, largado na cadeira, e deixa a bolsa cair sobre suas pernas. O homem não tem tempo de pegá-la antes de as moedas caírem no chão, esparramando-se sobre o tapete.

Vincenzo Florio deixa o cômodo enquanto o barão Nasca di Montemaggiore, ajoelhado, recolhe o dinheiro do chão.

— Devagar, devagar... Nossa Senhora, mas o que está fazendo, não consegue cuidar das coisas dos outros?

Giuseppina se agita, tenta guiar os carregadores pelos corredores da nova morada.

Uma casa grande, em um andar alto. Sempre na rua dos Materassai, mas no número 53.

Vincenzo comprou-a de um vizinho da loja, Giuseppe Calabrese. Para ser preciso, trata-se de uma *datio in solutum* por uma dívida que Calabrese não conseguiu pagar a tempo. Negócios são negócios, e a honra aqui não entra no mérito.

Na verdade, tratava-se de dois apartamentos que ele uniu, ao derrubar algumas paredes. Observando do telhado, vê-se a Enseada até o horizonte e, atrás, a cidade e as montanhas. E, já que gosta da vista, fará construir também um terraço pequeno para passar as tardes de verão.

Giuseppina desaba em uma cadeira e se limita a indicar o cômodo onde os móveis devem ser colocados. As camareiras vão se ocupar de varrer e colocar tudo em ordem.

Vincenzo surge na soleira.

— E então, mamãe? Gostou?

— E como! É grande... quanta luz.

O pensamento dela é um ladrão que corre ao casebre no largo San Giacomo; depois, ao outro, já na rua dos Materassai, onde Ignazio morreu. Casas de aluguel, boas para as pessoas que trabalham.

— É bonita — concorda Giuseppina, e olha ao redor. Seu filho mandou reformar; trocou as esquadrias e pintou as paredes e o teto com desenhos de flores e céus azuis. Há até água encanada e galpão para os coches. — Claro, não tem o ar que havia em Bagnara, mas...

— Ainda? — O filho levanta os olhos para o céu. — Como é que você não fica entediada de falar sempre do vilarejo? Esta é a nossa casa. Chega de pensar no aluguel e nos casebres da Calábria. De agora em diante, viveremos aqui.

E Giuseppina, mais uma vez, é obrigada a baixar a cabeça. Ela nunca teve o direito de opinar sobre onde morar. Pelo contrário.

Quando perguntou se poderiam se permitir um apartamento tão luxuoso, Vincenzo levantou a cabeça dos seus documentos e olhou-a com uma calma tão plácida quanto irritante.

— Desde quando você faz minhas contas, mamãe? — perguntou. — Claro que podemos. Não somos mais lojistas. Ontem mesmo passou pela aduana o nosso carregamento do *Santa Rosalia*, e nem tínhamos terminado de descarregar a mercadoria e já estava aberto o leilão para a venda do algodão. — Com os anos, a risada de Vincenzo se tornou rouca. Já tem trinta e três anos. — É necessária uma casa que seja digna desse nome, para nós. Enquanto eu estiver aqui, nada lhe faltará.

Um operário chama Vincenzo, que se afasta.

A mulher volta a ficar de pé, olha por uma janela: pode ver um bom pedaço da rua dos Materassai e parte do largo San Giacomo.

Eles percorreram um longo caminho.

Seu rancor também se diluiu com o passar dos anos, até desaparecer com a morte de Ignazio.

Não lhe sobrou mais nada, a não ser ela própria e suas lembranças. Seu filho — sua criatura, sua razão de viver — é uma ilha, da mesma forma que ela própria foi por tanto tempo. E agora ela precisa ter coragem, porque há algo que a preocupa e que não a deixa dormir à noite. Aos cinquenta e quatro anos, sente-se velha e sabe que Vincenzo não pode ficar sozinho. Todo homem precisa de uma mulher que lhe faça companhia, esquente a sua cama e cuide dele, que lhe dê apoio quando está mal-humorado. Que lhe dê filhos, herdeiros, porque é disso que a Casa Florio precisa agora.

Tudo o que Ignazio e Vincenzo construíram não pode ser abandonado às águas e aos ventos. É um patrimônio que deve ser passado adiante e cuidado. Será necessário um bom sangue para fazê-lo.

Será necessária uma mulher educada como uma senhora. Seu filho deve constituir uma família. Diz isso com a boca fechada. Precisa falar com ele.

E ela terá que ceder espaço. Logo.

Resta-lhe a consciência de estar sozinha e outra, mais amarga, mais sutil, mais dolorosa: a de haver rejeitado o amor da sua vida.

Naquela noite, durante o jantar, mãe e filho se sentam um diante do outro, sozinhos, como acontecia na antiga casa. Um lampião tinge de luz a toalha, a louça, as mãos. Olimpia, velha demais — e rude demais — para servir na casa dos Florio, foi substituída por uma garota de rosto sardento e por sua mãe, que se ocupa da cozinha e dos trabalhos mais pesados.

O exórdio de Giuseppina é cauteloso.

— Queria falar com você, Vincenzo.

Ele levanta o rosto do prato. A linha entre as sobrancelhas se faz mais marcada.

— Problemas?

— Nenhum. Mas poderiam existir, e é bom pensar nisso a tempo. — Ela sente como se tivesse um cupim escavando sua carne, mas precisa ser forte. É algo que vai além da sua vida, então, precisa enfrentá-lo. — Você tem mais de trinta anos. — Faz uma pausa. — Precisa pensar no futuro, não só no seu.

Vincenzo apoia a colher no prato.

— Uma mulher, quer dizer? — pergunta depois, sem erguer o olhar.

— Sim. — Giuseppina respira fundo.

Uma mulher que dividirá a casa com ela, que ficará sentada à mesma mesa, que vai dividir a cama com seu filho...

Não será fácil.

Vincenzo pega o cálice de vinho, toma um gole. O pescoço de Isabella Pillitteri pisca em sua memória.

— Sabe, houve um momento em que eu esperei que a senhora dissesse essa frase. Mas esse tempo passou. — Os olhos de ônix dele encaram os olhos castanhos da mãe. Mas só por um instante. Levanta-se, lhe dá um beijo. — A senhora pode resolver isso. Procure uma esposa que seja adequada para mim e que seja do seu agrado, que seja de boa família e que tenha um dote adequado. E depois me avise. — Já à porta, acrescenta: — Não me espere acordada. Tenho um compromisso.

— Com quem?

— A senhora vai ver. É uma surpresa.

Na escadaria de San Giovanni dos Napolitanos, há alguns homens. São comerciantes, a maioria de origem calabresa e napolitana, com seus filhos. Compartilham a origem, o trabalho, o lugar onde moram. A desculpa é uma prece, o escopo é olhar-se cara a cara, conversar sobre negócios, futricar.

Medem-se com olhares desprovidos de qualquer cortesia. A prece de véspera não parece ter surtido qualquer efeito neles.

O sacristão resmunga um: "Não têm tempo para perder?" e fecha o portão da igreja, deixando como legado o eco de um barulho.

Vincenzo está imerso em uma conversa densa com um homem de mandíbula quadrada e com forte sotaque calabrês. Parecem ter intimidade, coisa que não deixa de suscitar curiosidade nos demais mercadores. Ao contrário do seu tio Ignazio — que Deus o tenha —, que era sempre afável, Vincenzo Florio tem uma personalidade áspera. Mantém o mundo a um braço de distância.

Porém, maldição, ele é um sujeito esperto, pensam todos.

Vincenzo ouve as vozes deles: ruídos de fundo, ecos de uma inveja que se mistura com admiração. Sua atenção se concentra no homem à sua frente.

— Como vê, gente de Bagnara e de Nápoles que transita na costa há aos montes. Mas não são eles que me interessam. Eu olho além.

O outro, um pouco mais baixo e musculoso, olha ao redor.

— Você me falou disso numa de suas cartas. Então sobre o que…

Um olho atento notaria que os dois têm traços em comum. A testa ampla, as mãos largas e fortes, as cores escuras. Todavia, o corte das roupas e a menor segurança nos gestos indicam que o recém-chegado não goza da mesma prosperidade que o Florio.

Vincenzo o segura pelo cotovelo, guia-o em direção ao edifício Steri.

— Essa é a aduana — explica. — Mas não foi sempre assim. No começo, era o palácio de um nobre, depois, tornou-se um tribunal e, mais tarde, uma prisão para heréticos, assassinos e ladrões. — Ele hesita. O palácio, sombra negra de pedra, pesa sobre eles. — Eu não quero um Caim na minha casa. Você carrega algum rancor pelo que ocorreu quando éramos crianças?

— Talvez no passado — responde o outro com tom sincero. — Daquele período, me lembro do desespero da minha mãe, da fome e da humilhação de ter que pedir dinheiro aos parentes. Vendemos a casa e fomos viver em Marsala... Sim, senti raiva do seu pai e do seu tio, até porque todos nos diziam que as coisas iam bem para vocês.

— Depois, porém, começou a chegar algum dinheiro, não é? — Vincenzo fala em voz baixa. — Era o tio Ignazio que mandava, sem dizer nada a ninguém. Encontrei os recibos de pagamento nos registros dos anos passados. Lembro-me ainda quando você e a tia Mattia vieram para Palermo. Meu pai estava morrendo. Era estranho, para mim, saber que eu tinha uma família. Depois, pensei muitas vezes no que teria ocorrido se houvéssemos ficado mais próximos. Mas agora já aconteceu.

O outro faz um gesto de que sim, que entendeu.

— Minha mãe gostava muito de vocês. Sempre pensou em vocês, sempre rezou pelo seu pai e pelo tio.

Vincenzo sente uma emoção que fica enroscada entre o estômago e a garganta. Emoção que ele logo manda embora.

— Eu não sou o tio Ignazio, lembre-se disso. Sou alguém que não quer se limitar àquilo que já tem.

— Nem eu.

E nessa frase, no tom decidido, Vincenzo encontra a certeza que buscava.

— Amanhã, você me encontrará na rua dos Materassai. Apresentarei a você Ignazio Messina; ele lhe explicará tudo. É velho, experiente, e você terá que ficar ao lado dele. — Estende-lhe a mão. — Depois, virá para minha casa. Minha mãe ainda não sabe de nada, mas ficará muito feliz em encontrar novamente o filho de Mattia.

Raffaele Barbaro, filho de Paolo Barbaro e Mattia Florio, finalmente sorri.

A ruela é silenciosa, quieta, embora seja próxima aos muros da cidade e à aduana. A rua da Zecca Regia é composta de casas estreitas que dão parcialmente para a rua do Alloro: casas tranquilas, para pequenos comerciantes. Nada que se compare aos nobres palácios ao redor.

No escritório do apartamento no primeiro andar, a escuridão ocupa o lugar da luz do pôr do sol. O outono de 1832 avança a passos largos e encurta os dias, carregando consigo rajadas do vento tramontana.

Quatro homens.

— Imaginem o deserto da África negra. Árido, desolado, sem esperança. De vez em quando, surge algum oásis, com um poço de água e duas palmeiras cruzadas. Pronto, aqui é a mesma coisa: vocês encontram uma empresa, parece um milagre. — Vincenzo escancara a mão esquerda, conta nos dedos: — Há algumas empresas de algodão, umas fábricas de mosquetes, uma de bronze e outra de ferro. As outras são lojas com um capataz e uns quinze trabalhadores, na melhor das hipóteses. No que diz respeito à minha atividade, a Casa Florio, não possuo fábricas: fazemos comércio. Colocamos em contato produtores e compradores, em nosso nome ou por conta de terceiros.

Do outro lado da escrivaninha, Tommaso Portalupi, comerciante de Milão chegado a Palermo há poucos meses, ouve-o com atenção. Tem poucos cabelos nas têmporas, olhos castanhos e um nariz imponente, deturpado por veias escuras. Ao seu lado, o filho Giovanni, sua cópia fiel com vários anos a menos.

Portalupi apoia os cotovelos no tampo da escrivaninha.

— Senhor Florio, também sou um intermediário e, se venho até o senhor, é porque perguntei explicitamente quem seria o melhor fornecedor na praça de Palermo. Meu dever é encontrar matérias-primas a serem trabalhadas na Lombardia. Estou interessado em vinho, azeite, atum salgado, sumagre e enxofre. Não quero falar com os mercadores ingleses, porque colocariam na mesa sua produção, e não me interessam os produtos de baixa qualidade que alguns outros tentaram me passar adiante. Quais dessas mercadorias vocês podem nos prover e em quais condições?

Vincenzo troca olhares com Raffaele, sentado a seu lado. Apoia-se no encosto da cadeira.

— Basta pedir. Posso providenciar tudo aquilo que é produzido na Sicília. Tudo.

Um tilintar de vidro e metal os interrompe. A porta se abre.

— Com licença?

Entra uma garota com um vestido marrom segurando um prato de biscoitos. O aroma delicado de baunilha se espalha pelo cômodo.

— Mamãe me disse para trazer isso. Acaba de sair do forno. — A jovem dá um passo para trás, observa os hóspedes. Detém-se em Vincenzo.

Vincenzo, que estava aceitando uma dose de licor oferecida por Giovanni, se vira. E a vê.

Deve ser uma parente dos Portalupi, pensa, talvez a sobrinha ou a filha. Tem as mesmas cores, o tom de voz, e até o nariz imponente. Move-se de um jeito discreto, quase segurando os gestos. Ele não se deixa seduzir com frequência pelo charme feminino e, no entanto, essa garota o impressionou: as costas retas, o rosto suave.

As mulheres de Palermo não têm aquele olhar límpido, sem medo.

Tommaso Portalupi lhe faz um afago.

— Obrigado, minha menina. Agora pode ir.

Espera que a porta esteja fechada para retomar a conversa.

— Enxofre, senhor Florio. Vinho e enxofre.

Vincenzo coloca as mãos sobre as pernas cruzadas.

— Claro. Para o enxofre, qual a quantidade e o prazo?

Naquela noite, Vincenzo percebe que a mãe está especialmente solícita. Serve-o durante o jantar, faz um carinho, pergunta notícias do trabalho.

Ele a olha, desconfiado. Está cansado. Tirou o paletó e a gravata; o colete está desabotoado, os cabelos emaranhados. Depois de um dia frenético, enfim pode voltar a ser quem é.

Por fim, Giuseppina afasta o prato.

— Meu filho, escute. Encontrei uma garota que pode se adequar ao nosso caso.

Para Vincenzo, aquele "nosso" não passa despercebido. Como se a mãe também tivesse que se casar. Mas ele não precisa de uma companheira, nem de alguém que comande a casa: só quer uma mulher que lhe dê herdeiros sadios e fortes. Para o resto, Giuseppina tomará conta de tudo, como sempre.

— Diga, mamãe.

— Trata-se de uma jovem de boa família, criada pelas freiras: tem dezessete anos, é séria e respeitosa. Elas que me indicaram.

Vincenzo apoia o rosto sobre os punhos fechados.

— E o que a preocupa, então? Porque a senhora está preocupada, eu percebo.

Dedos inquietos passeiam sobre a toalha.

— Sua família tem um parentesco distante com o príncipe de Torrebruna. Seria um casamento de prestígio. Avisaram a mim que ficariam felizes se ela se casasse com você. Claro, há o problema do dote: ela não tem muito, além do título, um porão próximo a Enna e uma casa aqui na cidade. — Giuseppina diz cada palavra com redobrada atenção.

A sensação de apreensão em Vincenzo cresce.

— Nada que não possa ser resolvido. Mas? — Porque tem um *mas*, ele pressente, suspenso entre os dois.

— Eles colocam uma condição. Gostariam que você não administrasse mais os negócios pessoalmente, que você tivesse um atendente e que parasse de se preocupar com a botica. Não consideram decoroso para o título que carregam. — Giuseppina fica em silêncio, espera um sinal, uma palavra.

Ele, ao contrário, não move um músculo. Depois, cobre o rosto com as palmas. Vincenzo fala devagar e parece não acreditar no que acaba de ouvir.

— Você gostaria que eu abandonasse o meu trabalho... por uma mulher?

— Uma mulher? É uma menina. — Ela minimiza. — Ao menos até você se casar, depois veremos. Depois que ela estiver dentro de casa, eles não poderão dizer mais nada. Você é quem vai controlar a situação.

Mas Vincenzo joga a cabeça para trás. Solta uma gargalhada, bate o punho na mesa.

— Agora! Agora você diz isso. — Na voz há uma amargura ríspida que preocupa a mulher. — Você se lembra do que ocorreu quando eu ainda não tinha nem vinte anos? — Levanta a cabeça. Os olhos são pedras de lava. — A senhora se lembra de Isabella Pillitteri? Quando a senhora disse que eu tinha que me esquecer dela porque era uma morta de fome? Se lembra, sim?

Giuseppina esperava tudo, menos isso. Levanta-se rapidamente.

— O que isso tem a ver? Aquela era filha e irmã de pervertidos que só queriam dinheiro.

— Por quê, esses querem outra coisa? — Segue a mãe, que começou a tirar a mesa. — Não só querem a minha riqueza, também querem me impor o que fazer!

— Quem pode dizer algo a você? Ela é uma alma piedosa, uma menina saindo da barra da saia das freiras. Vai obedecer a qualquer coisa que você disser: você é o homem da casa e você manda. Você tem o dinheiro!

Vincenzo aponta o dedo para ela.

— A minha resposta é não, para eles e para você. Pedi que me achasse uma esposa, não que me tornasse parente de pedintes que se sentem ricos só por ter um título e se colocam na posição de ditar condições.

Giuseppina está furiosa. Pensava que a coisa estivesse resolvida, mas pelo contrário... Ela deixa os pratos na mesa, enfrenta-o com as mãos na cintura.

— Você não me perdoa por aquilo que aconteceu quinze anos atrás, não é? Mesmo que eu tenha feito você abrir os olhos, você deveria era me agradecer... Mas não, a culpa é minha. Do quê, afinal? Você viu como a mãe dela o tratou? Ah, sim, meu filho, eu sei de tudo. Contaram-me sobre aquela cena vergonhosa no meio da rua! A verdade é que você é vingativo e sem coração, como o seu pai. É inútil, certas coisas estão na sua raça, em vocês, os Florio. — A boca se contorce numa careta. — Continue assim e acabará sozinho como um cão.

Vincenzo precisa se esforçar para não ceder ao impulso de quebrar a louça. Giuseppina lê isso no rosto dele, recua, mas ele a segura pelos braços e lhe diz, próximo ao seu rosto:

— Melhor ser um cão sarnento do que correr a vida inteira atrás de uma mulher que não te quer.

Depois ele a solta. A mãe cambaleia, agarra-se à cadeira.

Olha Vincenzo e não o reconhece mais. Fecha as pálpebras, afasta as lágrimas. Permanece assim mesmo depois de ele deixar o cômodo. Nunca desejou tanto ter Ignazio ao seu lado.

A consciência de ter sido cruel com ele se agarra às suas costelas.

Tinha pensado em fazer com que a vida de seu marido fosse insuportável, acreditava que a raiva que sentia pelos Florio iria mantê-la separada deles. E imaginava ter um aliado no filho. Mas pelo contrário, naquela noite, ela descobriu que o leite materno misturado ao ódio, com o qual o nutriu, se tornara um veneno. O ódio foi incitado nele por dentro.

Apertos de mão.

Tintilar de cálices.

A camareira serve licores e biscoitos.

— Seu enxofre tem o preço mais competitivo que já encontrei no mercado, mantendo a boa qualidade. — Giovanni Portalupi conversa animadamente com Vincenzo. Ele tamborila os dedos sobre o contrato. — Ouvi por aí que o senhor é o proprietário de uma pedreira.

— Controlo uma mina do barão Morillo. — Vincenzo bebe um gole de porto. Gosta de conversar com aquele homem tão direto. — O *senhor* barão não quer sujar as mãos com trabalho, mas o dinheiro do aluguel é uma comodidade e, portanto...

Giovanni dá de ombros.

— *Pecunia non olet*, diziam os latinos. Uma frase particularmente propícia no caso do enxofre.

Riem.

Está prestes a continuar quando uma mulher de meia-idade entra, se aproxima de Portalupi e fala ao seu ouvido. Tem os traços fortes e um olhar caloroso, uma estranha combinação de força e delicadeza.

— Mamãe! — chama Giovanni. — Apresento-lhe dom Vincenzo Florio. Acabamos de assinar o contrato para um fornecimento de enxofre. Essa é minha mãe, Antonia.

— Senhora. — Vincenzo a cumprimenta com formalidade. Os olhos se afastam um pouco e param onde viram relampejar uma sombra. Aponta discretamente. — E ela? Quem é?

Giovanni parece não entender de imediato a quem ele se refere; depois, vê a irmã, e a detém no limiar da porta. Em geral, ninguém a nota.

— Ah. Giulia.

Ao ouvir seu nome, a garota se vira. Acostumada a ver a casa tomada por homens de negócios e a ouvir falar de mercadorias e contas, aprendeu depressa a ficar em seu lugar.

— Sim, você. Venha. — Estende-lhe a mão. Ela se aproxima dele, fica ao seu lado. — Minha irmã mais velha, Giulia. — Giovanni inclina a cabeça. — Esse é dom Vincenzo Florio.

Vincenzo deixa o olhar correr entre os dois.

— Sério? Não imaginei que a senhorita fosse ser a mais velha.

— Apenas dois anos. Pouco demais para ser como uma mãe para ele, mas o suficiente para odiá-lo por ser homem e mais novo.

Giovanni ri.

— Sou o preferido da nossa mãe.

— Eu não tenho preferências. — Antonia pega a filha pelo braço e afasta-a, delicadamente, dos dois homens. — Giulia sempre foi cabeça-dura, e seu irmão, um temerário. Criar dois filhos assim não foi fácil.

Vincenzo demora a tirar os olhos de Giulia.

— Mas deve ter sido divertido.

A garota estuda por um instante a ponta dos próprios dedos.

— Fomos felizes, e isso me basta. — Levanta a cabeça, encara-o com olhos de cetim. — As lembranças de uma infância tranquila são o dom mais bonito que os pais podem dar a um filho.

Quando deixam o cômodo, Giulia sente um alívio com sabor agridoce. Olha para trás enquanto a mãe segue à sua frente em direção à cozinha.

— Um homem estranho, aquele Florio, você não acha? — comenta Antonia. — Tão jovem e já tão rico. Seu pai me dizia que tem fama de rebelde. Dizem que em poucos anos acumulou uma fortuna, comprando, a preço de liquidação, terrenos dos nobres que passavam por dificuldade. Diz-se até que é agiota.

— *Mon père* nunca faria negócios com alguém que não presta, não acha?

— Os negócios são coisas de homem, minha filha. Têm regras que não conseguimos entender... — Uma tosse violenta a interrompe, forçando-a a se sentar. O inverno siciliano, por mais fraco que seja, é a estação mais difícil para quem sofre de falta de ar, como Antonia.

Giulia logo chega a seu lado.

— A senhora está bem?

Da sala chega o pai, preocupado.

— Antonia...

A mulher massageia o tórax, tranquilizando-os:

— Tudo bem. — Acaricia o rosto do marido. — Desde que chegamos a Palermo, estou melhor. O médico tinha razão, o clima ameno me fez bem.

Tommaso Portalupi suspira.

— Convidei dom Vincenzo para jantar conosco. — A voz se torna um sussurro. — Tem muitos contatos comerciais, é rico e bastante conhecido aqui na cidade. Sua benevolência nos é útil. Mas se você não se sente bem...

Giulia coloca a mão em seu braço.

— Eu me ocupo disso com a ajuda de Antonietta. Ela ainda não foi embora, não é?

O remorso tinge o rosto do pai.

— Temo que sim, infelizmente. Você terá que preparar tudo sozinha. — Dá um beijo em sua testa. — Sei que é capaz de operar milagres. Faça isso.

Giulia suspira. Quando é que vai aprender a ficar quieta? Sempre tentou ser gentil com todos. Só que, com frequência, sua gentileza lhe provoca mais problemas do que outra coisa.

A mãe parou de tossir e, agarrando-se ao braço de Giulia, se levanta novamente. As duas mulheres se encaminham para a cozinha. Antonia desaba, suspirando, na cadeira.

Giulia veste o avental, abre a estufa do pão. O que cozinhar para um jantar digno de seu convidado?

O que poderia lhe agradar? Algo forte, um sabor novo...

Mas o quê?

Move-se depressa, procura entre os vasos e as cumbucas da despensa. Então, vê uma caçarola com o cozido da noite anterior.

É então que suas mãos se detêm.

Pronto. Cozido, farinha de rosca, ovos: temos. As especiarias... estão aqui. Folhas de repolho no lugar da couve... paciência. Falta também a mortadela de fígado, mas aqui em Palermo não se encontra, nem sabem o que é. Vou usar um pouco de salame cortado bem fino...

Antonia observa-a preparando *mondeghili*, almôndegas típicas de Milão. É muito boa, a sua Giulia. Percebe um vago sentimento de culpa em relação àquela filha que já tem mais de vinte anos e não pôde formar uma família. No último ano, então, os refluxos e inflamações pulmonares da mãe pediram cuidados e atenção constante.

Foi difícil para todos deixar Milão, a segurança econômica e sua bela casa pouco distante da região de Navigli. E tudo por culpa dela. Seu mal sutil chegou a tal ponto que ela não podia mais ficar imersa no frio e na neblina. Precisava de luz e de sol para viver.

Sente-se culpada, Antonia, pois forçou toda a família a alterar a própria vida e se mudar para aquela cidade que é bonita, sim, mas tão difícil, onde a miséria convive com a pompa da nobreza digna de uma corte europeia. E ela também sente falta de Milão, de seu ar tranquilo, das ruas cheias de lojas e da solenidade dos grandes palácios do centro. Sente falta dos cheiros e sabores, sente falta até da bruma da manhã que apaga os contornos da paisagem e atenua os sons. Estava acostumada a uma beleza mais sóbria, com contornos vagos; não opulenta, desbocada e excessiva como a de Palermo.

Mas assim foi, e seus filhos tiveram que se adequar. E, claro, enquanto Giovanni trabalha com o pai, Giulia é obrigada a estar em casa com ela e tem poucas oportunidades de se distrair. Mas, santa paz, não é o que ocorre com as filhas que ficam em família? Não é o dever delas cuidar dos pais envelhecidos?

Depois, em Palermo os negócios demoram a engrenar: poucos contatos, muita desconfiança. É uma praça fechada, que está nas mãos de quem conhece bem o mercado. É por isso que o marido convidou aquele homem para jantar.

À mesa, Florio se revela um hóspede amável, mas não muito loquaz. Fala sobretudo de negócios com Tommaso e Giovanni. Depois, de repente, se dirige a Giulia.

— Então foi a senhorita que cozinhou?

A garota se surpreende com aquela pergunta tão direta.

— Sim. Espero que tenha lhe agradado...

— Tudo está muito bom. Não deve ter sido fácil preparar um jantar assim em tão pouco tempo. Outras mulheres teriam se deixado levar pela confusão... — Ri em voz baixa. — Minha mãe, por exemplo. Graças aos céus, temos uma cozinheira que tem essa incumbência.

Giulia abaixa a cabeça, agradece com um sorriso.

Giulia continua sorrindo. Mas é um sorriso diferente, que se dilui na inquietude.

Aquele Florio a observou a noite inteira. Olhares rápidos, roubados, nunca além do limiar do respeito, mas bem ali, no limite.

Ela sempre viveu em um mundo de homens e, desde a adolescência, aprendeu a manter distantes os conhecidos do seu pai ou os amigos do irmão.

Contudo, agora, sente-se confusa, porque ninguém nunca olhou para ela daquele jeito.

Revira-se na cama.

Atrás da parede, para além do quarto de Giovanni, também é difícil para Antonia Portalupi pegar no sono.

Pensa outra vez em seu hóspede: foi cavalheiro no trato, cortês em seus modos, contudo, ela sentiu certo incômodo. Ainda agora, no limiar entre o sono e a vigília, não consegue entender o que, naquele homem, realmente a desconcerta. Dividiu seus medos com o marido, mas Tommaso reagiu dando de ombros.

— Nada de estranho. No fundo, Giulia é graciosa, é normal que um homem lhe dê uma segunda olhada. Se a cortejar, melhor para nós: graças a ela, poderemos ter melhores fornecimentos. E, de todo modo, Giulia sabe que precisa cuidar de você.

A respiração do mar é um hálito quente que se intromete nos becos. Procede em ondas lentas, insinuando-se entre as casas pelas fissuras nos batentes.

Amanhece, mas Vincenzo já está trabalhando na rua dos Materassai. Está em seu escritório, ambiente que fica cada vez menor: precisará alugar um apartamento e transformá-lo na sede da atividade, como fez Ben Ingham.

A ideia de deixar aquele lugar puxa outras, que se entrelaçam ao mapa da mina de enxofre do barão Morillo que Vincenzo tem diante de si.

Ele se vê ao lado daquela mesma escrivaninha, atrás dela, porém, está sentado tio Ignazio. E lembra-se de um homem, com o chapéu sobre os joelhos e com o ar abatido, diante deles.

— Dom Florio, é inútil dar voltas. Não posso pagar a nota promissória que assinei.

Ignazio suspirou.

— Dom Saverio, o que podemos fazer? Já lhe concedi uma prorrogação. Não podemos continuar assim, o senhor sabe.

O outro concordou.

— Por isso eu vim de Girgenti. Tenho um grande carregamento de enxofre, e não consigo vendê-lo porque não tenho como carregá-lo até o mar e não conheço ninguém disposto a ir buscá-lo.

— Por quê?

— Sabem que eu não tenho fundos para pagar.

— E como conseguiram? Digo, o enxofre não é algo que se encontre assim.

O homem abriu os braços.

— Um terreno da minha esposa: num instante, a gente escava com o bico do sapato e logo o encontra. Nem dá para pastorear as cabras; morrem envenenadas.

— E é de boa qualidade?

— Puro, limpo. Na verdade, parece que acaba de chegar do inferno. — Implorava de mãos juntas: — Se a nota promissória chega ao juiz, eu termino na cadeia. Por favor.

Tio e sobrinho se entreolharam. E logo o pensamento os levou até seus sócios franceses.

— Eu vou ver esse enxofre — respondeu Vincenzo. — Se é bom como o senhor está dizendo, vou pegar para mim e rasgar a nota na sua frente.

Assim foi.

Revenderam o carregamento em Marselha por um valor três vezes maior do que o da nota promissória. Depois da morte do tio, Vincenzo comprou o terreno.

Daquele momento em diante, o enxofre tornou-se uma rubrica importante no orçamento da Casa Florio.

Os pensamentos vagam, se desarranjam.

Vincenzo pensa e gira o anel do tio Ignazio.

Seu tio. Sua mãe. O que será que o tio teria dito sobre a obstinação de Giuseppina em lhe procurar uma esposa entre aquelas garotas da nobreza — pouco mais do que crianças — nascidas em famílias que casavam primo com prima, tio com sobrinha, e que nunca brilhavam por inteligência, e com frequência nem por beleza. *Têm o sangue estragado como os móveis em que se sentam...*

— Vincenzo?

Perdido naqueles pensamentos, não percebeu que os atendentes haviam chegado e que Raffaele não apenas entrara no escritório, como estava bem ali, ao lado da escrivaninha.

Vincenzo se recompõe e olha para o primo à sua espera. Sabe que precisa participá-lo da aquisição de um terreno no qual ele quer construir uma cantina com adega subterrânea.

Em silêncio, Raffaele se estica sobre a escrivaninha, sobre o mapa da mina de enxofre, aquela da costa de Marsala. Vincenzo observa-a por longos instantes.

— Interessa-me que haja um acesso direto ao mar, porque as ruas lá são estradinhas de campo e as carroças grandes não passam — diz, por fim. — Não podemos gastar dinheiro em transporte de carretos e carrinhos. Quero que, desde o estabelecimento, os barris saiam diretamente para o porão dos navios. — Passa o dedo pelo trajeto. — Aqui, entre os estabelecimentos de Ingham e Woodhouse... esse é o local mais adequado.

Raffaele procura entre suas notas.

— Contrada Inferno, o atracadouro de Marsala, então. Dois *tummini* de terra nas proximidades de um embarcadouro natural. Vão nos vender por sessenta *onças*, porém, há um imposto no nome de um certo barão Spanò...

— Idiotices. Garanta-o imediatamente, antecipe o valor para a compra, se for necessário. Há muito interesse pelo marsala neste momento e não é o caso de deixar escapar essa oportunidade de montar uma cantina. Você vai ver, não tarda muito e os preços dos terrenos estarão na altura das estrelas.

Naquele momento, um atendente anuncia a chegada de um visitante.

Giovanni Portalupi.

Raffaele o cumprimenta com um aperto de mão. Vincenzo, do outro lado da escrivaninha, limita-se a um aceno. Indica-lhe uma cadeira.

— Portalupi. E então?

Giovanni ajeita o chapéu sobre os joelhos.

— Seu enxofre está fazendo um sucesso enorme entre os nossos compradores. Meu pai e eu gostaríamos de adquirir mais.

Vincenzo apoia o queixo na mão.

— Diga a quantidade e o preço, e podemos conversar.

Giovanni explica, e Vincenzo deixa que Raffaele se encarregue de responder. Os dois entendem-se rapidamente.

— E então, daqui a uma semana, o senhor saberá me dizer se encontrará essa quantidade? — pergunta por fim Giovanni, encarando Vincenzo.

— Ah, sim. Com certeza. — Vincenzo se levanta. — Mas já que é novo na cidade... queria lhe fazer uma proposta. O senhor já esteve no Teatro Carolino? É próximo da igreja de São Cataldo e de Santa Caterina, bem próximo do Quattro Canti...

Olhos desorientados o observam.

— Na verdade, ainda não.

— Daqui a alguns dias haverá um espetáculo. Tenho um camarote e seria um prazer para mim tê-los como meus convidados. O senhor e sua irmã, obviamente.

Giovanni está perplexo, mas não é burro. Entende depressa.

— Acho que Giulia ficará feliz em ir. Darei uma resposta o quanto antes.

Quando o homem deixa o escritório, Raffaele exclama:

— Você nunca me convidou para ir ao teatro! — Mas o diz com malícia, dando uma risadinha.

— Quando quiser, eu te empresto o camarote. Contudo, Raffaele, você não tem peitos. E agora vamos sair, vamos para a Câmara de Comércio.

Giulia Portalupi é um mar tranquilo que esconde uma alma inquieta.

Após o espetáculo no Teatro Carolino, Vincenzo tentou encontrá-la outras vezes. Não foi difícil: Giovanni, seu irmão, tem uma mentalidade prática e forte inclinação para os prazeres mundanos. Vincenzo o apresentou aos sócios da Câmara de Comércio de Palermo e lhe indicou um comandante de navio para transportar as mercadorias dele, navio que — entre outras coisas — lhe pertence *pro quota*.

Giovanni também levou Giulia como companhia em alguns jantares na casa de mercadores, dando a desculpa de não ter uma esposa, e destacando o fato de que sua irmã não tinha nem amigos nem oportunidades de visitar outras pessoas além da própria família. Retratou-a — educadamente, mas sem equívocos — como uma pobre solteirona.

Vincenzo tinha uma impressão bem diferente.

Às vezes, lhe parece que Giovanni quase joga a irmã em seus braços. De um jeito ou de outro, aquele jovenzinho com sotaque estrangeiro tenta fazer com que se sentem sempre próximos. E é uma coisa que Giulia, claramente, não suporta.

É esse pensamento que o faz sacudir a cabeça e lhe provoca uma risada cínica. Giovanni acha que é esperto, mas não passa de um garotinho imitando os adultos. Usar a irmã para atrair Vincenzo para a órbita dos Portalupi é uma estratégia boba: ele não está interessado em cortejar ou se fazer de sedutor com Giulia.

Mas ela é uma mulher surpreendente.

Não baixa o olhar se alguém fala, não fica murmurando rezas para qualquer coisa, não se distrai quando os homens conversam sobre negócios, como sempre fez sua mãe. Segue, ao contrário, aquelas conversas com atenção, e é isso que provoca a sua curiosidade. É uma mulher que entende o valor do dinheiro e que quer entender como esse dinheiro é feito. Vincenzo aprendeu que Giulia enruga a testa quando gostaria de intervir mas é obrigada a ficar calada.

E aprendeu ainda outra coisa: ele lhe causa desconforto.

Melhor assim, diz a si mesmo.

Depois de Isabella, não houve outras mulheres importantes em sua vida, só mulheres que o acolheram por paixão ou por dinheiro. Corpos sem rostos, imagens sem memória. E, mesmo agora que a mãe está lutando para encontrar uma esposa para ele, Vincenzo não se pergunta como será a escolhida. Imagina somente a si mesmo entrando em uma casa nobre de cabeça erguida. E não lhe importa se será graças a um título que ele comprou ao se casar com uma mulher que o trouxe como dote.

No entanto...

No entanto, Giulia Portalupi mexe com ele, e não é uma questão de beleza. Pelo contrário. Giulia não é bonita. Sente-se intrigado por aqueles lábios finos e encabulados, pelas mãos fechadas em punho e os olhos que, quando encaram, nunca estão apagados, revelam o oposto disso: indignação, incredulidade, repreensão, surpresa ou simplesmente interesse. Ela é tão transparente, contrastando daquele idiota do seu irmão que tenta bancar o esperto.

Vincenzo brinca com aqueles pensamentos ao voltar para casa, as mãos no bolso e os olhos à procura das primeiras estrelas da noite.

Ao entrar, a camareira pega seu paletó e chapéu; depois, anuncia que o jantar será servido em seguida. No salão, ele encontra a mãe ocupada cerzindo.

— Costurando, mamãe? — pergunta ele depois de lhe dar um beijo.

— Não posso deixar suas camisas furadas, não é? E essas garotinhas que você contratou não sabem cerzir direito. — Giuseppina afasta o tecido do rosto.

Os olhos começam a embaçar e ela já não enxerga tão bem como antes.

— São camareiras que trabalharam em casas de nobres, mãe. E cerzem perfeitamente. É que a senhora sempre quer fazer as coisas por conta própria ou coloca defeito em tudo.

— Sim, pois não? As moças de hoje não sabem mais fazer o serviço de casa bem-feito. Não sabem manter em pé uma família. Quando tinha quinze anos, eu areava as camas de bronze e não reclamava como elas se as minhas mãos ficavam rachadas.

Vincenzo deixa que a última palavra seja dela. Depois, se afunda na poltrona, permite ao corpo um relaxamento e fecha os olhos.

Então, imagina as pequenas mãos ágeis amassando as almôndegas milanesas de nome estranho e sabor intenso.

* * *

Giovanni Portalupi está parado diante da entrada da plateia do Teatro Carolino. Ao seu lado, a irmã se abana com o leque.

O teatro está cheio: dos nobres aos populares que ocupam as galerias, todos conversam em voz alta. Alguns comem, uma cigana oferece leitura de mãos, há até um vendedor ambulante de água.

— Você não deveria ter aceitado o convite antes de me perguntar. Você sempre faz isso, é uma coisa que eu não suporto. — Giulia cobre o nariz com um lenço. — Está quente demais e o fedor aqui é terrível. Estar em um lugar fechado é uma tortura.

— Que maldição, hoje tudo te incomoda! Da primeira vez que veio comigo e com dom Florio, você estava muito mais conciliadora — diz Giovanni e continua observando a multidão. — A propósito, me pergunto onde será que ele se meteu. O espetáculo já vai começar.

A garota aperta o leque. Não é só o calor e o fedor de suor que a incomodam.

— É que Florio me olha daquele jeito estranho...

— Você deveria ficar contente. É rico e você já não é uma rosa fresca. Está com vinte e quatro anos, e não é pouca coisa para uma garota da sua idade receber tanta atenção de um homem como ele. Deveria se sentir agradecida e dar-lhe um pouco de atenção, já que estamos aqui. Claro, não muita... no limite da decência. É um ótimo intermediário, e papai está muito feliz com os negócios que está fazendo com ele.

Raiva e humilhação se misturam. A resposta da garota é cheia de irritação.

— Eu sinto vergonha por você. Não sou um carregamento de enxofre, Giovanni, e não tenho intenção de apoiar essa sua ideia. Se papai soubesse dessa conversa, ficaria furioso. No que me diz respeito, eu fiquei ao lado de nossa mãe para cuidar dela, ou você já esqueceu? Além disso, não gosto desse seu novo amigo. É venal, é... ávido. Olha como se todos tivessem um preço, mas nós não somos mercadoria. Somos pessoas.

— Você tem certeza? — Giovanni lhe indica uma mulher com um vestido de seda chinesa, debruçada no camarote. No pescoço, uma medalha de luto. — Olhe para ela. Aquela é a duquesa Alessandra

Spadafora. Viúva, abandonada pela família do marido, se viu sem dinheiro de um dia para o outro. Ingham penhorou suas joias de família e ela aceitou tornar-se sua amante para resgatá-las.

— Mas... como assim?

Giovanni parece se divertir com o ar escandalizado da irmã.

— Todos têm um preço, minha querida irmãzinha. Todos. Até você, que gostaria de estar o tempo todo lendo esses seus livros franceses... você também tem um preço.

— Peço desculpas pelo atraso.

Eles se viram.

Vincenzo esteve às costas deles por tempo suficiente para ouvir a conversa.

— Ah, já não era sem tempo. — O sorriso de Giovanni é encoberto pela sombra em que está imerso o ambiente. — Eu temia que você tivesse mudado de ideia. Teria sido uma vergonha, ainda mais depois de nos ter convidado para o seu camarote.

— Uma questão na loja me tomou mais tempo do que deveria. Venham. — Abre o caminho pelas escadas, chega até o camarote também adquirido *aliud pro alio* graças a uma dívida, embora nunca o admita abertamente, e indica os lugares. Depois, se aproxima do balaústre. — Realmente, Palermo inteira está aqui.

— Sim. Contudo, estão atrasados. Houve uma discussão nos camarins, e um dos cantores terá que cobrir para sempre os papéis femininos.

Riem. Giulia, ao contrário, afunda na cadeira, fechada em copas em um silêncio obstinado. Sim, nisso Giovanni tem razão: ela de fato gostaria de estar em casa lendo e não ali, naquele lugar que parece mais um aprisco do que um teatro.

Enquanto Giovanni se acomoda à esquerda da irmã, Vincenzo senta-se à direita, roça as juntas dos seus dedos da mão apoiada na lateral da poltrona. Ela se afasta.

Do palco chega uma voz, os bastidores tremem. Começa o espetáculo.

* * *

A ópera não agradou muito o público. Os gritos foram tão fortes que encobriram as vozes dos cantores.

— Calor demais e vinho demais para público demais. — Giovanni indica o corredor. — Vamos embora?

Vincenzo parece concordar.

— Poderíamos dar uma volta, se sua irmã não estiver muito cansada. Tenho uma viatura que me espera na praça, sob a Martorana.

— Na verdade, eu preferiria… — tenta dizer Giulia.

Mas Giovanni não lhe dá ouvidos e escolhe ignorá-la.

— Ótimo! Sim, vamos. Aqui o ar está impossível de respirar. — E sai do camarote.

Ela não viu o olhar que os dois homens trocaram.

Um olhar de cumplicidade masculina.

— Giovanni, espera… — Ela tenta detê-lo, mas o irmão já está do lado de fora.

Vincenzo lhe oferece o braço.

— Se me permitir, eu a acompanho.

Giulia está colérica. Porque Giovanni abandonou-a e porque não quer ficar com um homem que mal conhece, especialmente alguém como aquele Florio.

— Não entendo por que meu irmão decidiu me deixar sozinha. A carruagem é sua e, portanto, é seu dever pedir que estivesse pronta.

— Eu não sou um lacaio, ainda que muitos continuem achando isso.

Giulia dá a volta na cadeira para passar à sua frente. Quer ir embora, e conseguiria se as mãos de Vincenzo não a parassem no limiar. Tem os dedos ásperos, apoia-os nas costas nuas de Giulia.

Ela se debate, não consegue falar. Deveria se virar, dar-lhe um tapa, começar a gritar. Deveria, mas não consegue, e não apenas porque tem medo dele.

Vincenzo puxa-a para a penumbra, onde estarão protegidos dos olhares indiscretos.

O que sente Giulia quando os lábios de Vincenzo roçam sua nuca? Quando abrem à força sua boca, quando seus dentes a mordem?

— Não — diz. — Não — suplica.

Ela coloca as mãos sobre as dele para detê-lo. Mas o seu "não" é frágil. Giulia não quer, percebe isso e não consegue entender por quê. Ou talvez saiba, e sente vergonha, porque agora responde ao beijo e às carícias.

É ele que comanda, é Vincenzo que decide quando deixá-la ir. Abre os braços e ela foge, passando por ele no corredor.

— Com licença? — Vincenzo se antecipa a ela na escadaria, enquanto Giulia, acalorada, desce os degraus segurando no corrimão.

Chegam juntos à carruagem, onde Giovanni os espera.

Ela caminha cabisbaixa. Sente-se nua, exposta ao mundo.

Nem dessa vez percebe o sorriso do irmão.

O vento tramontana varre as ruas à beira-mar. Diante da costa de Marsala, as ilhas Egadi são grumos de ferro contra o céu. Salpicos salobros sujam os vidros da carruagem.

Sob os olhos de Vincenzo, operários em andaimes que balançam a cada rajada de vento começam a levantar um muro.

Sabe o que quer, quase consegue visualizar: não uma fazenda como as tantas que ocupam os campos da Sicília, mas uma empresa semelhante às inglesas, com um pátio central amplo e depósitos ao redor.

— Terminaram os armazéns?

Raffaele chega primeiro ao pátio.

— Venha ver com os próprios olhos.

Por todos os cantos, tijolos, telhas, madeiras e pedreiros que prepararam a argamassa. Hastes de madeira e montes de pedras os obrigam a desviar do caminho algumas vezes; diante deles, a casa principal, onde vai residir o administrador do estabelecimento.

Com segurança, Vincenzo entra no primeiro dos dois edifícios laterais. Carpinteiros estão fixando a sustentação para os barris de decantação do vinho. Os operários se levantam e tiram o chapéu. Ele faz sinal para que continuem e vai ao centro da sala.

A luz entra pelos portais e pelos frontões; acima dele, um teto altíssimo, intercalado por arcos de tufo. O ar é impregnado de mar e sal.

Esse será o coração da cantina: a adega subterrânea.

Raffaele o alcança. Ele também, como os demais, tem dificuldade em acompanhar seu passo.

— As aquisições das vindimas foram melhores do que podíamos esperar. Claro, grande parte das vindimas de marsala haviam sido compradas por Woodhouse e Ingham, mas consegui encontrar em Alcamo alguns mostos de uvas *inzolia*, *grillo* e *damaschino*. Ah, também uma parte de uva *catarratto*. E o vinho já fermentado será transferido para cá na próxima semana.

— Tudo como previsto, então.

— Sim, planejamos bem. E você tinha razão: os preços dos terrenos aqui na região subiram de forma assustadora, e não só isso. Os camponeses estão colhendo cereais para plantar vinhedos. Entenderam que assim podem ganhar algum dinheiro com essas terras pedregosas.

— Raffaele, todo mundo precisa de dinheiro. Contudo, semana que vem, vão chegar os barris de xerez para começar o refinamento. Ah, pedi para que lhe preparassem um memorando com o nome de alguns comerciantes de Palermo. Um deles está disposto a mudar sua loja para cá.

Vincenzo toca a parede recém-rebocada. Sim, o trabalho foi bem-feito. Tira o pó das mãos, depois faz um gesto para que Raffaele o siga. De novo, está sempre correndo.

— Teu empenho foi notável. Em setembro, vamos poder formalizar nosso acordo.

— Acordo? — A pergunta perplexa de Raffaele perde-se numa rajada de vento tramontana.

— Uma sociedade. Entre Raffaele Barbaro e a Ignazio e Vincenzo Florio.

O homem fica estático. Tamanha é sua surpresa.

Vincenzo se vê obrigado a parar e voltar atrás.

— Não preciso de alguém que se ocupe dos meus negócios sem se importar com todo o resto. Preciso de uma pessoa que esteja envolvida com seu próprio dinheiro. Além disso, você já colocou parte do dinheiro para comprar esta terra. Trata-se de continuar nesse caminho: um terço você, dois terços Casa Florio. Está preparado?

Raffaele tortura o cavanhaque que deixou crescer naqueles meses. Aprendeu a conhecer aquele homem austero e, por isso mesmo, tem medo de aceitar; contudo, a oferta é tão preciosa quanto rara, e faria dele uma pessoa de destaque no pequeno mundo de Marsala. Em Palermo, ao contrário, ele é só o primo de dom Florio, um dos seus faz-tudo.

— Está bem.

— Eu sabia que você diria que sim. — Dá-lhe um tapinha nas costas. — Não vai ser fácil administrar a cantina. Você está ciente disso, não é?

— Com os ingleses aqui em Marsala se comportando como se fossem os donos do mundo? Não. — Tira os cabelos da frente dos olhos. — Eu não esperava que você me oferecesse essa oportunidade, Vincenzo.

— Se o fiz, é porque acredito em você.

Dirigem-se à casa principal.

Vincenzo está ali e, ao mesmo tempo, já está no futuro: o pátio cheio de carroças, pilhas de barris, as garrafas com a etiqueta FLORIO. Vê cada coisa e sente que, sim, tudo estará lá, e terá sido ele a desejar que estivessem.

— A qualidade é o que vai nos distinguir — explica. — Eles fabricam vinho para desovar aos militares. Só poucos barris de alta qualidade. Nós, ao contrário, vamos apostar no prestígio e nos dedicaremos a outros mercados: França, Piemonte... — Antes de entrar, se detém diante de uma pilha de cascos. — Uma última coisa, Raffaele: os trabalhadores. Converse com eles, olhe-os nos olhos. Essa não é uma cantina como as outras: trabalhar aqui é uma honra, e eles precisam saber disso.

No dia seguinte, Vincenzo volta a Palermo.

Na solidão da carruagem, tira do bolso uma carta. Recebeu-a por Giovanni pouco antes de partir para Marsala. Reconhece a caligrafia fina e comprida, a assinatura que é quase só um risco. Lê com calma.

Não posso aceitar cartas como essa que o senhor me escreveu, começa, e ele imagina ouvir a voz dela: indignada, percorrida por um tremor de vergonha. *Não posso porque entre nós não há vínculo algum. O senhor é um sócio de negócios do meu pai, não tem direito algum sobre mim. Eu nem deveria ler o que o senhor me escreve, contudo o faço. Seus comportamentos e as atenções de que me faz objeto com frequência também superam o limite da decência. No que me diz respeito, tenho meu quinhão de culpa, pois não consigo me subtrair às suas pretensões, às quais, admito com tristeza, não me sinto indiferente. Ainda que eu não seja uma jovem leviana — e garanto-lhe que não sou! —, sua proximidade é para mim fonte de perturbação.*

Rogo-lhe, imploro-lhe: se realmente o senhor sente algo por mim, não me escreva mais palavras como aquelas que grafou na última carta. Não me procure mais se não tiver intenções honradas. Não se aproveite da minha gentileza, ou serei obrigada a falar com meu pai, e não gostaria de fazê-lo. Se quiser manter uma amizade sincera e devota, tudo bem — e aqui Vincenzo ri alto —, *mas não ultrapasse o limite do que é lícito, ou deverei renunciar à nossa correspondência.* Depois a assinatura: *Giulia.*

Com o cotovelo apoiado na porta da carroça, Vincenzo reflete. Entendeu há um bom tempo que Giulia está confusa, que o deseja mas o teme, e aquela carta é a confirmação disso. Por outro lado, ele se pergunta quantos homens, no passado, se dignaram a olhar para ela uma segunda vez. Alguém já tentou entender o que se esconde por trás daquela atitude severa, daquelas mãos de punhos fechados?

Giulia nunca viveu o desejo. Nem o próprio nem o de um homem. Então — Vincenzo decide —, ao responder, não vai lhe poupar nada. Falará do desejo que ela faz nascer dentro dele; revelará que fica acordado pensando nela à noite; que gostaria muito de tocá-la; que gostaria muito de vê-la com os cabelos soltos e os ombros nus. Fará isso porque sabe muito bem que ela não vai mostrar a ninguém essas palavras, muito menos a seu pai. Fará isso porque Giulia não pode opor nada à vertigem que, ele tem certeza, se apossou dela. Ele conhece bem aquela sensação: é a mesma de quando coloca suas mãos num carregamento precioso ou quando um investimento complicado dá certo. Porém, ela não é um carregamento de sumagre ou uma cantina... Um carregamento se vende ou se passa para outro; assina um acordo e passa para o próximo. Com aquela mulher, porém, ele não consegue seguir adiante. Ela o faz perder a cabeça, se sentir embriagado.

Morre de desejo de tê-la em sua cama, por Deus!

Haviam se encontrado novamente, algumas vezes, na casa dos Portalupi ou ao ar livre, na rua Cassaro; ela, com a mãe ou o irmão, tinha lhe dirigido olhares envergonhados e lânguidos. Naquele inverno de 1833, poucos outros encontros verdadeiros se seguiram àquele no teatro.

Numa tarde, quase ao anoitecer, com a desculpa de buscar um documento, Vincenzo foi até a casa dos Portalupi. Dizer que Tommaso ficou surpreso ao vê-lo à porta seria um eufemismo, mas deixou-o entrar e se acomodar na sala, dirigindo-se então ao escritório para pegar os recibos de pagamento dos carregamentos de enxofre. Visto que Antonietta já havia ido embora, Giulia foi enviada para servir-lhe uma limonada.

Ao vê-lo sentado no sofá do cômodo imerso na penumbra, o copo e a jarra que levava na bandeja tilintaram. Giulia ficou parada no limiar, imóvel em seu sóbrio vestido marrom, as sobrancelhas franzidas, os lábios entreabertos representando uma pergunta. Vincenzo tirou-lhe da mão a bandeja, encostou a porta e colocou as mãos em seus ombros, percorrendo, em seguida, seus braços. Por fim, aproximou o rosto do dela.

— Procurava a senhorita.

Dessa vez, Giulia não desviou o olhar. Naqueles olhos, ele leu desejo, sim, mas também algum tipo de contrariedade, talvez porque ela quisesse afastá-lo mas não conseguia. Depois, Vincenzo levantou a mão. Com o polegar, acariciou seus lábios, roçou seu queixo e desceu até o pescoço. Tomou entre os dedos o primeiro botão do seu colarinho. Abriu-o.

Passou para o segundo.

Mas então Giulia o deteve. Apertou seu pulso, afastou-o enquanto deglutia o vazio.

— Não. — Disse isso com força, com determinação.

Tommaso Portalupi chegou alguns instantes mais tarde e dispensou a filha. Ela se afastou com um longo olhar e a mão no pescoço, quase para manter fechados os botões.

Ao pensar outra vez naquela cena, Vincenzo sente o corpo em chamas. Balança a cabeça e, pela centésima vez, tenta dar uma razão a esse desejo, diz a si mesmo que aquela mulher é fêmea de um jeito inconsciente, dotada de uma sensualidade que poucos conseguem ver. E, portanto, é perigosa, visto que ignora o que é capaz de fazer a um homem. E certamente ignora o que está fazendo com ele.

Com a primavera chegando, pensa, Giulia terá mais possibilidade de sair sozinha, agora que a luz do sol se esparrama sobre as ruas de Palermo e enche de calor as ruelas do bairro de Castellammare.

Giulia o teme, resiste e, ao mesmo tempo, se rende quando ele lhe rouba o tempo, os olhos, os lábios. Não recusa suas cartas de paixão; por outro lado, os bilhetinhos que lhe manda são cheios de palavras que dizem uma coisa e querem dizer outra. A Giulia daqueles bilhetes é uma garota de boa família que mantém o olhar baixo e diz não gostar de atenções muito prementes, no entanto, transparece outra Giulia, que o olha diretamente nos olhos e suspira, que faz seu sangue subir e descer. Vincenzo sente que ela o deseja, sente o seu sentimento de culpa, fareja o medo e o desejo quando estão perto um do outro.

E, nisso tudo, Giovanni Portalupi não se dá conta de que a irmã se tornou muito mais do que uma isca. Vincenzo bufa entre dentes. Sente um tipo de incômodo por aquele jovem que pensou em usar a irmã para atraí-lo. Nem ele nem Giulia são pessoas que se deixam usar. Pelo contrário. Ele, Vincenzo, está se aproveitando da situação para levar adiante uma partida que, pela primeira vez, provoca a sua carne, e não a raiva nem o cérebro. E assim é para Giulia. Ele sabe.

Ambos desejam aquilo.

Um dia depois do retorno de Vincenzo de Marsala, Tommaso Portalupi o recebe com grande cordialidade. Serve-lhe pessoalmente uma taça de Madeira e o ajuda a se acomodar enquanto se senta do outro lado da escrivaninha.

— Então, e sua oferta para um novo carregamento de enxofre?

— Um quarto da produção está reservada somente ao senhor. — Vincenzo cruza as pernas. — Já tenho agentes de venda em Nápoles e Marselha. Tenho interesse em obter contatos estáveis no mercado do norte. No Piemonte. E na Lombardia.

— Já há muitos concorrentes no mercado, não só para o enxofre. Sua empresa é muito... vasta. Ouvi dizer que o senhor tem a intenção de se tornar também produtor de vinho.

— Exato. — Vincenzo nem se desalinha.

Portalupi esfrega o apoio de couro. Procura as palavras adequadas.

— Permita-me lhe falar de forma franca, dom Florio. Essa sua escolha me surpreende: entrar no mercado de marsala nesse período me parece uma escolha arriscada. Os ingleses praticamente detêm o monopólio tanto da produção quanto da venda.

— O senhor não é o único que pensa assim. — Vincenzo se levanta, caminha pelo cômodo. — Mas eu aposto em um mercado diferente daquele dos meus estimados colegas Ingham e Woodhouse. Penso nos vinhos destinados às mesas da nobreza. Dos soberanos, até. — Aproxima-se da janela, observa os muros da cidade e, um pouco além, o azul da Enseada. — O enxofre que lhe forneci satisfez plenamente seus clientes; algumas das curtumarias de couro mais importantes da Inglaterra compram sumagre somente conosco. Será assim também com o vinho.

— Vamos ver. — Portalupi usa um tom sóbrio. — Seu dinheiro, sua escolha.

Despedem-se. Estão à porta quando Giulia e a mãe chegam.

Vincenzo cumprimenta ambas com uma gentileza distante. Antonia está pálida, ainda com as roupas de noite; Giulia usa sapatos e luvas, sinal de que está saindo.

Vincenzo deixa a casa dos Portalupi, mas não se afasta demais. Há mercadorias para serem liberadas na aduana, e o edifício Steri fica por perto. Poderia mandar o responsável da botica, já que se trata de especiarias, ou seu secretário, mas não: hoje ele irá.

Permite-se uma risada. Sabe qual é o verdadeiro motivo daquela exceção. E nem é a primeira vez que faz isso.

Ao contrário de muitas jovens palermitanas, Giulia sai sozinha: com frequência, a mãe fica em casa por causa da dor no peito e a filha substitui suas funções nas incumbências domésticas. Isso é algo que já provocara mais do que um par de sobrancelhas levantadas: andar por aí sem nenhuma camareira... Coisas de gente estrangeira.

Então, se tiver sorte, poderá encontrá-la pelo caminho.

Na aduana, Vincenzo perde apenas poucos minutos.

Basta-lhe um aceno para que um funcionário se adiante para atendê-lo. Fura a fila, ignora os resmungos de quem aguarda há muito tempo — entre os quais, o filho de Saguto — e indica as sacas de tabaco que devem ser carregadas para o largo San Giacomo.

Depois, sai em direção a Cassaro, onde certamente encontrará Giulia com seu chapéu azul e a passada rápida.

Giulia o vê antes. Está voltando para casa, trazendo um cesto de vime nas mãos. Tenta evitá-lo e, ao mesmo tempo, seus pés desaceleram.

— Bom dia — diz Vincenzo.

— Senhor... — Desvia o olhar e tenta passar ao lado dele.

Ele segura o cesto.

— Permita-me?

A mulher é obrigada a levantar a cabeça.

— Permitir? O senhor o está arrancando de minhas mãos! — exclama. Mas não solta a alça.

Olhares se concentram naquele insólito puxa de um lado e puxa de outro.

Com uma bufada, Giulia o solta.

— Boa moça — murmura ele.

Retomam a caminhada, um ao lado do outro.

— O senhor está tomando liberdades excessivas. Eu já lhe disse, me parece, que fazer negócios com meu pai não justifica seu comportamento comigo.

— O que eu lhe fiz? Obriguei-a a fazer algo que não quisesse? — Cumprimenta um conhecido com um aceno de cabeça. — Não sou eu quem escreve cartas e as envio através do irmão.

Giulia enrubesce. Tem razão; tira-lhe a serenidade e faz ferver seu sangue. Ela foi fraca.

— O senhor é... perigoso. Perigoso e injusto, dom Vincenzo. Se não tiver boas intenções, não deve mais fazer o que fez a semana passada, quando...

— Quando fomos interrompidos pela chegada do seu pai?

Humilhada, Giulia aperta o passo. A rua da Zecca Regia não é distante; mais alguns minutos e estará a salvo. Ele não ousará segui-la pelo portão.

— Não é justo que o senhor me acompanhe até em casa sem ter o direito. — Tenta mantê-lo distante.

— Ninguém vai se importar. Além disso, está comigo.

— Justamente porque estou com o senhor que tenho medo.

Atrás deles, de repente, uma baderna, alguns gritos. Uma carroça lançada a toda velocidade passa ao lado deles. Vincenzo empurra Giulia contra o portão de um pátio.

Contudo, mesmo após a passagem da viatura, ele continua apertando o seu braço.

— Venha comigo — sussurra ao ouvido dela.

— Dom Florio, o senhor está me machucando — protesta ela. Estão na altura da rua dos Chiavettieri. — Por favor — implora.

— Não. — Ele segue adiante, quase arrastando-a.

Giulia sente vergonha e medo. Coloca sua mão na dele.

— Vincenzo. Por favor.

É então que ele se detém. Observa-a como se a visse pela primeira vez. Tem o olhar despido, a voz tão baixa e carregada de raiva que Giulia fica transtornada.

— Não posso suportar isso. Você não pode me dizer o que posso ou não fazer. Não pode me rogar. Eu não sou um santo de mármore — diz-lhe. — Essa história... essa coisa entre nós precisa terminar.

Passos rápidos levam os dois até a casa dos Portalupi. Ele empurra o portão entreaberto. A penumbra do pátio os envolve.

Vincenzo deixa cair o cesto no chão, arranca-lhe o chapéu. Segura seu rosto, beija-a; ela tenta empurrá-lo, mas não consegue fazer nada além de ceder. É um beijo prepotente e carnal.

É ele que se retrai, olha-a como se fosse uma inimiga.

Desorientada, Giulia dá um passo em direção à escada, mas ele a empurra contra o muro.

— Aonde você vai?

De novo, juntos contra a parede.

Ele lhe fala ao ouvido.

— Maldito seja eu, você se apossou de mim. Não era para ser assim, mas não posso fazer nada a respeito: é uma questão de vontade, é isso. Desejar e não ter é uma dor que faz morrer. — Ele a encara porque quer ser bem claro, porque não quer mal-entendidos. — Você não me serve como esposa. Não seria um casamento vantajoso para mim: você é velha demais, não é nobre, acho que já entendeu isso. Mas eu quero você e basta.

Giulia quase não respira.

— Mas o que você quer dizer? O que está dizendo? — Não é possível que seja *aquilo*. — Você quer que eu... — Seu irmão lhe disse que há mulheres que vivem com homens sem se casarem, mulheres que são colocadas na mesma categoria das prostitutas, mas... — Está propondo que eu me torne... — pergunta, e procura uma resposta em seu rosto. O que lê acaba com qualquer dúvida.

— Melhor isso do que ficar solteirona, não é? O que foi sua vida até agora? Você não fez outra coisa além de cuidar da sua mãe, não teve mais nada além disso. Nada. Até seu irmão a está usando e, se pudesse, colocaria você em minha cama para assinar mais um contrato. Você é uma mulher séria, eu vejo isso, não precisa dizê--lo. Mas você me quer, não diga que não, só tem medo de admitir. Eu sinto isso porque a carne... — Coloca a mão sobre seu seio. — A carne não mente.

— Mas então... — Os dedos de Giulia arranham a parede. — Você gostaria que eu... — Cólera, desilusão, dor, desejo. — Mas como pode pensar que...

— Não faça o papel da santinha ultrajada. Eu sei que você me quer.

Ela levanta a mão para lhe dar um tapa, mas Vincenzo é mais rápido. Agarra o pulso dela.

— Me larga — diz Giulia, ofegante, enquanto tenta empurrá-lo.

Mas ele é pesado demais, ela não consegue, e depois... Não, ela não quer que ele pare, essa é a verdade. Um pensamento que já é pecado. Porém, enquanto pensa, ela o segura firme.

De novo, ele a beija, dessa vez no pescoço, arrancando a renda do vestido. É mais uma mordida. Giulia não consegue se libertar porque é verdade, Vincenzo tem razão: a carne trai.

Ela o deseja do fundo de suas vísceras.

Vincenzo foi embora, mas ela ficou no pátio. Ainda encostada no muro, mas agora para retomar a respiração.

Deveria ir até seu pai, dizer-lhe que Vincenzo Florio lhe faltou ao respeito.

Não. Não consegue nem mesmo pensar em fazê-lo. Morreria de vergonha. E não quer. Porque as palavras dele ficaram em sua cabeça.

Giovanni está se aproveitando dela. Seus pais sempre contaram com ela, sem nunca lhe perguntar quais eram os seus desejos. Ela é uma presença certa, muda como um objeto de decoração.

A casa está silenciosa. Do corredor, chega a voz da mãe.

— É você, Giulia? Estou na cama. Seu pai e seu irmão saíram há pouco, você vem me fazer companhia?

— Já vou. — Encontra seu reflexo no espelho.

Olhos vermelhos, pele afogueada. Um hematoma está nascendo no côncavo do pescoço.

Rápido.

Um xale para se cobrir, para que ninguém veja a marca; depois, vai ficar com a mãe, para confortá-la, e ainda vai à cozinha ajudar Antonietta a preparar o jantar antes que ela vá embora. Quando se senta à mesa, quase não consegue comer.

De noite, roça seu pescoço. O sinal que ele deixou está ali. Uma marca de posse, um hematoma, preto como uma marca de punção.

* * *

Uma semana mais tarde, uma sombra enrolada em uma capa escura atravessa Palermo a passos rápidos. Com frequência, olha para trás. As lojas estão fechadas, os lojistas, trancando as portas.

De Cassaro, a sombra adentra o bairro de Castellammare pelas ruelas estreitas como veias. Desacelera ao chegar no largo San Giacomo. Hesita.

Por fim, segue decidida em direção à rua dos Materassai. Pelos vidros da botica dos Florio, uma luz escoa.

Um punho sem luva bate insistentemente à porta.

Vincenzo está sozinho. Levanta a cabeça debruçada nos recibos que verifica sob a luz fraca de um lampião.

Quem pode ser?, pergunta-se. A loja está fechada, é tarde. Seja quem for, porém, bate com insistência.

Chega à entrada, vê uma silhueta com uma capa. Abre.

— Você? — pergunta depois de alguns instantes.

— Eu.

Ele se afasta, depois tranca a porta. Volta ao escritório seguido por um farfalhar de saias. O capuz da capa cai para trás. O rosto pálido de Giulia Portalupi surge no escuro.

— O que está fazendo aqui?

— Minha mãe precisa de um preparado. Com esse frio, ela teve um ataque violento de tosse e expectorou sangue. — Passa-lhe o papel. — Aqui. Essas ervas.

— Você não deveria andar por aí a essa hora. Seu irmão deveria ter vindo.

Ela mantém a cabeça baixa.

— Eu quis vir. Giovanni sabia e não me deteve.

Um início de risada sarcástica ressoa no escritório.

— Ah, o querido bom Giovanni... Eu lhe disse, se lembra?

— Sim. — A mão dela permanece estendida como uma demanda insistente.

Vincenzo pega o papel. Sem olhá-lo, coloca-o na mesa.

— Mas você está aqui porque quer.

Obriga-a a levantar o rosto.

— Sim — responde ela. — Sim — repete em um tom de voz mais alto.

Odeia-se ao dizer isso.

Ele passa os braços ao redor dela, que fecha os olhos e o abraça apertado.

Giulia tem medo. Medo e vergonha.

— O que vai ser de mim? Estarei arruinada — murmura. Gostaria de chorar, porém não consegue, porque seu corpo assumiu o controle e lhe ensina a fazer o que está fazendo. — Vou perder minha honra. Quem vai me querer depois?

— Ninguém. — Vincenzo tira sua capa. — Ninguém vai te querer. Você é minha. — Diz isso ao seu ouvido, e já está abrindo os botões do vestido. Depois, abre o espartilho, tira as saias.

Caem no chão e fazem amor.

Porque é verdade, porque Vincenzo tem razão: a carne não mente. O sangue não pode ser detido.

Passam-se semanas. Meses.

Depois, numa noite de fim de outubro, tudo rui.

Giulia e Giovanni saíram a passeio com Vincenzo sob os muros da cidade, aos pés do palácio Butera. Na carruagem, os homens falam de negócios e de algumas amizades em comum. Giulia, sentada ao lado de Giovanni, não olha para Vincenzo; contudo, embaixo das saias, sente a bota dele ao lado do seu tornozelo, um contato que lhe arranca arrepios.

De repente, Giovanni se vira para olhar uma charrete aberta.

— Oh, céus! — exclama. — Lá está Spitaleri, o atacadista de lã da praça Magione. Preciso acertar algumas coisas com ele. — Debruça-se na janela para chamar a atenção do homem, que desacelera e chama com um gesto.

— Vá falar com ele, esperamos. — O convite de Vincenzo tem o tom de uma ordem.

Giulia se mexe constrangida no assento, enquanto o jovem desce da viatura e alcança o mercador.

Quando Giovanni some do campo de visão dos dois, Vincenzo se debruça para a frente, puxando-a para junto de si.

— Sangue de Deus, venha aqui...

Ela fecha os olhos e o abraça. São fogo e palha. Não há dúvida sobre quem seja o quê.

É assim que Giovanni os encontra, ao voltar de repente: Giulia com o espartilho aberto e a saia enrolada sobre as coxas, Vincenzo ofegante.

Giovanni olha para a irmã, que tenta se cobrir, nota os cabelos que escaparam do coque e a vergonha no rosto. E percebe com terror a expressão sem nenhuma vergonha no rosto de Vincenzo.

Então, coloca as mãos no rosto, incapaz de aguentar aquela cena. Gostaria de gritar, insultá-los, bater nos dois.

— Você... — resmunga, apontando para a irmã. — Você permitiu que ele... O que vocês fizeram?

Ela cobre o rosto com as mãos.

— Não grite, por favor — sussurra. — Chega — implora ela.

É Vincenzo quem toma as rédeas da situação.

— Fique quieto, garoto, e suba. Vou falar com seu pai amanhã à tarde.

Em casa, o carregamento de infâmia é jogado sobre Giulia de um golpe só. Confessa a relação com Vincenzo, admite ter cedido. O irmão fica enfurecido, repete que a considerava uma moça pura e respeitável mas, ao contrário, ela havia cedido ao primeiro que apareceu.

Às lágrimas, ela encontra forças para rebater que a culpa também é dele, mas Giovanni a faz calar, colocando a mão em frente à sua boca.

— Não diga bobagens. Ele pegou o que você lhe deu.

— Sem vergonha! — sibila a mãe por fim.

Depois, se aproxima e, com uma energia insuspeitável, dá-lhe um tapa antes de se jogar no sofá, tossindo, ofegante. Tommaso caminha de um lado a outro, ignorando as lágrimas da filha e a respiração pesada da mulher. Por fim, para diante de Giulia e, em voz baixa, ameaçadora, diz que decidiu enviá-la de volta a Milão ou trancá-la em um convento.

Ela foge para o quarto e se joga na cama, com a cabeça embaixo do travesseiro para sufocar os soluços.

Tudo. Aceitará qualquer coisa, desde que não a afastem de Vincenzo.

Na tarde seguinte, Vincenzo chega à casa dos Portalupi para se reunir com os dois homens da família. Eles se trancam no escritório.

Giulia e Antonia, à espera na sala, se encaram em silêncio.

Mas a jovem não resiste: aqueles três homens estão decidindo seu futuro sem se preocupar com o que ela quer ou deseja, e ela *precisa* saber. Então, levanta-se, chega à porta do escritório e encara a madeira até decorar as molduras que se entreveem sob a pintura escamada.

Ela escuta.

Vincenzo explica os fatos de maneira tão plácida quanto descarada, declarando que não se casaria com ela porque seus projetos são outros. Contudo, deseja tê-la sob sua *proteção* e conta com a discrição deles.

— E é isso. Eu gosto de sua filha, sim, e eu a seduzi. Assumo a responsabilidade, se é o que vocês querem ouvir. Já que o dano está feito — diz com leve complacência. — Pedi esse encontro para lhes comunicar minhas condições. Eu não vou deixar Giulia no meio da rua e desejo que vocês também não o façam.

A cólera de Tommaso Portalupi, surgida da consternação, explode em um grito de raiva.

— O senhor não tem honra alguma! Forçou-a a ceder e agora quer transformá-la em sua prostituta?

Giovanni avança, ameaçando-o e pedindo-lhe reparação pela honra da irmã.

Vincenzo o congela com uma resposta seca.

— Não seja hipócrita. Você já sabia de tudo.

— Eu achava que você era gentil com ela porque era minha irmã, uma solteirona…

A risada de Vincenzo é um tapa.

— Acho que você fez isso de caso pensado. Achava que, interessando-me por ela, eu escolheria vocês como compradores privilegiados das minhas mercadorias, não é mesmo? Você é realmente uma criança.

Quantas vezes nos deixou sozinhos? Quantas vezes virou o rosto para o outro lado? Giulia podia não se dar conta das tuas manobras, mas eu me dei conta, sim, senhor. E se fiz dela minha amante, é porque eu a quis, a ela, e não ao seu dinheiro.

— Você permitiu que...

O tom raivoso do pai provoca em Giulia uma dor de estômago.

De novo, Vincenzo responde com calma.

— Reflita, senhor Portalupi: não sei se tinha o seu consentimento, e pouco me importa. Mas seu filho me deixava com frequência sozinho com Giulia, sempre encontrava um jeito de me fazer sentar ao lado dela, e isso sem que eu nunca pedisse. O senhor sabe como se diz aqui? A palha do lado do fogo se incendeia. E é o que aconteceu.

Uma cadeira cai no chão.

Giulia dá um passo para trás.

— Chega! Não importa o que aconteceu. Agora você tem que fazer dela uma mulher honesta! — grita Giovanni.

Giulia não acredita que o irmão esteja de fato indignado, não consegue. Provavelmente só está incomodado por ter sido descoberto e humilhado por Vincenzo, que está revelando suas maquinações ao pai.

— Não. — Seco.

— Então eu vou envergonhá-lo diante de todos. Você não vai poder passar batido por isso: vamos dar um jeito de manchar seu nome. Devem saber que você se aproveita de garotas inocentes e não se casa! Todos devem ficar sabendo que raça de canalha você é.

Vincenzo responde em um tom tão baixo que Giulia quase não consegue ouvir.

— Está me ameaçando?

— Sim. Comporte-se como um homem, por Deus!

Uma longa, estranha, pausa.

Giulia imagina Vincenzo encarando Giovanni até forçá-lo a baixar o olhar.

— Metade dos comerciantes de Palermo tem dívidas comigo e garanto as notas promissórias de todos os outros — diz ele, afinal.

— Sou liquidatário judicial, sócio da Câmara de Comércio. Tenho duas cotas de propriedade dos principais barcos que fazem escala em

Palermo. Basta-me uma palavra dita às pessoas certas para colocá-los de joelhos.

— Balela. Você não tem todo esse poder — afirma Giovanni. A voz, porém, está trêmula.

— Tenho, sim, senhor. É o dinheiro que me confere isso. Seu pai não fará nada contra mim, assim como você também não. Vocês são estrangeiros. Uma palavra errada e ninguém mais fará negócios com vocês em Palermo e em toda a Sicília.

O silêncio adentra o cômodo.

Giulia, atrás da porta, já não sabe mais o que pensar.

No final, é Tommaso Portalupi quem fala com a voz firme e gélida.

— Entendi muito bem a mensagem. Então, o que ouvi sobre o senhor é verdade: passaria por cima do cadáver dos seus parentes para obter o que quer. O senhor não tem nenhuma fibra moral nem respeito por nada nem ninguém. Sua decisão nos põe com as costas contra o muro. Agora, porém, permita que eu diga o que penso: o senhor se insinuou em nossa casa como uma cobra. Acabou com a minha Giulia para sempre, porque nenhum homem se senta à mesa onde outro já comeu. Pelo menos, seja sincero e me diga: vai cuidar dela? Porque eu não posso suportar a ideia de que um dia o senhor vai abandoná-la a um destino de pobreza. Já não tem qualquer honra, que é a única riqueza da qual dispõe uma mulher.

— Imagino que, a essa altura, minha palavra aos seus olhos não tenha valor algum — responde Vincenzo com um tom que, para Giulia, soa coberto de piedade. — De toda forma, sim: vou cuidar dela.

Imediatamente depois, a porta se escancara. Giulia o vê diante de si.

Toma o rosto dela nas mãos.

— Prepare suas coisas — diz-lhe, baixinho. — Em no máximo uma semana você vai sair desta casa.

Será a pior semana da sua vida. A mãe mal fala com ela; o pai a ignora, exceto quando lança alguns olhares de profunda desilusão. Giovanni diz abertamente que ela não vale nada.

Come sozinha em seu quarto, engolindo a comida e as lágrimas.

Quando Vincenzo vai buscá-la, é uma libertação.

Ele encontrou para ela um pequeno mezanino que dava para o pátio dos Portalupi. Mandara esvaziá-lo e pintá-lo. Decorara-o.

Sete dias depois, Giulia entra como dona, seguida por uma camareira que Vincenzo colocou à sua disposição.

Naquela casa, ela sente-se estranha. Sente-se culpada e, ao mesmo tempo, dolorosamente feliz.

Vincenzo foi claro: nunca se casará com ela. Contudo, ela o ama. Ama-o com tenacidade, com a loucura do primeiro amor, que é burro e cego, com a consciência de não ter esperança. E a este amor, que a transformou em uma pessoa a ser escondida, em uma filha digna de vergonha, ela se sente grata. Sente-se feliz com esse sentimento.

Antes, era uma jovem mulher honrada, uma sombra que vivia para servir à mãe e à família. Agora, é sustentada por um dos comerciantes mais ricos da cidade. Não de um nobre, para os quais é um costume social aceito ter uma amante. Mas de um mero lojista. Um mascate.

Para muitos, ela é pouco mais do que uma cortesã, e Vincenzo é um dono de boticário enriquecido. Embora as pessoas tenham medo dele — e do poder do seu dinheiro —, nada poderá protegê-los do desprezo.

Porém, tudo isso é nada comparado ao que a aguarda.

É um alvorecer de primavera do ano de 1835 quando a vida de Giulia se divide outra vez entre um antes e um depois.

A jovem está sozinha. Olha-se no espelho de casa. Sua casa de mulher sustentada. De amante de dom Florio.

O rosto está tenso, marcado por olheiras escuras como hematomas, devido a mais uma noite de insônia.

Tira a camisola. Fica nua. Treme, e não é de frio.

As linhas do seu corpo mudaram.

Naquela manhã, no número 53 da rua dos Materassai, as camareiras abrem as janelas. O ar fresco e a luz do dia invadem a sala de jantar.

Com camisa de mangas compridas e calça, Vincenzo toma um café da manhã frugal, passando os olhos por alguns documentos do conselho da Câmara de Comércio, do qual é conselheiro. A testa, normalmente enrugada, está descontraída.

Ainda sente em si o perfume de Giulia.

Giuseppina entra no cômodo no momento em que ele se levanta da mesa.

— Precisamos conversar.

Ele agarra um *tricotto* e o mordisca enquanto caminha em direção à porta.

— Não tenho tempo.

— Sim, pelo contrário. Você sabe que tenho um encontro com as freiras de Santa Caterina? Elas têm uma garota para me apresentar, a irmã de uma das noviças. Uma garotinha muito graciosa, dizem. E eu o que faço, vou dizer que meu filho tem uma sustentada?

— Veja o que querem os seus parentes e depois você me diz.

A mãe para à sua frente.

— Você passou de novo a noite com aquela lá.

Vincenzo passa a mão pelos cabelos. Invoca os santos para que lhe concedam paciência para enfrentar mais uma discussão com a mãe.

— Não lhe diz respeito.

— Não. Enquanto você viver sob este teto é também assunto meu. Eu lhe disse que você tem que esquecê-la. E, que Deus não permita, mas e se ela te der um bastardo? Você poderá dizer adeus para qualquer casamento, nem sonhe com nobres e princesas.

— Mãe. — Ele respira fundo. *Fique calmo*, repete a si mesmo. — Sou um homem, não um monge. E essa daqui é, antes de mais nada, a minha casa.

— Você também me joga na cara? Lembre-se do que fez!

Não, nenhum Deus poderia salvá-lo daquela briga que Giuseppina quer desencadear.

— Ainda com essa história de Bagnara? Quando é que você vai parar?

— Nunca! Você não deveria tê-lo feito: era a minha casa, e você a vendeu sem me dizer uma palavra. — Com a voz carregada de rancor,

Giuseppina segue-o pelo corredor até o quarto. — Você, como seu pai, tirou tudo de mim. E ainda preciso suportar que vá dormir com aquela tua puta de Milão.

É nessa frase que Vincenzo se detém.

— Agora chega — sibila.

Os olhos são duas fissuras. Agarra algumas roupas e joga-as na cama.

— Não, eu falo, sim. Você sabe como é ruim ir à igreja, em San Giacomo, e sentir os olhares das outras mulheres?

O homem tira as roupas até ficar nu.

— Não é problema meu o que as pessoas pensam.

— Mas o que está fazendo, tirando a roupa assim? Aprendeu isso com aquela sem-vergonha? — Giuseppina se vira, ruborizada.

— A senhora me fez; sabe como sou.

A mãe escuta o som da água na bacia, a mesma que usava Ignazio.

— Se seu tio estivesse aqui, você não teria feito isso; ter uma sustentada sob os olhares de todos… Vocês estão vivendo em pecado mortal.

O barulho da água para. Vincenzo se veste novamente; enfia as abotoaduras de madrepérola nas casas e fala, sem olhar para ela:

— Esse será o último dos pecados que poderei levar diante de Deus. E, de qualquer forma, se a senhora se sente tão incomodada, encontre uma esposa para mim e eu vou dormir com ela. — Pega o paletó, veste-o com gestos secos. — Mas saiba que, casado ou não, nunca vou abrir mão de Giulia. Nunca.

Já é quase noite quando Vincenzo entra no pátio da rua da Zecca Regia. Lança um olhar para as janelas do apartamento dos Portalupi e depois se encaminha para o mezanino. O que ele e Giulia dividem, "em pecado mortal", como diz a mãe dele.

Besteiras de mulheres e padres.

Pelo menos metade dos homens que ele conhece tem amante, quando não até mesmo uma segunda família, além da família oficial, começando por Ben Ingham, que trata os filhos da duquesa

Spadafora como se fossem seus. Mais raro é que uma história que começou como uma relação de interesse se transforme em um laço de amor.

Ele não alimenta esse pensamento. Não quer.

Toca. Ninguém responde. Abre a porta com as chaves, tira o paletó, chega até a sala.

Ela não está. Talvez tenha ido à casa dos pais.

Depois da briga seguida da decisão de viver aos olhos do mundo como sua sustentada, Giulia passou dias marcados pelo remorso. Só há pouco tempo começou a visitar a família. O pai, como homem pragmático, perdoou-a depressa. A mãe, não, continua a repreendê--la e a lhe fazer pesar sua desilusão.

Vincenzo se serve uma limonada da jarra. Trabalhará um pouco à espera do seu retorno.

Não sabe que horas são até que a chama do candeeiro começa a tremular, com o vento da noite.

Levanta-se, espia pela janela a casa dos Portalupi. Vê uma sombra, depois outra; parecem Giovanni e Giulia; estão discutindo.

Após alguns instantes, a moça desce, atravessa o pátio cabisbaixa. Ele abre a porta, mais preocupado do que gostaria de admitir.

Giulia está ali, diante dele. Tão pálida que parece feita de ala-bastro. Apoia a palma da mão em seu rosto sem dizer uma palavra. Demonstra estar sofrendo.

Beija-o.

— Mas o que... — murmura ele.

Ela coloca os dedos sobre os lábios dele para impedir que ele pergunte.

— Venha comigo.

Pega-o pela mão e ele a segue até o quarto, encantado por aquele pedido.

É o alvorecer que o acorda.

Ao redor deles, o teto branco, as cortinas que protegem o quarto dos olhos indiscretos, o armário de mogno.

Do lado de fora, o barulho da cidade que se reapropria de si mesma.

Sente a respiração de Giulia lhe fazer cócegas na têmpora. É um momento raro de paz e, como tal, precioso. A maciez tépida do seu corpo é um refúgio, lhe dá paz. Não precisa ficar vigiando as próprias costas quando está com ela. Não precisa demonstrar que é melhor do que os outros.

Ela é Giulia e ele é Vincenzo. Mais nada.

Quando se vira de lado, porém, percebe que ela está acordada. Contempla-a com seus grandes olhos escuros, sérios, mas serenos. Ela tem uma das mãos sob o travesseiro.

— Estou esperando um filho seu.

Por um instante, Vincenzo não entende.

Uma criança.

Significa que, dentro dela, sob suas carnes, algo está crescendo. *Criança. Filho. Meu.*

Arranca-lhe o lençol do corpo, explora-a com violência. Os seios mais inchados, os quadris cheios. O ventre arredondado.

Sangue de Judas, ele não percebeu!

Giulia agora está com medo: são os dentes cravados no lábio inferior que o dizem; é a mão apertada ao travesseiro que o confirma.

A frase sai ainda antes que possa detê-la.

— É realmente meu?

Giulia se vira de costas. Quase sorri. Talvez estivesse pronta para aquela pergunta.

— Você foi o primeiro, e também o único.

É verdade, e ele sabe.

De repente, Vincenzo percebe que está nu. Agarra o lençol, cobre a cintura. Giulia, ao contrário, fica assim, com a pele que se arrepia ao frio e o coração compungido.

— Há quanto tempo?

— Não desce o sangue há três meses. — Ela coloca a mão sobre o abdômen. — Logo, todos vão perceber.

Vincenzo passa a mão nos cabelos. Quando foi concebido? Ele tentou tomar cuidado, mas nem sempre conseguiu. Estiveram juntos, fizeram amor, por um ano inteiro.

Por fim, escapou mesmo um bastardo, como previu sua mãe.

— Não vou casar contigo. Não posso. Você sabe, não é? — Fala instintivamente, com rapidez, e ao dizê-lo sente-se sobrecarregado, com raiva, confuso. — Você não é aquela que... Minha mãe continua a procurar uma esposa para mim — acrescenta. Para que não fique colocando ideias estranhas na cabeça, ele pensa, é melhor que ela entenda logo que não é com uma *pança* e uma criança que vai conseguir mantê-lo por perto. — Diga-o imediatamente ao seu irmão e ao seu pai. Se é uma tentativa de...

— Eu sei. — Giulia se senta no meio da cama. Nua, orgulhosa. Parece resplandecer naquela luz. — Antes que você o diga, porque imagino que você vá fazer isso também, eu não vou a lugar nenhum para que me tirem a criança. Eu quero esse filho.

Vincenzo recua até a borda da cama.

Ela segura seu pulso, revela uma força inusitada.

— Escuta. Um dia, aparecerá a mulher que você e sua mãe procuram desesperadamente, e você vai se casar. Ou, simplesmente, não voltará mais aqui porque se cansou. Então eu terei algo seu, que me faça lembrar de você e de nós.

Vincenzo se desvincula.

— A casa e o dinheiro que dou a você não são suficientes? Por que quer um bastardo? Acha que vou lhe dar mais do que já dei? Já lhe disse que vou cuidar de você mesmo se tiver que deixá-la.

Ele gostaria de fugir, apagar tudo: aquele despertar, aquela confusão que lhe tira o ar, aquela pequena coisa que está crescendo dentro da sua mulher e a está roubando dele.

Nem consegue imaginar o que significa ter um filho. Nunca pensou em ser pai.

Giulia agora chora de verdade. Procura o lençol, se cobre. Aninha-se no meio da cama.

Para Vincenzo, só resta vestir-se e ir embora. Os soluços de Giulia acompanham-no até a porta.

* * *

— Desgraçada! Até isso agora! — grita Antonia entre um acesso de tosse e outro. Ela se balança na poltrona, os olhos esbugalhados que não sentem alívio nem com as lágrimas. — Até um bastardo! Como vamos fazer agora? Já não estava de bom tamanho tudo o que já aconteceu?

Giulia, com o vestido escuro abotoado até o pescoço, tortura um lencinho até desfiar as bordas. Está sozinha, ou pelo menos se sente assim. Foi até a mãe para ouvir uma palavra de conforto, para receber um abraço. Agora, precisa de ajuda, mas não a encontra em lugar algum.

A mãe deveria ser aquela pessoa que nos protege até de nós mesmos. Mas não a mãe dela: é uma mulher frágil, fixada em sua própria doença.

Antonia chora e agora suas lágrimas parecem não ter fim.

De noite, no entanto, Antonia já não chora. Sentada no sofá ao lado de Giulia, encara Tommaso e Giovanni, que retornaram há pouco, e sabe que será ela, a mãe, a dizer o que ambos pensaram ao ouvir a notícia. Então, espera que o marido pare de caminhar de um lado a outro sobre o tapete da sala, com as mãos atrás das costas, cabisbaixo, e que o filho desabafe xingando Vincenzo.

Quando finalmente o silêncio cai, ela tosse e murmura que haveria uma solução… Um pouco de dinheiro, uma parteira que saiba manter silêncio, uma tarde de dor, e já não restaria nenhum resquício daquela vergonha.

Depois, ela olha para Giulia.

— Você tem certeza de que não quer…

— Não. — Firme, o olhar baixo.

— Então tem que ir embora. — Antonia se levanta, tosse, cai novamente no sofá. — Vai voltar para Milão. Vai ficar com a tia Lorena, irmã de minha mãe, que vive fora da cidade. Você vai para lá até a criança nascer, depois veremos.

Mas Giulia balança a cabeça.

— Eu não quero partir.

Como ela pode fazê-los entender que não importa que as pessoas a insultem, que todos digam que ela é uma mulher sem valor? Ela sabe muito bem o que vai enfrentar. Quer estar com Vincenzo, paciência se tiver que aceitar as migalhas da vida dele. Isso terá que lhe bastar. É o que ela sempre fez: agarrar bem o pouco que os outros estão dispostos a lhe dar. Mas como, como explicar isso para sua mãe e para Giovanni?

Quer ficar em Palermo, não importa quão doloroso será.

— Você vai partir — diz a mãe, decidida.

— Não!

Ela desata a chorar. Desde que engravidou, o choro tornou-se frequente, quase um hábito.

Antonia e Giovanni se olham.

— Giulia... escuta — Giovanni ajoelha-se de frente para ela, pega suas mãos. — Se o Florio se casar, o que acha que vai ser de ti? Ele nem vai se lembrar de você, porque a mulher vai querer que você desapareça da vida dele. Não haverá mais espaço para...

Giulia se lembra das palavras de Vincenzo. Sabe que a mãe continua procurando uma esposa para ele.

— Não quero — repete obsessivamente. — Não.

Repete-o nos dias que se seguem, quando a mãe a obriga a fazer as malas às escondidas. Antonia lhe murmura que, de qualquer jeito, Vincenzo não vai mais querê-la, pois agora ela está grávida, seu corpo ficará deformado e ele não deseja outra coisa além de uma bela mulher com quem se divertir.

— Eu lhe disse que era um canalha. E você é uma pobre ingênua que acredita nele, eis o que você é.

Ela repete isso quando Giovanni lhe explica seu plano. Giulia está no cômodo, mas é como se não estivesse. Ele vai procurar uma passagem de navio até Gênova. Vai acompanhá-la e ter certeza de que tudo vai dar certo até sua chegada em Milão. Depois, voltará a Palermo.

Vincenzo desapareceu. Nem sequer um bilhete, nem sequer uma visita. Ele, que antes passava todas as noites abraçado a ela.

É esse vazio que Giulia não consegue suportar, que a quebra.

Desiste de resistir. Abandona a própria vida, aceita o que acontecer. Deixa que sejam os outros a escolher por ela.

Será como se ela nunca tivesse existido, e talvez seja assim mesmo.

Há um porém.

Encontrar um lugar em um navio parece estranhamente complicado. Entre os comandantes e armadores que os Portalupi conhecem, nenhum tem lugar em sua embarcação. Alguns desmentem até já ter transportado passageiros. Outros dizem que venderam todas as passagens no dia anterior. Mas dizem isso em voz baixa, desviando os olhos e rindo com ar de chacota.

Uma seria acaso, duas, um azar... mas três recusas são demais para ser coincidência. Tommaso entende.

Depois, uma noite, batem à porta.

Os Portalupi se olham, perplexos. Não estão esperando ninguém.

Sentada à mesa, Giulia está pálida; parece distante, vítima de um torpor que tomou conta dela há dias e a faz sentir-se destacada de tudo.

Sua mãe diz que é a gravidez. Ela sabe que não.

A camareira abre.

É aquela voz, *dele*, que a arranca do vazio em que caiu.

— Boa noite.

Vincenzo Florio os observa, um a um. Evita cuidadosamente Giulia.

— O que está fazendo aqui? — Giovanni o encara primeiro. — Você não é bem-vindo, vá embora!

— Só algumas palavras e me retiro. — Ele pega uma cadeira, coloca-a entre Antonia e Giulia, cruza as pernas. — Há alguns dias, meu bom amigo Ingham me contou que você, senhor Portalupi, está procurando uma passagem para Gênova. Não me surpreendi muito: pensei que fosse uma viagem de negócios. — Encara Tommaso. — Até que fiquei sabendo que procurava dois lugares.

Portalupi retira o guardanapo do colarinho, afasta o prato.

— Não preciso prestar contas ao senhor.

— Ah, pelo contrário, precisa, sim. Prometi que manteria Giulia sob minha proteção, e isso significa que ela deve permanecer em Palermo. Comigo.

Ela levanta a cabeça. A cor parece lhe voltar às faces.

— Precisamos tutelar nossa filha. Giulia não entende o que é melhor para si, especialmente na condição em que se encontra — interrompe-o Antonia. — Não pode viver aqui, solteira, com uma criança sem pai.

— Sobre isso a senhora está equivocada. Sua filha é uma mulher muito lúcida e inteligente. Não será um anel ou um padre que vão fazer a diferença na relação entre nós. — Vincenzo não sorri. Nenhum triunfo, nenhum prazer. — Vocês, ao contrário, foram burros. Deveriam haver imaginado que eu não permitiria que a levassem embora. A menos que... — Só agora ele fala com a moça. — A menos que seja ela a desejar ir embora, porque, nesse caso, eu respeitarei a sua escolha. Não a de vocês, senhores. A de Giulia. — Estende-lhe a mão.

Fique, ele quer dizer. Mas não sabe como.

Porém, Giulia lê aquilo no rosto dele. Sente raiva e rancor por tudo o que sofreu: a solidão, o abandono daqueles dias, o isolamento, as noites na cama fria. Por aquilo que ele não sabe e ela não pode lhe dizer. E, por fim, ela fala.

Tocou a badalada da meia-noite.

Giulia dorme, Vincenzo está ao seu lado.

De novo. Finalmente.

Seu corpo tornou-se amanteigado, redondo. Seu cheiro também mudou: selvagem, decidido, com um toque de leite e limão.

Vincenzo, por sua vez, está acordado. Escuta os pensamentos de uma Palermo que se nutre de suas próprias vísceras, que seus habitantes destroem e reconstroem. Pensa nos negócios, nas vindimas, nos assuntos da Câmara de Comércio. Pensa nos problemas que lhe dá a almadrava Virgem Maria, da qual ainda não é proprietário, mas cujo desejo de sê-lo assume contornos de ideia. Porque ama aquele lugar, e gostaria de fazer com que fosse o seu reino.

Lembra-se dos gritos da mãe que ameaçou colocá-lo para fora de casa se voltasse a procurar Giulia, especialmente agora que todos, realmente todos, sabem que a engravidou.

E depois, estar aqui. A tranquilidade.

Escuta a respiração da sua mulher. Ouve, imagina ouvir outro sopro que se enlaça ao dela.

A criança.

Do seio, a mão desce em direção ao abdômen. Agora ele percebe aquele filho. Ela o ajudou a perceber.

Além do afeto — ele, pai! —, experimenta outros sentimentos. Prevalece sobre todos eles uma desconfiança da qual é difícil de se libertar. Aquela coisa, aquele filho que ainda não nasceu, vai lhe roubar Giulia. Ela não será mais só dele.

É um ciúme que nunca sentiu, que o deixa exasperado.

E, ao mesmo tempo, insinua-se uma esperança.

Um menino. Um herdeiro.

Vira-se de lado. Giulia o abraça, o peito dela contra as costas dele, o ventre que lhe pressiona o lombo. Sim, aquela é a casa, ele diz já nos confins entre o sono e a vigília. Vincenzo adormece, quase sem perceber os leves golpes vindos de uma criança que bate à porta da vida.

Janeiro pode ser um mês ameno em Palermo, trazendo uma luz que parece falar a língua da primavera. Porém, quando o vento do norte chega, lembra a todos que o inverno tem seu período de reinado e não quer cedê-lo a ninguém.

É o mar quem traz as notícias. Ali, em Arenella, o mar da primavera é límpido e profundo. Entretanto, no inverno, a água se torna turva, ferve por dentro. Naquele janeiro de 1837, luminoso e enganoso, dois homens, agora, caminham sob os muros da almadrava, afastando-se dos respingos das ondas.

— Então o tribunal não decidiu?

— O príncipe de Castelforte se opôs novamente. Não quer ceder, aquele corno. — Vincenzo enfia as mãos no bolso, arrepia-se graças a uma rajada que se insinua debaixo do seu casaco. — Falta-me a cota de propriedade dele para que a almadrava seja minha. Até mesmo o padre de San Martino delle Scale me garantiu que venderá inclusive os depósitos. É só aquele maldito Paternò que não cede.

Ao seu lado, está a única pessoa em quem ele talvez confie, muito mais do que um simples colaborador. Cabelos crespos, bigode farto. Carlo Giachery abre os braços.

— Ainda a falácia da herança da mulher, imagino.

— Da mulher com quem ele nunca se importou. A verdade é que ele não quer se deixar humilhar por um comerciante como eu.

— Por um carregador, para ser mais preciso. — Giachery pode se permitir falar francamente.

— Argh.

Conhecem-se há uns dois anos, desde pouco antes do nascimento de Angelina, a filha de Vincenzo. Encontraram-se durante um jantar na casa do duque Serradifalco. Um evento em que aristocratas — poucos — e burgueses — muitos — ficavam lado a lado com artistas e pesquisadores.

Ficou impactado com sua fala rápida e com seu sotaque romano.

— Em Roma, a arquitetura funerária é um setor em rápida expansão. Enfim, precisamos agradecer a Bonaparte por sua ideia de colocar os cemitérios fora dos muros da cidade.

— Deveríamos agradecer a Bonaparte por muitas coisas, começando pelo fato de que nos fez conhecer a grandiosidade do antigo Egito e da Grécia — acrescentou o duque, um historiador apaixonado. — Claro, acabou com exércitos inteiros, mas quanta cultura nos permitiu conhecer!

Vincenzo notou aquele jovem arquiteto que se animava, falava do comércio e da arte que pode e deve se adaptar à vida comum, citando experiências industriais inglesas e francesas.

— Então, você tem conhecimento das últimas tendências da arquitetura inglesa e francesa, para as quais uma fábrica não deve ser apenas produtiva, mas também organizada de um jeito racional? — perguntou-lhe.

Carlo assentiu energicamente.

— Sim. Passei a juventude entre Paris e o Vêneto. Viajei e sei do que estou falando. Cumprir um objetivo não significa erguer quatro paredes e colocar os maquinários dentro, como alguns industriais querem que seja. Se alguém constrói uma fábrica têxtil no campo, tudo bem, porém, se for na cidade, precisa entender onde e como ela se mostrará e quem vai trabalhar por lá. As fábricas vêm se tornando parte da nossa cidade, então o certo é começarmos a pensar nelas dessa forma. Eu e meu irmão Luigi estamos trabalhando sobre essa temática, em como transformar uma fábrica num lugar que tenha, ao mesmo tempo, beleza e funcionalidade, e que se integre ao local em que foi construída.

Já no encontro seguinte, deixaram de tratar um ao outro de "senhor" e começaram a tratar-se por "você". Desde então, continuam discutindo e debatendo. Agora, já faz um mês, Carlo é professor de arquitetura civil na Universidade de Palermo e colabora diretamente com Vincenzo. No campo dos negócios, é a pessoa em quem Vincenzo confia mais do que qualquer outra, talvez porque não pertença completamente a Palermo, assim como ele. Giachery tem uma procuração e cuida da compra de propriedades e da administração de alguns negócios. Mas é, sobretudo, um amigo.

Vincenzo joga a cabeça para trás, enlaçando os edifícios com olhar de desejo. Como ele ama aquela almadrava.

— Quer saber por que eu o trouxe comigo até aqui? — pergunta, voltando a caminhar.

— Na verdade, eu estava me perguntando isso. Há meia hora estamos aqui dando voltas.

— O que eu quero é uma casa. — Vira-se, apontando os muros. — Aqui.

Paredes descascadas pelo ar salobro, armazéns escavados no tufo, poucas tamargueiras dobradas pelo vento, muros de pedra.

Carlo observa-o, depois observa a construção.

— Acho que não entendi.

O outro faz um gesto para que Carlo o acompanhe. Percorre o perímetro do estabelecimento, então explica.

— Vincenzo, me perdoe, mas continuo sem entender. Por que aqui? É uma almadrava! Você pode se permitir ter uma casa em qualquer lugar. Quer dizer... as melhores propriedades estão em Bagheria e San Lorenzo. Além disso, há menos de um mês, você disse que queria comprar a casa do tabelião Avellone. Mudou de ideia?

— Não, aquele é um investimento. — Aperta os braços de Carlo, como se pudesse lhe mostrar o que deseja por seus próprios olhos. — Não quero uma casa como as outras, com colunas, sacadas e estátuas. Quero algo que ninguém jamais imaginou fazer, e quero aqui, para que represente a forma como me criei: precisa ser *diferente*. Não quero uma casa, quero uma casa que seja a minha casa.

E é então que Giachery *enxerga*.

O horizonte, metafórico e real, escancara-se.

— O mar...

— O mar. Exato. E o mundo que existe além dele, e a riqueza que dele provém. Quero que todos vejam e entendam. — Vincenzo hesita. — Você não nasceu aqui, como eu. Você viajou pela Europa, morou em Roma, mas escolheu vir para cá porque sabe que Palermo é o seu lugar. Você entendeu o que eu quero. Dê para mim.

E nessa frase encerra-se um mundo.

Na carruagem, conversam sobre outros assuntos: dos teares de algodão em Marsala — "Nada, ainda não consegui encontrar o terreno" —, da gestão da cantina por parte de Raffaele Barbaro — "Poderia render mais, mas lhe falta iniciativa" — e do conselho da Câmera de Comércio.

— Acho que é o único lugar em que certas pessoas aceitam se relacionar com um comerciante como eu. — Vincenzo o diz com uma mescla de distanciamento e orgulho. — Não muitos, mas alguns, como o príncipe de Torrebruna ou o barão Battifora, entenderam que precisam arregaçar as mangas se não quiserem ter que vender tudo, inclusive seus títulos de nobreza. Afinal, são poucos os comerciantes e mascates que fazem realmente circular o dinheiro em Palermo, e menos ainda são os nobres que aceitam fazer negócios conosco.

— A inteligência é uma mercadoria rara. — Carlo suspira. — Eles não têm inteligência para entender que o mundo está mudando. — Tira do bolso um caderninho, lê o memorando. — Então, devo dar prosseguimento às tratativas com o duque de Cumia quanto à casa de San Lorenzo? Inclui um bom terreno, você poderia arrendá-lo.

Vincenzo está com os olhos vidrados na estrada. A testa se contrai em uma série de rugas que fazem-no parecer mais velho. Volta a si quando Giachery o chama.

— O que você disse?

Carlo coloca a mão sobre seu braço.

— É hoje à noite, certo? — pergunta, mesmo sabendo que Vincenzo não admite intrusões na sua vida privada. Mas talvez o faça justamente por isso. — Por que você não vai? É sua filha, afinal de contas.

— Não sei. — Vincenzo sente-se dividido, muito mais do que transparece. — Não vou lhe dar meu nome. — Diz com incômodo; o arrependimento é nítido. — Uma menina. Outra. Além do estrago, a ironia.

Indica o papel na mão de Giachery.

— Vamos adiante com Cumia. Avellone não quer vender sua propriedade diretamente a mim, mas não vai dizer não a ele.

Carlo faz sua vontade.

— Especialmente porque é o chefe-geral da polícia — pondera. — E ninguém diz não a um bófia.

Por que você não vai?

A pergunta de Carlo continua batendo na porta da consciência de Vincenzo. Isso dura a tarde inteira, tanto na botica, onde ele passa para assinar alguns pedidos, como no escritório da Casa Florio.

A essa altura, a rua dos Materassai está dividida entre ele e Ingham. Tem dinheiro e poder, muito mais do que era capaz de imaginar quando seu tio faleceu.

Mas para que lhe serve tudo isso se não pode decidir sobre a própria vida?

Quando Giulia lhe deu a notícia da segunda gravidez, ele acolheu-a com serenidade. Depois da primeira filha, Angela — Angelina, como todos a chamam —, sua situação deixou de dar o que falar: outros escândalos, bem mais suculentos, animavam os salões da cidade. Sua convivência agora só provoca uma vazia e indignada reprovação.

O mais difícil foi fazer com que sua mãe digerisse a notícia. Não é fácil fazê-la entender que não pode impedir que o filho se case, ainda que a lei preveja que ela precisa dar a autorização para isso. Ele tem quase quarenta anos... mas é em vão, Giuseppina não quer aceitar qualquer tipo de razão.

Numa tarde, dera de cara com ela. Chegou correndo ao escritório, cinzenta como a cor do vestido que usava.

— Então você a engravidou de novo?

O secretário, no limiar, tinha feito um gesto de desgosto, como para dizer: *Eu poderia talvez tê-la detido?*, depois fechou a porta.

— Boa tarde para a senhora também, mãe. Sim, Giulia está grávida novamente.

Ela levou as mãos ao rosto.

— Que desgraça! Mas essa daí nunca perde um filho? Só comigo aconteceu? — Balançava-se para a frente e para trás na cadeira onde afundou. — Ela ainda não entendeu que você não vai se casar com ela? E você, o que continua fazendo, será que não sabe o que tem que fazer para...

— Mãe! Nem termine essa frase! Está certo? — repreende ele, com as mãos na cintura. — E se dessa vez for um menino, eu me caso com ela. Que fique claro.

— Que abobrinha! — Ela se coloca de pé, destilando ódio. — Casar-se com essa meia serviçal? Mas você ficou louco?

— Sou prático. Tenho trinta e sete anos e não tenho outra coisa a fazer. E, para dizer a verdade, eu prefiro nem ter uma mulher, se é para ser uma viúva com cara de cachorro como aquela que você me propôs três meses atrás.

Giuseppina se transformou no retrato da mãe ofendida.

— Com essa você não se casa. Eu preciso te dar a autorização, lembre-se disso, não darei. Ela nunca veio meio até mim, nunca me respeitou e, agora, você vai colocá-la dentro da minha casa para que seja a patroa?

— Por quê? Você a acolheria?

— Deus me livre!

— Pronto, então vocês estão quites. — Ele estava cansado, uma resignação que o atravessava só quando tinha que discutir sobre Giulia com sua mãe e vice-versa.

Não havia sentimento mais perturbador do que aquele mal-estar que o fazia se sentir arremessado de um lado a outro, sem escapatória.

Os pensamentos de Vincenzo agora correm adiante. Ao momento em que lhe chegou a notícia sobre o trabalho de parto. À tarde de espera. Ao anúncio de que havia se tornado outra vez pai.

De uma menina.

Logo após o parto, Giulia lhe pediu que se casasse com ela. Pediu aquilo primeiro com doçura, mas depois com firmeza. Ele recusou.

Foi colocado para fora.

O mal-estar tornou-se sólido. Ela é dura, inflexível.

Quer de volta a sua honra, a sua dignidade. Vincenzo pensa em Giulia e entende que se saiu bem na difícil empreitada de encontrar uma pessoa mais orgulhosa do que ele como companheira de vida.

Continua a brincar com o anel do tio. Nunca desejou tanto um conselho dele.

Tira o relógio do bolso. Agarra o paletó e o casaco, desce até a rua.

A casa de Giulia não é distante.

De pé, na salinha da casa onde mora, Giulia Portalupi segura no colo a recém-nascida, diante do padre que veio para o batismo. Ao lado, seu irmão Giovanni; poucos passos atrás, a serviçal, com a outra garotinha. Passou-se uma semana desde o nascimento, e não é bom esperar mais para batizar um recém-nascido.

Faz uma semana que ela e Vincenzo brigaram.

O padre caminha pelo cômodo. Não se sente à vontade, quase parece não saber bem o que fazer. Apoia na mesa o óleo do crisma, acende as velas e, no meio-tempo, resmunga preces. Giulia, absorta, apenas segue seus gestos.

Foi assim com Angelina; é assim com sua segunda filha. Sua e de ninguém mais: Vincenzo não quis reconhecê-la. Giulia tem dificuldade em tolerar essa situação. Aquela solidão, aquele desprezo que a persegue são fardos pesados.

E agora, eis uma outra cerimônia furtiva, com um padre que entrou apressado em casa, sem sequer ser acompanhado por um coroinha. Um ritual clandestino, celebrado a domicílio, como acontece com os filhos ilegítimos. Nem seus pais quiseram estar presentes no batismo.

— Mamãeeeee — chama, agitada, a pequena.

Giovanni se aproxima, pega-a no colo para que fique quieta.

— Fica boazinha, vamos. A mamãe está batizando a irmãzinha. A vovó preparou uns doces, sabia?

Ao ouvir essas palavras, Giulia suspira. Preferia que a mãe estivesse ali, com ela, e não trancada em casa preparando biscoitos para aquela circunstância que ninguém parecia considerar uma festa.

O padre começa a dizer salmos em latim. A voz dura ressoa entre os móveis e o teto.

— Que nome dará a essa menina?

Giulia descobre a cabeça da pequena.

— Giuseppina. Como sua avó.

O pároco olha torto para ela. Sabe que a mãe de Giulia se chama Antonia, e sabe também quem é o pai das duas meninas. É a segunda bastarda que ela dá àquele sem-deus do Vincenzo Florio. E, além de tudo, em menos de dois anos. Ela se comporta como uma sem--vergonha, como se fosse mulher dele, enquanto o homem não quer assumir para si nem uma migalha de responsabilidade.

Naquele momento, um tilintar de chaves. O portão da casa range, depois fecha-se com uma pancada. Uma sombra vestindo uma capa escura surge no limiar da salinha.

Vincenzo.

O cômodo fica silencioso. Giulia hesita. Gostaria de chamá-lo para perto de si.

Depois, volta a olhar para o padre. Faz um gesto para que ele continue.

Giovanni também percebeu.

— Quer que eu diga a ele para ir embora? — murmura.

— Não. — Ele veio. É mais do que ela poderia esperar.

O pároco unge o peito da criança com o óleo santo, banha sua testa com a água benta. A pequena chora, se agita. No fim do ritual, o padre escreve o nome da menina no certificado de batismo.

Giuseppina Portalupi, nascida de Giulia Portalupi. Padrinho: Giovanni Portalupi. A madrinha é a jovem serviçal, Lucia.

Não há mais ninguém que possa assumir essa tarefa.

Enquanto o sacerdote apaga as velas e recolhe suas coisas, Vincenzo entra na sala.

Giovanni barra sua entrada.

— Aonde você vai?

— Quero ver minha filha.

— Ela não carrega seu sobrenome, da mesma maneira que Angelina. Você se negou a reconhecer ambas, lembra?

— Não é para você que devo explicações. Ultrapassa-o com desprezo.

Giulia, sentada no sofá, está vestindo Giuseppina. A recém-nascida se debate, chorando de frio.

A mulher o acolhe com um sorriso fraco.

Ele se ajoelha ao seu lado.

— Ouvi o nome que você lhe deu. Obrigado. — Estende a mão para tocar a garotinha que continua se mexendo, agitando-se em busca do seio materno. Ela se retrai.

— Gostaria que fizesse alguma diferença. — Giulia enrola a pequena no xale. — Mas não adianta, não é verdade?

— Não. — Ele suspira, impaciente. Atrás dele, Giovanni e Angelina. Percebe seus olhares às suas costas. — Quero falar com você. A sós.

Naquele momento, Angela se solta e corre até a mãe. Esconde-se embaixo do seu braço e, daquele refúgio, encara Vincenzo com desconfiança. Para ela, aquele pai é uma figura com contornos matizados.

— Tudo bem. — Giulia se levanta, aperta Giuseppina contra o seio. — Ainda que eu já saiba que vou me arrepender.

A mulher acompanha o padre até a porta. Ao lado dela, Giovanni dá ao sacerdote uma doação "para os órfãos da paróquia".

O homem aceita com expressão severa, fecha os dedos ao redor das moedas e vai-se embora.

Com a mão na soleira, Giulia encara o irmão.

— Preciso falar com Vincenzo. A sós.

— Você é louca. Louca ou burra, não sei. O que acha que ele vai lhe dizer? — Giovanni aponta para a salinha. — Por que quer se rebaixar de novo? Com um homem assim, você nunca conseguirá nada de bom, nem família, nem respeito. Será sempre... aquilo que é.

Giulia sabe que é assim. Que o irmão tem razão. Que deveria ter fugido para Milão assim que engravidou de Angelina. Contudo, escancara a porta, aponta a escada.

— Por favor — insiste, e é um pedido que não comporta objeção. Giovanni abre os braços.

— Pior do que está indo, sua vida não pode ir. — Chama Angelina. — Não quero que os ouça brigar, a pobre criança — murmura.

Giulia comprime os lábios.

A garotinha, que observava o pai de esguelha, corre para o tio e ri quando ele a pega no colo rapidamente. Vincenzo segue-a com os olhos e a vê desaparecer além do limiar. Um instante mais tarde, ouve a porta se fechar com o som da risada de Giovanni e dela.

Com ele, Angelina nunca riu.

Giulia volta de robe para a salinha, com a criança mamando vigorosamente no peito.

— Tua outra filha nem olhou para mim.

— Aposto que você não se perguntou por quê. Deveria se perguntar — responde ela, pungente, e depois faz um gesto para que ele a acompanhe. Vai até o quarto, senta-se no colchão para amamentar a pequena. Vincenzo olha-a com timidez. Permanece em silêncio, por um bom momento, a observá-la. Ainda não havia percebido como a gravidez suavizara seus traços.

— Você tem certeza de que não quer uma ama leiteira? O peito vai estragar — murmura ele.

Ela faz que não.

— Por que você voltou? Eu lhe disse para não vir mais até falar com sua mãe.

Vincenzo abre o casaco para sentar-se na beirada da cama.

— Ela não quer. Simplesmente não quer.

— E você não quer escolher entre mim e ela. Não, não precisa dizer mais nada. — A voz dela torna-se áspera. — É curioso que dom Florio, o comerciante sem escrúpulos, famoso por sua dureza, se transforme num garotinho assustado diante da mamãe.

— É minha mãe. E está velha e sozinha.

— Enquanto eu sou a Circe que te arrastou para sua rede. Você já contou para ela como aconteceram as coisas, como você me perseguiu até eu ceder?

— Você aceitou.

Ela coloca a mão na boca, como para se segurar.

— Claro. Agora a culpa é minha. — Diz aquilo com rancor, com o tom de uma maldição. — Eu não fui capaz de fazer de outro jeito, maldito seja meu coração.

Vincenzo se agita, levanta-se, volta a se sentar.

— Não é tão simples assim.

— Para mim também não. — Afasta a criança do seio, apoiando--a contra o ombro. — Eu podia aceitar o falatório ou suportar até o desprezo, pelo amor que sinto por você. Mas agora temos duas filhas, Vincenzo. Duas criaturas que precisam de um pai. Sua mãe deveria aceitar isso, e você também. Deveria parar de ter sonhos de glória.

— Tudo isso deve ser conversado. Se for conveniente, as pessoas são capazes de passar por cima de qualquer coisa. — Bufa. Detesta que Giulia consiga colocá-lo assim, contra a parede. — De qualquer jeito, minha mãe nunca aceitará o casamento e, sem seu aval, não posso me casar: é a lei.

— A lei exige que você faça uma *comunicação* da sua vontade, con-siderando que tem mais de trinta anos. — Giulia percebe as lágrimas que brotam em suas pálpebras.

Não quer chorar, não o fará.

Coloca Giuseppina no cesto, e a pequena responde com um gor-golejo que prenuncia o sono.

— Pelo menos, se não quer se casar comigo, reconheça as meninas. Dê a elas a possibilidade de ter um pai legítimo.

Vincenzo morde o lábio. Então, ela entende que ele não vai ceder nem mesmo àquilo.

— Você é um covarde. — Giulia se levanta, apontando a porta. — Eu não quero mais vê-lo.

Ele fica sentado. Agarra o pulso dela.

— Não me peça para escolher entre você e minha mãe.

A frase atravessa sua mente, uma epifania violenta e amarga. Ela não se segura.

— Porque são meninas! É por isso que você não as quer reconhecer, admita! Porque não podem ser suas herdeiras. — Coloca a mão na testa. — Fui tão cega. Eis por que sua mãe se opõe e você não lhe diz nada, que reconhecimento que nada! — Pega a capa, joga em cima dele. — Vá embora daqui!

Vincenzo agarra o casaco, de cara fechada.

— Desde que você descobriu que estava grávida dessa outra, virou uma petulante. Achei que tinha sido claro dois anos atrás.

Esperava encontrar Giulia com um humor mais conciliador, e no entanto...

— *Essa outra* também é sua filha e tem um nome: Giuseppina. — Giulia escancara a porta de casa. — Já que você prefere sua mãe, vá embora e não volte mais. — Diz aquilo com a voz inflamada e os punhos cerrados.

Vincenzo a olha e se sente tomado pelo desejo. É verdade, Giulia tem o rosto ainda cansado pelo parto e o ventre está inchado, mas há nela algo que vai além da carne, agora ele sabe, e que faz com que seja impossível deixá-la. Gostaria de ficar, afundar-se dentro dela, mas não pode porque passou pouco tempo desde o parto, e uma puérpera não deve ser tocada.

Fecha a mão, dá um soco na porta. A madeira se racha, suas juntas ficam sujas de sangue.

Giulia se assusta, dá um passo para trás. Vincenzo é irascível, mas nunca foi violento com ela. Ela sente medo.

— Isso não terminou aqui. — A voz de Vincenzo está rouca, distorcida pela cólera. — Você é minha — diz ele.

E foge.

Giulia fica sozinha. Apoia-se na porta fechada, põe as mãos na cabeça. Chora. A fragilidade física soma-se à solidão e ao cansaço de criar duas filhas sem um pai e sem a proteção de um nome. Por mais que Vincenzo deixe dinheiro na gaveta da cômoda do quarto, quantia nenhuma poderá substituir o apoio que um homem deveria dar à própria família.

Quando fez sua escolha — aliás, quando quis segui-lo —, não imaginava o que aconteceria. Não tinha pensado em filhos. Só Vincenzo existia.

Agora, contudo, há as duas meninas.

E agora, o que ele vai fazer?, pergunta-se. Vai procurar outra mulher? Alguém que vai aquecer suas noites, que ficará com ele sem esperar o mesmo respeito que ela agora deseja? Ou sua mãe encontrará uma moça para casar o filho?

De repente, o medo de perdê-lo torna-se uma onda que a submerge.

Passam-se os dias, as semanas. Giulia se recupera do parto com dificuldade, e por isso Angelina passa muito tempo com a avó Antonia. Giovanni, ao contrário, passa as noites com ela, para distraí-la, contando-lhe o que acontece na cidade. Uma noite, porém, ele se detém desajeitado no limiar. Olha-a, entrega-lhe uma bolsa.

— Ele te manda isso. Eu disse a ele que sua família estava cuidando de vocês, mas ele fez uma cara... Você o conhece, não é?

Giulia suspira. O conteúdo daquele saquinho é o único jeito que Vincenzo conhece de demonstrar o que sente. Ela pega as moedas.

— Diga que venha ao menos ver as meninas — murmura, antes de fechar a porta.

Na noite seguinte, quando as pequenas estão na cama e ela também está pronta para se deitar, ouve baterem à porta. É um toque leve, tão leve que ela pensa que o imaginou.

Fecha as abas do robe e vai abrir.

Vincenzo está ali.

— Você poderia ter usado as chaves — diz ela, abrindo a porta.

— Você me mandou embora.

Ela bufa, escancara o batente.

— Esta é a sua casa. Você paga as contas.

Ele ignora aquela provocação. Vai ao quarto, onde sabe que vai encontrar Giuseppina no berço de madeira. Afasta o véu, observa-a.

— É você que continua a nutri-la?

— Sim. — Giulia observa-o, parada com os braços cruzados. — Angelina dorme no outro quarto, com Lucia. Você não pode ir vê-la.

Ele se afasta da recém-nascida.

— Estão bem?

Ela faz que sim.

Vincenzo se aproxima, tira uma mecha de cabelos da testa dela. Hesita antes de falar.

— Você, ao contrário, está pálida como uma defunta. Ela te deixa dormir? Você está comendo carne o suficiente?

Giulia afasta a mão dele e vai até a sala.

— Não é questão de comida, você sabe. Há coisas que não me deixam dormir — diz, e cerra as palmas das mãos em punho. — Só uma me ajudaria a me sentir melhor: saber que você vai prover a mim e às meninas. Mas em vez disso...

— Mandei dinheiro por aquele boboca do seu irmão. — Os primeiros sinais de cólera já tingem a voz dele.

— Porque para você tudo começa e acaba em dinheiro, não é? Você tem uma família agora.

— Tenho uma amante que me deu duas bastardas. É diferente.

Giulia não reage àquelas palavras. Está congelada. O ar fica parado sob seu esterno.

É isso que ela é. É isso que ele a considera.

— Você poderia mudar tudo, se quisesse — diz ela em um sussurro que tem o som de um lamento.

Ele mantém os braços cruzados.

— Isso é tudo o que posso oferecer.

— Você não *quer* me oferecer outra coisa porque é um covarde. — Ela cobre o rosto com os punhos cerrados. — Não quer porque tem na cabeça as suas malditas ideias e porque se colocaria contra sua mãe, que o trata como se você ainda tivesse quinze anos. Contudo, mais cedo ou mais tarde, terá que fazer uma escolha.

Ele se aproxima dela. Agarra seu pescoço com a mão, sem apertar, mas o suficiente para lhe tirar o ar.

— Não há escolha a ser feita.

É um momento, mas basta.

Do pescoço, a mão passa para a nuca, e o aperto se transforma em carícia. Eles se beijam, se desejam. Passou tempo demais desde a última vez em que estiveram juntos. Não conseguem ficar muito tempo longe um do outro.

Enquanto o abraça, Giulia se odeia. Porque sempre o perdoa, porque o ama e o acolhe depois de toda briga, porque se sente aos pedaços sem Vincenzo. Desde que o conheceu, já não se basta sozinha.

E Vincenzo fica com os olhos cerrados. Porque aquela é a sua casa. Se o resto do mundo é terra infinita, Giulia é o seu mar.

Vincenzo vai embora quando ela, cansada, adormece. Vai sem dizer uma palavra, porque não sabe o que dizer.

Talvez ela tenha razão ao defini-lo um covarde.

Mas Giulia está acordada. A última coisa que ouve é o estalo da porta no batente.

A mulher passa a noite com Giuseppina ao seu lado. A cama, depois do amor, parece imensa, fria, muito mais do que nas outras noites em que passou sozinha. As lágrimas de raiva são mais intensas do que as de saudade, a cólera, mais forte do que o arrependimento.

Amanhã é domingo.

Prepara-se com cuidado. Veste um dos seus melhores vestidos; ainda está apertado, mas paciência.

Veste Giuseppina, pede à mãe que cuide de Angela, diz que voltará em breve.

A missa da manhã em San Giacomo é frequentada principalmente por mulheres e homens do povo que não têm tempo de ir à função da tarde. Entre eles, mais por hábito do que por necessidade, está Giuseppina Safiotti Florio.

Giulia a vê entrar. Tem um rosto severo; os cabelos grisalhos presos sob um gorro. No fim da cerimônia, ela a segue. Espera que chegue quase na entrada da rua dos Materassai.

Chama-a.

— Dona Florio! Dona Florio!

Giuseppina vira-se instintivamente. Comprime as pálpebras, não a reconhece de imediato. Mas, quando vê a garotinha, se enfurece. Dá as costas, caminha decidida em direção à casa.

— Olha só essa sem-vergonha...

— Pare! — Giulia segue-a.

Alguém se debruça na janela. Um carregador as observa; algumas mulheres que acabaram de sair da igreja desaceleram o passo.

Giulia a ultrapassa e bloqueia seu caminho.

Giuseppina não tem opção a não ser parar.

A voz é alta, para que todos ouçam e saibam.

— Dona Florio, não quer ver a sua neta?

As pessoas olham e ouvem.

A resposta é tão áspera quanto uma lixa na madeira.

— Eu não tenho netos.

— Tem certeza? Esta garotinha tem o seu nome.

— E o que é que isso importa? Há tanta gente que se chama Giuseppina.

— Mas esta aqui tem os olhos do seu filho.

Giuseppina, embora relutante, dá uma olhada. A garotinha se parece demais com Vincenzo: tem o nariz dele, a linha das sobrancelhas dele. A senhora afasta-se de repente.

Não é aceitável, não é justo.

— Uma cadela nunca pode dizer de quem são os filhotes que pariu. Esteve com muitos cães para saber.

Giulia aperta a filha contra o próprio peito, como que para protegê-la.

— As cadelas sem dono fazem assim. Infelizmente, o meu segura bem apertada a coleira. Não fui eu que o procurei: foi ele quem me tirou de casa.

— Certas coleiras enforcam. — O tom de Giuseppina é carregado de ódio. — Se você achava que ia se arranjar assim, calculou mal. Aqui não há lugar para você.

Giulia não consegue rebater.

Giuseppina a ultrapassa. *Coloquei-a em seu lugar*, diz a si mesma, satisfeita. O que ela achava que conseguiria indo até lá, fazendo aquele papel de desclassificada? Só mostrou sua verdadeira natureza.

A resposta de Giulia chega quando a outra já está na porta de casa.

— Eu não escolhi essa coleira por dinheiro. Mas como a senhora, que nunca amou ninguém, poderia entender isso?

Da janela da sala de jantar, de roupão e pés descalços, Vincenzo viu tudo. Com o olhar, acompanha Giulia, que se afasta até desaparecer em uma curva.

Ouve o passo enfurecido de Giuseppina se aproximando.

— Você viu, não foi? Mas que raça de mulher! Uma verdadeira canalha, mas eu a coloquei em seu lugar. O que ela quer, trazer escândalo para dentro desta casa? Longe daqui!

Ele nem se vira.

Por muito tempo, depois de ter consumado seu desejo, ele se perguntara por que ainda se sentia atraído por ela. Por que continuava a procurá-la, a voltar para ela depois de todas as discussões.

Hoje, finalmente, ele entendeu.

A mãe pergunta por que ele não responde. Observa-o ir até o quarto, vestir-se com pressa.

— O que é? O que vai fazer agora?

— Vá cerzir suas meias. — Como se ela fosse uma velha louca e tivesse que ficar de lado.

O rosto da mãe se desfaz, se torna um cúmulo de orgulho ferido e indignação.

— Você está indo até ela? Aquela é puro veneno. É um diabo encarnado que fede a enxofre. E eu? Você vai me deixar sozinha?

Grita isso pela janela enquanto Vincenzo se afasta pela rua dos Materassai sob os olhares das mulheres que assistem àquele teatrinho.

Vincenzo quase corre pelos becos, passa por todas as lojas fechadas.

Vê Giulia na rua Cassaro. Ela segue a passos lentos entre as pessoas bem-vestidas, a cabeça inclinada para a menina. Ele a conhece bem e sabe que está se esforçando para não chorar. Humilhar-se daquela maneira deve ter lhe custado muito.

Vincenzo a alcança, dá o braço a ela diante de todos.

Giulia se assusta.

— Mas…

— Vamos para casa. Para a nossa casa.

RENDA

julho de 1837 — maio de 1849

Unn' è u' piso và a balanza.
"Onde está o peso, vai a balança."

PROVÉRBIO SICILIANO

Em junho de 1837, a epidemia de cólera, que há alguns anos flagela a Europa, chega à Sicília. As péssimas condições de higiene em que vive a maior parte da população favorecem o contágio, e a doença é erradicada somente no início de outubro. Testemunhos da época falam de vinte e três mil mortos apenas em Palermo.

Os anos entre 1838 e 1947 são relativamente tranquilos. Porém, a partir de setembro de 1847, vários protestos ocorrem na Sicília, fomentados pela pobreza, pelo constante movimento independentista e por conflitos sociais. A atitude repressiva de Ferdinando II incendeia os ânimos e, no dia 12 de janeiro de 1848, Giuseppe La Masa e Rosolino Pilo lideram uma insurreição contra os Bourbon em Palermo: de forma pioneira entre as grandes cidades italianas, Palermo declara independência do poder central. O chefe do governo revolucionário é o almirante Ruggero Settimo, que, com a ajuda da nobreza e da burguesia, tenta envolver o povo nos processos de tomada de decisão. Ferdinando outorga uma constituição à Sicília, sendo imitado por quase todos os Estados italianos: em 4 de março, Carlo Alberto promulga o Estatuto Albertino; em 17 de março é Veneza a se insurgir, e no dia seguinte é a vez de Milão. Logo, a Europa inteira será atingida por movimentos revolucionários, inclusive o Estado Pontifício: em 24 de novembro de 1848, o papa Pio IX se vê obrigado a fugir para Gaeta. Em 9 de fevereiro de 1849, nasce a República Romana, governada por um triunvirato (Carlo Armellini, Giuseppe Mazzini e Aurelio Saffi).

Contudo, mais uma vez, todos os movimentos revolucionários são reprimidos. Na Sicília, emergem desde bem cedo a fragmentação política da ilha (Messina e Palermo, por exemplo, são grandes rivais) e a incompatibilidade dos estratos participantes da revolta: enquanto os nobres e os burgueses desejam enriquecer (apoderando-se do patrimônio eclesiástico), o povo espera a redistribuição das terras. Em maio de 1849, enfraquecida e acossada pelas tropas bourbônicas, o governo revolucionário prefere se render. Ferdinando II mostra-se clemente: em vez de condenar à morte os chefes da revolta, envia-os ao exílio. E concede perdão real a muitos apoiadores da rebelião.

Fios de algodão, agulhas, bilros, rebolos.

A renda é uma arte.

Para obter poucos centímetros de tecido, para entrelaçar um fio no outro seguindo um desenho de linhas finas, é necessário ter mãos firmes, paciência e boa visão.

As rendeiras de Burano, que durante séculos sustentaram aquela pequena ilha com seu trabalho, sabem bem disso. Exportaram seu conhecimento graças a Caterina de Medici, que convenceu algumas daquelas mulheres a se mudarem para a França e ensinarem aquela arte secreta nos conventos. No coração da Europa, a renda torna-se decoração para as roupas das mulheres e dos homens mais ricos do reino. As escolas de renda mais famosas se deslocam da Itália para o norte: Valenciennes, Calais e depois Bruxelas e Bruges.

A renda, amada por Napoleão, torna-se obrigatória nas roupas da corte.

A renda que, a partir do início da revolução industrial na Inglaterra, começa a ser feita à máquina em tecidos impalpáveis. Até a rainha Vitória casa-se com um véu de tule feito à máquina, e parece que não existe mais um futuro para essa arte delicada.

Porém, a despeito disso, a renda trabalhada à mão continua existindo. Usam-se bilros que permitem trabalhar mais depressa graças ao entrelaçamento dos fios. Arrisca-se o uso de sedas coloridas. Incentiva-se as jovens humildes a aprenderem esse ofício.

Mas é necessário esperar alguns anos até que essa arte antiga volte à moda em Veneza e se difunda de novo por toda a Itália.

A renda trabalhada à mão torna-se um privilégio para poucas, riquíssimas famílias. É um bem raro, precioso como uma joia.

Um tesouro.

* * *

Faz um calor infernal, um sol implacável.

Palermo está morrendo. Pela rua Cassaro, passam carroças levadas por animais magros. Dentro, cadáveres. Os carroceiros gritam:

— Quem tem mortos para enterrar?

Alguém acena. Logo depois, um corpo é jogado janela abaixo.

Todos os dias, a cidade paga o seu tributo de vítimas de cólera, doença que chegou do continente para a ilha em junho de 1837. E o que a doença não fez, fizeram os homens. Após a propagação da epidemia, veio a revolta popular, incitada pelos que culpam o rei por ter incentivado o contágio: água e comida — gritam, acusam — foram contaminadas propositalmente para dizimar a população.

As fachadas de tufo dos edifícios barrocos, fechados e lacrados, pareciam caveiras deixadas para calcinar ao sol. Abandonadas pelos nobres, as casas são saqueadas em busca de comida ou dinheiro. Lojas e comércio são incendiados. As pessoas morrem pelas ruas implorando um pedaço de pão; do campo já não chega mais cereal algum. As fumigações de cloro não detêm o contágio, mas preenchem os becos com uma fumaça fétida que se mistura ao cheiro dos fogos acesos nas praças para queimar lençóis e móveis. Poucos são os médicos que ficaram na cidade, além de alguns frades que vão de casa em casa para dar a extrema unção. Ou para benzer os mortos.

O mar que se vislumbra atrás da porta Felice também parece irreal, quase inalcançável. Na Enseada, poucas embarcações. Em muitas, a marca da quarentena.

Vincenzo caminha próximo ao muro da rua dos Argentieri. Ainda não deixou a cidade, mas fará isso em breve. Com um pontapé, afasta um cão abandonado que revira o lixo, cobre o rosto com um lenço para poupar-se do miasma que emana do esgoto. Dominando tudo, um fedor de morte do qual não se pode escapar.

Na entrada da rua da Zecca Regia, há uma carruagem com vidros escuros, escoltada por homens armados com espingardas. Em frente à carruagem, está Giulia, que usa um chapéu com véu. Procura-o, observando a rua. Quando o vê chegar, coloca as mãos no peito e corre até ele.

— Parta conosco — diz, sem nem cumprimentá-lo.

Ele faz um sinal negativo com a cabeça, diz que ainda não pode.

— A casa fica perto de Monreale, e está bem protegida. Giovanni e seus pais irão esta noite. Não saia e fique o menos possível em contato com as pessoas que você não conhece — recomenda a ela.

Da carruagem, chega o choro de Giuseppina e a voz lamentosa de Angela. Tomada pela angústia, Giulia agarra as mãos dele.

— Você virá logo?

— Sim, sim. Sejam prudentes, fervam as roupas e...

Ela o beija como se nunca mais fossem se ver.

— Não quero ir embora — diz, e agarra o pulso dele. — Deixamos partir as meninas. Eu fico com você... Se ficar doente, quem vai cuidar de você? — implora ela.

Mas ele faz que não, não quer, que ela também deve ficar num lugar seguro. Quase a empurra para a viatura, e por fim Giulia sobe na carruagem, enquanto Angelina a escala até se sentar em seus joelhos.

Venha logo, parecem dizer seus olhos sob o véu. *Não me deixe sozinha.*

E Vincenzo se vê forçado a desviar o olhar. Não consegue vê-las partir sabendo que a doença pode matá-las em um dia ou uma noite. Pode ser a última vez que se veem. As crianças são presas fáceis demais para aquela doença.

No dia anterior, ele colocou a mãe e as domésticas em uma carruagem semelhante, levando-as até a entrada da cidade. Mandou-as para a casa de Marsala, onde estarão resguardadas.

Mas ele não, ainda não pode ir embora. Precisa deixar seguros os celeiros, se ocupar das reservas, entrar em contato com os fornecedores franceses para que não enviem mercadorias que não possam ser liberadas pela aduana, visto que a cidade está à deriva e ninguém cuida disso mais.

De repente, de um beco diante do edifício Steri, surge um homem que o chama em voz alta: é Francesco Di Giorgio, responsável pelo comércio com os vilarejos da Sicília.

— Dom Florio! Encontrei o senhor, venha! Que desgraça!

A ansiedade torna-se angústia.

— As reservas?

— A tintura de valeriana, a pimenta-do-reino, o cardamomo e o óleo essencial de hortelã... Nada, acabaram! O pouco que sobrou foi confiscado. Quando fui embora, havia uma multidão diante da loja, e não gostei nada disso... Estão todos desesperados. Dizem que devastaram uma farmácia na área dos Tribunali. No campo, estão matando até os padres porque dizem que eles estão contagiando as pessoas... Os cristãos estão ficando loucos!

— Maldição!

Correm até a botica. Na praça Garrafello, as fontes foram arrancadas; sobre algumas outras, foi pintada um X preto. Em lufadas, chega o cheiro do hipoclorito de cálcio usado como desinfetante, que se mistura ao fedor do lixo.

Na rua dos Materassai, veem-se diante de uma barreira de pessoas. Carmelo Coratozzolo, o responsável pela botica, está parado em frente à porta, com os braços para o alto.

— Acabou tudo, eu juro! Tudo! Os navios não chegam, não há fornecimentos! Não temos mais nada!

— Mas como assim? Até o láudano? Como vou fazer para acalmar as dores da minha mulher? Está se contorcendo na cama... — Um homem está diante dele, implora com as mãos unidas.

Outro, pouco mais do que um garoto, está desesperado.

— Nem uma garrafinha de valeriana? É para minha filha, minha pequena!

Atrás deles, homens e mulheres xingam, suplicam, se empurram para entrar.

Vincenzo precisa abrir espaço, empurrá-los com cotoveladas. O terror que deforma o rosto daqueles homens é pior do que a cólera: sente isso na pele, e não passa impune ao sentimento; é como se tivesse os braços e as mãos atados.

— Não acredito! — grita um velho. Segura uma pedra, joga-a contra uma vitrine. — Vocês guardaram as especiarias para dar aos seus amigos!

Com aquele gesto, Vincenzo se sacode, pula para a frente. Não podem destruir a botica. O que ele é começa e termina entre aquelas paredes revestidas de madeira. Tinha onze anos quando entrou ali, levado pelo tio, que lhe mostrara o letreiro com o leão ferido e, em certo sentido, nunca saiu de lá. Naquele momento, mais do que qualquer coisa, gostaria de ter ao seu lado o tio Ignazio, ouvir sua voz reconfortante.

— Não! — grita, mas sua voz não consegue abafar o barulho da multidão.

— Vamos pegar tudo — grita alguém.

Vincenzo se coloca entre a massa humana e Caratozzolo.

— Parem! — grita com todo o ar que tem no corpo.

As pessoas hesitam. Todos olham para ele com uma mistura de raiva e esperança.

— Dom Florio, pelo amor de sua mãe — diz o garoto, jogando-se aos seus pés. — Ajude-nos! Ao menos o senhor!

Vincenzo olha para Caratozzolo, mas ele continua a balançar a cabeça. Está com lágrimas nos olhos, porque realmente gostaria de ajudar aquela pobre gente.

— Dom Florio é minha testemunha. Realmente acabou tudo. Acreditem!

Vincenzo lhes mostra as palmas da mão.

— É verdade, eu juro! Conheço muitos de vocês: Vito, você trabalha na banca do peixe na feira, é filho de Biagio, o mestre do machado, e tem uma pequenina, da mesma idade da minha filha — diz ao garoto. — E você Bettina, a esposa de Giovanni, que trabalha o mármore. Lá atrás está Pietro, cortador de pedra. Conheço vocês e suas famílias, porque eu também moro aqui. E se lhes juro que não sobrou mais nada, precisam acreditar em mim.

— São mentiras! Você tem especiarias guardadas! Saia da frente ou nós vamos tirá-lo à força — grita uma voz no fundo da praça.

A multidão resmunga, se agita, se empurra.

Vincenzo abre o paletó, abre o colete. Sob a camisa, mostra o peito nu, nele aparecem os primeiros pelos brancos.

— Vocês querem me matar? Estou aqui. Aqui estou e daqui não saio. Mas eu lhes digo. Aqui já não há mais nada, vocês precisam acreditar. Acabaram todas as coisas, não tenho mais nada nem para a minha família.

O marmoreiro dispara com raiva:

— Diz isso porque tem para vender para os seus amigos!

Ele ri, de raiva e desespero. Escancara os braços.

— O que está dizendo? Quais amigos? Vocês estão vendo carruagens por aqui? Soldados? Não! — Pega Caratozzolo por um braço. — Na botica, ficamos só eu e esse pobre cristo. Estou aqui, assim como vocês e, se pego essa doença, morro como um cão, assim como vocês. Se digo para vocês que acabou, é porque acabou. Também as reservas do edifício Steri terminaram. Até retirarem o bloqueio sanitário, nada mais passará.

A mulher, Bettina, vai até ele e o puxa pela manga. No rosto a incredulidade dolorida ao ponto de parecer insuportável.

— Não é possível que o senhor, o maior vendedor de Palermo, não tenha mais nada. Se é realmente assim...

Vincenzo indica a botica.

— Vocês querem verificar? Entrem.

O silêncio desce sobre a praça. Por alguns instantes, ninguém se move. Depois, lentamente, entre soluços e gritos de desespero, a multidão se abre, se desfaz, se dispersa.

No fim, sobra somente o garoto no chão. Vincenzo se inclina sobre ele, coloca a mão sobre sua nuca, fala ao seu ouvido:

— Vá para casa, meu filho, e faça uma prece ao Senhor. Só Deus poderá ajudar Palermo.

Vito desata a chorar. E Vincenzo sente aquele choro como se fosse seu próprio, porque o choro de um pai, agora, soa diferente a ele. Porque se imagina ali, no chão, de joelhos na lama, pobre e transtornado, em busca de remédios para Angelina ou Giuseppina ou, pior, para Giulia.

Aquele choro parece acompanhá-lo até quando, no dia seguinte, ele chega à casa de Monreale onde Giulia está com as meninas. Encerra-se em um silêncio turvo: não quer contar o que viu e ouviu.

De noite, porém, não consegue descansar, vai ao quarto das filhas, que estão dormindo, os cabelos espalhados no travesseiro, as bocas entreabertas. Senta-se ali do lado, escuta a respiração delas. Estão bem, estão vivas.

Não sabe se pode dizer o mesmo da filha de Vito.

Vincenzo Florio, comerciante e industrial de Palermo, proprietário de escunas, de pedreira de enxofre, de cantinas e almadravas, membro da Câmara de Comércio da cidade, segurador além de intermediador financeiro, está de chinelos e camisa na modesta cozinha do mezanino da rua Zecca Regia.

É outubro de 1837, e finalmente a emergência da cólera terminou, levando consigo mais de vinte mil pessoas em toda a região de Palermo.

Podem dizer que tiveram sorte. Ainda estão todos vivos. Famílias inteiras foram dizimadas.

Vincenzo jantou com sua família ilegítima: Giulia e suas filhas. Amanhã, irá para a rua dos Materassai, para a casa da sua mãe. Finalmente a vida está voltando ao normal.

As meninas já estão dormindo, sob o olhar da ama. São graciosas e bem-educadas. Giulia fala com elas em francês, a língua que aprendeu quando era pequena, em Milão. Lê para elas fábulas antes de dormirem.

Permaneceu simples, pragmática, desde que ele a conheceu.

Vincenzo a observa arrumar o quarto, colocar mais carvão no braseiro. Coloca de molho os legumes, depois tenta em vão abrir um frasco. Chama-o.

— Me ajuda?

Aponta para a caixa: atum salgado. O frasco provém da almadrava da Arenella, da qual ele é sócio juntamente com um descendente de francês que se mudou para Palermo, Augusto Merle.

Ele pega o frasco e faz uma alavanca com a faca. Depois do estalo metálico, a salmoura. No cômodo, espalha-se um cheiro que o leva de volta à infância.

As imagens se confundem. Reconhece a cozinha do largo San Giacomo e uma silhueta, de costas, que remove pedaços de peixes de uma botija lacrada com cera.

É Paolo, seu pai, ou o tio Ignazio?

A figura se vira.

O pai.

Revê o bigode grosso, a barba, o olhar severo. Observa-o imergir o peixe na água quente para dessalgá-lo, dizer algo à mãe sobre conservá-lo no azeite nas semanas seguintes.

Algo faz um ruído em sua cabeça, um tique, como um relógio.

Azeite. Atum.

O presente o absorve, as lembranças voltam para a penumbra. Giulia agradece. Ele a olha esfregando as mãos com limão para remover o cheiro.

— Eu poderia lhe mandar uma cozinheira — diz a ela de repente.

Ela diz que não.

— Sua mãe continuaria a dizer que eu o faço desperdiçar dinheiro. Já tenho uma camareira e uma ama para Angela e Giuseppina. Além disso, gosto de cozinhar.

— Tem a filha da governanta da minha casa — insiste ele. — É uma boa moça, também faz trabalhos pesados. Vou mandá-la.

A resposta é um suspiro sem paciência.

— Às vezes, parece que sou mesmo sua mulher. Eu falo, você não me escuta.

Vincenzo toma-a pela cintura. Ela o abraça, supera a barreira da barba cortada no estilo inglês e o beija, levantando-se nas pontas dos pés. Faz um sinal para que ele a siga.

— Traga o candeeiro — sussurra-lhe com a intimidade de dois amantes que se desejam, porque é isso o que são, e nada mais.

Dormem juntos, como se fossem marido e mulher. Porém, além dos muros, além do pátio da rua da Zecca Regia, há Palermo. Ela também é uma amante possessiva, e Vincenzo sabe: é ciumenta, volúvel, caprichosa, capaz de reflorescer ou ser aniquilada da noite para o dia.

Mas, por trás das aparências, esconde uma alma sombria.

Vincenzo conhece aquela escuridão, se espelha nela. Não pode se permitir manter a guarda baixa porque, aquilo que sua mulher perdoa a cidade não perdoa. Palermo o amará, e amará os Florio, enquanto lhe trouxerem dinheiro e bem-estar. Naquele período, a cidade vive um misterioso estado de graça: recobre-se de cores, preenche-se de estaleiros e novos edifícios. E, do seu dinheiro, do dinheiro da Casa Florio, Palermo precisa.

Carlo Giachery, de sapatos lustrosos e paletó de linho, observa Vincenzo, que reflete. Porque, ele sabe, está matutando algum pensamento secreto e parou de ouvi-lo já faz alguns minutos.

— Vincenzo?

— Sim?

— Estou falando há algum tempo. Gostaria de saber se é a minha voz que provoca essa distração ou se há algo que você queira me dizer.

Ele move a mão em um gesto que deve ser um pedido de desculpas.

— Uma coisa e outra, na verdade. Do que estávamos falando?

— Do fato de que as monjas da Abadia Nova estão se queixando do barulho dos teares da fiação de algodão. Os frades que estão ali do lado é que deveriam se lamentar, não elas. Vai entender, essas cabeças-ocas.

Ele apoia o queixo nas mãos fechadas.

— Essa é a Sicília. Assim que você tenta fazer algo diferente, encontra sempre alguém que começa a choramingar, porque se sente incomodado, ou porque não quer, ou diz como você deve fazer as coisas, ou simplesmente precisa encher o...

— Entendi. — Carlo ri por trás do bigode. — Eu estava pensando em colocar uns painéis de cortiça para abafar o barulho, mas não sei o quanto isso vai ajudar. As mulheres pias se lamentam até do vapor das máquinas.

— São teares. É vapor, água quente! Na Inglaterra, já usavam há uns vinte anos, e ninguém ousava dizer nada. Que rezem algum terço e fechem as janelas. Mas, escute... — Procura um papel, lê novamente. A ruga entre as sobrancelhas se aprofunda. — Leia.

Giachery coloca os óculos, concentra-se.

— As vendas de atum diminuíram.

— Em todas as almadravas, não só aqui na Sicília; também estão diminuindo as encomendas de sardas e cavalas.

— Ah. — Vincenzo sinaliza para que ele prossiga a leitura. — Por quê, em sua opinião? É mesmo por causa dessa história que contam de que provocam escorbuto?

— Sim. Os ingleses estão carregando consigo também outros armadores. Mas eu sei que não é assim. Minha família comercializou peixe salgado durante anos, sempre o comemos e nenhum de nós nunca perdeu os dentes.

— Vai entender o porquê. Claro, uma queda dessas... Ainda não é forte, mas poderia ficar.

Vincenzo demonstra certo aborrecimento.

— A carne fresca conserva-se com o gelo das montanhas Madonie. Mas o atum sempre foi salgado.

— Seria necessário outro método... — Carlo está pensativo. — Como defumação, mas não sei se o atum se presta a isso. Ou...

Tique.

Vincenzo levanta a cabeça.

Tique.

Seu pai coloca o peixe no azeite depois de dessalgá-lo porque...

Tique.

Joga-se entre os papéis, procura o calendário.

— A próxima pesca... a próxima pesca na Arenella será daqui a dez dias. Portanto...

Giachery o observa. Vincenzo está animado por um furor que quase o rejuvenesce.

— Por que a carne se decompõe, Carlo? — pergunta-lhe, levantando-se. Não espera a resposta, continua a falar: — Porque é comida pelos vermes. Mas se a carne está cozida, torna-se mais resistente. E como conservá-la por mais tempo para impedir que se decomponha? — Inclina-se diante dele. — Se quero fazer com que dure por seis meses ou por um ano, digamos, durante uma viagem oceânica, ou até mais, o que faço?

E ali, ao ouvido, sussurra-lhe a sua ideia.

Em maio, com a tepidez da primavera, as primeiras redes para a pesca do atum são baixadas. A pesca é abundante, os marinheiros agradecem a São Pedro e São Francisco de Paula pela graça de tanta fartura.

Em maio, frascos cheios de atum conservado no azeite, alguns de lata, outros de vidro, descansam seguros na despensa da casa de Giachery, sob o olhar perplexo e vigilante de Carolina, sua esposa.

Estão lá à espera de que transcorra o tempo necessário.

Um ano.

Um ano para que a tentativa tenha êxito. Para entender se o atum cozido e coberto de azeite, fechado em um frasco hermético, pode sobreviver a uma viagem oceânica ou, de qualquer maneira, tenha longa conservação. Vincenzo está tentando de verdade. Com sua teimosia, com a ideia de que, se não tentar algo novo, nada vai mudar.

E ele quer manter controle sobre sua vida.

Em junho, com o sol que ilumina as roupas estendidas sob o primeiro sopro do vento siroco, Giulia pega Vincenzo pela mão e lhe diz que está grávida de novo.

Na manhã de 18 de dezembro de 1838, alguém bate à porta da casa dos Florio na rua dos Materassai. Os golpes na porta tornam-se murros.

Giuseppina ouve o barulho, levanta-se, detém a serviçal que está indo atender.

— Mas o que é?

Ela se vê diante de uma empregada esbaforida que entra em casa às pressas.

— Estou procurando dom Vincenzo — diz enquanto esboça uma reverência. — É importante. Minha patroa... Começaram as contrações.

Giuseppina coloca-a para fora.

— E daí? Vá embora você e ela também.

Vincenzo aparece naquele momento. Os olhos ainda grogues de sono; assim que vê a serviçal, porém, seu olhar torna-se atento.

— O que foi, Ninetta?

— Foi a senhora Giulia quem me mandou. Chegou a hora, dom Florio.

— Justo hoje, céus! — Ele passa as mãos nos cabelos. — Tenho uma reunião sobre a adega, algo a que não posso faltar, ela sabe. Diga-lhe que vou mais tarde. Por agora não posso.

Apressada, a moça desaparece escada abaixo.

Giuseppina fecha a porta com um golpe raivoso.

— Até aqui ela manda te buscarem?

— Eu que mandei.

— Nem se fosse sua mulher. O que ela quer, mais dinheiro?

Vincenzo se prepara rapidamente, com a cabeça no cômodo da rua Zecca Regia onde, tem certeza, Giulia está gritando com as contrações.

No mesmo momento, pergunta-se quando é que sua mãe se tornou uma pessoa com o coração tão frio. Nos últimos anos, ela emagreceu, se entregou. O rosto, que deveria ter suavizado com a idade, parece recoberto com uma crosta de rancor pelo mundo inteiro.

Ele também está envelhecendo: tufos grisalhos crescem entre os cabelos. As pálpebras estão mais pesadas, as rugas cortam o rosto.

Vincenzo deixou de lado há tempos a ideia de um casamento na alta sociedade. Já é difícil encontrar um botão de rosa que se case com um homem de quarenta anos, ainda mais se aquele homem é alguém que deve prover para três filhos bastardos.

Além disso — mas o admite com vergonha —, Giulia é muito mais do que uma esposa. É uma companheira, um apoio. Só ela teve a força necessária para aguentar aquela porção de escuridão que ele carrega dentro de si. Giulia virá sempre depois da Casa Florio; ela sabe, e o ama apesar de tudo. Aceitou a ambição, a raiva, o desprezo social.

Ela lhe deu tudo.

Exceto...

Não ousa continuar.

Uma réstia de luz ilumina o anel de Ignazio. Seus dedos se delongam sobre a dobra da gravata.

Antes de ir para o escritório, ele se desloca até a igreja de Santo Agostinho, diante da Nossa Senhora do Parto. Pela primeira vez depois de tanto tempo, faz uma prece em silêncio.

Reza por um milagre.

Depois, desce até a botica, deixa um bilhete para Lorenzo Lugaro, o contador, e encontra Francesco Di Giorgio no depósito do largo San Giacomo para conversar sobre a contratação de um carregamento de sumagre.

Por fim, encontra o dono de uns vinhedos localizados entre Trapani e Paceco, que estava disposto a lhe vender suas colheitas antecipadas de uvas *inzolia*, *catarrato* e *damaschino*. Grandes quantidades de uma boa vinificação, pelo menos de acordo com os testemunhos colhidos por Raffaele, que continua se encarregando da cantina.

— Disseram-nos que era um grande senhor, e agora podemos confirmá-lo. Seu primo é mesmo um bom cristão, mas o senhor tem as ideias claras. Sabe o que quer, e por isso quis falar com vossa senhoria que é o patrão.

O homem, alto, barbudo, tem as mãos cheias de calos mas as roupas luxuosas, sinal de uma riqueza recente. Vincenzo agradece, acompanha-o à porta do escritório e, enquanto isso, reflete sobre aquelas palavras.

Porque — e esse é um peso que carrega há algum tempo — a cantina de marsala o faz pensar; demora a se encaminhar. As coisas com Raffaele não estão como deveriam. Falta-lhe espírito de iniciativa, não tem coragem suficiente. Vincenzo terá que se ocupar disso o quanto antes e conversar com ele.

É meio-dia quando enfim pode dirigir-se à rua da Zecca Regia. Mesmo agora, Lugaro o acompanha para lhe contar os boatos que circulam na Câmara de Comércio e na Enseada.

— Franceses e ingleses têm exclusividade no transporte de muitas mercadorias e jamais vão cedê-la à Sociedade Napolitana de Barcos a Vapor. Ninguém quer se colocar contra eles.

— Isso ainda está em aberto.

Mas ele não tem cabeça para as embarcações. Por trás do rosto esculpido em pedra, passou a manhã inteira imaginando Giulia gritando de dor, com o rosto banhado em suor e o corpo lacerado.

Esperava que um milagre, *aquele milagre* — o único pelo qual seus pés o levaram até a igreja para pedir uma graça — pudesse cumprir-se.

Vincenzo infiltra-se pelo portão. Lugaro, não se sentindo à vontade, segue-o.

Das escadas ouve-se um escarcéu. Quando chega no mezanino, encontra Giovanni e Tommaso na soleira, com alguns conhecidos.

As vozes silenciam-se. Todos o olham, e é como se aqueles olhos tivessem um peso, como se pudessem atingir ou provocar um dano.

— O que é? — pergunta. — Giulia está bem?

Ninguém responde.

Pânico.

Vincenzo escancara a porta, atravessa o corredor, irrompe no quarto de Giulia. Ela está pálida, parcialmente deitada na cama, com as meninas que cantarolam ao redor.

Sua mãe e a parteira recolhem as roupas de cama e os baldes de água avermelhada.

Ele se agacha ao pé da cama.

— Você está bem?

Antonia chama sua atenção:

— O que está fazendo aqui? Vá para lá com os outros homens. A Giulia ainda não está pronta.

Porém ela se senta.

— Eu aguento, mãe. Vocês podem sair agora? Preciso falar com Vincenzo.

A parteira e a mulher trocam olhares perplexos. Ainda é cedo, é uma puérpera, deveria descansar. A comadre sacode os ombros como quem diz: *Se ela está feliz...* Recolhe suas coisas e sai. Antonia hesita, depois agarra um monte de toalhas manchadas e empurra Angela e Giuseppina para fora.

— Venham com a vovó, venham, vamos colocar essas coisas para lavar.

Lugaro fecha a porta depois que elas saem.

Agora estão sozinhos.

A língua de Vincenzo não quer saber de perguntar. Não consegue. Naquele cômodo, o seu poder, o dinheiro, as especiarias, os navios, o vinho, o enxofre, as almadravas não servem de nada. Sua voz é um fio.

— Você está bem? É...

— Sim.

Falam ao mesmo tempo. Param.

De repente, um choro.

Giulia aponta para o berço de vime.

— Olha.

Vincenzo se aproxima da cesta. Vê uma cara enrugada, uma boca que faz caretas estranhas. Inclina-se sobre aquele corpinho enfaixado, observa-o com uma curiosidade feita de trepidação.

Giulia não fala. Limita-se a agarrar aquele momento para conservá--lo bem vívido em sua memória.

Ele acaricia a silhueta sob as cobertas, fascinado.

— Um menino?

Finalmente, Giulia diz que sim.

Vincenzo cobre a própria boca, sufocando um soluço.

— Deus, obrigado — diz ele. Repete-o tão baixinho que ninguém consegue ouvi-lo: — Obrigado, obrigado.

Sua empresa, toda a sua vida, agora, tem um escopo, como foi para seu tio Ignazio, até para seu pai, que agora é uma lembrança desbotada. O futuro parou de ser uma neblina densa no horizonte. Tem braços e pernas e uma cabeça.

Gostaria de abraçar o filho, mas tem medo. Nunca segurou no colo as meninas quando recém-nascidas. Depois, por impulso, levanta-o, com uma das mãos atrás da cabeça, a outra segurando o corpo.

— Meu sangue — diz ele. — Meu ar, coração do meu coração.

É leve. Na luz de dezembro, a pele do recém-nascido parece trans-parente. Tem um cheiro ferroso e doce, de leite, de amido, de lavanda.

Giulia tenta ignorar a ternura que sente ao ver pai e filho juntos, ainda que sinta o coração saltar pela garganta e queira abraçar os dois. Precisa cometer uma violência contra si e falar agora, pedir. Exigir. Agora ou nunca mais, ela sabe que é assim.

— Eu lhe dei um menino. Agora quero minha honra de volta. Tem de reconhecer não só ele, mas as meninas também. Você me deve isso.

Vincenzo observa o rosto do recém-nascido: tem os traços marcados, a testa ampla, o maxilar forte. É um Florio.

Mas os olhos são alongados como os de Giulia.

Senta-se na beirada da cama, com o pequeno ainda entre os braços. Procura a mão dela.

— Terão meu nome. Você terá meu nome. Juro isso diante de Deus.

O suspiro da mulher combina alívio e exaustão. Ela desaba entre os travesseiros, continua olhando pai e filho juntos naquele abraço que tem a face de um milagre.

Sente as lágrimas de libertação escorrendo pelo rosto. Pelas palavras de Vincenzo, pela sua vida que, finalmente, não será mais escondida, marcada pela vergonha.

Foram necessários quatro anos para arrancar aquela promessa. Anos de solidão, de desprezo, de recriminações da própria família que — apesar de tudo — continuou ao lado dela, ainda que ela preferisse não saber de fato por quê.

Lembra-se das brigas, das separações e dos apaziguamentos com o seu homem, dos insultos de Giuseppina, dos silêncios maldosos de Antonia. Tudo para chegar até aquele momento.

Giulia continua a apertar a mão dele.

— Vai se chamar Paolo, como seu pai?

Meu pai?, ele se pergunta. *Quem me concebeu ou quem me criou? Quem, realmente, me permitiu ser o que hoje sou?* Vincenzo solta os dedos de Giulia.

— Não. — Acaricia o rosto do filho. Há em seu olhar melancolia. — Não. Seu nome será Ignazio.

Ela concorda.

— Ignazio — repete.

E a lembrança daquilo que dizem um ao outro, mesmo sem falar, eles vão carregar para sempre dentro de si. Até o dia em que Giulia vai segurar a mão de Vincenzo e ele terá a coragem de dizer o quanto a amou em silêncio.

A luz transborda pelas janelas, alaga as escadas, alcança o teto e cai sobre a mesa posta. Incendeia os vidros de Murano, acomoda-se sobre a porcelana de Capodimonte. A casa parece explodir pela luz.

Giulia, em traje de gala, espera a chegada dos hóspedes. Certifica--se que nada falte, que os empregados estejam arrumados e que haja abundância de champanha. Certifica-se de que as toalhas de mesa estejam imaculadas, que os talheres reluzam e que a comida nas travessas mantenha-se aquecida. Charutos e licores esperam sobre um aparador.

É uma ocasião importante: a primeira vez que Giulia organiza um jantar. Festeja-se a fundação da empresa promovida por Vincenzo — "seu marido", é tão estranho dizê-lo.

É verdade, trata-se de um jantar entre sócios de um investimento, um momento de convívio completamente masculino. No entanto, os convidados estão entre os mais importantes homens de negócios de Palermo, e não só: há nobres, gente com um título tão extenso quanto um braço. Não pode se permitir errar.

Aquele é o seu quinhão de responsabilidade: agora ela é uma Florio.

É difícil acostumar-se à ideia. Para ela, "casa" será sempre o mezanino na rua Zecca Regia. Este é o apartamento de Vincenzo e de sua mãe, onde ela entrou como esposa somente em janeiro de 1840, mais de um ano após o nascimento de Ignazio.

Antes, Vincenzo reconheceu Ignazio, Angelina e Giuseppina como seus filhos; poucas semanas mais tarde, no dia 15 de janeiro de 1840, casou-se com Giulia diante do juiz de paz. Foram à igreja no mesmo dia, à noite, como era de costume para os casamentos reparadores.

Além das famílias e das testemunhas — funcionários da Casa Florio —, mais ninguém participou da cerimônia celebrada pelo padre de Santa Maria da Piedade à Kalsa, o mesmo que batizara os filhos deles.

O homem, já velho e doente, soltou um suspiro de alívio quando Vincenzo assinou o ato de casamento. E até murmurou um: "Precisava de tanto?", impregnado de significado.

Giulia sorri àquela recordação. Foi preciso lhe dar um filho homem para se tornar dona Giulia Florio.

Brinca com a pulseira de pérolas e brilhantes. É difícil domar a ansiedade.

Por fim, ela se encaminha ao quarto dos filhos. Espia ali dentro. Ignazio dorme, assim como Giuseppina. Angelina, ao contrário, está ao lado da babá francesa, Mademoiselle Brigitte, que lê uma história. Ele cumprimenta a filha com um beijo e fecha a porta sem fazer barulho. Também esse aspecto da sua vida mudou. Já não é mais ela quem coloca as crianças para dormir.

A governanta aproxima-se sorrateiramente, ela se assusta.

— Peço perdão. Não queria assustá-la — desculpa-se a mulher.

— Fique tranquila. Conte-me.

A governanta se chama Luisa, é uma mulher de meia-idade que antes trabalhou na casa de uma família nobre napolitana.

— Sua sogra, senhora — diz, em um tom hesitante. — Está criando problemas, diz que está mal e que não poderá vir para receber os convidados. Além disso, não engole o jantar que você encomendou.

Giulia massageia as têmporas.

— Vou falar com ela.

Obviamente, dona Giuseppina não pode deixá-la em paz, nem ao menos naquela noite.

Giulia chega à escada interna que separa a área ocupada por Giuseppina da outra ocupada pelo restante da família. Um pouco antes do casamento, na tentativa de fazer com que a convivência entre a mãe e a esposa fosse mais agradável, Vincenzo dividiu o apartamento em duas partes, de forma que as duas mulheres não disputassem a supremacia na gestão da casa.

Aquilo não adiantou muito.

Giulia encontra a sogra sentada à escrivaninha. Está vestida com uma roupa de estar em casa: um gorro de renda e um vestido puído, cinza, de algodão.

— Dona Giuseppina... — diz ela, inclinando-se. Que não se diga que ela lhe falta com respeito. — A senhora Luisa me disse que a senhora não se sente bem.

— De fato. Sinto falta de ar, não me sinto à vontade para descer. Do resto, há você, não é? — Perscruta o vestido com minuciosa ferocidade. Detém-se no decote. — Toda essa renda... deve ter custado os olhos da cara. E depois, é tão decotado. Elegante demais. Parece um vestido para ir ao teatro.

— Meu marido sugeriu que eu o vestisse.

Giuseppina faz um gesto de irritação.

— Raciocina como um homem. Que gosta de certas coisas. — *Coisas que você nunca lhe deixou faltar,* sua expressão parece dizer. — De qualquer forma...

Giulia limpa sua voz. Tenta esquecer a ofensa. Para a sogra, ela é a intrusa, e precisa suportá-la. Meu Deus, quanto detesta aquela mulher.

— Não quer descer? Quem sabe só para receber os convidados, depois pode se retirar. Vieram os príncipes de Trigona e de Trabia, o barão Chiaramonte Bordonaro. Veio Ingham e também o senhor Giachery. Se a senhora não aparecer, seu filho talvez fique bem chateado. — Aproxima-se, assume uma expressão dócil. Por dentro, porém, percebe que seu estômago se contorce em um aperto de humilhação. — A senhora sabe o quanto Vincenzo trabalhou para assinar esse acordo, o quanto ele se empenhou para convencer os sócios a comprarem um barco a vapor. Por favor, faça esse sacrifício por amor a ele. — Aponta para o armário. — Se eu ajudar, a senhora pode se trocar em poucos minutos...

— Deixe estar, não insista. Não tenho vontade. Traga-me uma xícara de caldo de galinha. — Sua pacatez tem o barulho de uma panela rachada. — Você, ao contrário, está pronta, ou ainda precisa se pentear? Fez tudo bem-feito? Porque não é fácil organizar uma festa assim sem ter experiência.

Giulia, que por instinto toca seu coque, encara-a com ressentimento.

— Não me parece que a senhora tenha organizado muitas festas ou jantares para seu filho.

— Algumas sim, mais do que você, é claro. Não é fácil ser uma Florio, eu sei disso. — Olha para os próprios dedos, marcados pela idade. — São pessoas exigentes. Não olham na cara de ninguém; se querem algo, conseguem. Eles não aceitam um fracasso.

Giulia não consegue responder no mesmo tom, abaixa a cabeça. Odeia-se quando não consegue responder. *Eu não vou fracassar*, diz a si mesma. *Não vou ser uma vergonha para o meu marido, vou fazer com que se sinta orgulhoso.* Mas é um pensamento tênue, um fio de fumaça da consciência.

— Você preparou o *falsomagro*? — pergunta Giuseppina, em tom severo. — Pegou os talheres de prata, espero. Aqueles que Vincenzo comprou na Inglaterra...

— Sim. E também os doces e os molhos frios para a carne assada. E o atum à *ghiotta trapanese*.

Giuseppina se vira na cadeira, tira o gorro.

— E o vinho francês? Essa mania das coisas estrangeiras que vocês têm, eu nunca entendi. Mah... vocês têm essas modas, vocês, as pessoas do norte. Eu não tenho nem quero ter nada a ver com isso. — As madeixas grossas e grisalhas caem sobre os ombros. — Vá lá ver se está tudo certo: os serviçais fazem o que lhes dá na telha quando não há quem os comande. E diga-lhes que me tragam o caldo; depois, peça para a camareira subir, que ela precisa me ajudar na preparação para a noite.

Quando Giulia volta ao apartamento principal, está com o rosto ruborizado. Suas mãos tremem.

Ela detém uma camareira, diz-lhe para levar o caldo ao andar de cima. *Que essa mulher se arrume sozinha*, pensa, e sente um frêmito de humilhação. Giuseppina decidiu não ir, e o motivo é claro: não quer que qualquer eventual desastre seja imputado a ela.

Giulia abre uma janela, busca conforto no ar fresco. Aquele mês de julho é quente, denso de umidade. O aperto no estômago alivia. Então, observa-se na penteadeira: vestido de seda azul, fio de pérolas. Sobre o decote, um xale: um véu de renda francesa que Vincenzo comprou para ela em Marselha, aonde foi com Augusto Merle algum tempo atrás. Um presente digno de uma princesa.

Contudo, aquilo não basta. Depois de três filhos, ela não tem as mesmas formas de antes. Mas tem um belo porte, modos graciosos. *E se eu não for adequada para Vincenzo?*, pergunta-se. *E se dona Giuseppina tiver razão e eu o fizer passar vergonha?*

Porque é verdade: não é fácil ser a esposa de Vincenzo. De repente, ela se viu vivendo com um homem que tem uma vida pública intensa, que discute cara a cara com os homens mais importantes do reino. E ela, que sempre ficou à sombra, tem medo de errar.

Da rua, chega o ruído de carruagens andando sobre os paralele-pípedos, de portas se abrindo, de vozes de homens. Já não há tempo para ansiedade.

Ben Ingham sobe as escadas com Vincenzo. Ambos estão encalorados, mas se lê em seus rostos a satisfação.

— Esse é um dia histórico, meu querido amigo. Finalmente o progresso chegou também à Sicília! Levou alguns anos, mas enfim...

Giulia está na soleira.

— Bem-vindos. Espero que sua reunião tenha sido boa.

Ingham não se surpreende com aquela franqueza, tão insólita para uma mulher.

— Tudo assinado e subscrito. As cotas foram depositadas. A Sociedade Siciliana de Barcos a Vapor é uma realidade. — Está entusiasmado, cumprimenta-a beijando sua mão. — Minha querida, está esplêndida. — Às suas costas, uma mulher escultural, de longos cabelos pretos com mechas grisalhas e um colar de diamantes: Alessandra Spadafora, duquesa de Santa Rosalia, a mulher que Giulia viu pela primeira vez no Teatro Carolino, há tantos anos. Desde 1837, ela é a esposa dele: Ingham casou-se com ela, tornando-se um aristocrata em pleno direito.

A duquesa os cumprimenta com um sorriso sem afetação. Com Vincenzo, ela é cordial; com Giulia, gentil. Ambas compartilharam a condição de amantes e isso cria uma ligação sutil. Mas, com a exceção disso, elas nada mais têm em comum: Giulia é filha de um mercador, enquanto ela, a duquesa, nasceu nobre. Seu primeiro marido, de quem teve dois filhos antes de enviuvar e passar por dificuldades econômicas, pertencia à nobreza campesina da ilha.

Giulia agradece. Vincenzo se coloca a seu lado.

— Minha mãe, onde está? — pergunta, em um sussurro. — Deveria estar aqui.

— Está trancada em seu quarto. Diz que não se sente bem para descer, só quis uma xícara de caldo. — Ambos continuam sorridentes, recebendo os convidados que chegam diretamente do escritório do tabelião Caldara, onde assinaram o ato de constituição da nova sociedade.

— Tentou convencê-la?

A resposta de Giulia é um arquear de sobrancelhas.

Outros passos, outras vozes ruidosas.

— Florio, esta casa é mesmo muito bonita. Pode apostar que eu deveria ter vindo antes. — Gabriele Chiaramonte Bordonaro entra, e sua atenção recai imediatamente sobre o móvel entalhado em ébano. — Soberbo! É chinês, não é? É antigo?

— É do Ceilão. Permite que lhe apresente minha esposa, barão?

Chiaramonte Bordonaro se vira. Não tinha notado Giulia.

— Ah, boa noite, dona Florio. — Depois se afasta para circular pelo salão.

Giulia e Vincenzo permanecem diante da porta à espera dos atrasados.

— Um barão, aquele? — pergunta ela, perplexa.

— Comprou um feudo com o título e tudo. Antes, era um supervisor daquelas terras e fez seu pé-de-meia, emprestando dinheiro. — Vincenzo tosse na própria mão. — Se as pessoas dizem que eu sou um cachorro vira-lata, nem quero imaginar o que falam dele. Porém, esse tem o brasão na porta e, portanto…

A chegada de outros convidados o impede de continuar.

Giulia sente um aperto de ansiedade.

— Dom Florio… E a senhora deve ser dona Giulia. — Uma mesura e um beijo na mão. É Giuseppe Lanza di Trabia, acompanhado de Romualdo Trigona, príncipe de Sant'Elia.

As esposas, um passo atrás, cumprimentam com uma educada inclinação da cabeça. Vincenzo beija suas mãos, apresenta-lhes Giulia.

— Dona Giulia, obrigado novamente pelo convite. Essa é uma oportunidade extraordinária. — Lanza di Trabia, príncipe esclarecido e de mente aberta, proprietário de uma das casas mais elegantes de Palermo, parece avaliar com uma só olhada o prestígio do lugar em que se encontra. E nem poderia ser diferente. Sua esposa é uma Branciforte. Da antiga nobreza, das que fundaram a cidade. Giulia sente sobre si o olhar dela, procura um sorriso para lhe oferecer, algo que suavize o julgamento severo.

Stefania Branciforte é uma matrona e com um vestido cor de amaranto. É mais velha, usa joias antigas, que provavelmente pertencem à sua família há gerações. Mantém as pálpebras baixas, as mãos cruzadas sobre o ventre. Olha ao redor como se tivesse medo de roçar as paredes e os móveis, e de nada valem os olhares de repreensão que seu marido lhe lança.

De repente, Giulia sente-se pobre, mesquinha. A renda em seu xale parece perder todo o valor, seu vestido, qualquer toque de elegância. Instintivamente, ela se vira em direção à esposa do príncipe Trigona, Laura Naselli. É mais jovem do que a princesa de Trabia, e tem cabelos longos presos em um penteado bonito. A aversão que lê em seus olhos é a mesma.

Olham para ela sem vê-la, como se fosse transparente.

Aí está a sustentada que virou esposa, é o que dizem sem falar. *A burguesa que abriu as coxas para virar rica... mas será sempre uma burguesa.*

Curva-se, como manda o cerimonial: são princesas, ela é uma filha de ninguém com um passado longe de ser irrepreensível. As duas mulheres olham para o vazio ao lado de seu rosto e retribuem o cumprimento que lhes é devido, depois entram no salão, olhando ao redor.

— Há certa pretensão de elegância, não acha? Roupas, decoração... — pergunta a princesa Laura.

A outra dama balança mão e abre o leque.

— Pretensão, a senhora acertou.

Giulia sente um aperto na garganta. O rosto se faz em brasa e um riacho de suor escorre entre seus seios. Tudo o que fez, então, não serviu de nada?, pergunta-se. Certamente não basta, agora ela sabe, assim como não bastará todo o dinheiro de Vincenzo para que seja aceito por aquelas pessoas.

Ela se aproxima do marido. Engole a raiva e a humilhação ao mesmo tempo.

— *Enchanté, Madame* — cumprimenta-a por sua vez Trigona, discretamente. Depois, contempla o teto com ar indolente. — A sua morada é extraordinária, sob diversas perspectivas, dom Florio. — Troca olhares com o príncipe de Trabia, que reprime um sorrisinho. — Os tempos mudam, meu amigo. Os tempos e as pessoas.

Vincenzo aponta para os convidados.

— Os demais sócios já estão no salão. Venham.

As esposas se aproximam dos maridos, falando sem parar. Nem dão a possibilidade de que lhes dirijam a palavra.

Vincenzo viu e ouviu tudo.

Só Giulia percebeu o repentino enrijecimento nas costas do marido. Ele também entendeu.

Sob a abóboda decorada do salão, brilham os candelabros. Porcelanas de Capodimonte estão dispostas em toalhas de linho e de renda da região de Flandres. Cristais de Murano aguardam ser preenchidos com vinhos franceses, todos mantidos frescos em recipientes de prata.

Giulia acompanha Vincenzo, se entretém com outros convidados, e sente arrepios de incerteza. Terá errado em alguma coisa? Será capaz de comandar a chegada dos pratos no tempo certo? Hesita, pede ajuda ao marido com os olhos, mas ele está imerso em uma conversa com Ingham.

É a lembrança daquelas damas tão nobres quanto arrogantes que a forçam a reagir. Empertiga os ombros, olha para os empregados. Um deles afasta a sua cadeira, ela se acomoda. Vincenzo, do outro lado da mesa, imita-a. É o sinal para que comece o jantar.

Os comensais se acomodam em seus lugares. Com um aceno, Giulia convida o pessoal de serviço a apresentar os pratos aos hóspedes, para que cada um possa escolher. As entradas, carnes em gelatina e sopas, depois os primeiros e segundos pratos, carne ou peixe.

Um garçom serve vinho, outro serve água de uma jarra de cristal. Os empregados se aproximam dos convidados. Uma após a outra, as bandejas de prata fazem suas aparições com as assadeiras de *falsomagro*, atum *alla ghiotta trapanese*, batatas, verduras e cordeiro.

A princesa de Trabia analisa Giulia, a mão apertando o garfo com o qual espetou um pedaço de cordeiro. Parece estupefata, talvez até irritada. Alessandra Spadafora, ao contrário, troca olhares com a anfitriã e, com um gesto furtivo, levanta o cálice de vinho para ela.

Giulia agradece com um sorriso escondido por trás do guardanapo.

Em pé, ao lado da entrada da sala, a governanta segue com o olhar atento à procissão dos empregados. Na cozinha, duas lavadeiras estão com os braços imersos até os cotovelos nas bacias, lavando pratos e talheres para que os comensais tenham logo a louça limpa.

Giulia está tensa, quase não toca a comida. Mal bebe um gole de água. O que consegue experimentar, porém, está bem cozido, servido na temperatura correta, com ingredientes de primeira.

Está tão nervosa que não nota os olhares evasivos do marido, sentado diante dela na outra ponta da mesa.

Permite-se respirar somente quando chega o triunfo de frutas frescas e cristalizadas e o *semifreddo*. Ninguém fez comentário algum, mas o que importa é que todos comeram com gosto, inclusive as duas nobres, que ficaram rígidas em suas cadeiras durante todo o jantar.

Giulia dá então a ordem para que sejam servidos os licores e charutos, à maneira dos ingleses, e está prestes a se retirar com as mulheres para a sala ao lado quando percebe um movimento entre as senhoras. Tudo ocorre rapidamente: a governanta se aproxima, murmura alguma coisa para a patroa, que, por sua vez, se levanta e faz o mesmo com Vincenzo; ele aperta seu pulso; ela concorda e se afasta, fechando a porta da sala de jantar.

De longe, sem sair do lugar, observa a cena: as duas princesas estão se preparando para ir embora. Lamentaram-se de cansaço, dizendo que o jantar foi longo e exaustivo. Quando chegarem em casa, pedirão aos cocheiros que retornem para buscar os consortes.

Mas Giulia não acredita nem por um instante naquela comédia. As duas acompanharam seus maridos porque se tratava de negócios. Agora, porém, deveriam se entreter *com ela*. E a mera ideia já as faz horrorizarem-se.

Mas claro, fujam, pensa. *E falem mal também. Nada vai mudar o fato de que Vincenzo está orgulhoso de mim. Quem veio aqui esta noite só poderá dizer que os Florio têm uma mesa digna de príncipes e reis.*

Alessandra Spadafora coloca a mão sobre o braço dela.

— Eu também vou, minha querida. Está muito tarde e já não tenho mais a energia dos meus vinte anos, quando conseguia ficar a noite toda me divertindo. Contudo, ofereço a você meus parabéns por esta noite. — Ela se aproxima de Giulia. — Virá me visitar, não é? De resto, somos vizinhas de casa e temos muito em comum.

Giulia cobre a mão dela com a sua.

— Irei com alegria — responde com sinceridade.

A princesa de Trabia se despede inclinando a cabeça em um gesto de realeza. A mulher de Trigona, porém, aperta sua mão.

— Uma noite realmente agradável — diz, sussurrando, quase como se não conseguisse pronunciar em voz alta aquele elogio.

Os olhos de Giulia brilham. Sente que passou por uma prova e, o mais importante, não desapontou seu marido. Cumpriu o seu papel. Agora, com alívio, pode se retirar para o seu quarto, deixando os homens às suas conversas e aos seus licores.

As mulheres acabaram de ir embora quando chegam o tabelião Caldara e Carlo Giachery.

— Perdi alguma coisa? — pergunta Giachery a Vincenzo, que o espera junto à soleira.

— Fora o jantar, você quer dizer? Nada de mais: só as divagações de Chiaramonte Bordonaro. Está testando arduamente a paciência do príncipe de Trabia e sua nobre fleuma falando da sua coleção de antiquário. — Vincenzo o acompanha até o serviço de licores, pede um brandy.

— Não há nada a fazer, é mais forte do que ele. — Carlo pega um copo de madeira. — É uma pena para o barão Riso, porém. Teria sido interessante tê-lo entre os sócios.

— Creio que aquele velho pirata esteja contabilizando todos os pecados que fez para depois prestar contas minuciosamente diante do Criador. Dizem que está mais para lá do que para cá.

Ingham se aproxima, aponta uma garrafa de porto para o empregado. Imediatamente, o homem lhe serve um cálice.

— Pobrezinho. Não consigo imaginá-lo preso em uma cama. Devem ser as maldições que mandaram os turcos quando ele era um corsário. Se tivesse dez anos a menos, seria nomeado comandante do navio, graças ao título de barão que adquiriu. Vou pedir que o pastor reze algumas preces por ele.

— Não é um navio, é um barco a vapor. O *Palermo*.

— Do que estão falando? Do vapor? — Gabriele Chiaramonte Bordonaro divide o grupo, sem acompanhar a conversa. Pega uma garrafa de marsala e se serve. — O problema, como eu dizia pouco antes ao ilustríssimo príncipe de Trabia, é que não sabemos como arrumá-lo, se quebrar. Digo-lhes não tanto como sócio, mas como tesoureiro. O senhor, Ingham, tem mecânicos ingleses que conhecem esses motores? Serão enviados com o barco a vapor? Porque aqui vocês só vão encontrar carpinteiros navais.

— Claro que tenho. — Ingham não se deixa perturbar. — Virão e ensinarão aos colegas daqui como consertar os motores, e até como montá-los. Se não tomarmos a coragem com as duas mãos e não ousarmos, a Sicília nunca vai mudar. Além disso, se eu e dom Florio, que temos a maior parte das cotas da sociedade, não estamos preocupados, por que vocês deveriam se preocupar?

— Somos nós, comerciantes, os maiores interessados nessa história. Não temos as costas protegidas por um nome ou por uma família importante. — Chiaramonte traga mais um pouco de licor.

Vincenzo, cabisbaixo, mantém os olhos vidrados em seu copo, concorda.

O príncipe de Trigona se aproxima nesse momento.

— Vamos lá, Chiaramonte. Não seja injusto. — Tem um tom casual, mas a expressão é de incômodo. — Se até nós estamos nos comprometendo com esse negócio, é porque sabemos que o futuro não para. E tudo bem as tradições, tudo bem ser prudente, mas precisamos aprender a olhar o presente.

— E o futuro. — Vincenzo levanta o copo. — Um brinde, senhores. À nossa empresa!

Os cálices tilintam, os homens apertam as mãos.

As palavras permanecem aderidas à memória de Vincenzo antes de caírem no vazio da consciência. *Motores. Oficinas. Mecânicos.*

Essa é uma semente que fincará raízes.

Por fim, quando as vozes se aquietam e os convidados começam a sentir cansaço, garrafas escuras aparecem na mesa, algumas ainda com um véu de pó. Vincenzo, com orgulho, pega uma e abre. É o marsala das suas cantinas. Uma reserva superior que ele guardou especialmente para uma ocasião como aquela, explica. Os hóspedes se aproximam para experimentar. Enchem-se pequenos cálices em forma de tulipa.

É bom, aquele vinho: tem um gosto doce e arredondado, mas não enjoativo. Percebe-se o perfume do mar, de mel e da uva deixada a fermentar. E há também uma ponta de azedo, conferida pelas salinas.

Ben Ingham, com um charuto entre os lábios, espera que alguns dos convidados se afastem para falar.

— Posso lhe dizer uma coisa com toda a franqueza?

Vincenzo fecha levemente as pálpebras. Não é normal que Ingham peça permissão para falar. Nem é comum aquele estranho ar de cumplicidade que surge em seu rosto. Faz sinal para que ele prossiga.

— Quando soube que você se casaria com Giulia, fiquei perplexo. Quer dizer, ela foi por tanto tempo...

— Aquilo que a duquesa Spadafora foi para você?

O outro ri.

— *Touché*. Contudo, ao contrário da duquesa, sua senhora não tem muita experiência com a vida social. Você sabe.

— Sei — diz seco, breve.

Ben inclina a cabeça. No rosto severo marcado pelos anos surge um sorriso indulgente.

— Acredito que você tenha feito a melhor escolha. Lembro-me daquele seu frenesi de querer uma esposa com um título... e, no fim das contas, tinha um tesouro ao lado. Essa mulher é uma pérola, Vincenzo.

Ele concorda, seus olhos fixos no marsala que está bebericando. A escolha forçada revelou-se a melhor.

— Ah, tem mais uma coisa. — O inglês ri alto, o que também é insólito em se tratando dele, sempre tão controlado. Talvez seja o álcool, talvez a euforia pelo acordo recém-firmado. — Sabe, quando você começou a construção da adega em Marsala, eu achei que você nunca conseguiria superar a minha produção e a de Woodhouse. — Ele também bebe. Depois esboça uma risada. — Mas eu estava errado também quanto a isso. Deus é testemunha, você é o meu maior erro de avaliação.

De costas para o inglês, Vincenzo responde-lhe em voz baixa.

— Quando começamos, eu, você, meu tio... não havia nada por aqui. Nenhuma fábrica, nenhuma sociedade, nenhuma seguradora. Não tivemos obstáculos nem concorrentes, e tudo o que fazíamos parecia loucura. — Indica a sala cheia diante dele. — E agora...

— Agora tudo mudou.

— Algumas coisas. Nem tudo.

Ingham também olha para aqueles homens na sala: nobres das famílias mais antigas da Sicília e nobres que compraram terras e títulos em leilões de falência.

— O velho e o novo — diz quase que para si mesmo. — Há uma coisa que eu nunca lhe contei. Anos atrás, quando comprei o feudo de Scala, me disseram que eu poderia fazer uso do título de barão. Um barão! Eu! — Ri, mas é também uma risada seca, áspera. — Seu tio Ignazio ainda estava vivo. Um dia encontrei-o e ele me cumprimentou pelo título. E eu lhe disse que, se eu era barão, ele era um príncipe, porque entre nós certamente era ele o mais nobre em seus modos.

— Meu tio era um cavalheiro. — Um agudo pesar.

— Muito mais do que algumas pessoas neste cômodo. — O tom se abranda, mas apenas por um instante. — No que me diz respeito, eu não me esqueço de como cheguei aqui. Eu era um jovenzinho que acompanhava as tropas inglesas, enviado por uma família que comercializava baeta e que havia perdido tudo em um naufrágio. Apostei nesta terra e aqui fiquei quando os meus compatriotas foram embora. Em alguns momentos, me mantinha de pé somente o pensamento de que no dia seguinte eu trabalharia novamente. Devo agradecer a Deus por isso, e por ainda estar vivo... e de fato agradeço todas as noites antes de colocar a cabeça no travesseiro. Conheço este lugar e seu povo, aprendi a amá-los e a desprezá-los na mesma medida. Não preciso de um feudo para ser Ben Ingham que navega até a América e investe nas ferrovias do Novo Mundo.

Vincenzo não responde. Porque ele sabe, não é o dinheiro, não é o poder: é algo mais sutil, é recuar um passo, é abaixar a cabeça em um gesto de deferência.

Vincenzo pensa, mas não diz, que essas são ideias aderidas aos ossos daquele povo. A riqueza não é suficiente, nem a experiência.

Não é suficiente se lhe falta o título.

O palácio.

O sangue.

— Esse. Esse é perfeito.

Carlo Giachery observa Vincenzo reclinado sobre o projeto da casa. Luminoso, insólito, repleto de verde.

O arquiteto respira aliviado. Não é fácil deixar o ilustre dom Florio feliz. O comerciante acende um charuto e oferece-lhe outro, mas ele recusa. Depois, com calma, senta-se em uma poltrona no canto da mesa de trabalho.

— Está satisfeito, então?

Vincenzo se acomoda diante dele.

— Bastante. Mas não vim aqui somente para conversar sobre o projeto.

Giachery estende as pernas.

— Trata-se da almadrava de Favignana, não é? Ano passado, quando você a alugou dos Pallavicini de Gênova, me perguntei se, de fato, não estaria dando um passo maior do que a perna. Quer dizer, você já tinha a de Arenella, a de Sant'Elia e a de Solanto...

— Favignana e Formica produzem um peixe que todas as outras três juntas não conseguem produzir. É por isso que as escolhi.

Eles se entreolham. Vincenzo concorda.

— Eu pedi o azeite e os barris. Já estão viajando ao redor das ilhas Égadas. Estou para ir até lá. E quero que você venha comigo.

No dia seguinte, já estão embarcados. Ninguém sabe aonde estão indo. Costeiam o golfo de Castellammare, ultrapassam o cabo San Vito. Logo em seguida, as Égadas surgem no horizonte.

Ao chegarem, uma multidão de pescadores se reúne para observar o barco a vapor de metal que invadiu o porto. Os rostos são bronzeados de sol e maresia, as vestes, frouxas no corpo. Não muito longe, mulheres são seguidas por crianças seminuas e descalças. A ilha é deserta, as casas são pouco mais do que tugúrios. A pobreza, ali, tem face e corpo.

Do grupo, um homem se destaca: seu corpo parece o tronco de um carvalho, tem cabelos encaracolados e uma barba que chega até o meio do peito.

— Sou Vito Cordova, o chefe. — Inclina a cabeça. — Saudações.

Vincenzo o perscruta. Estende a mão direita.

— Dom Vincenzo Florio. Sou o novo arrendatário da almadrava.

— O senhor?

— Eu.

O pescador fecha de leve os olhos já estreitos, reclusos em uma rede de veias e rugas. Limpa nas calças a mão cheia de calos e cicatrizes, aperta a mão do outro, titubeante.

— Nunca nenhum daqueles de Gênova veio até nós. O senhor é daqui?

— Sou palermitano. Os Pallavicini arrendaram-me a almadrava por nove anos.

O rosto forte de Cordova resplandece de surpresa. Os patrões genoveses sempre mandaram seus administradores, nunca foram até lá.

— E o que quer ver? Os armazéns? Os barcos?

— Sim. O senhor, o que diz?

Cordova indica as construções e começa a caminhar, alguns passos à frente de Vincenzo e de Carlo. Atrás deles, como em uma procissão, todo o vilarejo. Os passos levantam areia e pó enquanto o vento, em rajadas, cria redemoinhos de algas secas.

A almadrava surge no ponto mais resguardado da baía. Tetos de palha, muros rachados e montes de cordas ao sol evidenciam desleixo.

Vincenzo comprime os lábios, fala em voz baixa com Carlo.

— Os Pallavicini me fazem pagar mais de três mil onças de arrendamento por uma almadrava que é uma das que mais dá peixe na Sicília... e olha como eles a mantêm.

— Não estão nem aí. — A voz que chega até Vincenzo é a de um velho, parado na entrada do edifício, empoleirado sobre um banquinho. — Aqueles só se interessam pelo dinheiro.

Eles trocam olhares. O olhar do velho é resignado e amargurado; o de Vincenzo, curioso.

Acompanhado por Carlo, Vincenzo entra na edificação. Ao redor deles, areia e pó: o tufo se desfaz e os tijolos estão carcomidos pela maresia. O cheiro de mar e de algas os envolve, misturado a outro mais persistente: sal seco. Cães andam entre o pátio e as corrediças para os barcos, crianças surgem como enxames ao seu lado e depois correm e se escondem atrás das mães.

Assim que atravessam a barreira do pátio, porém, são atravessados por um fedor insuportável, que lembra a Vincenzo o de Palermo na época da cólera.

— Mas o que é isso, um cemitério?

— Quase. Lá embaixo há um *bosco*, onde ficam os peixes mortos para perderem o sangue — explica Cordova. — Aqui em frente, estão os *muciari*, os barcos pequenos, enfim.

— Eu sei o que são *muciari*. Meu pai e meu tio eram marinheiros. E lá o que tem?

Carlo os perscruta, perplexo.

— O que estão falando?

— Está me explicando por que há esse cheiro terrível: daquele lado, onde chamam de *bosco*, colocam o atum para sangrar e deixam as carcaças em decomposição, enquanto ali em frente estão os barcos para a pesca, os *muciari*...

De repente, um homem sai do edifício. No corpo, uma roupa amarrotada, e, sobre a testa avermelhada, um chapéu de palha.

— Mas o que fazem aqui? Saiam, saiam!

A pequena multidão recua, mas não se dispersa. O homem afasta-a, hesita em frente a Cordova, fala-lhe com tom desrespeitoso:

— Dom Vito, por que não me mandou chamar? Eu teria recebido o nosso visitante.

O olhar do pescador se torna opaco.

— Chegou sem que ninguém soubesse de nada. Se apresentou assim.

Vincenzo vira-se lentamente. Carlo conhece aquela expressão e cruza os braços, à espera.

— Tem razão, ninguém sabia da minha chegada. E o senhor, quem é?

— Saro Ernandez, para servi-lo. Sou o contador. O senhor deve ser dom Florio. Meus cumprimentos. — O homem se curva com deferência. — Mas o senhor veio assim? Quer dizer... não tem ninguém além do seu secretário?

— Por quê, algum problema? Além disso, ele não é meu secretário. É o senhor Carlo Giachery, arquiteto.

O homem fica perplexo.

— Não... Realmente eu não esperava uma visita sua assim tão depressa. Disseram-nos que... Eu esperava o senhor daqui a alguns dias, é isso. E depois, eu não achava que viria sozinho.

— E em vez disso eu vim agora. Vamos, preciso conversar com o senhor.

O escritório é um cômodo tomado de reflexos da luz do sol, resguardado do cheiro nauseante que chega do estabelecimento. Ernandez lhe mostra os documentos contábeis.

— Então, nesta matança, tivemos até agora três mil atuns pescados — comenta Vincenzo. — É maio, a almadrava foi baixada há pouco no mar, então haverá outros...

— Sim, esperamos muito mais. Foram vistos bancos de peixes que...

Vincenzo não o deixa terminar; vira-se, lhe dá as costas, e olha o *rais* que ficou no limiar.

— O senhor, mestre Cordova, o que acha?

Ele concorda.

— Pelo menos outros tantos. E também muitas sardas.

O contador se movimenta, pega os recibos.

— Temos também o sal do seu sócio D'Alì. Sal das salinas de Trapani, sabe, de ótima qualidade e...

— Não me interessa — diz Vincenzo, seco. — Deste momento em diante, mudamos o regime. — Caminha na direção do *rais*, até ficar à sua frente. São quase da mesma altura, talvez tenham a mesma idade, ainda que o pescador pareça muito mais velho. — Vamos mudar a música.

Saro Ernandez segura com força as folhas em suas mãos.

— Mudamos de música? O que quer dizer? Não entendo.

— Que não haverá somente atum salgado — explica Vincenzo, sem olhar para ele. — O senhor sabe que acham que o atum salgado provoca escorbuto, não é? E é por isso que uma grande parte fica encalhada, porque as companhias de navegação e os marinheiros não confiam mais. Então, vamos fazer algo novo. — Encara o *rais* nos olhos de ônix e finalmente vê uma luz de maravilhamento. — Do barco a vapor que me trouxe para cá, neste exato momento, estão desembarcando vários *cafisos*[2] de azeite. O atum será fracionado e fervido, e então será conservado no azeite em barris vedados.

---

2 O *cafiso* ou *kafiso* é uma medida tradicional de volume de azeite, ainda usada na Sicília, variando segundo o local: na região de Trapani, por exemplo, corresponde a pouco menos de sete litros; em Catania, a dezesseis, no interior da Sicília, a cerca de onze. [N. da A.]

— Mas... vai apodrecer! E, se não apodrecer, deverá ser consumido em pouco tempo.

— Nada disso. Eu uso já há alguns anos esse método de preservação com o atum de Arenella e San Nicola l'Arena, com a colaboração do senhor Giachery. — Ernandez balbucia alguma objeção, mas Vincenzo o interrompe com o olhar. — Há mais de três anos levamos adiante essa ideia. Funciona perfeitamente. Vamos modificar o depósito, criando uma área com diversos caldeirões para o cozimento do peixe e para alojar os trabalhadores sazonais. Vamos dar empregos às famílias, e não somente aos pescadores.

— Mas ninguém nunca fez isso! — Um último protesto. — Aqui não há gente capacitada para fazer o que o senhor planeja! São uns pobres diabos.

— Bem. Nós começaremos agora, e eles vão aprender. Todas as famílias. Juntas. — Vincenzo vira-se e olha para o *rais*. — E mais: vamos fazer como os antigos. A gordura do atum para fazer o óleo para as lâmpadas e os ossos secos para a terra.

Finalmente, nos lábios rachados do marinheiro, surge um esboço de sorriso.

— Famílias?

— Sim, para que todos trabalhem.

Os grasnidos das gaivotas, o farfalhar do vento, o calor do sol.

Quando a carruagem para, Vincenzo escuta o marulhar do mar de Arenella. Sua almadrava. Uma lembrança atávica, um chamado que o move por dentro e pertence a ele de uma forma misteriosa.

Giulia está ao seu lado, impaciente.

— Chegamos?

Ele lhe dá a mão para ajudá-la a descer. Atrás, outra viatura leva os filhos, Giuseppina, que já tem sessenta e cinco anos, e a babá.

Vincenzo se vira. Deixa que o ar marítimo encha os seus pulmões e a sua alma de satisfação. Diante dele, a casa que Giachery projetou ao lado da almadrava de Arenella, um lugar que arrebatou seu coração.

Amei-te tanto, pensa. *Amei-te desde o começo.*

Os muros cor de terracota. Um portão de madeira que se fecha diante dos seus olhos e Carlo Giachery que o espera no limiar. Entrega-lhe um molho de chaves.

— Bem-vindo à casa.

Ele entra acompanhado de Giulia e das crianças.

O pátio da almadrava tornou-se um quintal com um pergolado e algumas árvores. Plantas em vasos se destacam contra o cinza dos paralelepípedos. A parte baixa foi levantada e transformada em um cômodo de janelas grandes com um terraço que dá para a prancha de colocar os barcos no mar.

E, em direção ao mar, uma torre quadrada.

Parece revestida de renda.

Quatro vértices, quatro pilares, quatro "picos". Linhas góticas dignas de um castelo inglês, frestões que se abrem para o céu. Uma marchetaria retirada do tufo, um rendado de linhas sinuosas esculpido na pedra.

Vincenzo percebe Giulia estremecer ao seu lado.

— Mas é...

— Esplêndida. Eu sei. Por isso não quis lhe mostrar antes. — Pega-a pela mão. — Venha. — Para a babá e para a mãe, diz: — Esperem aqui.

Carlo os observa entrar. Não os acompanha porque sabe que aquele é um momento privado: Giulia ainda não conhece o segredo da sala da torre, aquela que Vincenzo sonhou desde o momento em que entendeu que poderia se tornar seu único senhor.

Passos ecoam nos cômodos desertos. Uma empregada se antecipa a eles, abre as janelas. O sol adentra, estende-se sobre o pavimento xadrez de maiólica. O som do mar recobre o farfalhar das saias e as palavras sussurradas deles.

Os móveis de mogno e de nogueira revelam suas formas: mesas, armários, sofás, aparadores. Faltam os bibelôs, mas Giulia vai se encarregar disso. Quando ele lhe diz isso, vê como ela se ilumina de felicidade.

Vincenzo atravessa um corredor que dá para o mar, para diante de uma porta. Coloca as mãos na maçaneta.

— Olhe.

Giulia entra.

Sobre ela, uma abóbada em cruzaria, alta, esbelta, semelhante à de uma igreja. As ogivas pintadas de vermelho e dourado seguem uma atrás da outra até se perderem nas molduras das janelas.

Além do ouro e do amarelo, o mar. O golfo de Arenella e toda Palermo.

A respiração fica entrecortada na garganta. Ela rodopia, a cabeça inclinada para trás, e ri como uma criança.

— Gosta? — Ele abraça-a por trás. — Ninguém em Palermo tem algo assim.

Ela está tão feliz que nem consegue falar.

Os filhos invadem o cômodo naquele exato momento. Exclamações de surpresa, os narizes para o alto, risadas.

Giulia pega no colo Ignazio, que tem quatro anos, e indica as figuras. Até Giuseppina, que entrou por último no cômodo, olha ao redor maravilhada e satisfeita.

Ao lado, Vincenzo os observa. Era o que queria: uma casa digna do seu nome e da sua família. Deixa o cômodo e chega na pequena sala. Lá, encontra Carlo Giachery, ocupado em acender seu charuto.

— Estão entusiasmados.

— Bom, era o que você queria, não é? Deixar todos sem palavras. — Carlo apoia-se na janela. Aponta para os armazéns e para os barcos. — Você é um louco, e louco fui eu de lhe dar ouvidos. Nunca pensei que poderíamos fazer uma construção como esta ao lado de uma almadrava. Foi preciso você para me convencer. E ainda por cima em Palermo, imagina.

— Muitas coisas aconteceram por minha causa. E você vai ver quando eu conseguir comercializar amplamente o atum preservado no azeite. Já faz alguns anos que o colocamos assim em caixas e vendemos, e a procura continua crescendo. — Vincenzo diz aquilo sem arrogância. É consciente. — Essas são as respostas que darei a quem me chamou de "visionário". Fatos. Também será assim com a fundição Oretea que comprei dos irmãos Sgroi. Todos me disseram que é impossível planejar uma indústria aqui em Palermo, que só as lojas sobrevivem. Mas eu sei que não é assim, que, se alguém não começa a pensar de forma mais ampla, esta ilha ficará parada para sempre, enquanto o resto do mundo continua avançando. Você sabe como se diz em Palermo? *Dunami tempo, dissi u' surci la nuci, ca ti percio.*

— Você e os seus provérbios. — Carlo ri. — É mais palermitano do que certos palermitanos de sétima geração. O que quer dizer?

— Dê-me tempo, diz o rato à noz. Dê-me tempo que eu te furo. Eu não sou homem de largar o osso, Carlo. Você sabe. Aliás, quanto à fundição, gostaria que você fosse ao estaleiro de porta San Giorgio, porque as obras da nova sede estão indo devagar. Agora, dizem que sou louco, mas você verá quando todos os barcos forem feitos de metal e tiverem motores a vapor... quando esse momento chegar, possuir uma fundição que trabalhe só para seus barcos a vapor fará baixar, e muito, o custo das peças a serem substituídas. — Vincenzo se lembra do moedor de casca de quinquina, e dos insultos que lançaram sobre os Florio quando quiseram comercializar o pó de quinquina, mudando as regras do jogo.

— Louco, sim. Mas não se esqueça: carregador.

— Melhor levar na esportiva. — Mais do que rir, ele faz uma careta. Certas coisas não mudam. — Especialmente se penso em quem me insultou e no que disseram...

— Acredito que continuarão a chamá-lo assim enquanto viver — diz Carlo, agora sério. — Você deveria ter se acostumado.

— Eu me acostumei. — Vincenzo caminha pelo cômodo, as mãos cruzadas nas costas. — Mas não estou conformado, isso eu não consigo. A loucura é ter que ouvir gente como Filangeri me chamar de "entregador" enquanto me envia seu intermediário para me pedir dinheiro emprestado. É essa arrogância, essa falta de dignidade, que me deixa furioso. — Vincenzo procura sua raiva, aquela que sempre está ao seu lado, e a nina como se fosse um recém-nascido.

Carlo Filangeri, príncipe de Satriano, passa por enormes dificuldades econômicas. Investimentos equivocados, dizem alguns; luxos e vícios, dizem outros. Faz algum tempo que seus credores desejam pedir sua falência. A água está batendo em seu pescoço. Terá que nadar ou vai se afogar.

E Vincenzo tem em sua mão a corda que poderá salvá-lo.

A noite chega. Jantam juntos na nova casa, respeitando a tradição: macarrão ao sugo, peixe frito. Verduras e batatas são oferecidas aos espíritos da casa, para que sejam benevolentes e os acolham com alegria. Giulia segue os procedimentos com as sobrancelhas arqueadas: ela, do norte da Itália, cética por natureza, acha no mínimo ridícula essa tentativa de comprar a graça dos espíritos, mas que assim seja.

Tarde da noite, os dois acompanham os filhos aos aposentos. As garotas dividem um cômodo; Ignazio fica em outro. Ali perto, fica o de Giuseppina. Ao fundo, com a janela voltada para o golfo, o de Giulia e de Vincenzo.

Pegar no sono não é fácil: todos estão animados. Até as empregadas continuam andando por todos os cantos na ponta dos pés, e fecham as portas tentando não fazer barulho. Angelina e Giuseppina pulam na cama: uma tem oito, e a outra, seis anos, ainda são crianças. Ignazio corre, esconde-se, e Mademoiselle Brigitte nada pode fazer para acalmá-lo. É necessária uma chamada de atenção de Vincenzo para que se enfiem debaixo dos cobertores, mas uma cascata de risadas sufocadas ainda chega de seus quartos.

Depois, Vincenzo olha pela porta do quarto da mãe: está sentada na beirada da cama com os olhos fechados, o terço na mão e o gorro ainda na cabeça.

— A senhora não vai se deitar, mamãe?

— Primeiro, as rezas.

Há algum tempo, dona Giuseppina tornou-se particularmente religiosa. Se motivada por uma verdadeira mudança, pela velhice ou pelo medo do desconhecido após uma vida privada de alegrias, é impossível saber.

Vincenzo se inclina sobre ela.

— A senhora gosta desta casa?

Ela faz que sim, murmura uma prece em um latim enrolado. Depois, inclina a cabeça para um lado.

— Este lugar arrebatou o coração de Ignazio, e agora o seu. — Ela passa a mão sobre a colcha. — Você quer morar aqui para sempre? Eu não acho ruim. O céu é mais aberto, aqui. Parece Bagnara.

Sua mãe, a essa altura, fala pouco da Calábria. Não há mais a tristeza raivosa do passado: Bagnara é o lugar da memória no qual ficaram confinados, perdidos para sempre, sonhos e desejos.

— Não. Vamos viver aqui somente na primavera e no verão, depois ficaremos em Palermo. De toda forma, eu terei que voltar com frequência, porque há os escritórios. Embora eu tenha organizado um escritório aqui, o trabalho está lá.

— Eu sei.

Vincenzo cumprimenta a mãe e sai.

Giulia espera-o no quarto deles. Ele a encontra sozinha, com os cabelos soltos e o sorriso da espera. Abraça-o.

Beija a mulher nos lábios, com calor, com ternura.

— Não estou com sono. Vou dar uma volta no pátio — diz a ela.

— Espero acordada — responde ela, e enfia-se embaixo dos cobertores.

Pelo corredor, Vincenzo espia o quarto dos filhos, finalmente adormecidos; ele atravessa o salão, desce as escadas.

O pátio. Chega até o portão. Sai.

Tudo está calmo. Acima dele, o céu estrelado. À sua frente, o golfo. Ao longe, as luzes de Palermo.

Ele toca a água. Está incrivelmente morna para um mês de abril.

Caminha com as mãos nos bolsos, a cabeça livre de pensamentos. Uma onda molha seu sapato.

Há quanto tempo ele não nada?

Que raios são esses pensamentos?, diz a si mesmo. *Como se ainda fosse um garotinho!* A risada se detém, mistura-se a um nó na garganta.

Lembra-se da primeira vez que mergulhou: os olhos abertos, o sal que queimava as pálpebras e o silêncio nos ouvidos. A sensação da água gelada. O desejo de respirar que lutava com o desejo de ficar submerso, sem peso, imerso no verde.

A liberdade. Meu Deus. Que sensação magnífica.

O que ele não daria para sentir aquela liberdade.

O desejo torna-se uma necessidade. Vincenzo quer sentir outra vez aquela emoção, ainda que por poucos instantes.

As mãos correm sobre os botões. Tira o colete, tira a calça, a camisa e também os sapatos. O vento está fresco, quase não o sente. Olha para o seu tórax maciço: já faz um tempo que passou dos quarenta anos, tem um pouco de barriga, e os braços perderam a força da juventude, mas tem todos os dentes e não sente falta de ar quando sobe as escadas.

Um pé depois do outro. O mar se torna um abraço, acolhe-o. Sua pele se arrepia ao molhar a barriga.

De repente, seu tio Ignazio lhe aparece. De memória, torna-se presença: é quase possível ouvir sua voz, seu toque firme e gentil nas mãos. Está novamente jovem, com um pouco de barba e o sorriso melancólico que tinha desde que Paolo morrera. Ele lhe diz:

— Devagar, Vincenzo, não tenha pressa: o mar é como uma mãe. Sempre acolhe.

A lembrança se faz viva, colorida.

Malta. Um ano após a morte do seu pai. Ignazio levou-o consigo: viu a ilha, conheceu os mercadores, cheirou as especiarias desconhecidas.

Foi quando seu tio se deu conta de que o sobrinho não sabia nadar — que vergonha, logo ele, filho de marinheiros — e decidiu lhe ensinar.

Encontraram uma praia, mergulharam: Vincenzo nu, ele com um pano ao redor dos quadris. Banharam-se em um mar de um azul que cegava. Lembra-se das risadas, dos braços de Ignazio prontos para acolhê-lo; ainda sente a água salgada que invadia seu nariz e os acessos de tosse que se seguiam.

Foi assim que aprendeu, de tanto beber e sufocar e rir e insistir. E, por fim, conseguiu.

Porém, nunca havia nadado à noite. Nunca.

Bem. Está na hora de tentar isso também.

Ele mergulha. A água penetra seus cabelos, envolve seus braços. É verdade, o mar acolhe.

Emerge mais uma vez. Respira. Fora da água faz frio, mas e daí? Sente-se livre, leve e gostaria de gritar, porque, por um instante, sua escuridão, aquela que carregou dentro de si a vida toda, desapareceu. Ou, pelo menos, está confinada às margens da sua consciência.

Aquele é um momento de leveza, de um júbilo desconhecido que explode por dentro, que o faz rir e chorar.

Se essa é a felicidade, é estranha, porque ele não achava que pudesse ser tão bonita e ao mesmo tempo doer tanto.

Ele mergulha mais uma vez, emerge, grita: de felicidade, de libertação, de vida. Sente que está onde queria, que tudo aquilo que aconteceu em sua vida levou-o até ali, e está certo, não importam os insultos nem as invejas, porque é isso que ele escolheu ser. Esse é o seu caminho.

Dá algumas braçadas, depois se vira de costas. Agora, consegue ver a almadrava ali do mar, e as luzes da casa que se refletem no golfo. Entre elas, uma em especial.

O quarto, lá onde Giulia o aguarda.

Casa Florio. Giulia. Sua casa. A vida dele.

Ele estica-se na superfície da água, cospe um gole de água salgada. Ri.

Há quanto tempo não se sentia tão livre? Será que *alguma vez* já se sentiu tão livre?

A luz daquele outubro é amena. Tem reflexos de topázio, a pastosidade do cobre. Reflete-se nas casas de tufo da Arenella, estende-se sobre o mar que substituiu as cores brilhantes do verão pelas do outono. Até a areia parece pálida, não tem mais aquele cintilar que obriga a fechar ligeiramente os olhos.

Ignazio, que já tem quase seis anos, apoia-se à soleira da porta, na dúvida entre seguir até a praia ou voltar ao pátio. O mar o atrai com suas palavras sussurradas, com uma voz que ele não entende completamente. Sabe apenas que é muito mais do que a conversa de Giuseppina e Angelina, suas irmãs, que estão bordando sob o pergolado com a mãe e a babá.

Dá um passo à frente. O mar o chama.

Giulia levanta a cabeça, procura-o.

— Ignazio! Aonde vai? — grita com um misto de repreensão e ternura.

E ele, que não sabe resistir àquela voz, recua.

Giulia larga o bordado nos joelhos e o abraça.

— Você terminou a tarefa que o professor lhe passou?

Ele faz que sim.

— Fiz até um desenho. Um navio.

Mas é claro. O que mais teria feito?, pergunta-se Giulia. Arruma os cabelos dele, e o garotinho aproxima o rosto da mão dela.

Ignazio acha que não existe mulher mais bonita do que sua mãe. Nem mesmo *madmuasel* Brigitte, com seu *r* estranho e seus cabelos loiros.

Giulia sabe que nenhum homem jamais olhou para ela nem jamais a olhará com o mesmo olhar tão cheio de amor do filho.

Um tilintar, seguido pelo relinchar dos cavalos, faz com que se virem para o portão. O caseiro escancara-o para deixar entrar uma carruagem escura que dirige-se ao lado oposto do pergolado. A viatura nem parou, e Vincenzo já pulou para fora, caminhando com passos nervosos até a entrada.

Giulia vai até ele.

— Vincenzo — chama-o, mas ele faz um gesto seco para afastá-la ou, talvez, para que ela fique em silêncio. — Eu não o esperava assim tão cedo — continua ela, enquanto as filhas e a babá se levantam, ensaiando um cumprimento com a cabeça inclinada.

— Não é nada, Giulia. Não comece você também. — Ele desaparece pela porta que leva até as escadas, deixando atrás de si o barulho dos saltos nos degraus de pedra.

Ignazio observa a mãe apertar as mãos sobre o peito e baixar a cabeça.

Quantas vezes já viu cenas assim? Quantas vezes sentiu aquele tipo de raiva por ele, uma raiva até mais forte do que o medo que sente do homem? Seu pai tem as sobrancelhas perenemente enrugadas, o rosto sempre severo. Muitas vezes é brusco e distante com a mãe dele. Mas por quê? Ignazio não entende.

Ele se aproxima da mãe, em silêncio, olhando-a com ternura. Então, Giulia murmura:

— Seu pai é um homem importante, Ignazio. Não é uma pessoa má. É assim. É o seu caráter.

— Mas ele te faz chorar. — Estende a mãozinha, como se quisesse colher a lágrima que ficou presa nos cílios da mãe.

Do alto, chega a voz enfurecida de Vincenzo e depois o barulho de portas batendo. Giulia abre um sorriso desconfortável.

— Eu já verti tantas lágrimas por ele que uma a mais ou a menos não faz diferença. Sei quem é seu pai, de verdade, eu sei. — Ela se enrola no xale, olhando em direção à torre quadrada. — Vou ver o que está acontecendo. Você fique aqui no jardim com suas irmãs. — E, enquanto a ira de Vincenzo explode mais uma vez, Giulia desaparece com o farfalhar do tecido, engolida pela escuridão do corredor.

Ignazio olha ao redor. As irmãs e a babá voltaram ao bordado. Ouve as vozes dos pais que se distanciam.

Então chega novamente o sussurro do mar, trazido pelo leve vento grego.

O garotinho escapa até o portão. Ultrapassa-o. À sua frente, o mar da Arenella.

Ninguém o vê.

Hesita. Uns dias antes, os pais o proibiram de subir nas pedras sob a torre e de escalar os escolhos lá por perto. São escorregadios demais, disseram-lhe. Contudo, ele passou o verão pulando sobre eles e nunca caiu. Em algumas ocasiões, até mergulhou, embora não tivesse coragem de imitar os filhos dos pescadores que se jogavam da Balata, o grande escolho além da ponta da baía. Ainda assim, seu pai havia prometido que, no próximo verão, lhe ensinaria a pular de lá, porque os Florio tinham que saber nadar, pois a água do mar lhes corre nas veias misturada ao sangue.

Ignazio deixa a proteção do muro cor de ocre, atravessa a praia e avança entre os rochedos. De um arrecife preto, coberto de algas secas, um caranguejo emerge. Ele o vê, estica o braço para pegá-lo, mas o animal é mais rápido, encolhe-se e foge por uma fissura.

— Não! — exclama ele, e inclina-se para a frente.

A sola de couro escorrega sobre a alga seca e o garotinho perde o equilíbrio, oscila e acaba numa poça de água parada.

Ignazio geme baixinho. Olha as mãos: tem as palmas raladas. Com dificuldade, coloca-se novamente em pé.

As feridas pulsam e ardem por causa do sal, mas não é isso que o preocupa. Os sapatos e as roupas estão sujos. Sua mãe vai ficar brava.

Caranguejo idiota, ele pensa, bravo. Como vai remediar aquele estrago?

Com cuidado, então, aproxima-se da água. Sabe que, naquele ponto, o mar é fundo, porque no verão os garotinhos da Arenella mergulham ali e emergem com sacos cheios de ouriços que depois comem na praia.

Inclina-se e, com a mão, recolhe um pouco de água para limpar os sapatos. O sal parece queimar ainda mais. Ignazio morde o lábio de dor, se debruça e o estômago se contrai, um arrepio de pânico corre na sua pele. As ondas são altas, molham-no com respingos. Então, ele se agarra à rocha, tentando se equilibrar um pouco, depois tenta de novo pegar um pouco de água, dessa vez com ambas as mãos, e oscila.

Com o coração na garganta, ele encara o mar que parece ter ficado todo preto. Não há peixes pulando, nem a dança de água-viva, anêmona-do-mar e algas agarradas às pedras. Há somente as ondas cada vez mais altas que acabam por encharcá-lo.

Mamãe vai gritar tanto, tanto, comigo, diz para si mesmo. *E papai...*

Melhor não pensar.

Precisa voltar. Sente algo atrás do esterno e não sabe lhe dar um nome.

Agarrando-se à rocha, tenta se levantar, erguendo os pés, que parecem aprisionados na poça.

É o vento que o agarra, o faz perder o equilíbrio e derruba-o.

O impacto com a água é gélido, esvazia os seus pulmões como se alguém tivesse se sentado de repente sobre seu peito. Ele arregala os olhos, estende os braços para o alto, mas o mar se fecha sobre ele em um abraço de espuma e de vidro. Sente algo que o agarra pelas pernas, puxa-o para baixo. Então, começa a chutar, antes no vazio da água e depois em um escolho submerso. O impacto é tão forte que ele perde um sapato.

O terror o cega. Abre a boca para gritar, mas a água salgada invade sua traqueia.

— *Mamãe!* — grita com o ar que lhe sobrou na garganta, no instante em que uma onda carrega-o de novo para cima, como um golpe nos rins, para depois sugá-lo novamente para baixo.

— *Mamãe!* — chama, engolindo mais água em meio aos acessos de tosse.

— *Mamãe!* — invoca desesperadamente, enquanto tudo ao seu redor escurece.

— E foi o que aconteceu. Entende? Apresentamos uma prensa a vapor na Exposição do verão passado, a primeira prensa hidráulica construída na Sicília, por Deus! E depois, nos pedem um fornecimento de panelas e colheres, e nós não conseguimos atender àquele pedido em um mês. E por quê? Porque falta carvão, precisamos de mais, mas aqui já não há mais nenhum e preciso trazê-lo da França. E os navios que deveriam transportá-lo não chegam, enquanto a fundição paga multas.

No escritório de Vincenzo, no coração da torre, fascículos são movidos, papéis passam de mão em mão. O homem encontra uma pasta, abre-a, agarra um papel, coloca-o sobre a mesa.

Giulia observa aqueles movimentos convulsos.

— Você sabia que administrar uma fundição aqui em Palermo não seria fácil — murmura. — Até Ben Ingham recuou de participar desse negócio. — Vai até perto dele, coloca a mão sobre seu braço.

— Nada nunca é fácil nesta cidade, mas isso não significa que não possa ser feito. — Vincenzo hesita. O toque de Giulia tem o poder de acalmá-lo. Respira a plenos pulmões. — Com Giachery, li as multas que o contrato nos impõe caso não façamos a entrega. Não quero pagá-las. E havia guardado alguns documentos aqui…

Mas Giulia já não o ouve.

Enruga a testa, olhando na direção da janela. Parece-lhe ter ouvido... Quase corre para se debruçar.

— Angela! Giuseppina! Onde está seu irmão?

As duas garotinhas e a babá levantam os olhos.

— Estava aqui conosco... — responde Mademoiselle Brigitte, levanta-se e procura-o com o olhar. — Mas *oui*, andava por aqui. Ele não está com vocês?

Giulia estremece. Talvez esteja errada... Aliás, com certeza é isso. Contudo, poderia jurar que ouviu seu filho chamando.

Sai correndo do cômodo, desce as escadas.

— Ignazio! — chama.

Ninguém responde.

Será que ele se escondeu?

— Ignazio! — repete.

Dá uma volta no pátio, chama-o de novo. A preocupação aumenta.

Vincenzo, que permaneceu no cômodo, dá de ombros. Giulia é apreensiva demais. Com a idade do filho, ele fugia para a Enseada, entre as ruelas do porto, e ninguém se preocupava. Ignazio deve estar dando umas voltas perto dos barcos, entre as pranchas e o estabelecimento; ou então deve estar na praia, jogando pedras. O que poderia lhe acontecer de mal?

Durante anos, voltará a pensar muitas vezes naquele momento. Mas não poderá dizer o que o levou a se debruçar à janela que dava para os escolhos. O instinto? O acaso?

Foi assim que, em meio à espuma, contra os escolhos sob o farilhão menor, ele vê primeiro uma pequena mão, depois uma perninha. Um corpo que se agita, que bate contra os escolhos, envolvido em algas que parecem puxá-lo para baixo.

Outra coisa que não se lembrará é se gritou ou não.

O pensamento, do contrário, ficará impresso em sua mente para sempre.

Isso não pode acontecer com ele. Não com o meu filho.

Giulia o vê correr à sua frente, atravessando o pátio, enquanto arranca do corpo o paletó e a gravata plastrão. Quando entende que ele está indo para os escolhos, cobre a boca com as mãos e o segue.

No momento em que chega ao portão, Vincenzo arranca os sapatos com um chute. Depois corre para o mar e mergulha.

Os olhos aprisionam as imagens, cinzelando-as na mente como se fossem de bronze.

— Ignazio! Ignazio! — grita ela.

Sobe sobre os escolhos, rasga a barra do vestido, escorrega, estica os braços, chama novamente o filho. Vê Vincenzo emergir, respirar e depois desaparecer na água escura. Há um corpo a se debater entre as algas. Ou são as ondas que o movem?

Ainda está vivo, não é?

Atrás dela, Angela, Giuseppina e Brigitte choram e se apertam freneticamente uma à outra. A babá soluça, mistura o francês com o siciliano, grita dizendo que não sabe como aquilo pôde acontecer, mas Giulia não lhe dá ouvidos.

— Vincenzo! — grita. — Ignazio!

Ignazio emerge primeiro. Tem os olhos fechados, está lívido, mas abalado por um arrepio e pela tosse... Giulia estremece, desata em lágrimas. *Graças a Deus, ele tosse! Então está vivo!*

Logo depois, emerge Vincenzo. Treme de frio e tem arranhões nos braços e nas pernas, mas não se preocupa. Coloca o pequeno na praia e manda embora Giulia, que quer pegá-lo nos braços.

— Deixe-o! É preciso colocá-lo de lado. Ele precisa cuspir a água! — E lhe dá um golpe violento nas costas.

Ignazio vibra sob os golpes, geme, vomita água do mar e restos de comida. Arregala os olhos e, por um instante, só vê o rosto aterrorizado da mãe.

— Mamãe... — murmura, a voz rouca pela maresia e pelos gritos. — Mamãe....

Giulia chora copiosamente.

— Meu filho... — Tira o xale e o envolve, enquanto ele continua tossindo e tremendo.

Vincenzo o ergue entre os braços e se dirige à torre.

— Vocês! Procurem um médico, movam-se! — ordena às filhas. Depois, desloca o olhar para a babá. A voz é um rosnado de cólera. — E você, mulher inútil, desapareça. Até o final do dia, não quero mais vê-la. Meu filho quase morreu. Escapou do seu olhar e você nem sequer reparou! Para mim, não há nada mais precioso do que este pequenino. Vá embora!

Arrasada, ainda em lágrimas, Brigitte recua e foge para seu quarto.

Giulia está inclinada sobre Ignazio e quase não registra as palavras de Vincenzo.

Angelina, porém, as ouve. Em seu rosto, que já não é de criança mas ainda não é de mulher, se desenha uma ruga de piedade.

— Vamos — diz para Giuseppina, puxando-a. Depois, murmura--lhe para não chorar mais, porque Ignazio já está bem, deu um mergulho e agora vai ter febre. Naquela repreensão, havia uma raiva que nem ela sabia bem de onde vinha. Enquanto ouve ranger sob os sapatos a areia endurecida pelo sal, encerra em seu coração essa dor, esconde pensamentos que não podem emergir à luz do sol. Mas sabe o que significam essas palavras, e as guarda em sua memória durante os anos que virão.

Naquela noite, Giulia dorme no quarto de Ignazio. O médico a tranquilizou, disse que o garotinho estava bem, que no máximo terá um resfriado e dores causadas pelos hematomas e arranhões, mas nada além disso. Deu-lhe um xarope a base de mel e alcaçuz para a garganta e recomendou que colocasse panos quentes sobre o peito dele.

Não, ela não consegue acreditar. Não quer deixá-lo. Que esteja ali, vivo, e que seu marido o tenha arrancado da morte, para Giulia, tem o sabor de um milagre.

Seu marido Vincenzo o salvou.

No rosto do homem, naqueles instantes, não viu qualquer vestígio de medo ou desespero. Só uma vontade crua, uma determinação que tem algo de sobre-humano e que ela conhece bem.

Após tê-lo trazido até o quarto, porém, Vincenzo não se aproximou de novo de Ignazio. Desapareceu em seu escritório na torre. E foi Giulia quem ficou com a criança, deu-lhe um caldo quente para tomar e trocou-lhe as roupas.

Em certo momento, a avó Giuseppina chegou com os olhos vermelhos e as mãos ainda trêmulas pelo susto. Agarrou ao seu peito o pequeno, beijou-lhe os cabelos úmidos, chamando-o com estranhas palavras em calabrês que Giulia não entendeu. Sabe somente que Ignazio é o único dos netos ao qual sua sogra demonstra algum afeto.

Depois, finalmente serenos, mãe e filho adormecem. Suas cabeças dividem o mesmo travesseiro, os dedos entrelaçados. Ignazio se agita, tosse. Giulia segura-o firme. Por fim, ambos deslizam em um sono profundo e abençoado.

É madrugada quando o garotinho acorda assustado. Um barulho, a porta rangendo: talvez alguém tenha entrado no quarto. Ele se agarra no braço da mãe, mantém as pálpebras entreabertas, procura na sombra.

Seu pai está ali.

Sentado na poltrona, tem o rosto desfigurado pela tensão, os cabelos em desalinho. Mantém as mãos juntas em frente ao rosto e olha Ignazio de um jeito que o surpreende. Naquele olhar, ele lê alívio, pânico, cansaço. E afeto.

O pai nunca o olhou daquele jeito.

Seu pai sentiu medo, entende-o imediatamente, e a mera ideia já o deixa perturbado. Medo por ele, porque — talvez — o ame.

Gostaria de lhe estender a mão, pedir que se aproxime, mas não consegue. O sono e o cansaço são mais fortes. Volta a adormecer, arrastado por uma sensação de doçura e calor.

No escuro, não enxerga, não consegue enxergar, que os olhos do seu pai estão cheios de lágrimas.

Nos dias que se seguiram ao incidente — assim Giulia se obstina a chamá-lo —, Ignazio permanece de cama: a febre, mais pelo susto do que pelo frio, chegou. O garotinho passa as tardes em seu quarto, sozinho. Brigitte partiu depressa, e as irmãs voltaram a estudar com a mãe.

Com as pernas recolhidas sob o corpo, encolhido em um ninho de cobertores, Ignazio folheia um volume que pegou das prateleiras do pai. Não é um livro para crianças, mas ele não se importa. O importante é não pensar, não se lembrar do terror de morrer sozinho, debaixo de litros de água que invadiam seus pulmões. Aquela — ele sabe e diz isso a si mesmo — foi a primeira vez que conheceu o medo de morrer. É uma sensação que vai carregar consigo pelo resto da vida.

Agora, se joga no livro que tem diante de si, lê sílaba por sílaba, olha as ilustrações, deixa que as palavras estranhas se enrolem em sua boca, amassa-as com a língua.

Navios. Tantos.

É assim que Vincenzo o encontra, ao voltar da fundição Oretea, depois de passar o dia inteiro pensando com os operários e garantindo que o carvão, o ferro e o estanho chegassem a tempo.

Abre a porta, detendo-se no limiar.

— O que está fazendo? O que está olhando?

Ignazio levanta os olhos, e Vincenzo não pode deixar de notar como o filho se parece com Giulia. Mas, ao mesmo tempo, há algo que faz relembrar o tio cujo nome ele leva, aquele Ignazio que o criou, que sempre ficou um passo atrás dele. Um tipo de calma, uma expressão plácida e determinada ao mesmo tempo.

O garotinho desliza dos cobertores, inclina-se. Sem dizer qualquer palavra, estende-lhe o livro.

— *Situação corográfica aduaneira estatística da Sicília,* de Francesco Arancio. — Vincenzo não consegue sufocar uma risada. — Você está lendo este livro? — Porém, naquela pergunta, há surpresa, e não escárnio, Ignazio percebe.

— Gosto de olhar os mapas geográficos e os vapores — explica, indicando as páginas que o pai está folheando. — Olha — acrescenta, apontando uma página. — Aqui está a Enseada. Ele explica como os rios saem para o mar, além dos muros.

Vincenzo assente e, enquanto isso, olha com o canto dos olhos o rosto daquele filho que, timidamente, lhe conta o que viu através daquela rede emaranhada de linhas e cheia de palavras.

O filho cresceu diante dele sem que Vincenzo percebesse. E está na hora de começar a cuidar dele, porque Giulia, afinal de contas, é mulher, e Ignazio não pode ficar para sempre agarrado à barra da saia da mãe.

— Depois de amanhã, vamos voltar a Palermo — diz repentinamente, fechando o livro. E devolve-o ao filho. — Está começando a fazer frio aqui.

Porém, aquele não é o único motivo. Se o filho consegue ler um atlas, já pode estudar seriamente, e precisa começar de imediato, sem mais perda de tempo.

Às oito da manhã do dia 12 de janeiro de 1848, a quietude de um dia como outro qualquer é interrompida por algo que soa como um disparo de canhão.

É um estrondo que faz tremer os vidros e provoca gritos entre as serviçais da casa dos Florio na rua dos Materassai.

Angelina, que tem doze anos, abraça a irmã Giuseppina, que começou a gritar, enquanto Ignazio fica sentado no meio da cama com o rostinho incrédulo, ainda tomado pelo sono.

No segundo disparo, Ignazio desce da cama e corre até a mãe.

— Mamãe, mamãe! O que está acontecendo?

Giulia se ajoelha, segurando o rosto do filho entre as mãos.

— Deve ser alguma homenagem ao aniversário do rei, sabe...

Porém, ela mesma não tem certeza, e Ignazio lê o medo e a confusão em seu rosto.

— Será?

Naquele momento, chegam as irmãs. Uma fala atropelando a outra: se debruçaram na janela e viram pessoas armadas correndo pelas ruas, elas dizem.

Outro disparo. Gritos.

Abraçam a mãe, enquanto as paredes tremem e as serviçais gritam aterrorizadas. Quando o barulho estanca, ouvem-se outros disparos, mais baixos, secos.

Tiros.

Não, não são festejos. De repente, Giulia se lembra dos cartazes pregados na rua Toledo e depois mal arrancados por soldados napolitanos. Os cartazes que conclamavam a revolta.

Falou disso com seu irmão Giovanni, que veio visitá-la poucos dias atrás para trazer notícias da mãe, acamada por um ataque de febre. Ela perguntou ao irmão o que ele achava daqueles cartazes surgidos durante a noite por toda a cidade. Era algo com que se preocupar?

— Isso é fogo adormecido sob as cinzas. Você se lembra das revoltas de 1837, o ano da cólera? Desde então, a situação piorou. Primeiro, foram as deportações e sentenças de morte para os chefes da revolta. Depois, o rei Ferdinando ordenou que todos os administradores das cidades fossem napolitanos, coisa que os sicilianos não engoliram. Você não percebe isso porque leva uma vida protegida. — Ao dizer isso, abriu os braços para apontar o luxo da casa na rua dos Materassai. — Porém, lá fora, há mulheres vítimas de injúrias por parte dos soldados napolitanos; se os maridos protestam, vão presos para Vicaria. Para não falar da taxação dupla sobre os cereais. Os Bourbon não se preocupam com o próprio povo. É normal que tentem mudar essa situação, mesmo de forma violenta. Pelo que sei, em Milão, as coisas não caminham de forma muito diferente: os austríacos mantêm a cidade com rédeas curtas, e as pessoas os odeiam.

— Mas aqui não estamos em Milão. Palermo e Sicília não têm círculos de pensadores como os que existem em Milão. Quer dizer, aqui... — Giulia mexeu as mãos depressa, como que para enxotar aquele pensamento que a angustiava. — Os nobres nem sequer imaginam que seus privilégios possam ser colocados em xeque ou que devam ceder parte de suas terras. Aqui, cada um tenta se proteger como pode, mas os pobres continuam pobres porque não há ninguém que tente abrir os olhos dos campesinos ou dos operários...

— Isso é o que você pensa. — Giovanni inclinou-se para a frente, com um olho na porta. Ele sabia que Vincenzo não gostava desse tipo de discurso, achava-os inúteis. — Há quem queira mudar as coisas também aqui em Palermo. Há intelectuais, tanto entre os nobres como entre os burgueses, que esperam poder guiar as pessoas desta terra, que querem tomar as rédeas do próprio destino. Contudo, são poucos, muito poucos.

— Mas então... — Giulia arregalou os olhos, mais surpreendida do que amedrontada.

Giovanni suspirou.

— Pode acreditar, Giulia. Não sei o que vai acontecer, mas as vozes que se ouvem por aí são muitas e insistentes. As proclamações pregadas pela cidade, conclamando o povo a pegar em armas, são apenas os indícios mais recentes. Sim, os soldados da Guarda Real os arrancaram, jogaram-nos na lama e riram. Dizem que, se os palermitanos se erguerem, serão recebidos com tiros, enforcados nos mastros da fragata da marinha se as forcas não forem suficientes. Mas dessa vez é diferente, dá para sentir no ar. As pessoas olham para os militares e os desafiam, cospem no chão quando passam. Palermo está cansada das taxas e dos abusos. Os Bourbon exageraram.

Giulia, então, cobre a boca com as mãos, porque agora entende que Giovanni tinha razão, e que o momento da revolta chegou. É o dia 12 de janeiro de 1848, o dia do aniversário do rei...

— Fechem as janelas! — grita ela. Depois, observa os filhos e seu medo aumenta. — Vistam-se! — ordena com a voz trêmula. — Vistam-se e fiquem prontos para partir.

Desde o amanhecer, Vincenzo está trabalhando no escritório que dá para o largo San Giacomo, estabelecimento que comprou há pouco tempo, onde instalou a sede das relações comerciais da Casa. Ao primeiro disparo, ergue os olhos dos papéis. Diante dele, Giovanni Caruso, o secretário.

— O que é?

Outro disparo.

— Não sei. — Caruso abre os braços. — Talvez estejam festejando o aniversário do rei. Não é hoje?

— Sim, mas... — Uma detonação, dessa vez seguida por uma sequência de tiros. — Com tiros de fuzil?

Vincenzo vai até a janela. Na praça, a multidão movimenta-se como um enxame em direção à porta Carbone, rumo ao porto. Alguns homens estão armados.

— Havia cartazes no Cassaro, há alguns dias, que falavam de uma insurreição e convocavam as pessoas... — retoma Caruso. — Mas imagina, não é possível! Devem ser os quatro loucos de sempre que tentam...

Uma explosão de canhão. Uma bateria de tiros.

— Quatro loucos, hein? — Vincenzo bate as mãos na escrivaninha. Os gritos se sobrepõem aos disparos. — Essas são as baterias do Castello a Mare. Estão disparando contra a cidade a partir do mar!

Caruso se aproxima da janela. Sim, o barulho provém da Enseada. Estarão colocando abaixo os muros?

— *Minchia.* É verdade.

Vincenzo agarra o paletó. Não tem tempo a perder. Se há revolta, haverá desordem e pilhagens. Melhor colocar tudo em lugar seguro.

— Faça com que fechem tudo e voltem para casa, o senhor e os funcionários. Eu irei à botica. Enviarei uma mensagem para lhe indicar o que fazer.

— Mas, dom Florio, o senhor vai sozinho? Espere!

O homem já está do lado de fora. Corre até a botica e entra depressa. Seus funcionários e atendentes estão escondidos debaixo dos balcões, como caracóis em suas conchas. Vincenzo pede que lhe emprestem uma capa para que não seja reconhecido, depois sai e se lança entre os becos. Precisa chegar até a fundição Oretea, dar ordens aos operários para trancar os portões e esconder as ferramentas mais importantes. Se os revoltosos ou os soldados escolherem o lugar como alvo, tudo acabaria mal. Chegando na rua Bambinai, porém, se vê forçado a se deter. E não é o único.

Há uma barricada. Por cima dela, homens disparam contra as tropas dos Bourbon. Ao lado, ainda se vê, apesar de parcialmente arrancado, um cartaz:

SICILIANOS,
O TEMPO DE IMPLORAR INUTILMENTE ACABOU...
ÀS ARMAS, FILHOS DA SICÍLIA:
A FORÇA DE TODOS É ONIPOTENTE.
DIA 12 DE JANEIRO DE 1848, AO RAIAR DO DIA,
MARCARÁ A ÉPOCA GLORIOSA
DA NOSSA REGENERAÇÃO UNIVERSAL...

— Venham e nos ajudem se tiverem uma arma e quiserem defender sua terra! — grita um revoltado, brandindo um fuzil. — Ou então voltem atrás, escondam-se em suas casas e... — Seu chamado transforma-se em um grito de dor: um tiro feriu seu braço.

Vincenzo é obrigado a voltar atrás, cabeça baixa e o coração saindo pela boca. A fundição Oretea — a *sua* fundição, o *seu* desafio, nascida como uma oficina, mas agora já estabelecida como uma verdadeira fábrica para trabalhar o ferro — fica a pouca distância dos muros, próxima à porta San Giorgio. Porém, agora, com a batalha em curso, é como se estivesse em Malta. Quatro anos atrás, ele construiu uma nova estrutura, onde há amontoados de ferro e de carvão, além de estar cheia de materiais inflamáveis. Não ousa sequer imaginar...

— Estão assaltando o Palácio Real!

— Queimaram a caserna! Há soldados mortos!

As vozes dos palermitanos o envolvem, quase o estapeiam. Tudo começou na praça da Fieravecchia, dizem, onde já estão os primeiros mortos.

— Vão queimar as casas dos nobres! Querem a república!

— Às armas, Palermo!

O fluxo da loucura continua, ele ouve as vozes, recolhe notícias às quais tenta dar algum sentido pleno. Enfia-se pela rua Pantelleria e, correndo, chega até a rua Tavola Tonda. De lá até sua casa é só um instante, o tempo de uma prece.

Encontra a mãe sentada na poltrona, no centro da sala, com o terço na mão, como sempre.

— Está bem, meu filho? — pergunta Giuseppina ao vê-lo.

— Sim, sim. Onde estão as crianças?

— Com ela. Tome cuidado com eles, em especial com Ignazio, meu sangue.

Giulia vestiu os filhos com roupas pesadas; ela mesma usa uma roupa de viagem. Quando vê Vincenzo, a máscara de apreensão se desfaz, dando lugar a uma expressão de alívio. Vai até ele.

— Santo Deus, o que está acontecendo? Eu estava preocupada contigo...

Ele abraça Ignazio, o primeiro a se aproximar. Depois, é a vez das filhas, que se agarram a ele, assustadas.

— A cidade insurgiu contra os Bourbon. Alguns dizem que os guardas depuseram as armas; outros, que as tropas do general De Majo fizeram barricadas no Palácio Real; outros ainda, que o rei está pronto a render-se. Não se entende mais nada... Certamente, os soldados não esperavam uma rebelião tão organizada e mobilizada. Não, desta vez não é coisa de quatro garotinhos... Chegaram também rebeldes do campo, provavelmente uma campanha inteira de Bagheria. Ouvi os sotaques da província, e todos ou quase todos estão armados.

Ele observa as próprias mãos. Não tem armas, nunca quis aprender a usá-las. Sempre pensou ter à sua disposição a arma mais importante, o dinheiro. E é o que usará, se for necessário.

— Pessoas já foram mortas. Os soldados estão recuando para as casernas, para o Palácio da Fazenda ou para o Noviziato. Há conflitos nas ruas, e os palermitanos já tomaram algumas portas da cidade.

— Eu imaginava. Entendi o que estava acontecendo quando ouvi os disparos. — Ela leva as mãos aos lábios e murmura: — O que faremos?

— Deixaremos a cidade. Recolha dinheiro, prataria, as coisas mais preciosas. Vamos para a casa dos Quatro Pizzi. É fora dos muros da cidade e é mais fácil de defender.

Giulia dá ordens, escancara armários e fecha baús. As serviçais correm pela casa. As filhas obedecem sem dar um pio, especialmente Angelina, que recolhe os xales preciosos de renda e esconde-os no fundo de uma bolsa.

Ignazio vai atrás dela.

— Posso levar o cavalo de pau? E os livros? — repete ele, incessantemente, enquanto a governanta dá ordens para que fechem as janelas e tranquem-nas com tábuas de madeira. Nesse frenesi, a única pessoa imóvel é Giuseppina que, ainda sentada na poltrona, resmunga:

— Sem Deus, é isso que são...

Vincenzo escreve depressa várias mensagens e entrega-as a um garoto para que as leve aos colaboradores, sobretudo para Carlo

Giachery. Retira alguns documentos do escritório, além de um saquinho de moedas. Vão servir, ele já sabe, para passar além das barricadas e dos postos de controle.

— As carruagens estão prontas — anuncia uma serviçal.

Passos apressados pelas escadas, o som de malas e cestos que cambaleiam. Giulia cuida para que nada se perca. Por último, pega as joias mais preciosas que Vincenzo lhe deu e esconde-as num bolso da sua anágua.

O marido espera-a junto ao portão.

Sobe no primeiro veículo com a mãe e a governanta. Giulia segue no de trás, com os filhos e a bagagem.

É um suplício seguir adiante: as ruas estão abarrotadas de carroças, carretos e veículos, que os obrigam a desacelerar e parar com frequência. No chão, cadáveres. Para Giulia, cada parada é uma pontada no estômago; nada pode fazer além de abraçar as filhas agarradas à sua cintura.

Ignazio, por sua vez, espia através das cortinas, com um olhar que, de repente, parece o de um adulto, apesar de só ter 9 anos. Em seus olhos, há mais curiosidade do que temor. Mas neles se lê, principalmente, um desejo intenso de entender o que está acontecendo com ele, com sua família, com sua cidade. Ele fecha as cortinas e encara a mãe: ela está angustiada, claro, mas não murmura preces nem se entrega ao choro. Pelo contrário, repreende as irmãs se elas começam a fazer manha. O pai, quando subiu na carruagem com a avó, também estava calmo, e em seu rosto não havia o mínimo sinal de emoção.

Se seus pais são fortes o suficiente para não demonstrar o medo — diz para si mesmo —, ele também será.

Vincenzo está em silêncio. Ao lado dele, a mãe está imersa em sua lamentosa prece *latinorum*.

De repente, a carruagem para. Um coro de vozes agitadas parece acossá-la.

Vincenzo espia.

— Daqui não passa ninguém, entendeu?

— Mas que novidade é essa? Vamos, ouça, saia e me deixe passar, a minha carruagem e a de trás.

O cocheiro discute, pede outra vez que deixem passar as duas carruagens. Logo depois, o som de uma discussão.

Vincenzo escancara a porta. E depara com uma pistola apontada para seu rosto.

— Dom Florio. Saudações. — Um rosto jovem, recoberto por um arremedo de barba. Roupas que sugerem uma família digna. Não é um pobretão, ou pelo menos não parece ser.

Vincenzo ficou imóvel. Está com medo.

— Saudações para o senhor — consegue dizer, enfim. — Por que não nos deixa passar?

— Porque não é possível. Os nobres e os ricos como o senhor são necessários nesta cidade.

Lentamente, Vincenzo desce do veículo e se vê circundado por um bocado de homens de todas as idades, que bloquearam a estrada até o monte Pellegrino. Na estrada de chão batido, há trouxas e bagagens; alguém abandonou suas coisas para se colocar a salvo.

— Por que não podemos passar? Quem deu as ordens?

— Não entra nem sai ninguém de Palermo até que a cidade esteja completamente em nossas mãos.

— Ah. E a vossa graça, qual seria?

— Sicilianos livres que lutam pela independência da nossa terra.

Da carruagem chegam vozes assustadas. Alguém estende a mão para fora do habitáculo, uma voz aguda protesta:

— Mamãe, não! — Enfim aparece Giulia, desce de maneira composta e fica ao lado de Vincenzo.

— O que querem? — pergunta, impetuosa, com atitude tão belicosa que o rebelde sente o impulso de abaixar a pistola.

— Volte para a carroça — ordena Vincenzo.

Ela não lhe dá ouvidos.

— Em Palermo luta-se nas ruas. Queremos levar nossos filhos para um lugar seguro. Deixe-nos passar, por favor.

— E as crianças da gente pobre? Elas também têm direito de serem protegidos. Somos todos filhos desta cidade e precisamos estar unidos. Vamos lá, madame, volte para a sua casa.

Giulia, indignada, está prestes a responder no mesmo tom. Vincenzo coloca a mão no seu braço.

— Imagino que serviria uma doação para sua causa.

O jovem ri com indignação e raiva.

— Mas é claro. Vocês ricos pensam que podem ir aonde quiserem e mandarem em quem quiserem, só porque têm dinheiro. — O cano da pistola aproxima-se do peito de Vincenzo. — Vão embora, eu disse.

Os cavalos batem os cascos.

Todos se viram. Outros homens armados estão chegando. Rostos cansados, cobertos de poeira. Eles param, e um dos cavaleiros se destaca do grupo.

— Michele! O que está acontecendo aqui? É assim que se tratam as pessoas, como bandidos?

— Dom La Masa… — O jovem que mantém Vincenzo na mira coloca a pistola no cinto. — Queria fugir da cidade, esse daí.

— E você ameaça o dono da Casa Florio? — O homem tem costeletas enormes, os olhos pequenos sob a testa marcada por amplas entradas. Estende a mão para Vincenzo. — Dom Florio. Senhora… sou Giuseppe La Masa, um patriota. É um prazer conhecê-los.

Vincenzo hesita. Ouviu falar de La Masa, viu seu retrato em alguns jornais que o apontavam como rebelde e agitador das massas; sabe que é um dos mais famosos — e procurados — adversários do reino dos Bourbon.

É Giulia quem responde primeiro ao cumprimento.

— Senhor La Masa… — diz, e inclina a cabeça. — Ouvi falar do senhor. E também tive a chance de ler o seu livro, há algum tempo. Para dizer a verdade, é mais uma proclamação do que um livro, mas foi muito útil.

Vincenzo vira e a observa de olhos arregalados. Mais do que surpreso, bravo. Ela realmente leu aquele livro? O livrinho de um subversivo? E como é que aquele livro chegou até a sua casa? Deve ter sido obra de Giovanni Portalupi, aquele incauto.

Giulia responde com um olhar feroz. Discutirão mais tarde.

Imita a esposa, estende a mão.

— Se o senhor é um patriota, pode me explicar por que nos impedem de chegar até a nossa casa em Arenella?

— Ofereceu-nos dinheiro! — exclama, com desgosto, Michele. — Tentou corromper-nos! O que pode vir de bom de alguém que tenta escapar?

La Masa fecha levemente os olhos, que quase se convertem em duas fissuras. E não, não é a indignação que acende seu interesse.

— É mesmo?

— Eu só tinha a intenção de fazer uma doação à causa, senhor.

— Ah. — O homem olha em direção a Palermo. Além da rua, a linha do litoral é marcada por estrondos de canhão e nuvens de fumaça. — Estão destruindo o muro da cidade. Não servirá para nada. — Volta a falar com Vincenzo. — Porque a cidade está conosco. O povo já não aguenta a prepotência desses napolitanos que vêm aqui para mandar, para tomar nossas riquezas e comportar-se como patrões. E se você não se interessa em saber como nos esmagam e quantas liberdades nos tolhem, acredito que saiba como e o quanto nos atordoam, já que é um comerciante. — Direciona-se a Giulia, olhando-a com intensidade. — A senhora sabe quantas moças foram desonradas pelos soldados de Ferdinando? Muitas, não muito mais velhas do que suas filhas, subjugadas às vontades torpes de homens sem piedade. Mandam-nos os soldados de mais baixo escalão, o rei nos trata como uma terra que deve ser colonizada, não como súditos a serem governados. — Fala com paixão, com coragem. Aponta novamente para a cidade. — Nós, sicilianos, temos o direito a uma vida melhor. Porque não é só Palermo que está se insurgindo, mas a ilha inteira.

O que Vincenzo lê em seu rosto o deixa preocupado. Um olhar lhe mostra que não, ninguém abaixou as armas, e que os homens a cavalo circundaram a carruagem dos seus filhos.

La Masa o pressiona, quase fala colado ao seu corpo:

— O senhor, dom Florio, é uma mente iluminada, um empreendedor como poucos outros nesta ilha. Gostaria de colaborar com a nossa causa? Vai nos ajudar a construir um mundo novo? Com seus recursos, sua inteligência, poderíamos construir uma nova Sicília. Então? Está conosco?

O pôr do sol em maio já tem ares de verão. Contudo, não demora para deixar-se observar, assim como ocorre no verão: o sol é um foragido que escapa pelas montanhas para lançar-se ao mar. Logo depois, o mundo desaba noite adentro.

Naquele naco de tempo, Palermo recobre-se de uma luz suave que faz com que o suplício da rebelião fique ainda mais evidente: os muros da cidade, que dão para o mar, foram atingidos por balas de canhões e ficaram destruídos, as ruelas estão tomadas pelos restos das barricadas construídas para impedir que os soldados bourbônicos avancem. Casernas como a do Noviziato foram devastadas. A porta Felice foi recoberta por um pano enorme para bloquear a vista do mar de Cassaro, impedindo a troca de sinais entre o Palácio Real e os navios dos Bourbon ao largo da costa.

Aconteceram muitas coisas naqueles quatro primeiros meses de 1848.

Sozinho em seu escritório, com o braseiro aceso e a janela encostada, Vincenzo pode respirar com alívio após um dia terrível.

Um ruído.

A porta se abre. Giulia está diante dele, de robe e pantufas.

— Vincenzo! Já é quase meia-noite.

Ele esfrega as têmporas.

— E daí?

Ela entra e fecha a porta.

— Você não comeu. E quase não dorme. O que está acontecendo?

O homem balança a cabeça. Com quase cinquenta anos, ele sente sobre si o peso da responsabilidade, sente-a tão pesada que precisa dobrar os joelhos.

— Vai dormir, Giulia. Deixa estar, não são coisas de mulher.

Mas ela não dá sequer um passo. Encara-o, com a boca comprimida em uma careta de reprovação.

— Você também achou isso quando eu disse que li o livro de La Masa. Ser mulher não significa ser burra, aquele livro me ajudou a entender muitas coisas, especialmente por que ele e muitos outros, como Rosolino Pilo ou Ruggero Settimo, estão tentando fazer da Sicília um país independente. Claro, se vão conseguir, são outros quinhentos... Você pode não concordar com as ideias deles, Vincenzo, mas não pode negar que eles têm paixão para levá-las adiante. No que diz respeito a mim, não sou nem sua mãe nem uma das suas filhas. Fale comigo. O que é que o preocupa? É algo relacionado ao novo governo, não é?

— Sim. — Vincenzo começa a caminhar pelo cômodo. — Hoje fiz algo de que poderei me arrepender. Comprei, por conta do comitê revolucionário, um grande carregamento de fuzis da Inglaterra. Que estão proclamando o reino da Sicília, mas não encontraram um rei que queira a coroa: nem o filho de Carlo Alberto, o duque de Gênova, nem outros, porque os ingleses são contrários à separação da Sicília dos Bourbon. Em março, fizeram um teatrinho com as eleições parlamentares, juntando os quatro nobres de sempre e gente de posse. Quiseram colocar em vigor novamente a Constituição de 1812... mas não temos referência. Não temos um soberano, um chefe, ninguém. Entende? Não existe um rei da Sicília, porque ninguém quer colocar os pés nesta ilha. Uma coisa de louco! — Desaba na poltrona. — Não bastava a requisição dos navios e o empréstimo que me foi praticamente imposto.

— É uma revolução, Vincenzo. Tudo está confuso, e precisamos ser prudentes. — Ela se aproxima dele, lhe faz um carinho no rosto e Vincenzo logo pega sua mão, beija a palma, ele, que raramente se abandona aos gestos de afeto. — Todos nós precisamos fazer sacrifícios.

— Eu sei. Mas não suporto que tenham que fazer guerra com o meu dinheiro: passei a vida inteira construindo... isto. — Aponta para os papéis dispersos na mesa. — Desde que começou a revolta, o comércio foi reduzido pela metade. O banco de empréstimos, a fundição, os navios... O barco da Sociedade Siciliana de Barcos a Vapor, o *Palermo*, trabalhava uma jornada inteira; depois, chegaram

Ruggero Settimo e o governo revolucionário e requisitaram-no para transportar as tropas. Sim, você tem razão quando fala de paixão. Settimo, por exemplo, como presidente do governo siciliano, acredita piamente no que faz, mas está aberto a ponderações. Ele entende que a Sicília não está pronta para um governo republicano, que os nobres nunca aceitariam isso, e então tenta mediar, encontrar uma solução... Porém, do outro lado está o dono da verdade Pasquale Calvi, o maior cabeça-dura entre os republicanos. Já não sei quantos danos me provocaram com suas proclamações e com a exigência de que nós, burgueses, devemos sustentar a revolução. E agora...

— Pelo menos eles pagaram?

Levantou os olhos para o céu.

— Oh, sim. Com a prataria das igrejas.

Apesar de tudo, Giulia não consegue conter uma risada.

— Quer dizer cálices, cibórios e turíbulos?

— Isso. E não há muito do que rir: a menos que eu não os funda, coisa que não posso fazer, não tenho como transformá-los em moeda.

— Se sua mãe soubesse que quer fundir essas coisas, iria te excomungar.

Entretanto, Vincenzo não sorri. Pega uma das fitas do robe da mulher, enrola-a entre os dedos.

— Ainda que o governo revolucionário pareça sólido em Palermo, há muitos que consideram reis os napolitanos. Estamos à beira de um abismo, Giulia. Falta muito pouco para tudo cair.

— Mas as pessoas estão contentes. O novo governo está fazendo o melhor que consegue.

Ele bufa.

— Para as pessoas, não importa quem as governa se o prato na mesa está vazio. Quer saber a verdade? São os nobres que têm interesse em que os napolitanos não coloquem mais os pés na Sicília. Desse jeito, seus privilégios ficariam intocados e eles poderiam ocupar cargos mais importantes. No governo, há muitos integrantes de famílias ricas, sabia? Gente que estudou e viajou, imagina, e que tem grandes ideais. Mas os ideais não colocam comida na mesa dos pobres cristãos. O governo precisa pensar neles, ou então... E como não tem dinheiro, eles vêm até mim e pensam em recrutar-me para a Guarda Civil.

— Você não vai resolver esses problemas ficando acordado a noite inteira ou deixando de jantar. — Giulia fecha as pastas na escrivaninha. — Os cálices da missa podem esperar. Os empréstimos continuarão ocorrendo amanhã também. — Debruça-se sobre o marido, beija sua testa. — Venha dormir — sussurra ela.

Ele olha os papéis, depois desvia a atenção para o seio da esposa, branco, sob a musselina. Passaram-se tantos anos desde que se conheceram, mas ele não deixa de desejá-la.

Desfaz os laços do robe.

— Vou.

Suas vozes se perdem, discretas, no silêncio da casa.

A torre dos Quatro Pizzi está diante dele, imersa em um alvorecer cor de mel. A casa está com as janelas lacradas, o portão fechado. O bairro de Arenella parece morto: não há ninguém nas ruas nem nos barcos.

Ignazio fecha a luneta que um marinheiro lhe emprestou e engole em seco. Sente um medo novo, diferente do que sentiu quando correu o risco de morrer. Precisou crescer depressa. Os acontecimentos dos últimos anos obrigaram a família a fugir primeiro da casa da rua dos Materassai, e depois também da casa dos Quattro Pizzi. Com dez anos, já entendeu como o destino pode nos tirar tudo aquilo que nos deu e que tomamos por certo até aquele momento: certezas, confortos, fortuna.

Foi complicado, o ano de 1848, isso ele havia entendido. Os Bourbon tinham sido expulsos, havia um novo governo no qual seu pai e alguns dos conhecidos dele estavam envolvidos. Durante todo aquele período, o pai se tornara ainda mais nervoso e irascível do que o·habitual. Porém, o ano de 1849 não parecia mais tranquilo. Ignazio ouviu dizer que Taormina, Catânia, Siracusa e Noto foram rendidos no começo de abril, e que agora chegava a vez de Palermo. Aquelas notícias o deixavam confuso, mas ninguém se preocupava em explicar certas coisas para uma criança.

A família toda se mudou para o *Indépendant*, barco a vapor que Vincenzo havia comprado meses antes para a sua nova empresa de navegação, a Ignazio e Vincenzo Florio, que integrava a Sociedade Siciliana de Barcos a Vapor: uma nova empresa, na qual ele, sozinho, suportava o ônus e recebia as entradas. Refugiaram-se lá, pois era um lugar seguro. Ouviu o pai explicar isso para a mãe umas cem vezes, na noite anterior. As cabinas ficavam uma ao lado da outra, as paredes eram finas.

— Eu já lhe disse para ficar tranquila, que o *Indépendant* está registrado como uma embarcação francesa: não mandei mudar a bandeira quando o comprei, foi uma coisa boa... Ninguém, nem os rebeldes, nem os napolitanos, vão atacar, por medo de provocar a ira da França.

No silêncio da noite, Ignazio ouviu o farfalhar da roupa da mãe. Deviam ter se abraçado, pois de repente houve silêncio. Um silêncio angustiante, no qual ele ouviu o batimento do próprio coração se misturar com o marulhar das ondas contra o muro.

Depois, um sussurro:

— Fique atento, amanhã. Aconteça o que acontecer, pense em salvar a sua vida.

Aquela quase prece perturbou-o profundamente, revelou de uma vez só o medo que a mãe sempre havia conseguido esconder tão bem por trás daqueles olhos tranquilizadores.

Aquele amanhã já era hoje. Agora, um escaler está levando à terra seu pai e, conforme ele se distancia, Ignazio sente o medo crescer entre o estômago e o coração.

Os marinheiros do *Indépendant* se movem em um silêncio respeitoso. Espiam o garotinho sério cujos trajes valem o mesmo que eles ganham em um ano inteiro de trabalho. Olham-no e percebem que não se parece em nada com o pai. Não tem nem seu caráter severo nem a impetuosidade.

Ignazio percebe a curiosidade, a inveja, o assombro, mas não reage. Vira-se para olhar a mãe na proa. Parece uma estátua de gesso enrolada em uma capa. E é nesse momento que ele percebe as olheiras escuras, as rugas ao redor dos lábios, a testa marcada. Antes, não havia notado nada disso. Como é possível que ela tenha envelhecido tanto? Quando isso aconteceu? O que a vida faz com os seres humanos, como consegue incidir sua própria passagem sobre suas peles?

Perguntas demais para uma criança. Perguntas que têm uma só resposta, que ele, porém, não consegue dar: o rosto da mãe, naquele momento e já há algum tempo, é o rosto do medo.

Com o futuro da revolução já comprometido, uma delegação de notáveis palermitanos se reuniu com o comandante das tropas bourbônicas, Carlo Filangeri, príncipe de Satriano, e entregou-lhe a rendição da cidade.

Só que.

Só que o povo não queria render-se. Havia se insurgido, levantando barricadas contra os guardas da cidade.

"Nenhuma concessão aos Bourbon, jamais", gritavam. Nem mesmo a fome vencia o ódio deles pelos napolitanos.

Só que o povo havia sido abandonado à própria sorte. Os chefes do governo fugiram — até Ruggero Settimo e Giuseppe La Masa —, e os nobres se trancaram em suas residências de campo e em seus barcos, como se fossem indiferentes ao destino de sua cidade. Uma cidade à deriva, faminta, exausta, destruída e em chamas.

Ignazio não sabe dessas coisas, mas sua mãe, sim. E nunca temeu tanto pelo seu Vincenzo, que agora foi até Palermo com a esperança de que o rei lhe conceda — conforme prometido por Filangeri — uma anistia geral.

Ele vai até ela, pega na sua mão.

— Não se preocupe. Papai volta logo.

Diz aquilo com a coragem pura de uma criança.

Giulia permanece com os olhos vidrados na embarcação, aperta as pálpebras, observa o barquinho que se encaminha para o pequeno porto de Arenella, lá onde surge a casa deles.

— Eu espero, Ignazio — diz em um sopro. Aperta sua mão, e o garotinho sente uma força que tem ares de esperança. — Sim. Será assim.

Ele a abraça.

— Sim, mamãe.

— Meu príncipe criança. — Giulia sorri e aperta-o em um abraço.

Ama aquele filho tão reservado. Vincenzo é brusco, rude; Ignazio é sereno, pacato. Puxou muito a ela. A paciência. Os olhos plácidos. A generosidade. Do pai, por outro lado, absorveu a determinação, e aquela inteligência indômita que o leva primeiro a entender, depois a desejar e finalmente a obter o que deseja. Sem pressa, sem caprichos. Não precisa disso.

Naquele momento, surge do convés inferior o rostinho de Giuseppina. Tem os cabelos amarrados para trás em um coque apertado que destaca a palidez do seu rosto ossudo; ela também veste uma capa para se proteger da umidade. Angelina ficou dormindo na cabine, aninhada perto da parede.

— O papai viajou? — pergunta ela.

Giulia diz que sim, faz um gesto para que ela se aproxime. Envolve os dois filhos em um abraço.

— Precisamos rezar para que o rei conceda a graça ao seu pai e a todos os demais.

Giuseppina olha para a mãe de baixo para cima.

— Papai não fez nada que os outros não tenham feito — protesta.

Tem uma expressão orgulhosa, realçada pelo nariz imponente, parecido com o da mãe.

Giulia beija a testa da filha.

— Meu tesouro, eu sei. Mas seu pai, como o barão Chiaramonte Bordonaro, o barão Riso e o barão Turrisi, é rico e foi... — Hesita, busca a palavra adequada para explicar o que está acontecendo — ... obrigado a financiar o governo revolucionário. Mas o rei precisa de dinheiro. Eu não me surpreenderia se, para puni-los por sua colaboração, pedisse uma indenização ou, pior, se expropriasse parte de seus bens para recuperar as perdas.

Enquanto a irmã resmunga um protesto, Ignazio reflete. Sempre ouviu os pais falando de negócios. Entende em sua mente que o Estado que todos odeiam, mas ao qual todos se submetem, não é amigo deles.

— Não se pode dizer não, não é? — pergunta.

— Seu pai preferiria ser morto a deixar que toquem em seu nome. Não permitiria a ninguém dizer que os Florio não têm honra. Ele fará o que deve fazer.

Mas não o fará sem lutar, pensa Giulia, com os olhos vidrados em Palermo, que emerge do mar como de uma bruma. A honra para ele é o dinheiro, são as fábricas que ele possui, as especiarias, o vinho e os barcos. E não vai permitir que ninguém lhe tire sua riqueza.

Quando Ignazio desce ao convés inferior, encontra Angelina acordada, ocupada em prender os cabelos. Senta-se sobre os cobertores da caminha.

— Papai foi embora.

Ela não responde. Continua fixando os grampos na trança alta. O garotinho se levanta, vai até o lado dela, observa os objetos na nécessaire de viagem. Pega uma escova de cerâmica pintada, abana-a, segurando-a pelo cabo de bronze.

Então, a irmã arranca-lhe das mãos.

— É minha! — sibila, cheia de rancor. — Você sempre tem que pegar tudo?

Ignazio fica desorientado.

— Por que diz isso? — Ele recua um passo, deixando os braços ao lado do corpo.

— E você ainda me pergunta por quê? — Angelina bate a escova com violência, rachando o dorso de cerâmica.

Ele balança a cabeça, recua mais um pouco.

— Se não fosse você, talvez já tivéssemos voltado para a nossa casa. Mas não, seu pai precisa ficar de olho em você, temos de ficar aqui. — No rosto de Angelina, surgem manchas vermelhas, sinal de que dentro dela a raiva está crescendo. — Você ainda não entendeu? Não estamos escondidos aqui porque ele se preocupa por mim ou por nossa mãe. É por você. — Ela aponta o dedo para o peito dele.

Mais do que as palavras, são as mãos fechadas de Angelina que o impressionam. Ele observa-as e percebe naqueles punhos cerrados um rancor que não acredita merecer, porque ele não pediu nada e gostaria de voltar a Palermo também.

Ele leva as mãozinhas ao peito, dizendo não.

— Eu também quero voltar para casa. — E, ao dizer aquilo, sente as lágrimas escorrendo de suas pálpebras. — Não é culpa minha. Há os soldados, eu não...

— Mas fique quieto! — Angelina fica em pé, o agarra e sacode. — Você não entende que seu pai estaria disposto a ser assassinado para proteger você? Ele não se interessa por nós, só por você, só você importa. É você, porque você carregará o nome e trabalhará com ele. Você, porque você é homem. — Solta-o, quase empurrando-o na parede.

Ignazio apoia-se no limiar da porta para não cair.

— Eu e Giuseppina... somos mulheres. Você é homem. — Agora é ela quem está chorando. Pequenas lágrimas de raiva, que ela enxuga com o dorso da mão. — Até você nascer, ele não tinha se casado com nossa mãe. Foi assim. Ela ficou com ele, mesmo ele não querendo se casar. Só depois que você nasceu foi que ele a tomou como esposa. — Aproxima-se da porta. — Para ele, não valemos nada. Podíamos até morrer. — E sai.

Ignazio está sozinho. Desaba no chão, senta-se com as pernas recolhidas perto do peito. Agora, tantas coisas lhe parecem mais claras. Algumas brincadeiras feitas pelos serviçais. A amargura de sua mãe, sua tenacidade. O olhar severo de Angelina e o melancólico de Giuseppina. A severidade do pai e o comportamento protetor, até ciumento, da avó Giuseppina.

Com essas sensações, vem uma consciência que dura um único instante.

É ainda novo demais para entender o que isso significa de fato. É uma correnteza fria que o faz tremer, que lhe causa um aperto no estômago, mas que logo desaparece, engolida de volta no fundo lamacento da consciência.

Sua vida não lhe pertence.

* * *

Vincenzo Florio aguarda no escritório da rua dos Materassai. Ninguém sabe que ele voltou há algumas horas.

Desembarcou em um ponto não muito distante da cidade. Giovanni Caruso, seu secretário, esperava-o com uma carruagem e uma pequena escolta. Entraram passando pelo campo e corrompendo os guardas.

Nas ruas e nos becos, as feridas abertas do conflito: edifícios danificados, portões arrancados, peças de mobília usadas como lenha, armas abandonadas, sangue. Os palermitanos sentiram-se traídos, convencidos de que os nobres e os comerciantes haviam vendido a independência da ilha ao rei para salvar suas riquezas.

A verdade é que eles tinham razão.

Vincenzo estremece. Diante dele, Giovanni Caruso tira um cochilo no sofá. Ficou ao seu lado, demostrando uma dedicação que vai além dos deveres do trabalho.

Vincenzo tem cinquenta anos, e sente todo o peso da idade. Tentou não se envolver demais, mas, com o decorrer dos acontecimentos, precisou assumir um cargo na Guarda Nacional no momento em que os chefes da revolução fugiram e a cidade se viu novamente à deriva. Não queria, mas era impossível ter outra postura, distanciou-se das ações do governo revolucionário tão logo conseguiu. Não deu nenhum passo em falso na administração de seus negócios.

Pelo menos até agora.

Ele se movimenta pelo cômodo sem fazer barulho algum.

Sobe até o andar de cima, onde ainda mora sua mãe. Giuseppina não quis partir. Espia-a sentada no salão, com a coroa do terço na mão, adormecida em uma poltrona. Os cabelos grisalhos escapam do gorro. As mãos dela são magras, manchadas pelos anos. Lembra-se delas ainda fortes, vermelhas de lixívia e de água gelada, cobertas de farinha. Ou sujas de sangue.

É uma memória vaga que se transforma em uma sensação de vazio. Poderia ter tido um irmão ou uma irmã....

Recua um passo. No rosto de Giuseppina, as rugas contam uma história feita de amargura. Mais do que seu pai, sabe que ela sente falta de Ignazio. Sente tristeza e ternura por ela, pelos seus setenta anos cheios de dor.

Atravessa a série de cômodos, passando pelo salão. Chega em seu quarto, deita-se na cama, procura o cheiro de Giulia. Não o encontra. Os lençóis foram trocados, cheiram a sabão.

Fecha os olhos enquanto a sensação de vazio se transforma em cansaço, e depois em preocupação.

E agora, o que acontecerá?, pergunta-se. *Quão vasta será a generosidade do rei, quão amplo será o seu perdão?*

Revira-se na cama com os olhos fechados. A frustração amarga a sua boca.

O príncipe de Satriano, pensa. *Sim, ele vai me tirar desse rolo. Ele me deve isso.*

Seis anos antes, Vincenzo salvou Carlo Filangeri, príncipe de Satriano, de passar pela vergonha da falência graças a um empréstimo. Embora aquele homem o considerasse "um entregador". Na verdade, emprestou o dinheiro exatamente por isso, para que o homem se lembrasse de que foi salvo da ruína por alguém que considerava inferior.

Além disso, Vincenzo diz consigo mesmo, *ter conhecidos na corte sempre é útil.*

Por meio de um intermediário, o príncipe lhe avisou que não sofreria consequências por sua "proximidade" com os rebeldes, nem por aquela questão constrangedora dos fuzis adquiridos para o governo revolucionário. Claro, teria que devolver a prataria roubada das igrejas, e ficaria por isso mesmo.

Mas não só.

A partir daquela situação criada pela revolução, Vincenzo havia resgatado algo para si: deveria se lembrar de que não era bom dar confiança aos políticos. Usá-los, manipulá-los, comprá-los, se necessário, sim, afinal, todos têm um preço. Mas nunca, *nunca*, confiar cegamente neles.

A tensão afrouxa. A luz do sol avisa-o de que o dia chegou. Ele se levanta, troca de roupa. Pede para que um dos empregados chame Caruso para que ele também possa se lavar e tomar café da manhã.

Quando o secretário o encontra, Vincenzo aponta para a mesa.

— Ali tem café e biscoitos. Sirva-se.

O homem come lentamente e espia o rosto do patrão. Por fim, diz:

— O emissário real já deve estar por aqui. Era aguardado para ontem à noite.

— Acho que sim. — Uma pausa, espremida entre as palavras e a tensão. — Mas então vamos ao Palácio da Cidade.

Para não serem reconhecidos, os dois homens se enrolam em velhas capas. O silêncio dos becos, agora, foi substituído por um zumbido que cresce ao se aproximarem do Palácio da Cidade. Intuem que algo ocorreu quando percebem que as ruas estão sendo inundadas de gente. Depois do Quattro Canti, onde a forca desponta, há um mar de pessoas gritando. Então, eles mudam o percurso, se enfiam em uma ruela que ladeia a igreja e o monastério de Santa Catarina. No entanto, acabam se vendo obrigados a passar pela multidão que fede a suor e raiva.

— Vamos entrar, rápido — sussurra Vincenzo ao secretário. — As coisas aqui vão acabar mal.

Luzes e vozes chegam das janelas escancaradas no grande pátio. Em uma lareira, estão sendo queimados documentos, jogados entre as chamas por um funcionário. A um canto, agachado sobre uma cadeira, o barão Turrisi respira ofegante com as mãos unidas.

O barão Pietro Riso vai até Vincenzo, acompanhado por Gabriele Chiaramonte Bordonaro, visivelmente aliviado.

— Perdão real para todos nós. Para os demais, o exílio. O povo está furioso, mas não entende que a coisa poderia acabar muito pior. Nenhuma condenação à morte… porém, não duvido que o rei vá encontrar alguma outra forma de nos punir.

— Deus seja louvado — murmura Caruso.

Vincenzo limita-se a assentir, depois pergunta:

— Quem foi incluído no decreto de exílio?

Riso abre os braços.

— Os mais expostos: Ruggero Settimo, Rosolino Pilo, Giuseppe La Masa, o príncipe de Butera… umas quarenta pessoas. Acabou bem.

Naquele momento, um homem invade a sala. Tem o rosto transtornado, as entradas na testa acesas de vermelho.

— Vocês! — Aponta o dedo na direção de um dos dois aristocratas e de Florio. — Vocês venderam a nossa ilha por um prato de lentilhas.

— Dom Pasquale, acabou. Temos que salvar o que podemos. Entendo que seus ideais foram frustrados, mas não era possível resolver de outra maneira... — O barão Turrisi tenta acalmá-lo.

— Para vocês, eu sou o *senhor* Pasquale Calvi. Minha fé política recusa os títulos da nobreza. E com vocês, claro, não temos a esperança de que algo possa mudar. — Encara-os, e em seus olhos há um rancor incendiário. — Eu e meus companheiros sonhávamos com uma Sicília livre, uma terra independente e confederada com os demais estados italianos. Nenhum de vocês acreditou realmente nesse ideal, nenhum! Lutamos em vão. E agora, por culpa de sua indolência, vamos pagar por todos. Meu nome está na lista dos exilados. Eu, forçado a deixar a minha pátria! Com o seu medo, sim, vocês me condenaram, assim como a outros filhos desta terra, a um destino de exílio. Se tivessem tido coragem, se tivessem aceitado se armar e combater, a esta altura os napolitanos não estariam às portas da cidade.

Vincenzo não o deixa continuar.

— Calvi, este não é o momento para proclamações e retórica. Agradeça aos céus que não há uma cruz sobre o seu nome, ou a esta hora já estaria no forte de Ucciardone, e teria sido eu a levá-lo pessoalmente. Saiba disso.

Mors tua vita mea.

Pasquale Calvi dá um passo na direção de Vincenzo. O desespero que ele sente é como um ácido corrosivo.

— Ah, é o senhor quem fala! Quando eu e Ruggero Settimo imploramos para que defendesse a cidade, o senhor recuou, exatamente como os demais, começando pelo cachorro vira-lata que está ao seu lado, Chiaramonte Bordonaro. E se renderam a Filangeri. Covardes!

— Vocês nos pediram para que nos suicidássemos! Temos uma vida, Calvi, e queremos continuar vivendo-a. Não entende que a rendição evitou um banho de sangue?

O outro se recusa a entender. Os olhos se enchem de lágrimas.

— O senhor, Florio, não só é um parasita rico. Também tem uma alma negra. É um cão sem dono. Deveria ter defendido a cidade e não baixado as calças diante da primeira ameaça, em nome dos seus próprios interesses.

— Mas o senhor sabe quanta gente eu emprego? — brada Vincenzo, aproximando-se. — O senhor sabe o que é Casa Florio?

O outro o afasta.

— Maldito seja! — grita ele. — Você vai cair em desgraça, você e sua fortuna, você e sua família, vão chorar por cada moeda perdida! Como eu hei de chorar, vocês também!

A escuridão envolve o coração dele. Vincenzo sente-a subir até sua cabeça, cobrir seus olhos.

— O que está fazendo, me lançando uma maldição? — Os punhos se fecham e se abrem freneticamente. — Porque eu também sei jogar maldições. Só que as minhas chegam imediatamente.

— Chega! Acabou, Calvi! — O barão Turrisi agarra o braço do homem. — Como poderíamos resistir após a queda de Messina e Catânia? Com que armas, com que comboios? O que você tinha em mente, um reino pela metade? Uma república dentro dos muros despedaçados de uma cidade? Não há mais o que fazer. O perdão do rei já é muita coisa.

Calvi olha-o como se o visse pela primeira vez: com horror, desprezo.

— Para o senhor, talvez. — Das janelas chegam gritos, o barulho de pedras arremessadas nos muros do palácio. — Está ouvindo os palermitanos? Não querem render-se! — Uma pedra cai no chão, rachando a maiólica. Pasquale Calvi abre os braços. No rosto, uma tristeza difícil de ignorar. A tristeza de quem é apaixonado pela sua terra, que acredita na possibilidade de um futuro diferente e se entregou a um ideal sem se poupar, sacrificando a própria vida. A tristeza de quem é obrigado ao exílio. — Vocês condenaram nossa terra à escravidão. Espero que a consciência disso não os deixe dormir à noite e que, um dia, seus filhos se revoltem contra vocês, reprovando vossa covardia. — Ele sai correndo, enquanto a cidade parece vibrar entre gritos e tiros.

Turrisi hesita, gostaria de se debruçar à janela. Volta atrás.

— É melhor ir embora. Vamos voltar quando os ânimos estiverem mais calmos.

Despedem-se com um aceno de cabeça, escapam pelas ruas entre os funcionários e atendentes. As portas se fecham depois que eles saem.

ATUM

outubro de 1852 — primavera de 1854

Nuddu si lassa e nuddu si pigghia si 'un s'assumigghia.
"Não nos separamos nem nos escolhemos se não nos parecemos."

PROVÉRBIO SICILIANO

Enquanto, no resto da Europa, os movimentos de independência se organizam novamente com grande dificuldade após a repressão dos motins de 1848, no reino das Duas Sicílias, Ferdinando II tenta unificar novamente o país. Porém, o faz com escolhas muito impopulares: impõe à Sicília uma dívida pública altíssima e suspende por tempo indeterminado a Constituição promulgada pelo Parlamento Siciliano em março de 1848. O povo e as administrações públicas locais, exauridos pelo longo período de instabilidade, aceitam essas imposições, e até os aristocratas se distanciam das tentativas de rebelião, que, apesar de tudo, continuam acontecendo. Contudo, trata-se de eventos isolados, mais ligados aos contextos rurais e sem um verdadeiro impacto nas cidades.

De pouco adianta a pressão exercida pelo governo inglês para que haja um alívio à austeridade fiscal e ao clima de Estado policial. Assim, o reino dos Bourbon torna-se o arquétipo do poder reacionário, marcado por um profundo mal-estar, tanto no seu interior quanto em suas relações internacionais. O filho de Ferdinando, Francisco II, que assume o trono em 1859, se vê, portanto, rodeado por uma aristocracia muitas vezes retrógrada e zelosa dos seus privilégios. Incapaz de se afastar das diretrizes políticas paternas, Francisco de fato impede que o sul siga adiante no caminho do desenvolvimento econômico e social.

Porém, o ímpeto patriota dos exilados de 1848 não se extingue, sobrevivendo nos escritos e nas intervenções de muitos deles, entre os quais Giuseppe La Masa, Ruggero Settimo e um jovem e combativo advogado de Ribera, na província de Agrigento: Francesco Crispi.

"A rede foi lançada, as tramas, estendidas. O atum entrará em uma noite de lua." Assim escreve Heródoto no século V a.C. Assim foi por séculos. Até hoje. O atum: animal pacífico de pele prateada, capaz de nadar por dezenas e dezenas de quilômetros em cardumes com centenas de semelhantes. Massas imensas que movem o mar, preenchem-no de salpicos, ondas, barulhos. Do Atlântico, voltam ao Mediterrâneo para se reproduzirem, e o fazem na primavera, quando a temperatura é amena. Suas carnes são gordas, os corpos, prontos para o acasalamento.

Então, baixa-se a almadrava.

Porque a almadrava não é somente um edifício, o estabelecimento.

É também uma estrutura de redes em tarrafas compartimentadas: um método inventado pelos árabes e adotado pelos espanhóis que encontra sua apoteose na Sicília.

A almadrava é um ritual.

A almadrava é um lugar onde famílias inteiras viveram por séculos: os homens no mar, as mulheres nos estabelecimentos. No inverno, cuida-se dos navios e remendam-se as redes. Na primavera e no verão, todos ocupam-se da matança e de trabalhar o pescado.

Chamam de "porco do mar" esse animal enorme de olhar parvo, porque dele nada se joga fora: nem a carne vermelha, macia, que é trabalhada, colocada no sal e vendida em grandes barris. Nem os ossos e a pele que, secos e triturados, são usados como fertilizante. Nem a gordura, usada na iluminação. Nem as ovas, que se transformam na preciosa butarga.

A almadrava vive porque o atum existe.

Sal e atum caminham juntos desde sempre, quase como se, ainda que de outra maneira, o atum não pudesse deixar o mar.

* * *

O lugar-tenente do reino da Sicília, Carlo Filangeri, príncipe de Satriano, duque de Taormina por méritos militares após a reconquista da Sicília em 1849, está sentado em seu elegante gabinete revestido de boiserie e decorado com um brasão da cidade de Palermo. Pela janela, vê o sol tépido do fim de outubro estender-se sobre os tetos de Palermo e desenhar sombras de renda entre os merlões da catedral.

Diante dele, no entanto, uma série de cartas: palavras de fogo, frases que derramam ressentimento, um duelo de papéis entre Vincenzo Florio e Pietro Rossi.

Dois anos atrás, em 1850, foi Filangeri em pessoa quem desejou a nomeação de Vincenzo Florio como diretor de negociações do Banco Régio dos "Reais Domínios além do Farol", ou seja, da Sicília. Tinha certeza de que Florio estava pronto para ir além do amplo círculo das suas atividades comerciais. Um homem como ele, com sua esperteza, podia ser útil até na administração de um reinado.

Filangeri esfrega as costeletas, alisa os cachos que descem quase até a metade das mandíbulas. É um problema grave, aquele.

Pietro Rossi é o presidente do Banco Régio. Um homem próximo à coroa, poderoso, respeitado, meticuloso e inflexível. Exige máxima retidão de qualquer pessoa. Mas um homem assim, tão íntegro, não pode simpatizar por alguém como Florio, que faz e desfaz o tempo todo, que põe a mão em um empreendimento e depois troca-o por outro, que pensa somente em enriquecer.

"Que seja um negociante, aquele carregador de nariz em pé", disse Rossi certa vez a Filangeri. "Que continue navegando com seus barcos e deixe a política para quem realmente quer servir à coisa pública."

E, depois de menos de uma semana, forneceu provas de que Vincenzo não exercera seu cargo de diretor de negociações de forma exemplar: havia se ausentado sem justificativa durante as atividades de registro. No fim da mensagem, Rossi sugeria que Florio pedisse demissão por conta própria, para evitar o peso — a seu ver, inevitável — de ser demitido.

Filangeri, porém, nunca faria algo assim, não sem avisar Vincenzo. Então, o convocou e lhe explicou como andavam as coisas. E confirmou as suspeitas que o outro tinha já há algum tempo.

— Eu vou acabar com *essa coisa inútil* — sibilou Vincenzo. — Ele está me difamando perante o ministro e o secretário da fazenda aqui na Sicília e também perante o senhor.

— Mas convenhamos, dom Florio... O senhor poderia participar mais das atividades do Banco Régio. Comparecer às reuniões, por exemplo. Afinal, conta com um grande número de colaboradores, e acredito que sejam pessoas confiáveis e capazes de substituí-lo em suas outras obrigações. Ou então, renuncie a esse cargo, que não lhe traz nem prestígio nem dinheiro. Por que quer complicar a sua vida?

— Agradeço sua diligência, mas sei como administrar meus negócios, e as coisas vão adiante somente se cuidamos delas nós mesmos — respondeu Vincenzo, em tom áspero. — Que alguém como Rossi venha me dizer como devo me portar é pura e simplesmente um insulto. Sou empenhado, e dezenas de famílias na cidade sobrevivem graças a mim. E, no entanto, na opinião dele, eu deveria estar sentado esperando que os comandantes cheguem me trazendo notas promissórias de pagamento ou documentos de autorização de transporte. Trabalhar como escriturário, enfim. Quanto aos meus motivos, me entenda. Certas questões devem ser administradas... internamente. Só quem trabalha aqui, ou tem amigos neste lugar — e abriu os braços, indicando o palácio onde estavam —, pode cuidar melhor do bolso. O senhor é meu amigo, e eu lhe agradeço, mas não me interessa o pagamento desse cargo, me interessa é trabalhar. — Olhou-o de cima a baixo. O olhar cansado, mas determinado. — O senhor *precisa* me ajudar, príncipe.

Filangeri umedeceu os lábios e esfregou a palma da mão suada sobre as coxas. Vincenzo não estava lhe pedindo um favor; tinha acabado de lhe dar ordens.

— Não é fácil, dom Florio, o senhor sabe. O sujeito o está acusando e envolveu o diretor nisso. Preciso encaminhar o pedido e...

— Encaminhe — interrompeu Vincenzo. — Envie-o ao diretor, claro, não quero colocá-lo em maus lençóis, jamais faria isso. Gostaria, porém, de lembrá-lo que sei demonstrar o meu reconhecimento aos amigos, assim como sei ser impiedoso com os inimigos. E o senhor sabe bem quão grande pode ser o meu reconhecimento.

Filangeri não respondeu, limitou-se a encará-lo. Vincenzo Florio sempre foi sua boia de salvação. Quando seu estilo de vida havia ultrapassado os limites e as dívidas estavam a ponto de arrastá-lo para o fundo do poço, ou quando a sombra da bancarrota se aproximava de forma ameaçadora, Florio esteve ao seu lado, pronto para ajudá-lo. Claro, ele também lhe oferecera a mão logo após a revolução, mas não era nada perto de todas as vezes em que...

Ele não teve escolha. Encaminhou a queixa de Rossi ao diretor da secretaria da fazenda da Lugar-Tenência Geral da Sicília, acrescentando, porém, que tal proposta era no mínimo discutível, que teria sido melhor encontrar alguma outra solução. Que não era o caso de ser tão intransigente assim.

O pedido de demissão caducou.

Mas Rossi não se rendeu. E Vincenzo também não.

Não importa como essa história acabe, acabará mal, Filangeri suspirou. Levanta-se, recolhe os papéis. Senta-se outra vez com cansaço. Falará com o secretário da fazenda. Essa história já durou tempo demais; corre o risco de paralisar as atividades do Banco Régio. E acrescentará que não convém a ninguém ser a pedra no sapato de um homem como Florio.

Pela estrada do mar que leva a Marsala, uma carruagem escoltada por dois homens a cavalo avança lentamente debaixo de rajadas de vento. Chega até a quinta dos Florio, passa pelo portão e para com um rangido. Os cavalos relincham de cansaço.

O céu de novembro é um cobertor desbotado. Até o mar, cinza e agitado, resmunga uma contrariedade difícil de entender. As ilhas Égadas são manchas indistintas no horizonte. O outono de 1852 chegou sem pedir licença, trazendo consigo dias repletos de um frio seco que ameaça secar a terra.

— Bem-vindo. — Giovanni Portalupi recebe o cunhado com um aperto de mão.

— Obrigado. — O cumprimento de Vincenzo é seco. — Que dia besta. Só nuvens e vento. Se ao menos chovesse! — Sem acrescentar mais nada, ele passa por Giovanni e se dirige até a casa principal.

Um jovem desce da carruagem. É alto e está levemente acima do peso, enrolado a uma capa que esconde o corpo. Alcança Portalupi.

— Senhor... — Aperta-lhe a mão. — Como está?

— Bem, obrigado. E seu pai?

— Defende-se, graças a Deus. Ficou em Palermo, na sede da Casa Florio. — Vincenzo Caruso, filho de Giovanni, transita com a bolsa, de onde tira algumas cartas. — De sua irmã. Manda-lhe saudações.

— Obrigado. Como ela está?

— Forte e gentil como sempre. As meninas a mantêm ocupada e o jovem Ignazio completa a obra.

Vincenzo, que, enquanto isso, hesitava, chama-os, impaciente. Eles se entreolham.

— Más notícias? — pergunta Portalupi, em um sussurro.

O outro assente.

— Não o deixemos esperar, depois eu lhe conto.

O *depois* chega no fim da tarde, quando haviam terminado de verificar os registros, a quantidade efetiva de antecipações e pedidos de venda.

Na casa principal, reina o cheiro adocicado de madeira e vinho. Um aroma que remete a mel e calor, levemente ácido, faz lembrar os dias de outono, quando o mosto fermenta e os barris são esvaziados até a metade para serem preenchidos com vinho novo.

Os três homens se deslocam até o pequeno salão onde o jantar está sendo servido.

— Não temos a participação de mercado de Ingham, é verdade, mas estamos quase no nível de Woodhouse. E a produção vem aumentando, apesar dos impostos ingleses. — Caruso acomoda-se à mesa, apoiando o guardanapo nos joelhos.

— Graças a Deus, existe o mercado francês. — Giovanni Portalupi serve o vinho. — Experimentem esse *catarratto*: é das últimas aquisições. Reservei um barril para os pastos.

Vincenzo estala a língua no céu da boca.

— *Amabile*, como dizem! Doce e perfumado.

— Foi vinificado na reserva de Alcamo. Aquela região é ótima para os vinhos brancos. — Giovanni apoia o rosto sobre os punhos fechados. — Eu lhe garanti que encontraria apenas o melhor, e assim fiz. — Diz isso realçando o seu orgulho, mas sem criar controvérsias.

Ele lhe olha de soslaio.

— E você trabalhou bem, concordo. Depois da experiência com Raffaele, eu estava relutante em colocar pessoas da família na empresa. Finalmente, começam a chegar os primeiros lucros.

Não falam de Giulia. Não após o que ocorreu.

Contudo, Giulia estabeleceu a paz entre eles. Foi ela quem incentivou o marido a empregar seu irmão, e a pedir que Giovanni se dedicasse à administração da empresa de produção de marsala.

— Bem, precisamos de provisões para cerca de mil e trezentos barris no próximo ano. — Caruso continua calculando. — Temos operários em regime estável de contratação? Quantos?

— Ao menos setenta, além dos garotos. Graças às prensas a vapor, podemos economizar em braços. Além disso, Woodhouse, que produz poucos barris a mais do que nós, emprega mais operários.

Um garçom entra para servir a comida, um caldo denso de peixe cujo aroma invade o cômodo. Os homens deixam de lado papéis e anotações e começam a comer.

— A produção deles é mais antiquada. É com Ingham que você tem que se comparar, com o sistema produtivo da propriedade da Casa Branca, com seus tornos a vapor. — Vincenzo limpa a boca com o guardanapo. — Ingham é um amigo e um sócio, mas não hesitou em fazer circular injúrias sobre o nosso vinho, isso é sinal de que teme a concorrência. Tenho certeza disso graças ao nosso agente de Messina.

Giovanni Portalupi solta um suspiro pesado.

— Ingham é uma fragata, Vincenzo. Nós somos um bergantim.

— Sim, mas os bergantins são mais velozes e mais rápidos. A nossa produção terá um volume menor, porém, qualitativamente, ele não tem nenhuma chance.

O cunhado esboça um sorriso, o primeiro durante aquele dia inteiro.

Ao final do jantar, quando já estão relaxados e saciados, Giovanni Portalupi arrisca perguntar:

— Então? Como vai aquela história com Pietro Rossi?

— Mal. — Vincenzo joga o guardanapo embolado na mesa. — Um corno. Convocou-me para uma reunião no dia seguinte à minha viagem para Marselha, no mês passado. Quer me forçar a pedir demissão a qualquer custo.

Giovanni fecha as mãos em forma de pirâmide.

— Mas de toda forma, você fez o serviço. Não é?

Caruso pigarreia, deixa o olhar vaguear.

Vincenzo brinca com o miolo de pão, depois responde:

— Marcaram os dias de trabalho no caixa nas mesmas datas de partida dos barcos a vapor ou dos navios. Não pude ir. — É uma defesa que soa como uma admissão silenciosa.

— Mas você também tem bons colaboradores. — Giovanni ergue o copo e indica Caruso.

O outro agradece-o com um brinde.

— Não é esse o problema. Se não confiasse em você, não o teria escolhido.

— Mas não consegue, não é? Deixar de verificar tudo, manter o olho em cada coisa. É mais forte do que você. — Giovanni arqueia as sobrancelhas.

Refere-se aos negócios, mas também à sua vida, à família, e Vincenzo sabe disso.

Ele dá de ombros.

— Eu sou assim. — Diz isso com simplicidade, como se não pudesse fazer nada a respeito.

Giovanni Portalupi serve mais vinho. Sacode a cabeça e ri.

— Você é louco.

— Não sou, não. Você precisa fazer os outros entenderem que não podem lhe faltar com respeito e, para conseguir isso, não pode se sentir intimidado. Rossi, com essa denúncia, é alguém que acredita que vai me prejudicar. Se eles farejam o seu medo, já venceram. — Ele faz uma pausa. — Eu não tenho medo, e hoje fiz com que entendessem isso.

Caruso levanta um canto da boca em uma careta que suaviza seu rosto.

— Seu cunhado escreveu ao príncipe de Satriano pedindo que Rossi lhe pague as compensações devidas ao cargo, coisa que ele se recusa a fazer.

— Também o fiz perceber que não é por acaso que as reuniões do conselho são marcadas nos dias em que chegam meus carregamentos dos barcos a vapor — acrescenta Vincenzo. — Nada que não corresponda à verdade, enfim.

— Sim, mas imagino *como* você fez com que percebessem isso. — Giovanni ri.

Todos riem. Giovanni chama o garçom para que retire os pratos da mesa; logo depois, Caruso se despede. Está cansado, precisa descansar, diz. Giovanni o acompanha. Sabe que, no dia seguinte, terá que estar de pé ao amanhecer, como é o hábito de Vincenzo.

Na sala de jantar da quinta, Vincenzo fica sozinho, imerso em um silêncio quebrado pelo vento que bate nas janelas.

Vincenzo se dedica a refletir.

Quando chegou em Marsala pela primeira vez, avistou aquela terra virgem em frente ao mar. Lembra-se da primeira vinificação, da emoção com que viu o navio velejando ao redor da França com o primeiro carregamento de marsala.

Naquela época, a ligação com Raffaele era forte. Podiam se dizer amigos, mais do que primos. Agora, mal sabe onde ele mora.

O orgulho se torna uma mistura de amargura, solidão e rancor. Quinze anos atrás, tudo era diferente.

Estavam ali, naquele mesmo cômodo. A decoração era simples — só uma salinha e uma mesinha — e era dia.

Raffaele estava diante dele, de pé.

— Eu... por que você me acusa de não cuidar da cantina? Coloquei a minha alma, tanto e até mais do que você, não me poupei. Como você é capaz de dizer que não estou fazendo o suficiente? — Abriu os braços. O rosto, até poucos instantes sereno, tinha uma expressão de incredulidade ferida. A pele sobre as maçãs do rosto estava pálida.

— Onde foi que eu errei, Vincenzo? Diga-me, porque creio ter feito de tudo, e assim... é como você me agradece?

Vincenzo não prestou muita atenção aos seus protestos.

— Não se trata de seriedade, Raffaele. Isto eu não coloco em dúvida: eu sei que você se esforçou, mas não é o suficiente, não é o que precisamos para a Casa Florio. — Ele tentou ser gentil, embora sentisse um mar de acidez lhe subir pelo estômago.

Por que o outro não se limitava a aceitar as decisões dele e pronto? Por que tinha que se portar como um pedinte?

Mas o primo continuava insistindo. Fazia-o de maneira sofrida, quase obtusa, como se Vincenzo estivesse lhe roubando algo, sem entender que, em vez disso, ele considerava a adega propriedade sua, nada além disso. Não tinha interesse em compartilhá-la e, se havia envolvido o primo na administração, era somente para forçá-lo a se entregar mais, coisa que Raffele não fora capaz de fazer.

E isso provocara um mal-estar ainda maior. Tivera paciência, havia se esforçado, mas em vão. Por fim, explodiu.

— Chega, não há mais o que dizer. Eu decidi, Raffaele. Esperava que você tivesse uma atitude diferente, mais ativa, é isto: eu pedi, escrevi várias vezes, mas você, nada, parecia um padre rural envolvido com uma paróquia de pastores. Eu já decidi, então chega de discussões.

Então, no rosto de Raffaele surgiu uma nova emoção.

— O que quer dizer? — perguntou, enquanto a cólera começava a brotar.

— Eu lhe disse que você deveria ser mais arrojado, lembra? Não o negue. Não, é inútil você dizer que não entende: às vezes, eu até o repreendi, pois esperava que isso abrisse os seus olhos, que isso o ajudasse a ter mais garra. Este é um mundo em que não podemos deixar que os outros se adiantem, e você ao contrário sempre cauto, sempre pedindo autorização... — Ergueu o tom de voz, inclinou-se para a frente, curvou-se de raiva. — Não suporto reclamações e súplicas. Vou reembolsar a sua terça parte da propriedade, e com esse valor você poderá fazer o que quiser.

Mas Raffaele começou a balançar a cabeça. Seu rosto ruborizou-se e sua voz se tornou aguda.

— Não, a verdade é outra. — Agarrou-se ao encosto da poltrona. — Você não quer parentes em que possa confiar, porque eu — bateu no próprio peito — nunca o enganei. Você quer serviçais. Escravos. — Vincenzo observou-o, notando que as bochechas pareciam cair, como se Raffaele tivesse começado a se desintegrar. — Eu acredito nesta adega. Coloquei a minha alma, dei a ela a minha vida, e agora você a arranca de mim... não mereço ser tratado assim — concluiu, secando os olhos embargados.

Foi aquele gesto que o fez explodir.

— Chega de ficar chorando feito um garotinho. Somos homens e estamos falando de negócios. Você administrou a minha empresa, e eu não gostei de sua atuação. Agora, compro novamente a sua cota e *amém*, tudo volta a ser como antes.

Por alguns instantes, o cômodo encheu-se com a respiração pesada de Raffaele. Depois, o homem levantou a cabeça.

— Liquide a minha cota, me dê a porcentagem de venda, mas pelo menos me deixe aqui como administrador. Gosto de trabalhar na adega e conheço os operários. — Sua voz ficou amarga, grave. — De toda forma, tinham razão em me dizer que não deveria confiar em você. Você é como seu pai, nem mais nem menos.

— As pessoas que lhe disseram isso não entendem nada nem de trabalho nem de comércio. Eu não posso me permitir ser tão prudente como você: Ingham e Woodhouse estão no meu encalço, ambos são tubarões, e basta um deslize qualquer para que consigam tomar de novo para si aquilo que eu consegui arrancar-lhes. E você está sempre pedindo *por favor, com licença...* Mas não, as coisas devem ser tomadas com as mãos, arrancadas com unhas e dentes, sem piedade de ninguém. Há momentos em que é preciso ficar atento e outros em que se deve arriscar, e você não sabe distingui-los. Eu preciso estar sempre velando as suas costas.

— Então, eu, que sou cuidadoso para que você não corra riscos, sou um covarde? Você me repreende porque fui confiável demais?

Em vez de me dizer "obrigado" porque não o fiz contrair dívidas aos montes? Essa é a recompensa?

— Você não tem colhões para este trabalho, Raffaele. Entende? — Vincenzo grita na cara do primo. — Você é um secretário, nem mais nem menos, mas eu preciso de um sócio. Você não é capaz de fazer o que quero, não consegue. Conforme-se.

O outro recuou como se tivesse levado um tapa.

— A gente deve colocar a alma nas coisas, não apenas o dinheiro. Colocar o amor e a paixão. Mas como você poderia entender isso? Você é mesmo um cão sem dono. — Afrouxou a gravata, balançando devagar a cabeça. — Reembolse toda a minha cota. Agora. Não quero ter mais nenhuma relação com você.

Raffaele desapareceu da vida de Vincenzo, pedindo somente o que era dele por direito. Até nisso lhe faltou coragem. Por intermédio de alguns conhecidos, Vincenzo soube que ele voltara a trabalhar como intermediário de negociações e como administrador de vinícolas. Decidira ficar em Marsala. Bom para ele.

Depois, após alguns meses, Vincenzo percebeu um vazio difícil de nomear. Era uma solidão anômala. Porque Raffaele dissera a verdade a respeito de uma questão: você tem que poder confiar nas pessoas, e ele, à sua maneira, confiava no primo. Não era arrojado, claro, mas era confiável. E amigos, além de Carlo Giachery e, talvez, de uma forma estranha, Ben Ingham, ele não tinha.

Percebeu que estava cada vez mais sozinho.

Sua tia Mattia e Paolo Barbaro tinham morrido fazia muitos anos. A mãe lhe pedira muitas vezes para que a levasse em visita ao túmulo da cunhada, mas ele sempre postergou aquilo. Não gostava de cemitérios. A parte da sua família que viera de Bagnara desaparecera. Ele não tinha mais raízes.

No fim das contas...

Ergue a copo, fazendo um brinde silencioso. Os seres humanos acabam desiludindo-o. Sempre.

As raízes, para ele, eram as empresas. O tronco era a Casa Florio. O dinheiro e o prestígio duplicaram-se, mas ainda não bastava, não era suficiente.

Porém...

Há uma pessoa que nunca arredou o pé de seu lado. A única em quem realmente confia. Na sorte e no azar, quando não podia ser nada além de uma sombra para o mundo e uma puta para a própria família. Quando ele a rechaçou, ela, com tenacidade, resistiu. Acolheu-o quando ele não merecia ser perdoado. Ela não o abandonou. Jamais.

Giulia.

Vincenzo volta à rua dos Materassai na véspera do domingo, a tempo de acompanhar a família à igreja e de se reunir com alguns comerciantes com quem mantém negócios.

À noite, depois que as contas estão fechadas e as salas dos escritórios ficam desertas, ele sobe ao apartamento. Sua mãe reza o terço diante do braseiro de bronze; a janela, entreaberta para que a fumaça da combustão saia, traz o barulho de uma chuva que enche de lama as sarjetas.

— A senhora está bem? — pergunta ele, beijando a testa da mãe.

Giuseppina faz que sim.

— E você? — Ela passa a mão no rosto do filho, repetindo um gesto que permanece igual desde a infância, quando lavava o rosto dele numa bacia. — Está cansado. Sua mulher está lhe dando comida suficiente?

— Claro que sim. É que trabalhei demais. Depois, não é ela quem cozinha: temos as camareiras e a cozinheira. Lembra?

Giuseppina faz um gesto de raiva.

— Uma esposa deve verificar tudo o que as serviçais fazem, do contrário pode sair tudo errado. Em vez disso, perde tempo lendo livros, especialmente livros nas línguas estrangeiras que ela fala. Venha, acompanhe-me até o meu quarto.

Vincenzo ignora a implicância com Giulia e ajuda a mãe a se levantar. O físico maltratado pelo tempo não preserva nenhum resquício da antiga imponência. Mas Vincenzo continua a ver nela a mulher severa que o seguia pelos becos, e encontra em seu olhar a doçura adorável da infância dele.

Chegam no quarto. O baú do enxoval é a *corriola* trazida de Bagnara, a bacia com a jarra ainda é a mesma dos anos do casamento com Paolo. Na parede, um crucifixo de coral. Na borda da cama, um xale: outra lembrança da infância de Vincenzo.

— Você ainda tem? — pergunta ele, segurando o xale.

É menor e muito mais puído do que ele se lembrava.

— Não consegui me desfazer de certas coisas, apesar do dinheiro que você e… seu tio trouxeram para esta casa. Quando a gente envelhece, gostaria de desacelerar o tempo, mas o tempo não para. E então nos apegamos às coisas. Se elas estão por aí, nós também estamos. A gente não vê, não quer ver, a vida que se esvai. — Giuseppina senta-se na beirada da cama, aperta ao peito o pano. Há um remorso que lhe provoca um aperto no estômago. — Nós chamamos de lembranças, mas nos enganamos — continua, já com a voz por um fio. — Coisas como este xale ou o seu anel — ela aponta a aliança de ouro batido que pertenceu a Ignazio — são âncoras de uma vida que se vai.

Quando Vincenzo chega ao quarto principal, encontra Giulia dormindo. Ao contrário de Giuseppina, os anos foram generosos com ela. Continuou bonita, ainda que, nos últimos tempos, sinta dor nas costas e dificuldade para digerir. Ele joga as roupas na cadeira. Aconchega-se por trás da mulher, que, no sono, aperta-lhe a mão, leva-a até seu coração.

O navio a vapor oscila no porto de Favignana. Debaixo do sol, as casas do vilarejo — pequenas, pouco mais do que cabanas, com muros de pedras soltas e tufo vulcânico à vista — parecem rabiscadas pela mão de uma criança.

Um escaler afasta-se do barco, chega até o embarcadouro diante do forte de São Leonardo, o antigo bastião de guarda do porto. Alguns homens e um jovem desembarcam. Exploram o vilarejo, dirigem-se à direita, onde há grandes armazéns voltados para o mar. As portas são bocas escancaradas, fechadas por portões que parecem dentes cravando-se no mar.

Vincenzo caminha a passos rápidos, desfrutando do calor do sol. A seu lado, Ignazio. Seu filho de catorze anos.

É a primeira vez que o leva consigo à almadrava de Favignana. Assumiu a administração daquela almadrava há mais de dez anos, período em que a transformou em sua obra-prima. Não foi fácil: o padrão de administração foi e continua sendo altíssimo. Ele teve que criar um consórcio de empreendedores, assumindo para si o ônus dos riscos de um novo método de conservação. Hoje, o atum no azeite se difundiu por todo o Mediterrâneo.

Vincenzo sorri consigo mesmo. Ignazio observa-o, interrogando-o com os olhos.

— Lembrei de uma coisa — diz-lhe. — Você já vai ver.

O garoto acompanha o pai até os escritórios com frequência, às vezes até a adega de Marsala. Mas nunca, até agora, havia sido levado até a ilha.

Se Ignazio está animado, não demonstra. Apenas caminha ao lado do pai, a passos longos e flexíveis, e mantém os olhos apertados devido à claridade.

— É bonito aqui — diz ele. — Ar limpo, ambiente silencioso. Bem diferente de Palermo.

— Porque há bastante vento. Você vai ver o que ocorre lá no estabelecimento.

De fato, assim que passam pelo forte de São Leonardo e pela curva que separa o vilarejo da almadrava, são acossados por um cheiro nauseabundo. Que remete à podridão, decomposição. Morte. Alguns deles, incluindo Caruso, cobrem o rosto com um lenço. Vincenzo não.

Ignazio olha-o, sufocando a náusea. Respira com a boca aberta, ignorando o fedor. Se o pai faz isso, ele também consegue. De Vincenzo, ele herdou a forma física e as linhas do rosto. Agora que cresceu, a semelhança é evidente. Os olhos, porém, são sempre doces como os de Giulia.

— Os restos do processo permanecem ao sol, se decompõem e exalam esse cheiro. — Vincenzo indica um espaço amplo além dos armazéns. — Lá, está vendo? Aquele é o *bosco*, o cemitério do atum. É lá que os operários descarregam as carcaças para esperar que sequem.

O garoto assente.

— E os barcos? Onde estão?

— No mar. — Caruso se aproxima. — Estamos em maio. É a época de matança.

Eles entram no edifício. No pátio, além das árvores que fazem um pouco de sombra, abre-se um corredor de pedra. A planície diante do mar está cheia de redes, cordas e homens que remendam as urdiduras danificadas.

Enquanto Caruso se encaminha para o escritório, acompanhado por um contador, Vincenzo pega o filho pelo braço. Atravessam o pátio até a *trizzana*, o abrigo dos barcos.

Ignazio acolhe aquele gesto com medo e surpresa. Na sua memória, é a primeira vez que seu pai o segura assim tão próximo.

Embaixo, o marulhar das ondas tem o som de mar batendo nas paredes de uma caverna.

— Quando vim aqui pela primeira vez... — Vincenzo hesita, dissimulando um sorriso — ... eu estava com Carlo Giachery. Lembro-me de que tudo era decadente, sujo e um tanto miserável. Nem ficamos, naquela noite, para dormir na ilha; não havia um lugar decente onde pernoitar. Depois, no dia seguinte... — Outro sorriso. Ele se vira e olha para a construção às suas costas. — Enviei um mensageiro a Palermo para que chamasse mestres carpinteiros e construtores para virem reformar os edifícios. Enquanto isso, comecei a explicar como iríamos produzir o atum conservado no azeite. Tirei o paletó, arregacei as mangas... — Ignazio observa-o repetir aqueles mesmos gestos, tirando o casaco e ficando só de camisa. — Reuni aqui os chefes de família e suas esposas, para que vissem que eu não tinha medo de sujar as mãos. — O pai aperta o seu ombro, sacudindo-o com afeto. — Quem trabalha para a gente deve sentir que faz parte de alguma coisa. — Ele hesita. O sol incide sobre o anel de Ignazio. — Eu já lhe contei isso várias vezes: meu tio, cujo nome você carrega, me obrigava a ficar atrás do balcão da botica. Era uma coisa que eu detestava. Hoje, porém, entendo o quanto aquilo foi importante.

— Para entender as pessoas.

— Sim. Para conhecê-las. Porque, se alguém lhe pede algo, você deve saber o que realmente essa pessoa deseja: quer uma erva apenas para se sentir melhor ou precisa de fato curar uma dor? Se quer o vinho, deseja a qualidade ou o prestígio por trás? Se quer dinheiro, pede-o pelo poder ou porque está em dificuldade?

Ignazio entende. E reflete. Ainda está fazendo isso quando, sozinho, vai até o vilarejo, enquanto seu pai está em reunião com alguns mandatários genoveses. As ruas são pequenas, estreitas, inundadas por um sol branco; o tufo vulcânico, impregnado pelo óleo do atum, não é mais corroído; na praça, diante da igreja matriz, estão os primeiros paralelepípedos. Seu pai mandou um professor para ensinar quem deseja aprender a ler e escrever, assim como fazem na Inglaterra. Em volta de todo o vilarejo, pedreiras parecidas com precipícios escavam o terreno.

Favignana é uma rocha de tufo, pensa Ignazio. É só arranhar um pouco para encontrar uma camada amarela e densa, entremeada de conchas. A terra é cheia de pedras, há poucos jardins, e os hortos foram feitos com tenacidade no fundo das pedreiras de tufo, onde agora aflora uma água salobra e turva.

Depois, tão logo a gente se acostuma com o cheiro do processamento do atum, finalmente percebe-se o mar: é de um azul raivoso, vital, feroz.

É do mar que provém a riqueza.

É uma ilha de silêncio e de vento. Ignazio pensa que também gostaria de viver em um lugar assim: pertencer a ele, sentindo-o no seu âmago como um pedaço de carne ou de osso. Ser, ao mesmo tempo, dono e filho daquela ilha.

Não faz ideia de que isso vai de fato acontecer.

A porta bate com violência, barulho de passos agitados, gritos. Giulia ergue os olhos do bordado, arqueia as sobrancelhas.

— Mas... o quê?

Giuseppina dá de ombros.

— Eu diria que é *mon père*. — Elas se entreolham. — E também diria que está bravo.

Colocam de lado o trabalho, encaminham-se ao cômodo de onde vem o barulho.

Giuseppina é uma moça de dezesseis anos, com grandes olhos escuros. É o único sinal de beleza em um rosto prosaico. Contudo, é doce e paciente.

Ao se aproximar, Giulia reconhece a voz de Vincenzo. Depois, entra na sala de jantar e encontra Angelina, com os braços cruzados e a testa enrugada, sentada em uma poltrona. O pai eleva-se sobre ela.

— O que está acontecendo?

Um olhar do marido faz com que Giulia se detenha no limiar da porta.

— O que está acontecendo? — repete ela. — O que há, Vincenzo?

— O senhor meu pai me acusa por não satisfazer seus projetos matrimoniais. Diz que preciso ser adequada e chama minha atenção por não ser bonita o suficiente. Como se eu não tivesse sido feita por vocês! — A resposta de Angela é uma farpa envenenada.

Giulia se vira, olha para a filha.

— Não ouse falar desse jeito — repreende.

Angelina é assim: afiada, irascível. Não é uma garota que se deixa admirar, e menos ainda Giuseppina. Porém, dessa vez, Giulia admite com pesar, ela não está errada. O destino, infelizmente, não foi generoso com suas filhas no que diz respeito à beleza e à graça.

Giuseppina aproxima-se da irmã, aperta-a em um abraço de alento e conforto.

— Tive uma reunião no clube com Chiaramonte Bordonaro. Lancei-lhe a ideia de uma união entre nossas famílias. Angela já tem dezoito anos... — A veia na testa de Vincenzo pulsa freneticamente. — Mas nada: parece que nossas filhas não são... interessantes. E não fazem nada para se tornarem.

Angela olha-o com as pálpebras semicerradas. A semelhança com a avó paterna é impressionante.

— Nem eu nem minha irmã somos convidadas para as festas. Por quê? Porque nunca tivemos a oportunidade de encontrar alguém fora dessas quatro paredes, só conhecemos pouquíssimas garotas da nossa idade, e elas nos olham como se fôssemos empregadas com roupas de patroa. Pode-se dizer que praticamente não temos amigos. No entanto, nosso irmão é carregado na palma da mão, é convidado para todas as reuniões, vai a cavalo à Favorita com os filhos dos nobres. O senhor o leva por aí, vai com ele para todas as reuniões com os outros comerciantes, o apresenta como se fosse praticamente filho único. E agora me diz que não consegue encontrar-me um marido? O senhor nunca se perguntou de quem seria a culpa?

— Agora, acalme-se, minha imã... — Giuseppina lhe acaricia o rosto, tentando distraí-la. — Você não pode falar assim com o nosso pai...

— Ah, claro, não posso... Ele é o patrão! E nós, o que somos, Peppina? O que somos? Nadinha de nada? Ou será que também não somos filhas dele? Porque, no fundo, para ele parece que só existe o Ignazio, Ignazio, Ignazio! — E aquilo prossegue em um crescendo de raiva, ciúmes e tristeza.

Giulia vê os olhos da filha brilharem por causa das lágrimas.

Vincenzo fecha a mão, depois volta a abri-la. Aproxima-se.

— O que você quer dizer?

— Agora chega! — exclama Giulia, que quase nunca ergue a voz. E, quando o faz, todos ficam quietos. Ela aponta o dedo contra as filhas. — Vocês duas. Já para o quarto. — Depois, ela volta-se para o marido, com as mãos na cintura. — Ao seu escritório. Vamos lá.

Ela caminha apressada, não espera ser seguida.

Não está apenas com raiva. Há muito mais naqueles passos, naquela respiração acelerada. Quando a porta se fecha, Giulia se vira. E grita.

— Como você pôde fazer uma coisa dessas sem nem me dizer nada? — A cólera é prepotente, tinge de púrpura o rosto marcado pelo tempo. — Nossas filhas oferecidas aos seus sócios pelo melhor preço? O que elas são, sacos de casca de quinquina?

Vincenzo fica confuso.

— Estão na idade de se casarem. Por que não pensar em um casamento de conveniência?

Não é a primeira vez que eles têm aquela discussão; contudo, Giulia hoje tem uma sensação diferente. Mais forte. Azeda. É uma sensação de carne dilacerada, de um corte que, ela já sabe, não vai cicatrizar sem dor.

— São garotas educadas; nenhuma das duas é uma Vênus, mas são afetuosas e gentis. Certamente, não são seus modos que as impedem de serem convidadas para nada. Pelo contrário.

— Agora você também? Não faça tanta história. Elas são mulheres, terão um ótimo dote, não há mais o que discutir, é isso. É isso que os homens procuram hoje. — Vincenzo está irritado. — Não podem ficar com o primeiro que aparecer, não com o nome que carregam.

— Contudo, você sabe que o nome e o dinheiro não são suficientes. Nem agora.

Não é uma dúvida: é uma afirmação. E Vincenzo fica em silêncio, porque sua mulher tem razão.

Ele vai até a escrivaninha e senta-se. Esconde o rosto entre as mãos com os punhos cerrados.

No começo, era só uma suspeita. Carregou-a consigo por alguns meses, desde que começou a circular a notícia de que tinha duas filhas para casar.

Depois, veio a certeza. Foi o próprio Gabriele Chiaramonte Bordonaro quem esfregou aquilo em sua cara pouco antes, com a sinceridade sem pudores que o caracterizava.

"Dom Vincenzo, o senhor sabe que não tenho papas na língua para lhe dizer certas coisas. Para ser sincero, não me sinto à vontade em casar suas filhas com um dos meus, e não porque não sejam moças graciosas, ou porque não lhe tenha respeito… se fosse assim, não faria negócios com o senhor. Muito pelo contrário: com o dinheiro que o senhor tem, seria muito bom tê-lo na família. Porém, o senhor sabe, eu nem precisaria dizê-lo. Negócios, negócios, famílias à parte. E as suas moças nasceram em circunstâncias… peculiares."

Naquele momento, sentiu a boca conspurcada pela bile.

Há anos ele não sentia tanta vergonha. Levanta-se. Talvez, diz consigo mesmo enquanto caminha pelo cômodo e relata aquela conversa à esposa, tivesse que voltar à sua juventude para sentir novamente a mordida da humilhação com tamanha ferocidade.

— Sim, não são o suficiente — conclui. A voz baixa é carregada de raiva e amargura. — Nossas filhas não são o suficiente. Eu, tudo aquilo que construí, a Casa Florio... nunca somos suficientes. — E, enquanto observa Palermo, que jaz sob o sol de outubro, não percebe que Giulia está com os olhos embargados.

— Um casamento com uma família nobre. Você quer para você, não para elas. — Ela fala em voz baixa, com medo de que lhe escape um soluço. Marcas de uma dor antiga que voltam à superfície. — O que você não pôde fazer. Não é?

Vê o marido hesitar. É um recuo na alma, revelado pelos dedos que se cerram sobre a palma da mão.

Ela, com um nó na garganta, se lembra. Angelina e Giuseppina, apontadas como ilegítimas, batizadas às escondidas sem nenhuma festa, sem nenhum brinde, reconhecidas depois do nascimento de Ignazio: o filho homem, o herdeiro da Casa.

Não importa que agora possuam um dote que faz empalidecer as herdeiras de famílias aristocratas, que falem francês, que usem joias ou que seu véu de igreja seja de renda: continuam sendo duas bastardas. E ela, uma sustentada. Certas lembranças se sedimentam, fermentam na memória, mas nunca desaparecem por completo, e sempre encontram uma maneira de reemergir e doer.

Porque certas dores não podem terminar.

Mas, tudo isso, Vincenzo nem sequer consegue conceber: é incapaz de aceitar que lhe recusem algo. A cólera domina o seu horizonte, impede-lhe de ver a amargura de Giulia.

— Tente entender. Naquela época eu era... — Ele hesita, pede-lhe ajuda.

Uma ajuda que ela não está disposta a dar. Não mais.

— Você fazia e desfazia, Vincenzo, sem nunca perguntar nada a ninguém. Por anos, eu vivi com nossos filhos sem direito algum, temendo que, de um dia para o outro, você me colocasse na rua para se casar com uma mulher nobre, escolhida por sua mãe. — Giulia ouve sua voz enrouquecendo, mas aguenta firme. Porque ela precisa dizer o que deve ser dito e que carrega consigo há anos. — Você tinha a sua vida, seguia pelo seu caminho... — Corta o ar com a mão, a voz treme. — Mas não, agora você tem que me ouvir. Não vou aceitar que Angela e Giuseppina passem pelo que passei, não quero que se sintam humilhadas como eu. Não vão se casar com alguém que as despreza só porque você quer defender seus interesses, os interesses da Casa Florio.

Vincenzo afunda na cadeira.

— Eu me casei com você, Giulia. — Perscruta-a de cima a baixo, em um pedido mudo de trégua.

— Porque você teve um menino e precisava legitimar o herdeiro. Se tivesse sido outra menina, eu ainda estaria na rua Zecca Regia, e você, provavelmente, teria uma mulher dez anos mais jovem que lhe daria um herdeiro legítimo para a Casa.

Naquela frase, Giulia depôs seu antigo medo de não ser nunca boa o suficiente para ele. De ter sido seu maior arrependimento. Um fracasso.

Vincenzo se levanta, coloca as mãos em seus ombros.

— Não — admite ele. Depois, se aproxima mais, respirando quase em cima do rosto dela. — E sim. — Ele a abraça, fala ao ouvido dela. — Porque, mesmo que a tivesse encontrado, não teria sido a ela que eu permitiria falar comigo assim como você fala.

Aperta-a com força. Giulia está surpresa, quase assustada. Fica rígida mas, em um instante, apoia-se sobre o peito dele, os dedos em busca do batimento debaixo do colete. Percebe-o agitado, nervoso.

— Eu quero o melhor para minha família — murmura ele.

Ela ergue a cabeça.

— Você quer o melhor para sua Casa, Vincenzo. — Ela não esconde a exasperação. — E o melhor para você é ter um genro com um título de nobreza, que traga prestígio ao nome dos Florio. Porém, as meninas nasceram fora do casamento, e são suas filhas. Nenhum nobre vai querê-las. — Giulia ataca para machucar. Para lembrar ao marido que, passados tantos anos, ele ainda é um carregador. O sobrinho do homem de Bagnara. Ela agarra-lhe a mão esquerda: no dedo anelar, há a aliança e o anel do tio Ignazio. — Angelina diz a verdade. Elas não são convidadas para as festas com as moças de sua idade e muitas vezes são deixadas de lado nos bailes. Elas têm boa educação, mas isso não é suficiente.

— Terão um dote rico — rebate ele, teimoso, soltando a mão. — O dinheiro será o título de nobreza delas.

— Não. Se você quer um futuro para a sua Casa, não é nelas que deve pensar, mas em Ignazio. É ele que deve ter um bom casamento. Deve apostar nele.

Vincenzo pensa por horas naquelas palavras quando está sozinho no escritório.

Giulia tem razão.

Ele observa a biblioteca: lombadas de couro, letras douradas, prateleiras, portas de vidro. Tudo fala da sua vida: desde as leituras em inglês aos testes científicos, passando pelos de engenharia mecânica. Porque, para ele, produzir significa construir.

Então todo o meu esforço foi inútil?, pergunta-se. *Não serviu de nada? Não foi o suficiente trabalhar, criar um império econômico com o pouco que tinha nas mãos, experimentar, forçar-me a fazer coisas que ninguém antes tentou na Sicília?*

Não, aquilo não foi suficiente.

— Querem o brasão. O sangue nobre. A respeitabilidade. — Pronuncia a última palavra separando cada sílaba e ri.

Uma risada maligna, que se apaga com um rosnado.

Ele não lembrava que a humilhação tinha um sabor tão acre.

A fúria ganha a forma de uma onda. Vincenzo sufoca um grito, derruba papéis, registros e até o tinteiro da escrivaninha. O tampo de nogueira da mesa recebe um tapa de raiva.

A tinta se dispersa sobre as anotações de uma carta endereçada a Carlo Filangeri, príncipe de Satriano. No entanto, agora, só é possível ler um nome: Pietro Rossi.

A cólera se multiplica. Vincenzo quase tem a sensação de que o destino esteja rindo da sua cara.

— Aquela escória — exclama enquanto amassa o papel.

A tinta mancha seus dedos, goteja feito sangue negro, e ele tem dificuldade para acalmar a respiração.

Pietro Rossi, o presidente do Banco Régio. Que o tortura com exigências inúteis. Que tenta desacreditá-lo por todos os meios. Que quer forçá-lo a pedir demissão. Que não lhe paga o devido pelo seu trabalho de diretor de negociações. Que ele tentou ignorar. Mas que já esgotou toda a sua paciência.

Alguns dias antes, Vincenzo se apresentou ao Banco Régio: era a sua vez de coletar o dinheiro trazido pelos barcos a vapor, registrá-lo, receber pelas rotas e pagar a quantidade devida.

Passou-se uma hora. Depois outra. Ninguém apareceu.

Pouco antes do almoço, ele cedeu ao próprio frenesi. Agarrando paletó e chapéu, encaminhou-se à escadaria.

Lá, encontrou Pietro Rossi.

— Aonde o senhor está indo? — perguntou-lhe o outro, sem sequer cumprimentá-lo.

— À rua dos Materassai. Estou aqui há três horas perdendo meu tempo e não tenho intenção de perder mais nem um minuto.

Rossi — alto, magro, os bigodes endurecidos — se deteve diante dele.

— Nada disso. Esse é o seu o cargo, o seu dever. Vai ficar aqui até as três.

— Já perdi a manhã toda atrás das suas venetas, Rossi. Não apareceu nenhum credor. O senhor, no entanto, deve me dar os certificados do serviço desde março do ano passado. Sem esses, eu não posso receber.

Rossi arregalou os olhos e riu na sua cara.

— O senhor quer receber... pelo quê?

Um funcionário que estava subindo as escadas desacelerou, querendo ouvir cada frase para transformá-las em fofoca. Vincenzo o destruiu com o olhar e o sujeito se afastou.

— Como diretor do Banco Régio, tenho direito à compensação de seis onças por mês pelos serviços prestados e pela assistência às operações de registro — disse ele, com o tom de quem quer explicar uma coisa simples a um idiota. — Só posso receber se o senhor tiver a complacência de assinar os documentos. Está claro ou preciso desenhar?

Rossi, dois degraus abaixo, subiu até ele e falou em sua cara.

— Esqueça.

Um golpe que Vincenzo não foi capaz de responder.

— Você não sabe o que faz um diretor — continuou Rossi, em um sibilo. — Pode ter todo o dinheiro do mundo, mas não sabe o que significa trabalhar para o Estado, para uma instituição. Só lhe interessam os negócios, e o Estado lhe é útil somente se não atrapalhar o que você faz... Não o culpo por isso, mas então não se obstine a fazer o que não pode. — Apontou-lhe o dedo. — Explico-lhe uma coisa: o mundo não gira ao redor da rua dos Materassai, dos seus navios a vapor e dos seus empréstimos.

— Se eu o faço, é porque posso. — Vincenzo afastou o dedo. — E você, quem diabos acha que é para me dizer o que devo fazer? Acha que eu não sei que marca, de propósito, os meus turnos nos dias em que chegam os barcos, quando eu deveria estar no meu escritório? Ou que convoca as reuniões quando estou em Marsala?

— Há anos você procura desculpas. Mas ambos sabemos bem qual é a verdade. — Rossi subiu mais um degrau, colocando-se de lado, como que para se esquivar. — Você tem quem o proteja graças às suas posses, mas eu tenho orgulho e consciência do que faço. Coisas que você nem sequer sabe onde encontrar.

— Eu faço o meu trabalho e você tem de me pagar.

Rossi contemplou-o placidamente.

— Não. — E foi-se embora.

Pela primeira vez em anos, Vincenzo ficou em silêncio. Havia começado a escrever aquela carta, que agora estava amassada em suas mãos, mas não encontrava as palavras para terminá-la.

Porque as frases expressavam demais ou muito pouco, falavam da indignação e pediam reconhecimentos quando, na verdade, a palavra certa teria sido uma só: ódio. Sim, ódio; por aqueles que continuavam considerando-o um novo rico, um homem mesquinho, rude. Ele quase se divertia em ser desagradável, reiterando os preconceitos deles. De qualquer forma, jamais mudariam de opinião.

E como poderia descrever a um estranho, o que no fundo Filangeri era, o que o fazia sentir-se mal, hoje? Por que aquele mal-estar estava de volta? Como poderia explicar que, por dentro, ele trazia um coágulo de escuridão que o impulsionava adiante, ainda, cada vez mais, para acumular, engrandecer, encontrar novos empreendimentos? Ele, que era rico de berço, jamais poderia entendê-lo.

Por mais que fosse capaz de amá-la e se considerar seu filho, Palermo tratava-o como se ele fosse um estranho. Ele tentara ser aceito, cortejando-a com a riqueza, gerando empregos, trazendo-lhe bem-estar.

Talvez fosse isso que não conseguiam perdoar nele: o trabalho. O poder. Os olhos abertos sobre o mundo, enquanto Palermo mantinha seus olhos bem fechados.

E é assim que Ignazio o encontra, com o punho fechado sobre a boca, o rosto emburrado e feroz. Bate com cautela à porta, detendo-se no limiar.

— Posso entrar?

O pai faz que sim. O garoto avança com cautela. Olha para o chão sujo de tinta, recoberto de folhas. Abaixa-se para recolher, mas o pai nem ergue os olhos e faz um gesto brusco.

— Deixe aí. Que as empregadas recolham.

Ignazio coloca em ordem os papéis que tem em sua mão e os põe na mesa. Chega até a cadeira, diante da escrivaninha, e senta-se. Observa o pai em silêncio, por um bom tempo, antes de falar.

— Mamãe quer saber se você virá comer.

Vincenzo dá de ombros. Depois, de repente, encara Ignazio, como se só naquele momento notasse a presença do filho. Pensa outra vez nas palavras de Giulia.

— Mesmo sendo meu filho, não falam mal de ti. — O tom perde a coloração raivosa, torna-se mais calmo, quase gentil.

Ignazio ouviu a briga, sabe por que a mãe está furiosa. E se deu conta há tempos que os seus coetâneos o tratam com um respeito e uma deferência que ninguém dirige a suas irmãs, especialmente a Giuseppina.

— Eu sou homem, papai — diz-lhe com cautela. — Ninguém me diz nada.

E naquela frase há toda a verdade, a única. Ele é homem, é o herdeiro da Casa Florio.

A boca de Vincenzo se ergue com um sorriso entre o desafio e a vingança. Levanta-se, senta-se diante dele.

— Uma vez, quando você era pequeno, eu o vi segurando um atlas geográfico maior do que si mesmo. Estava lá, lendo sobre os barcos e os portos onde desembarcavam...

Ignazio concorda. Ocorreu logo após o incidente de Arenella, quando ele por pouco não se afogou.

— Desde então, garanti que você estudasse, que aprendesse não apenas o latim e as outras coisas dos padres, mas também o inglês e o francês. E que aprendesse como se portar na sociedade. Você foi instruído como filho de um nobre, não como filho de um comerciante.

Ignazio não consegue segurar um sorriso. Recorda as aulas de equitação, as aulas de etiqueta com suas irmãs, mas, especialmente, as aulas de baile com o professor de música, e se vê novamente a rodopiar com a mãe, que ria, feliz. Giulia nunca aprendeu a dançar direito.

Porém, seu pai o arranca daquelas lembranças, apoiando a mão em um de seus ombros.

— Eu não tive essas coisas que você teve. Nenhuma delas. Claro, eu estudei: meu tio Ignazio fez com que eu me matasse em cima dos livros, sua avó pode lhe contar o quanto. Mas nunca aprendi a andar a cavalo nem a dançar, porque não eram coisas que me serviam para trabalhar na botica. — Olha suas mãos sujas de tinta, apoia os cotovelos nos joelhos. Embora tenha quase cinquenta e cinco anos, Vincenzo ainda tem as mãos fortes, ainda que marcadas pelo trabalho. *Contudo, não foi o suficiente*, diz a si mesmo. *Matar-se de cansaço, condenar a alma, nada bastou para que eu fosse aceito por aqueles que detêm o verdadeiro poder: o poder político, o que realmente importa.*

— Você pode chegar aonde eu não cheguei.

Diz essa frase com uma voz tão baixa que Ignazio receia não haver compreendido. Inclina-se para a frente, e as cabeças de pai e filho quase se tocam.

— Vai lhe servir saber andar a cavalo e dançar, assim como vai lhe servir viajar e conhecer o mundo, porque a Sicília não pode lhe bastar. São coisas que fazem os nobres, esses que têm o brasão na porta... e é lá que você deve chegar, entende? Eles vão abrir essas portas para você porque você pode alcançá-los com todas as roupas e palácios. Você tem dinheiro, não é como eu, que comecei com o que meu tio me deixou. Você pode fazer com que Palermo e os palermitanos digam que os Florio não ficam devendo a ninguém.

Ignazio está desorientado.

— Mas também Angelina e Giuseppina têm...

— Deixe-as para lá. — Vincenzo explode. — São mulheres. — Levanta-se e obriga o filho a fazer a mesma coisa. Sabe como me chamavam? Carregador. Eu! — Ri e, com aquela risada de ódio e rancor, Ignazio percebe dez, cem punhaladas que ainda sangram e que forçam o pai a se comportar como uma fera ferida.

Aquele pensamento confrange seu coração.

— Todos, *todos* os que me desprezaram, mais cedo ou mais tarde, vieram até mim com o chapéu na mão. — Segura a cabeça do filho, olhando-o fixamente nos olhos. — Você precisa pegar para si aquilo que não me deram. Devem dar a você, e se não o derem, tome-o. Porque o poder não é só questão de ter o bolso cheio, não, é também mostrá-lo aos outros que se sentem melhores do que você. Os cristãos devem se curvar quando o veem. Entendeu?

Ignazio está perplexo. Só tem quinze anos, e aquelas palavras o fazem sentir um desconforto, confundem-no. O pai nunca lhe falou daquele jeito, não lhe permitiu olhar para além do muro da sua testa franzida.

Por que o senhor está me dizendo essas coisas?, gostaria de perguntar, mas balbucia outra pergunta:

— Mas... não é melhor ser respeitado? Um cristão com medo nunca será fiel...

— As pessoas são sinceras com quem tem poder, Igná, porque sabem que pode ser pior para elas. E o dinheiro é um dos caminhos para chegar ao poder. É por isso que eu lhe digo: conserve consigo o que tem, nunca confie, nunca confie em ninguém. Guarde as suas questões para si. Pense somente em salvar a própria pele, a qualquer custo.

Ignazio hesita. Não quer que as pessoas tenham medo dele, como ocorre com seu pai. Quando Vincenzo Florio entra em um cômodo, alguns o observam e temem, outros o desprezam.

Ele, ao contrário, quer ser respeitado pelo que é, e não pelo dinheiro que tem ou pelas terras que possui, e tenta dizer isso ao pai, tenta lhe explicar, mas só obtém uma risada amargurada.

Vincenzo se levanta e se dirige à porta.

— Ah, os danos da bela vida! Você diz isso porque nunca teve que demonstrar nada, meu filho. Porque, aquilo que você tem, eu construí para você, e não sabe, nem imagina, o quanto me custou. — Ele balança a cabeça, olhando ao redor. — Se essas paredes pudessem falar, diriam muitas coisas... Mas agora chega, deixemos isso de lado. Vamos comer.

Com um sentimento de temor, Ignazio nota que os cabelos do pai estão ficando grisalhos. Observa-o enquanto se afasta, até desaparecer atrás da porta. Roça o tampo da escrivaninha.

Não sabe, nem imagina, o quanto me custou.

Aquela frase ficou em sua cabeça. Aperta-a entre os dentes, deixa-a cair até o fundo do seu estômago.

Ignazio ignora como seria seu pai antes dele. O que um homem era antes de ter um filho é amiúde um mistério que o pai decide guardar em seu âmago e nunca revelar a ninguém. Entre o antes e o depois, há um limite, nítido e intransponível.

Ignazio não tem como saber o quanto um filho transforma um homem.

— Sua excelência, o que devemos fazer? — pergunta Vincenzo diante de uma xícara de café, trazida por um lacaio de libré. — O senhor sabe o quanto Rossi está me causando sofrimentos, e no entanto não faz nada.

O ministro Cassisi, com enormes costeletas no rosto anguloso, olha torto para Carlo Filangeri, quase como se fosse ele o responsável por aquela investida, e se permite um sorrisinho irônico.

Para resolver a disputa com Rossi, Vincenzo decidiu ir até Nápoles e pedir uma audiência ao cavalheiro Cassisi, ministro dos assuntos sicilianos há uma década. Uma audiência obtida rapidamente, graças a Filangeri.

O ministro dá de ombros.

— O que o *senhor* está fazendo, dom Florio? Se fosse mais correto na administração do seu cargo...

A risada de Vincenzo é áspera e cheia de sarcasmo.

— Eu? Eu... O quê?

— Excelência, estamos falando de um dos homens de negócios mais importantes do reino. — Filangeri intervém em voz baixa, observando as pontas polidas das suas botas. — Pedir que abandone seus negócios a cada estalar de dedos...

Vincenzo o interrompe.

— É esse o problema, excelência. Não tenho apenas o cargo de diretor, não sou um homem à toa cercado por mordomos que vivem para me servir. O senhor compreende, certo? — Vincenzo se inclina para a frente, quase toca o braço do ministro, que se afasta, desconfortável. — Sou a pessoa que paga mais taxas em todo o Estado, garanto riqueza com minhas importações e forneço ao exército medicamentos e enxofre. No entanto, estou sendo pressionado pelos senhores. Até a prataria que o governo revolucionário me entregou como pagamento em 1848 foi confiscada... — Ele para, toma ar, bebe um gole de café.

No rosto dos outros dois homens, percebe um profundo desconcerto. Mas ninguém fala.

— O governo me deve *muito* — conclui Vincenzo. — Vocês *dois* me devem muito.

O ministro se levanta depressa, tentando afastar-se daquele homem tão despudorado.

— Não venha com esta... O senhor não apenas subsidiou os rebeldes, mas ousa até exigir pagamento, e com esse tom! Rossi não errou ao reivindicar a sua demissão.

Vincenzo não pestaneja.

— Ouso pedir porque sei que posso fazê-lo. — Apoia-se no encosto da poltrona, com os dedos cruzados sobre o peito. — Sem a

Casa Florio, o que seria do reino dos Bourbon? Pensem somente na minha frota de barcos, no serviço que presto à coroa e nas vezes em que servi de intermediário entre vocês, funcionários, e os grandes bancos, porque o rei estava em dificuldades e vocês precisavam de um empréstimo. Vamos lá, diga-me: o que Rossi fez por vocês?

O ministro Cassisi recua mais um passo.

Uma careta escapa do rosto de Filangeri.

Cassisi volta a se sentar à escrivaninha. Limpa a garganta, mas não diz nada.

Vincenzo usa o silêncio como alavanca para que as palavras deslizem nas mentes daqueles homens, conduzindo-os aonde ele deseja.

Por fim, o ministro diz:

— E então?

— Peço três coisas. — Vincenzo ergue os dedos. — Antes de mais nada, quero que Rossi me deixe em paz. Depois, que me dê os certificados de serviço, e, por fim, que me pague. Não porque eu precise dessa miséria que ganho como diretor. Mas porque eu sou eu e ele é somente um burocrata. Ele não existe para mim, e eu para ele não devo existir.

E assim foi.

— Vivam os noivos!

— Parabéns!

A pequena orquestra começa com as notas de um baile, e as palmas abafam o som.

Os noivos caminham próximos: o noivo, Luigi De Pace, filho de um rico armador palermitano e sócio dos Florio, cumprimenta, aceita e retribui as brincadeiras; a noiva, Angelina, miúda, tímida, parece serena. Usa um vestido de cetim e um longo véu de renda que seu pai encomendou em Valenciennes. Ao seu lado, a irmã Giuseppina ajeita o véu e a abraça.

Giulia observa a filha mais velha. Está feliz por ela, sente orgulho, mas também uma pontada de melancolia. Angelina tem o que ela não pôde ter: uma verdadeira cerimônia de núpcias. Uma festa. Um dote. Por Vincenzo, ela abriu mão de tudo. E, mesmo depois de terem se casado, ele nunca colocou nada em seu nome, nem um broche. Mas não importa. O que importa, agora, é que sua filha seja feliz.

— Como ela está elegante!

— Um véu de noiva digno de uma rainha!

Giulia, satisfeita e triste ao mesmo tempo, guarda para si aquele elogio.

Não foi fácil convencer Vincenzo a aceitar aquele casamento. Foi a mãe de Luigi que pediu aquela reunião. Depois de um chá e algumas anedotas, a mulher — gorducha, de sobrancelhas espessas e mãos atarracadas — olhou-a e disse:

— Dona Giulia, a senhora me permite uma pergunta sincera?

— Diga.

— Meu marido ouviu dizer que o seu dom Vincenzo quer casar as suas filhas. É verdade?

Ela então ficou cautelosa.

— Sim.

A outra havia cruzado as mãos sobre o ventre, olhando-a com a testa levemente enrugada, estudando cada reação possível.

— Nós temos um filho que poderia ser adequado: Luigi. Bom garoto, respeitoso e sério, trabalhador. Ele a trataria como a uma baronesa. Gostaria de conversar a esse respeito com seu marido?

Ela conversou com o marido. Por um bom tempo, mas não tempo demais.

Vincenzo podia ser teimoso, mas também era pragmático: os De Pace eram armadores e tinham uma densa cadeia comercial. Não eram ricos como eles, nem nobres, mas tinham o espírito empreendedor que ele admirava acima de tudo. Assim, em pouco tempo, chegaram a um acordo sobre o dote e marcaram o casamento.

Giulia assente consigo mesma. Angela, sua Angelina, encontrou um homem que cuidará dela. Luigi tem pouco menos de trinta anos, parece ser bom, paciente. Deu-lhe de presente um conjunto de joias nupciais de ouro e esmeraldas.

Para Giulia, uma única nuvem paira sobre aquele casamento.

Alguns dias antes, Angelina, com a ajuda das empregadas, estava tirando o vestido de noiva após a prova final com a costureira. Giulia olhou-a no espelho, acompanhou seus gestos com amor, como se quisesse conservá-los. Eram os últimos dias em que sua filha, tão amada e querida, estaria em casa com ela.

O olhar da filha encontrou o de Giulia.

— O que foi, mamãe? — perguntou ela, ao ver os olhos da mãe embargados de choro.

Giulia mexeu a mão, como se quisesse afastar um pensamento.

— Nada. Você é bonita, é uma mulher e… — Engole em seco. — Eu estava pensando em como cresceu bem diante de mim, como era quando nasceu, uma coisinha que estava sempre agarrada à minha saia. E agora está se casando.

Angelina agarrou o robe e vestiu-se depressa, como se sentisse vergonha.

— Eu me lembro dessa época. Estava sempre grudada na senhora porque meu pai não estava lá e, quando chegava, ele me afastava. Eu quase não o conhecia — falou, sem olhar para ela. — Para ele, Peppina e eu sempre fomos um estorvo.

Giulia correu para o lado da filha, abraçando-a.

— Mas claro que não, o que está dizendo? Você sabe que seu pai tem um gênio ruim. Mas ele gosta de vocês, daria a vida por vocês.

Angelina colocou a mão sobre o braço da mãe.

— Meu pai só gosta de dinheiro, mamãe, e da senhora, talvez. Mas não de mim nem de Giuseppina. Há uma única pessoa querida em seu coração, que é Ignazio. — Em seu tom não havia ressentimento, mas a aceitação de um fato que, por mais doloroso fosse, não havia maneira de mudar. — E, para dizer toda a verdade — concluiu, com um suspiro —, estou feliz de me casar, porque pelo menos assim poderei ter uma família e filhos meus, que vão me amar assim como eu sou.

Àquela lembrança, o sorriso de Giulia esmaece. Angelina aceitou se casar para deixar aquela casa, e a mãe entendeu. A jovem negociou o amor com a esperança de uma vida melhor.

Mas talvez… Ela espia os noivos. Luigi é atencioso, oferece-lhe uma taça de champanhe, não solta a sua mão. Ela ri e parece de fato estar serena. Giulia espera que entre os dois já exista um pouco de ternura. Não amor: esse — se vier — chegará com o tempo. *Serão dois bons companheiros de vida*, diz a si mesma. Ao menos é o que ela espera.

Giulia vira-se, procura o marido com o olhar. Ele esteve agitado durante os dias que antecederam a cerimônia. Ela o encontra confabulando com outros homens a um canto do pátio. Negócios, com certeza.

Faz um gesto à governanta para que ela convide os hóspedes a entrarem na casa, para começar, então, o banquete de núpcias.

Como sempre, tudo deve ser impecável.

Ignazio também, com dezesseis anos e uma cabeleira escura, observa a irmã e o cunhado. Ergue o cálice cheio pela metade em direção a Angela, que responde com um sorriso, mandando-lhe um beijo com a ponta dos dedos.

Espera que ela seja feliz; e deseja-o com todo o seu coração. Angelina sempre teve ciúmes dele, se estranharam por anos, e ela várias vezes o acusou de ser o preferido do pai. Foi infeliz e nervosa por tempo demais.

Que você possa finalmente estar serena, deseja-lhe com o olhar. *Que seu marido seja um bom sócio para os negócios da Casa Florio, assim como foi seu pai.*

Toma mais um gole. Champanhe francês, comprado em caixas graças à mediação do Monsieur Deonne, o homem de confiança de seu pai na França. Na sala e por todos os cômodos, cestos de lírios, rosas e plumérias, estas últimas quase um símbolo de Palermo, emanam um perfume intenso.

Na sala onde está organizado o bufê, a prataria brilha como se tivesse vida própria. Por todos os lados, empregados prontos para servir o vinho.

Os Florio gastaram muito para fazer aquela festa de casamento.

"Que comentem a respeito por vários meses", disse Vincenzo, enquanto Giulia repassava a lista de convidados com os lábios fechados. "As festas dos Florio devem se tornar lendárias."

Ignazio sentiu outra vez o ódio do pai estremecer sob aquele tom triunfante.

Ele quase não percebe que Carlo Giachery se aproximou para cumprimentá-lo.

— Ignazio! Parabéns pela festa. Seu pai não se preocupou com os gastos, finalmente!

Aperta a mão dele. Aquele homem de voz potente e olhar penetrante foi uma presença constante em sua vida, e talvez seja a única pessoa que se possa definir como amigo de seu pai. Porque Vincenzo Florio tem sócios de negócios, não amigos. E isso, ele, Ignazio, aprendeu bem cedo.

— Vocês sabem como ele é: tudo perfeito, ou nada.

Eles atravessam os cômodos, conversando sobre os convidados e sobre o novo moinho de sumagre que Vincenzo mandou construir ao lado da almadrava.

— Só seu pai poderia me fazer construir um moinho ao lado de uma casa! — Giachery ri. — Para ele, a Casa Florio vem antes de qualquer coisa.

O moinho — é verdade — é uma nota dissonante naquele golfo. Uma construção que ninguém queria, a começar pelos moradores da Arenella, inclusive Giulia, que como o pó de sumagre acaba entrando na sua casa.

Mas seu pai, com uma teimosia que beira a raiva, mandou construí-lo.

Ele está sempre dominado pela raiva. Até mesmo neste momento.

Ele o observa. Não, corrige-se, mordiscando o lábio. Está contrariado, se lê em seu rosto: a ruga entre os olhos, a boca que se franze numa dobra profunda… Angela se casou com a bênção dele, é verdade, e Luigi é um bom partido. Mas não o melhor.

Seu pai sempre conseguiu tudo o que quis, exceto o que mais desejou. Será seu dever obter aquilo que o grande Vincenzo Florio não conseguiu nem poderá conquistar.

Ele se afasta da janela ao lado da qual esteve até aquele momento. Pega uma taça de champanhe e vai em direção ao mar, às pedras. Procura solidão e silêncio, longe dos convidados. É um Florio, claro, e é o irmão da noiva, mas quer manter uma migalha de liberdade para si.

Quase não ouve os passos da irmã Giuseppina que o procura.

— Igna... — chama ela, levantando a barra do vestido de seda bordada para que não fique suja. — Mamãe está à sua procura. Quer saber o que você tem, e diz que daqui a pouco vai começar a dança dos noivos.

O irmão não se vira e ela repousa a mão no braço dele.

— O que foi, você não está bem?

Ele faz que não. Um cacho cai sobre sua testa.

— Mas claro que não, Peppina. É que... — Agita a mão em um gesto entediado. — É confusão demais.

Mas Giuseppina não aceita aquela resposta. Olha-o intensamente. Eles têm quase a mesma altura, e olhos que se espelham e sabem ler-se mutuamente.

— Às vezes, imagino o que teria sido de nossas vidas se fôssemos diferentes — murmura. — Se não tivéssemos isso tudo, se pudéssemos escolher. Porém, o fato é que somos obrigados a viver assim, sob o olhar de todos. — E aponta para a torre às suas costas.

Giuseppina suspira, então solta o vestido. O tecido rosa tinge-se pelo pó e pelos respingos de água salgada.

— Não seríamos os Florio — responde ela, também em voz baixa. Depois, olha para as mãos cheias de joias. Nas orelhas, usa brincos de coral que a avó lhe deu de presente há algumas semanas, dizendo que os ganhara de presente do avô dela, Paolo, há mais de cinquenta anos. Não são preciosos, mas para ela possuem um enorme valor.

— Teríamos sido mais pobres. Talvez nossos pais nunca tivessem se conhecido.

— Não sei se teria sido ruim. Não por nossa mãe e por nosso pai, entenda. Hoje, talvez, teríamos festejado um casamento com um brinde mais simples e não com champanhe francês. — Ignazio move em círculos o copo entre seus dedos. Depois, lentamente, como se estivesse celebrando um ritual, joga o líquido no mar. — Nosso pai escolheu o que queria fazer, quem queria ser. Fez tudo do seu jeito, com uma força que não deixou outra saída para ninguém. Já nós, somos forçados a seguir a estrada que ele traçou. Todos, começando por nossa mãe.

Giuseppina não diz nada. Observa o irmão, que esvazia o copo, avalia seu belo rosto e encontra nele uma estranha tristeza, sim, como se o olhar de Ignazio tivesse se detido em uma cena desoladora, e ele nada pudesse fazer. E aquela luz, oriunda da impotência, tem um sabor de coisas nunca vividas. É uma melancolia que transforma as palavras não ditas em suspiros.

Vincenzo não para um único instante e passa por cada um dos convidados. É uma festa suntuosa de casamento, abençoada por um sol que coloriu aquele primeiro de abril de 1854 com um véu dourado.

Cumprimenta os Pojero, seus novos sócios no negócio dos transportes marítimos, Augusto Merle e a família, Chiaramonte Bordonaro e Ingham, que trouxe consigo o sobrinho, Joseph Whitaker. Com todos, ele troca algumas palavras, agradece; brinda com o pai do novo genro, Salvatore De Pace. Falam de navios, negócios, licitações e tributos.

Mas há um grupo de pessoas paradas a um canto. Os empregados receberam ordens de servi-las primeiro, e ele próprio foi pessoalmente recebê-las. Não se misturam com os demais e têm um olhar opaco, distante. Não participam das conversas que animam a mesa, a não ser que sejam interpelados.

Tudo em seus gestos e nas respostas fugidias, até mesmo a leve inclinação da cabeça, indica mal-estar. Estudam a abóbada da sala dos Quattro Pizzi, avaliam a decoração, fazem as contas e não conseguem esconder aquela mistura de inveja, admiração e incômodo que os move, ainda que velada por sua atitude indiferente. E Vincenzo, que sempre foi hábil na leitura das pessoas, entende perfeitamente.

Hoje, raiva e triunfo têm o mesmo sabor.

Não conseguem explicá-lo, diz para si mesmo, observando-os de esguelha. *Não conseguem entender como eu posso ter chegado até aqui. Mas como poderiam entender? São aristocratas. Têm às costas séculos de privilégios. Nobres de sangue que não desdenham misturar-se com os que fizeram fortuna, como eu; que tentam se jogar no comércio. Mas não con-*

seguem me olhar de outro jeito. Não sabem que não há um só momento em que eu tenha deixado de pensar em meu trabalho, no mar, nos navios, no atum, no sumagre, no enxofre, na seda, nas especiarias. Na Casa Florio.

Pede mais uma rodada de champanhe.

Eles podem ter o título e o brasão na porta, mas não têm o que ele possui.

Não se dispõe nem um segundo a pensar que também não terá nunca aquilo que eles possuem. Não quer. Naquele dia, a escuridão dissimulada no fundo da alma deve permanecer imóvel, distante.

Só depois de algum tempo, o príncipe Giuseppe Lanza di Trabia se aproxima. Já é um ancião. Tem gestos comedidos, como se precisasse limitar seus esforços, e uma voz pacata.

— Uma festa de casamento realmente suntuosa, dom Vincenzo. Devo parabenizá-lo.

— Para minha filha e para meu genro, só o melhor. — Ele ergue a taça e brinda, enquanto o casal no centro da sala dança desajeitadamente, sinal de uma intimidade que acabaram de começar a criar. Logo depois, alguns convidados os imitam.

— O senhor fez um bom casamento. — O príncipe de Trabia observa o líquido na taça. — Adequado. Será uma união feliz. — Palavras que parecem gotas de veneno.

— Obrigado.

Depois, rapidamente, o outro pigarreia e pergunta:

— Como andam os negócios com a sua sociedade de navegação?

— Bem. — Vincenzo aguarda. Um homem como o príncipe não faz perguntas por acaso.

— O senhor foi previdente em se organizar sozinho, criando a sua própria empresa de navegação. Infelizmente, após a azarada experiência com o *Palermo*...

— O azar tem pouco a ver com isso, caro príncipe. Foram os embates com os napolitanos que causaram o naufrágio. Se o governo revolucionário não o tivesse confiscado... Mas aconteceu. Paciência, não há nada que possa ser feito a respeito.

— Sim, mas de fato o senhor é o único com uma frota mista, com barcos a vela e a vapor. — O olhar é eloquente. — O senhor não é homem de se deter na primeira dificuldade. Comprou um vapor em Glasgow, me parece que se chama *Corriere Siciliano*, não é? Falam muito bem dele, e em Nápoles estão de olho. O senhor tem navios que percorrem todo o Mediterrâneo e cumprem os prazos de entrega, coisa que os vapores napolitanos nem sempre conseguem fazer. Enfim, o senhor provavelmente é o único em condições de obter as concessões para o serviço postal.

Vincenzo se vira. Lentamente.

— Com exclusividade, o senhor quer dizer? — De repente, gostaria de estar em outro lugar, não em uma casa apinhada e repleta de vozes, para conversar à vontade.

O príncipe de Trabia só faz um gesto.

— Ouvi dizer isso na corte, da última vez em que estive em Nápoles. Não é mera fofoca: o rei não consegue mais garantir o serviço para nossa ilha, e então... — Tira do bolso um relógio: um objeto refinado, uma pequena obra-prima de um artesão francês. Observa-o, acaricia o espelho esmaltado. — Olhe bem, digo-o porque, como lhe sugeria antes, acredito que não haja muitos que possam se ocupar disso aqui na Sicília. Especialmente porque uma licitação dessas não deveria acabar nas mãos dos napolitanos. Seria uma perda incomensurável para Palermo e para toda a Sicília; um dinheiro que ficaria em Nápoles e que, em vez disso, poderia ser investido aqui na ilha, para criar empregos. Mas, principalmente, nos veríamos às voltas com um serviço que colocaria, enfim, a ilha em uma posição ainda mais marginal. As consequências seriam muitas e bastante negativas para os sicilianos. Entende?

— Perfeitamente.

— Bem. — O príncipe de Trabia ergue a cabeça, admira a abóbada pintada. — Enfim, o senhor criou para si o seu palácio, dom Vincenzo. Pode não ser um nobre, mas esta casa é digna de um rei. — Aperta seu braço. — Pense no que eu lhe disse. Tome as medidas necessárias.

O príncipe de Trabia se afasta entre os casais dançantes, passando ao lado dos que estão sentados contra a parede.

Vincenzo, por sua vez, cobre os lábios com as mãos e aproxima-se da janela. Os boatos sobre a privatização do serviço postal circulam há algum tempo. Mas até então pareciam não passar disto: boatos.

Mas pelo contrário...

Ele observa o príncipe chegar até a carruagem e partir. Reflete, febril, enquanto ao seu redor a música continua e os copos são erguidos em um novo brinde. Sobre ele, a abóbada pintada do salão dos Quattro Pizzi recolhe vozes e humores.

A exclusividade de fazer serviço postal com seus navios poderia significar uma relação direta com a coroa da Sicília. Para não falar de dinheiro. *Muito* dinheiro.

Em uma só palavra, essa exclusividade significa poder.

AREIA

maio de 1860 — abril de 1866

Cent'anni d'amuri, un minutu di sdigno.
"Cem anos de amor, um minuto de cólera."

Presságio siciliano

A centelha revolucionária siciliana age sob as cinzas, reacesas por uma atividade frenética de publicidade clandestina e por algumas tentativas — fracassadas — de revolta popular. Os nobres mais prudentes e os intelectuais burgueses, ao contrário, se sentem atraídos pela ideia de envolver o rei da Sardenha, Vittorio Emanuele II, na façanha de libertar a ilha de sua subordinação bourbônica. Caberá à determinação de Francesco Crispi unir esses elementos: ele acena ao general Giuseppe Garibaldi a possibilidade de uma insurreição "externa" que, apoiando os rebeldes sicilianos, tenha como principal objetivo unificar a Itália. E, para convencê-lo, mostra que, em Palermo, a insurreição já começou (trata-se da revolta de Gancia, orquestrada pelo próprio Crispi, que durou de 4 a 18 de abril de 1860). Sem o apoio explícito do rei, Garibaldi e seus Mil, todos combatentes voluntários de camisas vermelhas, partem de Quarto em 5 de maio de 1860, desembarcando em Marsala (11 de maio), até por fim entrarem em Salemi (14 de maio), onde Garibaldi se proclama ditador da Sicília em nome de Vittorio Emanuele II. Em 28 de maio, entram em Palermo, onde são recebidos pelos libertadores, chegando a Nápoles em 7 de setembro. O encontro entre Garibaldi e Vittorio Emanuele II, em Teano, em 26 de outubro, marca o começo do reino da Itália.

Contudo, após a unificação, os funcionários do reino da Sardenha estendem seu sistema legislativo, econômico, fiscal e comercial ao sul da Itália e à ilha, sem nenhuma adaptação, recusando qualquer forma de mediação. Entre os nobres, destaca-se o descontentamento: não só por não conseguirem manter intactos seus privilégios, mas também por terem sido privados de sua identidade cultural. O povo continua sofrendo as mazelas de uma economia que passa por dificuldades, sem quaisquer possibilidades aparentes de melhoria.

E, assim, a Sicília volta a ser uma terra de conquista.

A costa ocidental da Sicília é uma alternância de rochedos e praias de areia. Um ecossistema variado, com morfologia cambiante e paisagem riquíssima.

As praias se tornam presença constante somente na área ao redor de Marsala: a areia fina, especialmente farinhenta, é carregada pelo mar pela abertura de São Teodoro em frente à ilha Lunga, local de uma beleza comovente. É na área de Marsala que se encontra o Stagnone, um dos complexos lagunares mais ricos da ilha. Porto para os fenícios, refúgio para os gregos, empório para os romanos.

Em Stagnone, graças à presença de salinas — um sistema de tanques usados para refinar o sal marinho pela evaporação da água —, o clima é quase sempre igual e a salinidade não sofre alterações.

Não por acaso, as adegas de marsala nascem a poucos passos dessas praias baixas e arenosas. Não por acaso também, a areia entra nos pátios, invade os depósitos, se acumula sobre os barris.

O mar, a composição calcárea da areia e a temperatura constante foram os elementos que formaram esse vinho licoroso, nascido por acaso e transformado no sabor de uma época.

Porque a areia que se acumula nas telhas de terracota cobrindo o sal é a mesma que revolve entre as garrafas deixadas para descansar nas vísceras das cantinas. É uma areia que carrega em sua composição grãos de sal, que tem o perfume do mar.

É ela que confere esse sabor seco, essa incerteza que confunde, esse gosto com uma pontada de mar no vinho que, de outro jeito, seria doce como tantos outros.

Ignazio e Vincenzo se entreolham, mudos, um diante do outro. O pai está sentado à escrivaninha, o filho, em pé. Lá fora, ainda está escuro.

Por perto, Giulia.

— Poderia ser uma boa ideia, Ignazio — diz ela, conciliadora. — Partir por umas semanas... Sua irmã Giuseppina ficaria feliz em hospedá-lo. Além disso, lembro que você voltou entusiasmado de Marselha no ano passado.

Mas Ignazio, cabisbaixo, faz que não.

— Giuseppina e seu marido são muito generosos, *maman*. Mas eu não vou partir: ficarei em Palermo com a senhora e com meu pai. É o meu dever. A Casa Florio precisa de mim, agora mais do que nunca.

Só então Vincenzo parece sair de sua imobilidade. Tem sessenta e um anos, e a idade lhe pesa. As bolsas sob os olhos, herança de noites insones, fazem-no parecer mais velho.

— Que seja. Ficaremos aqui. — Estende a mão para Giulia, que a agarra e a encerra entre as suas.

Ela não pode fazer nada além de aceitar. Uma coisa ela entendeu a muito custo: se um Florio decide uma coisa, nada nem ninguém é capaz de fazer com que mude de ideia. O orgulho é abundante, e a teimosia, ainda maior.

Ignazio se despede, deixando-os sozinhos. Vincenzo, preocupado, esfrega a barba tingida de cinza.

A verdade? Ele não tem coragem de admitir que sente medo. Ah, não por ele. Pelo seu filho.

O tempo enrodilha-se sobre si mesmo, despenca num futuro que ninguém consegue compreender. Uma inquietude estranha vibra no ar e se incha, deixando todos desconfiados, incertos, assustados.

Tudo começou há menos de um mês, no começo de abril de 1860. Havia muito tempo os ânimos andavam exacerbados pela política dos Bourbon, feita de abusos, impostos elevados, prisões arbitrárias e processos falsos. Tantos tinham sido os sinais, tantos os pequenos tremores que pareciam o presságio de um cataclisma. Primeiro, uma revolta em Boccadifalco; depois, dois dias mais tarde, a rebelião de Gancia, o grande convento dos franciscanos no coração de Palermo. Os frades tinham até dado refúgio aos revolucionários, mas depois um padre apavorado serviu de espião e os soldados cercaram a igreja e o convento, fechando a rota de fuga dos rebeldes. Treze foram feitos prisioneiros, mais de vinte foram mortos. Os sinos que os padres tocaram para chamar a cidade à revolta transformaram-se em badaladas para os mortos. Só dois homens se salvaram e ficaram escondidos por dias entre os cadáveres da cripta. Por fim, saíram por uma abertura no muro da igreja, ajudados pelas mulheres do bairro que, para distrair os soldados, encenaram uma briga entre si.

Aquela fora a última de tantas pequenas rebeliões ou teria sido a vanguarda de algo maior? Ninguém saberia dizer. Na cidade, havia quem colocasse seus pertences em segurança e mandasse sua família para algum lugar distante. Outros, ao contrário, simplesmente aguardavam.

Uma coisa era certa: o povo já não aguentava os Bourbon.

Vincenzo se levanta e vai até o lado da esposa. Não precisa lhe dizer o que está sentindo, porque ela o lê em sua alma.

— Eu ficaria mais feliz se ele viajasse — diz Giulia, a voz tensa de preocupação.

— Eu sei. — Vincenzo balança devagar a cabeça. — Continuo pensando naquele jovem que foi assassinado após a revolta. Que péssimo fim!

Giulia aperta seu braço.

— Está falando de Sebastiano Camarrone? O que sobreviveu ao pelotão?

Ele faz que sim.

Aquilo ocorreu poucos dias após o fracasso da rebelião. Para que ficasse claro a todos os que se arriscavam a desafiar os Bourbon, os presos — não eram mais garotos, mas ainda não tinham se tornado homens feitos — foram fuzilados em praça pública, diante dos parentes. Porém, Sebastiano Camarrone sobreviveu milagrosamente. Ferido, claro, mas vivo.

Contaram a Vincenzo que a mãe do rapaz tentou se aproximar, que pediu em voz alta o perdão do rei para o seu filho. Pois isto dizia a lei: quem sobrevive ao fuzilamento deve ter sua vida salva.

Porém, pelo contrário, atiraram no rosto dele.

No final, os soldados amontoaram os cadáveres em quatro caixões. A cidade ainda estava manchada com o sangue que gotejava da carreta onde os corpos foram levados à fossa comum. Ninguém quis lavar aquela faixa escura das ruas.

— Nem posso pensar nisso — sibila Vincenzo. — Era alguém como o nosso filho; inteligente, estudado. E esses cornos mataram-no sem dó nem piedade.

Vincenzo não fica indignado facilmente. Contudo, desta vez, sente o desgosto abrir uma brecha na sua indiferença.

— Se comportaram como cães. — Giulia cobre o rosto. — Fico imaginando o sofrimento daquela pobre mãe. Por isso, queria que Ignazio partisse, porque nunca se sabe o que poderá acontecer. — Vira-se e olha para a porta. — Nós já vivemos a nossa vida, mas ele...

O marido passa o braço ao redor dos ombros dela e beija-lhe a testa.

— Eu sei. Mas ele decidiu assim.

Ela bufa.

— O fato de que Ignazio seja cabeça-dura como você não me deixa em paz.

Ele deixa o abraço de Giulia, vai ao seu quarto terminar de se preparar. Manda chamar o filho para que se apresse e pede ao rapaz da estrebaria que sua viatura seja escoltada por empregados armados.

A carruagem que os leva a Palermo deixa a casa dos Quatro Pizzi ao alvorecer. Mais uma vez, Vincenzo escolheu mudar-se para lá em vez de ficar na rua dos Materassai. A casa, com seus muros e acesso ao mar, é mais fácil de defender.

O frio levanta-se do mar em espiral, espreita sob os paletós, dando arrepios nos dois homens.

Vincenzo está sentado em frente ao filho. Observa-o na penumbra da cabina. A testa comprida, o maxilar voluntarioso, Ignazio parece-se muito com seu avô Paolo. Mas não tem a mesma personalidade. Ah, sim, é gentil e charmoso. Ele foi aceito no Cassino das Damas e dos Cavalheiros, ele, o único entre todos os Florio a ser aceito no círculo aristocrático mais exclusivo da cidade. É um jovem inteligente, tem *savoir faire* e uma graça natural herdados de Giulia. Mas o que o pai mais admira no filho é sua frieza desconcertante.

— Sua mãe está preocupada. E com razão. — Com dois dedos, ele move a cortina que cobre a janela. — Você era pequeno quando começou a revolta, há doze anos, e eu acabei no meio dela. Seria melhor que você fosse a Marselha. Eu me sentiria mais seguro sabendo que está longe daqui, onde tudo pode acontecer.

— Prefiro ficar. — O rosto de Ignazio é decidido. — O senhor precisa de ajuda para administrar a empresa, e eu conheço muita gente que pode me dar notícias em primeira mão sobre os acontecimentos das próximas horas.

— Admirável. — O pai se acomoda no espaldar, pousa as mãos sobre os joelhos cruzados. — Você tem vinte e um anos e já sabe como se portar. Eu achava que a ideia de ir um pouco à França iria lhe agradar, especialmente neste momento, mas pelo contrário... Também achei que você podia encontrar por lá uma bela mulher francesa com a qual passar o tempo à espera do fim da tempestade. De resto, imagino que alguém de seu feitio não tenha ficado a olhar nos olhos as amigas de suas irmãs.

Ignazio, de repente, enrubesce. Seu pai não percebe o tremor dos lábios que se crispam, nem a respiração que segura e lhe incha o peito.

Só ele sabe quanto lhe custou não aceitar a proposta de ir para a França. Porque, no fundo, gostaria de voltar para lá. Mais do que tudo. No entanto, não pode e não deve.

Por um instante, permite-se ser atravessado por aquela lembrança dolorosa, cortante como um pedaço de vidro que, ao mesmo tempo, não se pode deixar de admirar pela beleza, luminosidade e reflexo. Cachos loiros, mão enluvada, um rosto que se inclina para esconder lágrimas da partida. Depois cartas, muitas cartas.

Ninguém deve saber o que aconteceu em Marselha. Muito menos o seu pai.

Aquele pai que, agora mais do que nunca, precisa dele. Aquele pai cada vez mais corpulento, mais cansado e mais velho.

Ignazio nunca poderia se eximir dos seus deveres, nem desapontá-lo. Não é o que se espera do herdeiro da Casa Florio.

Vincenzo percebe o rubor do filho, mas acredita que seja vergonha. Ignazio sempre foi muito reservado em relação às amizades femininas. Dá um tapinha em seu joelho.

— Ah, meu filho. Eu sabia que você era um varão. — As sobrancelhas arqueiam num gesto de cumplicidade.

Com dificuldade, Ignazio concorda.

— Tudo bem, deixemos de lado as mulheres e pensemos em nós. Ouça bem, vou dizer o que devemos fazer.

O filho joga para um canto as lembranças, como já está acostumado a fazer. Olha para o pai, ouve-o.

— Em 1848, sofremos um duro retrocesso; quase não se comercializava mais, e as taxas que haviam sido impostas pelos napolitanos estavam destruindo a economia. Hoje, os interesses em jogo são bem mais complicados. De fato, já há algum tempo, entre as famílias nobres e comerciantes, circulam emissários dos Savoia. Tentaram entrar em contato comigo, eu preferi não os encontrar, não imediatamente... Antes, quero entender o que está acontecendo. Há muita desordem e, com as tropas bourbônicas apinhadas em porta Carini, não há muito o que fazer. Os Bourbon esperam que os garibaldinos entrem por lá, mas ninguém disse isso de verdade. A cidade está sitiada. Deveríamos ficar de olhos bem abertos, entender de que lado sopra o vento e estar prontos para tirar proveito das situações que se apresentam. Não depende mais somente dos sicilianos. Os Savoia querem tomar a Sicília e todo o reino e, dessa vez, encontrarão um jeito de fazê-lo, pois terão ajuda por aqui. Já tomaram a Toscana e a Emilia. Mas aqui eles não sabem o que os espera... Há muitas incertezas, muitos interesses em jogo.

Ignazio volta a olhar para fora.

— Faremos o que for necessário para proteger a nossa Casa.

Para Vincenzo, essa frase basta.

Na casa com os serviçais e sua sogra, Giulia está inquieta e angustiada. Atravessa os cômodos, com um lenço em uma das mãos e as chaves na outra, e chega até o quarto de Giuseppina. Em frente à porta está uma doméstica.

— Levantou? — pergunta ela.

A serviçal, jovem mas com um corpo robusto, abandona o trabalho de costura. Seu sotaque provém de Madonie, a pele vermelha, dos muitos dias passados sob o sol.

— Sim, senhora. Comeu sem se queixar e agora está na poltrona, como sempre.

Giulia entra. No quarto, há o cheiro de rosas frescas que não consegue disfarçar por completo o fedor adocicado da velhice.

Giuseppina está na poltrona. Canta uma música com a boca quase fechada, palavras incompreensíveis em puro dialeto calabrês. Há algumas semanas, alterna momentos de lucidez e dias em que o mundo fica de pernas para o ar, nos quais os fantasmas de mais de oitenta anos de vida voltam a ser realidade.

Um dos olhos esvaziou-se, apagado por um véu que nenhum médico soube curar. Não há cura para a velhice.

Giulia engole a saliva seca e o pânico. A sensação de angústia se multiplica. Estende a mão para fazer um carinho, retira-a. Sente tanta piedade, isso a paralisa.

— Dona Giuseppina… a senhora gostaria de sair?

Com dificuldade, Giuseppina se levanta, o corpo dobrado pela artrose. A serviçal cobre suas costas com um xale enquanto Giulia toma-a pelo braço.

Elas caminham pelos corredores da casa. Como ocorre com frequência, há algum tempo, Giulia tropeça no pensamento de que não é a morte que apaga todas as culpas e purifica a memória, mas a doença. Em um certo sentido, ver sua sogra envelhecer recompensou o mal que sofreu e ensinou-lhe a compaixão. Não sente mais qualquer vago espírito de vingança. Diz a si mesma que há uma justiça misteriosa na ordem das coisas, um equilíbrio que segue regras desconhecidas.

Elas descem até o pátio, lá onde Vincenzo acomodou algumas poltronas e uma mesa. O mar é um pano de fundo gentil.

Giulia escreve com frequência para a filha Giuseppina, que mora em Marselha com o marido, Francesco, filho de Augusto Merle, sócio nos negócios de Vincenzo há muito tempo. Esse também, como o de Angela, é um casamento sereno e rico. Angelina tem três filhos;

Giuseppina, por sua vez, acaba de dar à luz o segundo, há poucas semanas. Ainda que as cartas da filha revelem sua saudade de Palermo e da família, Giulia sabe que ela é uma esposa satisfeita.

Teme mais por Ignazio, que parece tão controlado, tão rígido. Pergunta-se onde foi parar o seu "príncipe criança", aquele garotinho curioso e cheio de entusiasmo por tudo. Tornou-se um jovem de uma gentileza desconcertante e uma alma inflexível, talvez até mais do que o pai. Como se tivesse que obedecer a uma regra que impôs a si próprio, Ignazio é severo sobretudo consigo mesmo. E é isso que preocupa Giulia. Aquela inflexibilidade.

A serviçal retoma a costura. Giuseppina, por sua vez, cochila, e de vez em quando emite sons estranhos e pronuncia frases fragmentadas.

Depois, de repente, agarra a mão de Giulia. A caneta mancha o papel, fazendo um rabisco.

— Você precisa dizer ao Ignazio que eu errei, que tive uma só vida. Você precisa dizer isso a ele, entendeu? — Giulia não entende de quem ela está falando, se do filho ou daquele tio que ela não conheceu. Depois, vê os cílios da sogra se umedecerem de lágrimas. — Foi dele que eu gostei. Era com ele que eu deveria ter me casado, eu sei. Eu gostava dele e nunca lhe disse, mas ele era irmão do meu marido. E agora quero que ele entenda isso, que é preciso casar bem e não por dinheiro, mas porque... — A mulher se desfaz em soluços, grita, se debate. Não conseguem acalmá-la. O gorro que segura os cabelos dela cai no chão, os lábios estendem-se sobre os dentes.

Num ímpeto, Giulia abraça-a.

— Ele sabe — diz ao pé da sua orelha para que a sogra se acalme. — Ele sabe.

Percebe as lágrimas arderem nas pálpebras dela. A história que Vincenzo lhe contara, sobre aquele estranho amor entre cunhados, se confirmava. Com doçura, ela a ajuda a se levantar, enxuga-lhe as lágrimas, leva-a até o quarto. Coloca-a na cama e pede um calmante para ela.

A última coisa que pensa, enquanto fecha a porta, é que ela, pelo menos, sabe que tomou a decisão certa com Vincenzo. Ainda que tenha tido que esperar por anos.

* * *

Pelos muros, pelas ruas que dão para o Cassaro até o mar, na sombra das praças, além das muralhas rachadas pelas balas de canhão, o tempo é imóvel. Do mar, chega um perfume de algas secas; das montanhas, o cheiro de flores de laranjeiras.

Até parece que Palermo deixa que as coisas aconteçam. Parece ser espectadora de si mesma. Mas não é assim, porque Palermo só está adormecida. Sob a pele de areia e pedra, há um corpo que pulsa, uma correnteza de sangue e segredos. Pensamentos que vibram de um lado para o outro.

E os pensamentos, agora, formam um nome: Garibaldi. Que declarou que vai tomar posse da ditadura na Sicília em nome de Vittorio Emanuele II, rei da Itália, e convocou o povo da ilha a pegar em armas, já ocupou Alcamo e Partinico...

Mas a ferida de Gancia ainda arde. E na cidade espalhou-se a notícia de que Rosolino Pilo, que correu para ajudar Garibaldi, foi assassinado no combate em São Martino delle Scale, a menos de vinte quilômetros de Palermo.

Vincenzo Florio não tem como saber o que vai acontecer, mas enfia-se nos escritórios do Banco Régio com uma bolsa e uma decisão. Deixou Ignazio na rua dos Materassai. Não quer que ele se envolva.

Um lance de escadas.

Como diretor de negociações, ele verifica, compara dados, adquire informações. Dá ordens para que o dinheiro vivo — todo ele — seja transferido para o cofre, assim como as notas promissórias. Assim que a crise acabar, o dinheiro deverá ser colocado novamente em circulação ou convertido em uma nova moeda do reino. Por ora, é melhor que esteja a salvo.

Para os lingotes nos caixas da tesouraria, por sua vez, não há muito o que fazer: logo — é questão de horas — chegarão os garibaldinos para confiscar a provisão áurea, que é de fato expressiva.

Só Deus sabe que fim vai ter aquele ouro.

Ele foi inteligente em não largar o osso, em não dar ouvidos a Pietro Rossi, em suas tentativas de forçá-lo a pedir demissão.

Mesmo agora, agora que está sob pressão, que tudo está desmoronando, sabe que pode fazer o que está fazendo. Recolhe os papéis, mete-os numa bolsa: serão o salvo-conduto da Casa Florio para o futuro.

Palermo respira o ar quente do vento siroco e espera.

Garibaldi já está a menos de dez quilômetros. A cidade espera-o e teme-o, incerta entre ir ao encontro dos Camisas Vermelhas e dos *picciotti*, campesinos que se uniram a Garibaldi e que o ajudaram durante a batalha de Calatafimi, ou fechar-se em uma defesa que se prevê inútil.

As famílias estão divididas. A cidade está rachada. Alguns se trancafiaram nas casas, fechando portas e janelas com tábuas, e, enquanto as mulheres rezam com seus terços, os homens tremem por trás das passagens fechadas. Muitos jovens, por sua vez, decidiram pegar em armas e estão preparados para a investida.

É 23 de maio quando os garibaldinos chegam às portas da cidade: não por mar, mas pelas montanhas. Os palermitanos veem o pó dos embates, ouvem o estardalhaço dos canhões e dos disparos. Após quatro dias, Palermo cede: a porta Termini, acesso mais vulnerável à cidade, é expugnada por um grupo de corajosos. Os Bourbon, então, decidem bombardear a cidade por mar, mas já é tarde demais: após um enfrentamento na rua Maqueda, a cidade é conquistada de forma definitiva.

Os homens de camisa vermelha passam pela abertura da porta Termini e se dispersam pela cidade. Os jovens — mas não apenas eles — unem-se à multidão que fala um italiano cheio de nuanças, de novos sons, de sotaques distintos. Trocam abraços e olhares desconfiados, agitam bandeiras e, ao mesmo tempo, escondem as joias da família. As ruas, entulhadas com móveis empilhados para as barricadas, são liberadas, revelando a fachada dos edifícios.

Piemonteses, vênetos, romanos, emilianos descobrem a beleza desbocada e sensual de uma cidade que só conheciam pelas palavras dos companheiros exilados. A catedral, com seus pináculos mouriscos, e o Palácio Real, com os mosaicos do período normando, surgem ao lado de suntuosas moradas barrocas, com grandes sacadas de grades arredondadas. Os casebres dos marinheiros e pescadores se alternam com os palacetes imponentes como o dos príncipes de Butera.

Que cidade estranha, dizem, miserável, suja e nobre ao mesmo tempo. Não conseguem tirar os olhos das cores, daqueles muros de ocre que parecem refletir a luz do sol; não entendem como o fedor do esgoto pode conviver com o aroma das flores de laranjeira e jasmim que decoram os pátios dos palácios da nobreza.

Contudo, enquanto os soldados olham ao redor, enquanto Garibaldi declara que não podem parar, que é necessário seguir adiante para salvar todo o reino do jugo dos Bourbon, em outros cantos, na cidade, outros homens fazem pactos e assinam acordos. O governo provisório tem sede no que agora se chama Palácio Pretório, mas é o mesmo Palácio da Cidade em que se reuniram os revolucionários de 1848.

Passaram-se doze anos, porém alguns dos rebeldes daquela época voltaram: mais velhos, talvez mais cínicos, contudo, não menos determinados. Muitos têm assuntos antigos a serem resolvidos ou novos pactos a serem feitos, e aquele lugar tão lotado decerto não é o ideal. Melhor encontrar outro local, mais reservado, distante da aglomeração e dos ouvidos indiscretos.

Pela abertura da porta Termini, além do Palácio Ajutamicristo e pouco antes do claustro da igreja Magione, há outro edifício. Imponente, severo.

Diante do portão e no pátio, carruagens sem placas, uma ebulição de vozes e pessoas.

Dentro, um cômodo coberto por cortinas de brocado.

Um dos chefes da revolta está lá, com Vincenzo e Ignazio Florio. Dois guardas vigiam a porta. Quem passa em frente abaixa a voz.

Pai e filho estão imóveis. Em seus rostos não há o mínimo vestígio de qualquer emoção.

Ignazio olha para o pai, estuda seus gestos.

O homem parece estar numa espera tranquila.

— É claro que as informações que lhes forneço provam meu pleno conhecimento do patrimônio do Bango Régio. Estou me expondo demais oferecendo-lhes esse material — diz Vincenzo, sem a mínima ênfase.

Bate a mão na pasta que apoia sobre seus joelhos, a mesma que carregava consigo quando foi ao Banco Régio, poucos dias atrás.

Cada palavra é uma gota pingando que quebra o silêncio.

— Sua oferta é interessante. O general Garibaldi será informado. E também levará em consideração a colaboração da sua empresa de fundição Oretea na produção dos canhões para os Camisas Vermelhas.

— Era meu dever, como siciliano. Além disso, meus operários, ao saberem que se tratava de canhões para disparar contra os Bourbon, nem se importaram com quanto tempo haviam trabalhado.

— O senhor teve o bom senso de esperar para saber para que lado o vento soprava.

— Ou seja, do lado certo.

O homem faz uma pausa. Tamborila os dedos na superfície da mesa. A cadência palermitana é forte, levemente velada por um sotaque estrangeiro.

— De qualquer forma, o senhor colocou sua empresa a serviço da revolução. Eu, em primeiro lugar, vou levar isso em conta — retomou. — Fui autorizado a negociar a entrega do Banco Régio, e suas informações reservadas nos darão o verdadeiro quadro da situação. Suas responsabilidades se limitam a isso.

Vincenzo estreita os olhos até uma fissura.

O homem acende um charuto, agita devagar o fósforo para apagá--lo. O bigode amarelado de tabaco se retorce de prazer por acolher o calor da fumaça. Dá uma tragada, sacode as cinzas num pequeno prato. Por perto há uma pistola: é a mesma que usou para ameaçar os guardas dos Bourbon poucos dias atrás, quando liderou uma das colunas de *picciotti* garibaldinos que irromperam na cidade. Encara Vincenzo e lê seus pensamentos.

— *Do ut des*, como eu imaginava — diz por fim.

— Exatamente.

Uma pausa. Ignazio observa, admirado, a perfeita imobilidade dos dois homens. Um duelo sem agressividade.

— O quê? — pergunta o homem.

— A autorização para criar uma instituição de crédito para as exigências do comércio na Sicília. — Vincenzo cruza os braços sobre o peito maciço. — Se os Savoia vão encampar o Banco Régio, nós, comerciantes, precisamos nos financiar de outra forma.

A cortina de fumaça torna-se uma tenda além da qual é possível observar uma rede que detém as palavras não ditas.

— O senhor, dom Florio, é uma pessoa, no mínimo, estranha. Antes, alugou seus barcos a vapor aos Bourbon para que patrulhassem a costa, e agora está vendendo informações sobre o Baco Régio para os Savoia. — Ele move as mãos e as cinzas do charuto caem no chão, espalhando-se sobre a maiólica. — O que não lhe falta é oportunismo.

— Agora, os navios foram confiscados pelo seu ditador Garibaldi e eu não posso mais dispor deles. No que diz respeito ao resto, o senhor deve entender que minha posição não me permitia recusar nada ao soberano. E o senhor, no entanto, não tentou entrar em contato comigo antes, como fez com os outros, no ano passado.

Outro silêncio, desta vez feito de surpresa e desconfiança.

— Ah, Palermo. Se a gente pensa que é possível manter algum segredo, pelo contrário…

— É necessário saber o que pedir e para quem — explica Vincenzo.

Os bigodes enormes do homem se movem, revelam uma leve careta de escárnio.

— O senhor e sua Casa têm a possibilidade de recusar qualquer coisa de qualquer pessoa, se quiserem. Obtiveram o uso exclusivo do correio, e pode-se dizer que detêm o monopólio do transporte marítimo do reino, praticamente sem pagar impostos, graças às isenções que a Coroa lhes concedeu. O senhor poderia ter ajudado a revolução doze anos atrás, mesmo assim recuou, lembra-se? Eu estava lá, sabemos bem disso, os dois, nem tente mentir. Mas seja como for, são águas passadas. Hoje, o senhor me fala de negócios e eu respondo no mesmo tom. Creio que seja isso o que interessa a ambos.

Ignazio observa a mão do pai que se contrai, reconhece nele os sinais de um nervosismo crescente. O anel do tio Ignazio, do qual ele jamais se separa, lança um brilho que parece um sinal de alarme.

— Não gosto de perder tempo. Preciso de um sim ou de um não.

O homem alisa um vinco inexistente nas calças.

— O senhor terá a sua instituição de crédito em troca das informações sobre o Banco Régio. O único problema poderia ser a oposição de Garibaldi, mas não acredito que ele se oponha. Do resto... — Abre os braços. — Minha porta estará sempre aberta para o senhor.

Vincenzo se levanta, Ignazio o segue.

— Então vou lhe dizer o que nos interessa. Ajude-nos e terá em nós seus aliados. Garanta que a minha casa comercial não vai sofrer consequências, que os navios serão devolvidos sem danos. Apenas isso por ora. No futuro, vamos conversar sobre a renovação das concessões dos correios com... *aqueles lá* de Turim. O senhor pode fazê-lo?

O outro estende a mão.

— O senhor terá o meu apoio, para além desta história — diz, e acena com a cabeça em direção à pasta de documentos. — A Sicília precisa de ombros fortes como os seus para enfrentar o futuro que lhe espera. Digo isso como secretário de Estado.

Ignazio intervém pela primeira vez.

— O senhor nos prestará uma enorme ajuda, advogado. É um homem de ação. — Fala baixo, com calma. Não é um pedido, o seu, mas uma afirmação. Uma verdade. Tem a voz rouca, parecida com a do pai, o tom equilibrado. — Os Florio não se esquecem de quem os ajuda. Nós, aqui em Palermo, podemos contar com aquilo que ninguém mais tem, nem os Bourbon nem os Savoia. E o senhor sabe bem a que me refiro. — Estende-lhe a mão.

O homem corresponde. E depois aperta a mão de Vincenzo.

Eles ainda não têm como saber que aquele homem, Francesco Crispi, ex-rebelde, ex-militante de Mazzini, suspeito de homicídio político e, no futuro, presidente do conselho, ministro das relações exteriores e ministro da fazenda do reino da Itália, será o advogado da Casa Florio.

Parece um dia como qualquer outro. Os barcos a vapor chegam à Enseada e desembarcam especiarias, tecidos, madeiras e sumagre; os carregamentos cheios de enxofre e cítricos esperam para ser descarregados, parados no embarcadouro. De longe, chega o ressoar dos sinos das igrejas chamando para a missa, interrompido pelo canto das primeiras andorinhas. Mais além, o ruído dos martelos e das prensas da fundição Oretea.

Nas ruas, entre os muros de tufo e de pedra, o povo de Palermo passeia, olhos de ágata e mãos de cobre, cabelos vermelhos e pele cor de leite. Gente mestiça, gente acolhedora.

Depois de Castellammare, lá onde se delineia uma nova cidade, entre hortos e oliveiras, surgem os palacetes dos novos ricos. Casas elegantes, que nascem sobre a fundação de antigos palácios para ganhar vida nova, circundadas por jardins e plantas exóticas, importadas das colônias inglesas e francesas.

Ali, Ignazio Florio vai construir o palácio da Olivuzza, ali vão nascer outro Ignazio e outro Vincenzo, ali será a casa Whitaker. Mas ainda não chegou o momento de contar essas histórias. Nem de contar como, também naquele local, vão surgir os palácios em estilo *art nouveau* que depois serão destruídos pelas escavadoras para abrir espaço para os prédios de concreto.

Não, não é esse o momento.

Por ora, Palermo está ébria, parada no limiar de um futuro denso de incógnitas, à espera de saber o que querem dela os novos soberanos que chegaram como libertadores. Mas a cidade não confia: já testemunhou demasiados jugos.

Palermo, escrava soberana, que parece se vender a todos, mas que pertence apenas a si mesma. E, nessa cidade onde o cheiro de chorume se mistura ao de jasmim, chega uma notícia dolorosa, inesperada.

Vincenzo e Ignazio estão na sede do novo Banco Nacional. Vincenzo é presidente da filial, Ignazio colabora com ele. Naquele momento, porém, está falando com o pai sobre as exportações de marsala. O marsala Florio foi premiado com uma medalha durante a Exposição Nacional de Florença, em 1861: é o vinho para refeições refinadas mais vendido na Itália, considerado um artigo de luxo na França, onde ganhou outra medalha.

Ignazio não ficou parado quando o pai lhe confiou a administração da adega.

— E então, pai, pensei em criar uma reserva para deixar de lado para as próximas exposições universais. Ter uma medalha na etiqueta já é um valor...

Ignazio mal consegue terminar a frase e já chega um atendente esbaforido que se inclina diante de Vincenzo. Está com o uniforme desalinhado, o rosto estupefato.

— Dom Florio, aqui está. Uma mensagem da duquesa Spadafora.

Vincenzo agarra o envelope; grosso, um papel branco refinado no qual mãos incertas escreveram seu nome.

— A esposa de Ben? O que será que ela quer? — murmura ele.

Olha novamente o homem sem fôlego. Hesita. É como se o envelope tivesse ficado muito pesado. Como se ele já soubesse, já sentisse que o papel carrega dor.

Depois abre. E lê.

A casa de Ben Ingham está cheia de gente. Nas escadas, na rua, espremida contra o portão. Com a chegada de Vincenzo, a multidão de funcionários, marinheiros, armadores e comerciantes se divide em duas para que ele possa passar.

Ignazio observa o pai chegar até o limiar do quarto com os passos cada vez mais pesados, mais lentos. Percebe os ombros que se abaixam, a cabeça que reclina. Coloca a mão em seu ombro.

Depois, ele também olha.

O corpo foi vestido com roupas de fabricação inglesa. Candelabros foram postos aos pés da cama, e um pastor anglicano murmura preces. A poucos passos, um pequeno grupo de fiéis reza ajoelhado. Ben sempre foi muito religioso.

A duquesa Spadafora está sentada numa poltrona ao lado do marido. Parece que levou uma surra: o rosto está inchado, transtornado. Mexe continuamente na aliança; o casamento chegou até para ela, mas contra a opinião do sobrinho predileto de Ben.

Ali perto, Joseph Whitaker, com a esposa Sophia e o terceiro dos seus doze filhos, Willie, de vinte anos, acolhem quem chega para prestar condolências. Gabriele Chiaramonte Bordonaro, com o chapéu nas mãos, ao lado dos filhos da duquesa, também está por ali.

Todos olham para a cama.

Parece impossível.

Quando Alessandra Spadafora vê Vincenzo, levanta-se. Cambaleia, e então ele vai até ela, abraça-a. Ambos estão órfãos, cada um do seu jeito.

— Mas como isso foi acontecer? — pergunta ele, ajudando-a a se sentar.

— Esta noite, um mal súbito. Ficou ruborizado, não conseguia respirar. — A mulher estende a mão e acaricia o rosto de Ben. Parece de papel. As rugas relaxaram, o semblante está sereno. Depois, ela aponta uma mancha escura na altura da têmpora. — O médico disse que uma veia deve ter se rompido na cabeça dele. Ele... Ele... Quando o médico chegou, ele já... — Ela desata em soluços e aperta o braço de Vincenzo.

Ele tem um nó na garganta.

Não consegue olhar para aquele cadáver.

Não ele, diz a si mesmo, sufocando as lágrimas.

Ben, que o elogiou pela escolha de casar-se com Giulia. Ben, que sempre o tratou como um adversário mas jamais como um inimigo. Ben, que, com seu tio Ignazio, acompanhou-o até um barco que viajaria para a Inglaterra. Ben, que lhe mostrou o campo inglês. Ben, que lhe apresentou seu alfaiate...

Irmão, amigo, rival, sócio, mentor.

Agora, Vincenzo precisa dizer adeus a tudo isso. Está cada vez mais sozinho.

Diante de Giulia, estende-se um pomar cítrico, o da bela casa nas colinas de São Lorenzo. Choveu há pouco, as folhas brilhantes de chuva resplandecem sob o sol da tarde, e o perfume úmido da terra a acalma.

Não é um bom momento. Vincenzo está carrancudo, furioso pela situação política que se criou após a junção da Sicília ao reino dos

Savoia, os quais têm se comportado não como soberanos, mas como patrões. Impõem suas leis, seus funcionários, não ouvem os que têm mais experiência no trato com os sicilianos, que sim, podem até ser difíceis e desconfiados, mas, se lhes receberem um pouco, colocam o mundo aos seus pés. Ainda assim, o reinado prefere chegar e se impor, sem ouvir, sem entender.

Ignazio está distante, tomado pelos negócios. Ela já não tem mais ninguém para cuidar: Angelina e Giuseppina têm suas famílias; a sogra tem, noite e dia, assistência de duas serviçais.

A mordida da solidão é forte.

Mas o que mais a angustia é o fato de que Vincenzo lhe parece... desinteressado por ela, pelo que ela deseja e pelo que ela pensa. A briga que tiveram há pouco é uma demonstração disso. Basta pensar no assunto para sentir o sangue ferver. Como ele pôde calá-la daquele jeito? Por que lhe disse aquelas coisas horríveis?

Ela chega até o balaústre que separa a varanda do jardim, olha para as árvores. Entre as montanhas, uma lâmina de sol. O temporal limpou a areia que estava no ar, carregada pelo vento siroco africano, aquela areia maldita que se insinua por todos os cantos.

Giulia não gosta de morar ali. Uma casa enorme, com dois andares, um salão de baile, uma hospedaria, os estábulos e uma propriedade agrícola. Vincenzo comprou-a há mais de vinte anos, antes de se casarem. Claro, é elegante, uma morada digna de um aristocrata. De fato, fica ao lado da casa do príncipe de Lampedusa e do palácio de caça dos Bourbon, o Palácio Chinês. É um local ameno, cheio de pomares cítricos, com um caminho de árvores que leva até o mar e até Mondello, que corta em dois a propriedade da Favorita.

Vincenzo, e especialmente Ignazio, prefere-a à casa dos Quatro Pizzi durante o verão. Mas ela, seu coração, sua memória, estão atados às redes que circundam a almadrava de Arenella. Faz parte de sua vida, do seu jeito de ser; se pudesse, ela faria as malas e deixaria sozinhos seus dois homens para voltar àquele lugar de felicidade.

Apoia-se ao parapeito de tufo sustentado pelas colunas. Atrás dela, discreto, aparece um serviçal.

— Dona Giulia, a senhora deseja uma poltrona? — pergunta.

— Não, Vittorio, obrigada.

O homem percebe sua necessidade de estar sozinha e afasta-se.

A raiva dela não diminui, pelo contrário. Agita-se, fica sólida, colore-se de rancor.

Às suas costas, Giulia ouve a grande porta envidraçada se abrir. Som de passos.

Pouco depois, a mão de Vincenzo surge ao lado da sua.

Ficam em silêncio, orgulhosos demais para pedirem desculpa.

Atrás da porta de vidro que leva ao pomar de frutas cítricas, Vincenzo aguarda. Sabe que exagerou, mas o que foi que Giulia colocou na cabeça? Desde quando ela quer falar de política e economia, colocando--se no mesmo nível dele? É verdade que ela sabe muito mais do que muitos homens, mas enfim: sempre será uma mulher.

Tudo começou durante o almoço. Ele e Ignazio estavam discutindo sobre a questão que surgiu durante o período agitado da ocupação dos garibaldinos, quando os navios da Casa Florio foram confiscados pelos Bourbon.

— Ficaram com três dos cinco barcos a vapor que temos. Dizem que vão servir para transportar as tropas. Mas agora, um ano depois, questionam o fato de que a distribuição do correio foi interrompida, e querem que eu pague multas pela falta de serviço, como se dependesse de mim. — Ele pousou o garfo com tanta força que o utensílio acabou no chão. — Não apenas afundaram um dos barcos: querem dinheiro!

Enquanto o camareiro atento colocava um novo talher, Ignazio limpava a boca com o guardanapo.

— A convenção estipulada com os Bourbon era particularmente favorável, pai. O problema, o verdadeiro motivo da reclamação, é que os selos e as tarifas postais não chegaram a tempo. Pouco interessam as cartas.

— Vão pro diabo que os carregue! — exclamou Vincenzo. — É o correio, estamos sob um novo reino. Nós é que sofremos os danos. E com que autoridade eles aplicam multas?

— Você poderia ter alugado outros navios. Quer dizer, era um compromisso seu, não era?

Mais perplexos do que espantados, os dois se viraram para Giulia.

— Se um contrato foi assinado... — continuou ela.

— Achamos que não era o caso de colocar em risco os navios e as tripulações. Deixamos os barcos a vela das empresas que trabalham conosco partirem, mas não os barcos a vapor. — Ignazio falou com calma, com os olhos baixos sobre o prato vazio.

— Era arriscado demais. Palermo e a Sicília foram devastadas pela passagem de Garibaldi. Os piemonteses foram piores do que os Bourbon, pelo menos até agora. Não querem ouvir as razões dos outros, chegam e mudam tudo, impondo o seu jeito de fazer as coisas — acrescentou Vincenzo. — Não se pode colocar um barco a vapor inteiro em perigo só para entregar as mensagens entre o tio Peppino e a dona Marianna. Entendo a questão dos selos, mas o resto...

— Mas o fato é que você se colocou do lado errado.

Foi Ignazio quem interviu, detendo a reação do pai.

— *Maman*, lhe explicarei direitinho nos próximos dias. A situação é mais complicada do que pode parecer à primeira vista: estão em jogo não somente os nossos interesses, mas também os interesses dos que trabalham para nós. É por isso que criamos uma empresa de barcos a vapor para o correio, no ano passado. — Levantou-se. — Com licença, vou subir para trabalhar. Pai?

Vincenzo apontou para o andar de cima, onde o aguardavam longos relatórios da fundição Oretea, que agora estava a serviço dos barcos a vapor.

— Vou mais tarde.

A sós, Vincenzo e Giulia trocaram olhares irritados.

— Nosso filho consegue me calar sem me faltar com o respeito. É algo que eu detesto.

— Ignazio tem muito mais bom senso do que você, se ainda não entendeu. — Ele tinha chamado um empregado para que lhe servisse um digestivo. Nos últimos tempos, a comida se tornara quase um sofrimento, e a digestão, tarefa longa e laboriosa.

— Não. A verdade é que você não quer dar valor ao que está acontecendo. Muitas vezes, disse que a Sicília sozinha não iria a lugar algum, que tínhamos que nos tornar um protetorado inglês ou sei lá o quê, contudo...

— Por quê? O que você acha que os piemonteses estão fazendo? Nos transformaram em uma colônia deles, nem mais nem menos do que isso. Além do mais, tomaram o tesouro da Coroa dos Bourbon e carregaram-no para o Piemonte, porque precisavam pagar os gastos da campanha de anexação. De *anexação*, entende? Uma farsa, um faz--de-conta organizado entre Nápoles e Turim. E isso é só o começo. Pode apostar!

— Você não aceita que alguém lhe diga o que fazer. Sempre foi assim, não foi? Comigo, ou com seus filhos ou nos negócios, sempre quer fazer tudo do seu jeito. Por que não olha para o que pode vir de bom em sermos uma única nação, dos Alpes até Marsala? Isso não significa nada para você? E o que me diz sobre aqueles que sacrificaram a vida por esse ideal?

Ele se levantou de repente, a paciência desaparecendo dos olhos. Reclinou-se sobre ela, com o rosto ruborizado, falando na face da esposa:

— Giulia, por mim poderíamos ser governados até pelo czar da Rússia, e pouco mudaria, entende? A Casa Florio não acaba em Messina. O que me interessa é que não mexam no meu mundo, e eles, bem pelo contrário, têm toda a intenção de encher o... — Colocou a mão sobre a boca para deter os xingamentos.

Não com ela, disse a si mesmo.

Ele se recompôs e, com um tom gélido, prosseguiu:

— Me avisaram que terei que modificar meus navios para a entrega do correio, para que sejam mais rápidas, ou então as minhas concessões... *minhas*, entende?... serão passadas a empresas de Gênova. Querem isso e eu vou lhes dar o que querem, mas precisam me pagar. Sabem que só eu posso garantir a cobertura do litoral marítimo de que precisam. Não vou permitir que me tirem o que conquistei. Se preciso lidar com quatro bigodudos metidos, cheios de prosopopeia, que falam com aquele sotaque cantado, eu o farei. Na santa paz. Mas se tiver que proteger o que criei, farei isso sem pestanejar. A Casa Florio é minha. Minha e do meu filho. E isso, você, mesmo sendo como eles, devia haver entendido há um bom tempo.

Pálida, Giulia se levantou, e sem olhá-lo, saiu da sala.

E agora?, Vincenzo se pergunta.

Aproxima-se dela com cautela, chama-a. A mulher está tensa.

Giulia é cabeça-dura. Com os anos, seu caráter foi ficando mais suave, é verdade, mas há algo nela que não se deixa dobrar pelo tempo. Porque ela é como a dracena que faz sombra no alpendre da casa: verde, luminosa, mas inflexível.

E é verdade, ele não consegue ficar sem Giulia, nem nessa vida nem em outras mil que virão.

— Não o faça nunca mais. — Giulia diz aquelas palavras pausadamente, e o sotaque milanês emerge outra vez, como acontece quando ela está furiosa. — Não ouse me tratar nunca mais como uma burra.

— E você não me faça perder a cabeça.

— Depois de trinta anos juntos, ainda me considera uma estrangeira. E você? Lembre-se de quem é, de onde veio. Filho de calabreses que vieram para Palermo com as calças remendadas, lembre-se disso. — Ela grita, apontando um dedo em seu peito: — É isso que eu não consigo suportar: que você não entenda que eu e você somos iguais. Por que precisa me tratar assim?

É verdade, os dois são iguais, ele sabe. Mas nunca será capaz de reconhecê-lo. Um homem não pode pedir desculpa a uma mulher. Ele fica em silêncio, com a testa enrugada e os olhos embargados de ressentimento e tolerância: em trinta anos — sim, tantos anos já se passaram —, ele nunca conseguiu domá-la. Esse é seu jeito de pedir desculpa, não conhece outro.

Ele ergue os olhos para o céu. Toma-lhe a mão; ela tenta se afastar, mas Vincenzo não a larga.

Giulia afasta-o.

— Eu deveria tê-lo colocado para fora quando meu irmão o trouxe para a nossa casa. De você, só recebi o submundo.

— Não é verdade.

— É, sim.

— Não é verdade — repete ele, agarrando os pulsos dela. — Ninguém teria lhe dado o que lhe dei.

Ela balança a cabeça e se solta.

— Você não me deu respeito, Vincenzo. Isso jamais. E, se eu não tivesse arrancado com unhas e dentes as coisas de que precisava, você teria me reduzido ao silêncio.

Ela diz isso e vai embora, deixando-o sob o sol de bronze que desce por entre as árvores.

— Alimente o fogo, Maruzza, porque a madrugada é fria.

A empregada vai depressa encher o braseiro de carvão. Um fio de fumaça se levanta, colhido pela rajada de vento que se infiltra pela janela. O ano de 1862 começou com frio e chuva. Fevereiro é impiedoso.

Vincenzo agradece a serviçal, depois aponta-lhe a porta. Fica sozinho.

Olha para a mulher sob os cobertores. O coração de sua mãe está cedendo, uma batida após a outra. Anos de dureza, raiva, ressentimento e pouco amor estão fazendo o seu trabalho final.

Giulia afastou-se pouco antes, no fim da extrema-unção que o padre de São Domenico deu a Giuseppina. Pediu que a chamasse caso a situação piorasse.

Como se já não estivesse no limite.

A respiração encontra seu caminho pelo corpo dela a muito custo, ela parece perder progressivamente as forças, transformando-se numa algaravia. No lençol, a mão é um molde de cera e ossos.

Sua mãe está viva. Ao menos por algum tempo. Há dias, ela se alterna entre o torpor e uma dura vigília. Não dorme. Desliza para uma inconsciência que dura cada vez um pouco mais.

Vincenzo percebe a falta de ar pesando sobre seu peito. Pergunta-se por que é que se deve sofrer tanto, por que a morte não pode ser piedosa e não se limita apenas a cortar um fio e levar embora as pessoas sem infligir tanto sofrimento a elas. É como um parto, uma dor simétrica e oposta à do nascimento: sofrer por bastante tempo para chegar nos braços do Senhor. *Ou quem seja*, diz para si mesmo.

Ele desaba na poltrona, apoia as costas, fecha os olhos. Lembra-se do momento em que o tio Ignazio morreu. Agora, entende quanto o destino foi misericordioso.

Ele cochila quase sem perceber.

Então, acorda com o farfalhar do tecido.

— Mamãe! — chama, e de repente se levanta, vai até o lado dela. Ignora a tontura que esse gesto brusco lhe provoca.

Giuseppina sufoca entre os cobertores. Ele a levanta, coloca-a sentada para que consiga expirar melhor.

— Como está? Quer um pouco de sopa?

Com a boca entreaberta numa careta, ela faz que não. Do corpo, chega um cheiro que mistura talco, colônia, urina e suor. Um cheiro de velhice tão pungente que apaga o outro cheiro doce, leitoso, que ele relembra: o verdadeiro perfume de sua mãe.

Terá que chamar uma camareira para trocá-la, diz a si mesmo. Mas não imediatamente, não agora. Quer ficar um pouco mais a sós com ela. Acaricia sua testa, remove do rosto os cabelos que escaparam da trança.

— Como você está?

— Tudo me dói, sinto dores como se cães vira-latas estivessem me mordendo. — As lágrimas sujam os cílios dela.

Ele as seca.

— Se conseguir engolir, lhe dou algum remédio — diz a ela, apontando para fileira de frascos e pós que tomam todo o espaço da mesa de cabeceira.

Mas Giuseppina diz que não. Olha para além do filho, procurando a luz do sol, sem encontrá-la.

— É noite?

— Sim.

— E Ignazio? Onde está o meu pequeno Ignazio?

— Não está em casa. Ele saiu.

É inútil contar-lhe que é Ignazio, seu neto preferido, quem cuida agora dos negócios da Casa e é o administrador da cantina de Marsala, onde passa muito tempo. Naquele exato momento, ele está numa reunião com parlamentares sicilianos, entre eles o novo advogado, Francesco Crispi.

A mãe aponta para uma garrafa de água. Ele coloca um pouco num copo, ajudando-a a beber. Só um gole, o suficiente para molhar os lábios.

— Aahh, obrigada. — Giuseppina fecha os olhos, mais exausta do que saciada.

Vincenzo se vê pensando como basta pouco, naquele momento da vida, para ser feliz. Lençóis limpos. Um aperto de mão. Água fresca.

— Sente-se aqui — diz ela, e o filho obedece.

Naquele momento, é um garotinho com terror de ficar sozinho e já sente a angústia da ausência definitiva de sua mãe. É um sofrimento que carrega consigo desde que entendeu que seu pai, Paolo, estava morrendo.

Ben também já morreu; uma perda difícil de aceitar.

E agora me aguarda a perda mais difícil de todas.

Claro, Giulia e Ignazio estiveram e estarão com ele, mas sua mãe foi a única pessoa da família que Vincenzo teve por tanto tempo a seu lado. E ele, por um instante, gostaria de voltar atrás. Daria tudo o que tem para se sentir criança outra vez, para ser embalado nos braços dela.

Giuseppina parece ler o pensamento do filho.

— Não me deixe sozinha — pede, com o medo na voz que já se reduziu a um fio.

Ele beija a testa dela, abraça-a. É ele quem a embala, que lhe diz no ouvido o que nunca conseguiu, perdoa-a pelos erros que, agora percebe, toda mãe comete, inevitavelmente.

Giuseppina toca no rosto dele, tateando-o.

— Quem sabe como teria sido se seu pai tivesse vivido. Se tivesse nascido meu outro filho — diz ela.

Mas ele dá de ombros. Não sabe, ele lhe diz. Ele quase não se lembra dele, do Paolo.

Mas ela não lhe dá ouvidos. Olha para além dos pés da cama.

— Será ele que virá me buscar, eu sei. E o Senhor sabe o que eu carrego dentro de mim, entende os pensamentos que eu tive. Ele precisa me perdoar.

— Claro que o Senhor sabe o que você carrega dentro de si. Não se preocupe com isso — diz ele, tentando acalmá-la.

A mãe inclina a cabeça. Sua pele se distende, recobrando a cor.

— Meu sangue — murmura ela.

O torpor recobre-a como uma onda, inunda-a. O corpo está quente, talvez tomado pela febre. A respiração desacelera novamente, tornando-se pouco mais do que uma expiração.

Ele se deita ao lado dela, fechando os olhos.

Quando acorda, poucos instantes mais tarde, Giuseppina Saffiotti Florio — a sua mãe — já não está mais ali.

Pouco depois do Natal de 1865, Ignazio atravessa os cômodos da casa da rua dos Materassai. Está com os sapatos sujos de lama e pó. No pavimento limpo, refletem-se as chamas seguras da lâmpada a gás que pediu para instalar há algum tempo.

Falou com o pai sobre a oportunidade de adquirir uma nova casa, pois aqueles cômodos já estavam pequenos e escuros, pouco adequados ao que a família representa. Vincenzo olhou-o de cima a baixo, as sobrancelhas enrugadas, a mão suspensa sobre uma folha.

— Então, procure-a, e me diga o que encontra.

Seu pai confia nele.

É Ignazio que continua a temê-lo. *Não*, corrige-se, abrindo a porta da salinha da mãe. *Não é medo. É desconfiança.* Uma antiga fratura que os negócios e a confiança construída ao longo dos anos de proximidade não foram capazes de consolidar.

A intimidade, sim. Não a dos sentimentos, das palavras usadas para quebrar os silêncios que, com pouco, dizem tanto. Essas são reservadas à mãe.

E é ela que encontra, sentada na poltrona de madeira entalhada com a silhueta de um leão esculpida no espaldar. Está trabalhando uma renda no birlo, mas precisa parar com frequência. Sua vista já não é tão boa como antes, seus olhos se cansam depressa. Ela usa uns óculos em forma de meia-lua com armação de chifre, mas remove-os com frequência para massagear o nariz.

Ignazio se aproxima, ela estende-lhe a mão.

— Sente-se — diz, apontando para um banquinho em frente à mesa grande, tomada por fios e bilros.

Ignazio observa a mãe trabalhar em silêncio, observa seus dedos que trançam os fios de cor bege. Sua mãe sempre foi assim: discreta, silenciosa. Forte.

— Preciso falar com a senhora, *maman*.

Giulia assente. Fecha o ponto, depois levanta a cabeça. Os cabelos brancos ofuscam a cor escura do passado.

— Diga.

Isso. Agora que está ali, com ela, ele hesita. Sabe que as palavras ditas não podem voltar atrás, e não gostaria de dizê-las, gostaria de adiar para depois aquele momento, afastá-lo o máximo possível.

Mas não é de seu feitio ser covarde. Se algo deve ser encarado, melhor fazer isso logo.

— Há alguém que conheci no *Casino delle Dame*, mãe. Uma garota, meio aparentada com os Trigona, nobreza de três gerações. Chama-se Giovanna. — Ele faz uma pausa, observa a borda do precioso tapete Qazin que adquiriu na França já faz algum tempo. Suas últimas palavras são as mais difíceis de dizer. — Poderia ser a mulher para mim. — Ele permanece cabisbaixo por alguns segundos. Quando ergue novamente a cabeça, encontra os olhos da mãe, úmidos e tensos.

— Você tem certeza, meu filho?

Claro que não tenho certeza, ele gostaria de responder, contudo, assente.

— Uma garota graciosa, educada. Vem de uma família muito religiosa, não muito rica, mas... tem um título de nobreza e sabe se mover na sociedade. Sua mãe, pobre coitada, é bem gorda, mas é uma flor, se a senhora a visse.

Giulia deixa de lado o trabalho.

— Já sei quem é. É Giovanna d'Ondes, não é?

— Sim.

Giulia pega as mãos dele, apertando-as.

— Então eu lhe repito mais uma vez, meu Ignazio, porque quero que você pense bem. Porque deixe que lhe conte, eu escolhi a desonra por anos a fio para ficar ao lado do seu pai e jamais me arrependi, jamais. — Os cílios se carregam de lágrimas, o rosto parece rejuvenescido. *Ela fala como se soubesse de mim e dela*, pensa Ignazio, e percebe um arrepio de vergonha. — Se para você uma pessoa é a razão de viver, não há nada que você não seja capaz de enfrentar. Porém, se estar ao lado de uma pessoa é uma obrigação ou, pior, um dever que você sente que precisa assumir, então não, não deve fazê-lo. Porque haverá dias em que vocês não vão conseguir conversar e haverá brigas, vocês se odiarão mortalmente e, se não há algo que os una aqui — e toca-lhe o peito — e aqui — acrescenta, e roça sua testa — se vocês não encontram algo que realmente os una, nunca estarão tranquilos. E não estou falando do respeito recíproco ou do frenesi dos beijos, mas do afeto, da certeza de poder ter a mão de alguém para apertar todas as noites, a seu lado na cama.

Ignazio fica mudo, mas sente falta de ar, como se houvesse corrido. Percebe o corpo pesado, sente intensamente o cheiro de rosas e lavanda que exalam das roupas da mãe. Nunca imaginou que ela fosse lhe dizer palavras assim, tão sinceras.

Giulia segura o rosto dele.

— Você tem certeza de que ela é a pessoa certa? Não estou falando do fato de ela se tornar a patroa disto aqui — explica, apontando para os cômodos ao redor. — Ela terá que ser a sua senhora.

Ignazio recua ao contato da mãe.

— A pessoa mais adequada, levando em consideração tantos fatores e o peso de um casamento com uma expoente da nobreza, é ela.

— Ah, raios, não trate esse casamento como se fosse uma questão comercial! Você parece o seu pai! — estoura Giulia, levanta-se. Caminha pelo cômodo com as mãos apoiadas nas ancas. — A propósito, você falou antes com o seu pai? Não, certo?

— Não.

— Ah, menos mal, porque eu já sei como ele iria lhe responder. Aliás, imagino que ele teria ido falar diretamente com o pai dela e já estaríamos festejando o noivado. — Ela bufa, olha para o filho que agora responde com um olhar indecifrável. Então, aproxima-se dele, inclinando-se em sua direção. — Peço-lhe que seja sincero consigo mesmo, até antes de sê-lo comigo. Você será, já não digo feliz, mas ao menos sereno, com essa garota? Porque não é possível viver um casamento com o coração e a memória em outro lugar. No fim, estaria cometendo um erro contra si e contra outras duas pessoas. Contra quem você realmente deseja e contra quem foi obrigada a estar contigo.

Ignazio congela.

Sua mãe sabe. Sabe *dela*, e de Marselha. Mas como ela poderia saber? Não pode ser pelas cartas, pois ele sempre as recebeu em Marsala, não, é impossível.

A resposta chega depressa, pegando-o de surpresa.

Giuseppina. Sua irmã também sabia.

Nessa altura, é obrigado a abaixar a cabeça. Sente tristeza demais. Ignazio não pode, não consegue esconder o que sente, não de sua mãe.

— Não há esperanças, *maman*. E no que me diz respeito, tenho responsabilidades com relação a vocês, meus pais, e com a Casa e...

— Para o diabo o dinheiro, eu e seu pai. Você sabe como a sua avó Giuseppina me chamava quando me tornei amante do seu pai? — Giulia enrubesce, está agitada e isso não lhe faz bem. — Engoli muitos bocados amargos. Contudo, faria tudo de novo mil vezes e outras mil. Por isso, eu lhe digo pela última vez e, se você me responder que sim, eu mesma irei à casa dos d'Ondes para falar com a mãe de Giovanna. Você tem certeza da sua escolha?

Ignazio, pregado à poltrona, não sabe o que responder. É como ter perdido o paraíso já ao seu alcance, poder esticar os dedos e colher a maçã da árvore do bem e do mal. Sua mãe está do seu lado, ajudaria. Mas seu pai... sofreria demais. Seu pai nunca poderia aceitar que tudo aquilo pelo qual trabalhou se perdesse por um capricho. Ele fez tanto pelo filho, e Ignazio sente que lhe deve muito. Agora é o momento de dar algo em troca.

Serem aceitos em Palermo é o que importa. Ter acesso aos salões da aristocracia. Tornar-se o mais poderoso entre os poderosos. Ou ceder ao pensamento que, há anos, corrói seu coração: o de acordar ao lado da mulher que ama, todos os dias da sua vida. Assim como já aconteceu.

Mas isso foi no passado. Agora ele está ali porque é onde tem que ficar.

Ele fecha os olhos, cerra com força as pálpebras. A ambição, com dedos esfumaçados, amordaça a lembrança. Contudo, uma imagem ainda consegue desafiá-lo. Um beijo com sabor de lágrimas e mel, roubado num jardim de uma casa nos arredores de Marselha.

Então é assim. Começa-se sozinho, termina-se sozinho, pensa Giulia.

Está caminhando pela casa da rua dos Materassai. Atravessa a sala, passa pelas escadas, chega ao apartamento da sogra, que foi renovado para receber a ela e a Vincenzo. Sobe um pouco mais, chega ao terraço, onde anos atrás Vincenzo mandou construir uma varanda.

Palermo estende-se diante dela, recolhida entre as montanhas e o mar.

Ela e Vincenzo agora estão sós.

Ignazio casou-se há pouco mais de uma semana com uma garota com os olhos de veludo e o rosto branco como uma amêndoa. A baronesa Giovanna d'Ondes foi educada como a nobreza costuma ser, mesmo a nobreza recente, com seu típico enxoval de dívidas.

Seu marido, por fim, conseguiu o título que queria, uma esposa nobre, o sangue azul. Para seu filho, para a Casa Florio.

No que diz respeito à garota, Giulia logo tomou simpatia por ela. Todos chamam-na Giovannina, porque é delicada, miúda e graciosa, talvez só um pouco magra demais. Terá que mostrar as garras se quiser ganhar o respeito do seu filho, como ela fez com Vincenzo, e vai conseguir. Sob aquele ar de *santinha*, Giovannina esconde um temperamento de aço, Giulia tem certeza disso.

Espero que possa ser uma boa nora, pensa, e reza no fundo do seu coração para que o filho tenha feito a escolha certa. Que o que ele sentia por *aquela outra pessoa* realmente faça parte do passado. Ela não suportaria saber que ele é infeliz.

Olha mais além, em direção ao mar: o casal partiu para uma breve viagem de lua de mel no continente. Giovanna poderá conhecer Ignazio melhor. Vão começar a crescer juntos.

Ela se vira. Ouve passos na escada.

Seu marido está ali, atrás dela.

— A serviçal me disse que você estava aqui. — Ele senta-se numa cadeira, e Giulia sente certa preocupação.

Vincenzo está cansado, muito cansado.

Ele percebe aquela ruga de apreensão que marca sua testa e então chama-a para perto de si com um gesto.

— Já não me lembro mais como é estarmos sozinhos.

Giulia emite um som entre uma risada e um suspiro amargurado.

— Eu, sim. Estávamos sempre dentro de uma carruagem, escondidos em algum canto, até que meu irmão nos descobriu.

O pensamento voa até seus pais, mortos há muitos anos. Até sua mãe, Antonia, que nunca abandonou completamente sua máscara de recriminação e desilusão, e seu pai, Tommaso Portalupi, que, ao contrário, a perdoou.

— Não foi fácil ficar contigo, você sabia?

Ela quase não percebe ter dito aquela frase. Entende apenas quando chega a resposta do marido. Poucas palavras, delicadas, quase uma confissão.

— Mas você ficou.

Então, Giulia olha para suas mãos unidas. No dedo anular de Vincenzo falta o anel do tio Ignazio. Deu-o para o filho no dia do seu casamento, depois de o haver reforçado.

"Porque este anel pertence a um outro Ignazio, o que foi um pai para mim. Foi ele quem criou a nossa Casa", disse-lhe, ao entregá-lo ao filho. "É certo que agora seja seu, que você o transmita aos seus filhos."

Vincenzo conteve uma comoção quando seu filho, sem sorrir, tomou o anel na palma de sua mão e colocou no dedo, sobre a aliança.

Agora, Vincenzo olha para a mulher. A companheira da sua vida, na alegria e na tristeza.

— Sim — responde ela, simplesmente. Então se reclina, beija os cabelos dele, já grisalhos, e ele aperta o braço dela, afunda se contra o seu corpo. Giulia pensa em todas as suas brigas: nos filhos ilegítimos, no impulso de fugir quando ficou grávida pela primeira vez, nas recusas dele em se casar com ela, no desprezo da sogra, na raiva que teve que suportar por anos, no desprezo da sociedade. — Fiquei.

E jamais teria feito diferente.

EPÍLOGO

setembro de 1868

> *Di ccà c'è 'a morti, di ddà c'è a sorti.*
> "De um lado há a morte, do outro, o destino."
>
> PROVÉRBIO SICILIANO

Há um perfume intenso no ar. Um cheiro doce, de mel, de flores e de frutas, de azeitonas maduras e de uvas em maceração sob o sol.

Parece primavera.

Mas é um mês de setembro muito doce.

O edifício está imerso no verde de uma imensa propriedade: a casa da Olivuzza, que se tornará o palácio dos Florio.

Grandes linhas góticas se erguem do piso, encerram um portal em forma de arco, se abrem em ajimezes protegidas por cortinas brancas. Abelhas zumbem do outro lado do candor do tecido. O sol já não tem a luz áspera do verão, mas é agradável.

O cômodo — no primeiro andar da ala direita, no ponto mais tranquilo da casa — está decorado de forma luxuosa. As duas janelas dão para o jardim. De baixo, desde a área de serviço, chega um ruído de lavadeiras que batem as roupas. Uma delas canta.

Poltronas de veludo, tapetes persas, uma penteadeira de mogno e uma cama grande com a cabeceira entalhada.

Vincenzo se afunda entre os travesseiros. Ainda que a temperatura seja amena, ele veste um paletó de casa e mantém uma coberta sobre as pernas. Um olho entreaberto encara o vazio, uma das mãos permanece parada sobre a beirada do lençol. A outra, no entanto, procura obsessivamente a aba do tecido, puxa-o, torturando-o com as unhas.

Giulia o observa e sente como se morresse por dentro.

Sentada na poltrona ao seu lado, está com os olhos secos. Já não consegue chorar, mas sabe que as lágrimas vão chegar. Ah, como sabe.

Não vá embora, ela pensa. E, em um certo momento, até o diz; um sussurro que ele não consegue ouvir.

Não, não pode pensar nisso. *Ele ainda está aqui comigo*, ela grita por dentro. *Até a morte arrancá-lo das minhas mãos, vou defendê-lo.* Seu rosto escavado pelas rugas transparece uma determinação que é filha do desespero.

Procura o cesto de trabalho, pega a agulha e o fio. Retoma o bordado da camisa de batismo que prometeu para o filho e para a nora. O garotinho — ou será uma menina, quem sabe? — nascerá em breve. Basta que seja saudável — depois do pequeno Vincenzo, que tem pouco mais de um ano.

Apesar dos pesares, sorri. Seu filho se portou bem: deu logo um herdeiro à casa e lhe deu o nome do pai. Para que a Casa Florio possa sempre ter um Vincenzo e um Ignazio.

E ele, o seu Vincenzo, o amor da sua vida, o viu. Segurou-o em seus braços. Pôde fazê-lo até maio, logo após a mudança deles para aquela casa que havia sido da princesa Butera, quando seu corpo lhe pregara essa peça terrível.

Numa noite, há quatro meses, já estavam na cama, naquele quarto. Ouviu-o se virar, retorcer-se nos cobertores.

— Não me sinto bem, Giulia — disse de repente, com uma voz pastosa.

E ela pulou da cama e foi correndo acender a luz elétrica, essa coisa nova que Ignazio fez instalar assim que comprou a casa.

Viu-o, de súbito, o rosto deformado. O olho virado para baixo. A boca torta.

Entendeu.

Correu para chamar a governanta. O médico chegou e lhe deu alguns remédios. A careta se desfez, a voz permaneceu rouca.

Daquele momento em diante, porém, algo em seu marido mudou.

Ele passou todos os negócios para Ignazio. Jamais admitiria, mas o corpo já não acompanhava. Antes de completar setenta anos, o corpo o traiu. E ele não podia confiar em um traidor.

Após alguns dias, Vincenzo chamou o tabelião Quattrocchi para redigir o testamento.

— Por quê? — perguntou Giulia com uma pitada de ansiedade, depois que o tabelião foi embora.

E ele, sentado na poltrona do escritório, olhou para ela de um jeito estranho. Com irritação. Com doçura.

— Dessa vez, o Senhor me ajudou. Da próxima, eu não sei. Não quero deixar nada em desordem.

Ela inclinou-se, beijou-lhe a testa.

— Não vai deixar nada, porque você vai ficar bem. Só precisa descansar, Vincenzo. Você está velho, como eu, e precisamos parar, agora.

— Sim... — Ele crispou os lábios. — Parar. — Depois acrescentou em um tom baixo, amargurado: — Nunca pensei que esse momento chegaria para mim.

Eles se abraçaram.

Giulia sentiu medo. Chegou como um soco no meio do peito, deixou-a sem forças, porque havia lhe mostrado com clareza como seria o futuro: algo horrível demais para ser sequer imaginado, ainda mais suportado.

Vincenzo nunca tinha medo. Vincenzo era forte. Se quisesse, poderia derrotar a morte.

No entanto, há alguns dias, piorou, talvez outro ataque tenha atingido as partes já comprometidas. Quase não fala, come muito pouco. Nem mesmo pensar no netinho que está a caminho consegue balançá-lo. Simplesmente não aguenta mais. Anos de desgaste, de alvoradas e noitadas, de tensão e raiva, estão cobrando a sua conta.

E ela, que o ama como nenhuma outra pessoa poderia amá-lo, sabe que ele desistiu de lutar. Que está cansado, porque, para ele, isso não é vida. Que escolheu ir-se embora. Vincenzo, sempre tão ativo, um mar revolto, não pode viver assim, preso em uma cama.

Mas Vincenzo não está inconsciente. Pelo contrário.

Ele relembra.

Dois anos atrás, quando o filho o levou para conhecer o palácio, circundado por aquele parque imenso, cheio de palmeiras, dracenas e rosas, ele sentiu um arrepio. Pediu ao cocheiro que avançasse por um caminho parcialmente escondido entre as oliveiras que davam para a estrada principal.

E, lá, encontrou uma casa em ruínas com um limoeiro selvagem cujos ramos se erguiam em direção a uma janela sem caixilhos.

Ele desceu, deu alguns passos até a porta desmontada.

— Sim, é esta — disse, com a voz trêmula na garganta apertada.

Ignazio, atrás dele, observou-o perplexo, talvez até com temor.

— O quê, pai? O que foi?

Ele engoliu o vazio, virou-se. Por um instante, entre as árvores, parecia enxergar a silhueta do seu tio Ignazio que segurava a mão de um garotinho.

— Aqui. Aqui morreu meu pai, Paolo.

Ignazio olhou para aquela ruína com ar assustado. Uma casa que sempre deve ter sido modesta, mas que agora era um pardieiro, um esqueleto.

Vincenzo sentiu um arrepio subir da terra até sua pele, mais parecido com um presságio do que com um tremor.

Soube naquele momento que tudo estava por acabar lá onde havia começado. Que tudo na vida dá a sua volta. E que aquela volta teria chegado a ele.

A risada que emite é um borbulhão de saliva e raiva. Bate a mão sadia no lençol. Reduziu-se a isto: um pedaço de carne que é lavado e limpo, olhar a expressão de pena de Giulia, ela, que nunca soube esconder nada. Ler a compaixão nos olhos da nora que, no começo, parecia ter medo dele.

Todos sentiam medo dele. Agora, porém, ele é um homem pela metade.

Ele vira o olho sadio para o teto, procurando o crucifixo de marfim. O outro olho está cego, não responde. É inútil.

— Cristo, vamos acabar com isso — sibila, mas sua voz é incompreensível, pouco mais do que um lamento pastoso.

Giulia está logo a seu lado. O cesto de trabalho cai no chão, fios e agulhas vão parar no tapete.

— Você está se sentindo mal? — pergunta ela. — Vincenzo...

Com dificuldade, ele se vira.

Quanto a amou?

Foi só naquele instante que ele entendeu com absoluta clareza que só aquela mulher poderia estar ao seu lado. Que Giulia não foi nem um castigo nem um quebra-galho, mas uma dádiva. Sem a sua paciência, o seu amor, a sua dedicação, ele jamais teria sido capaz de fazer nada.

Nada, se não tivesse enxergado nela o mesmo fogo que ele também tinha.

Com imenso esforço, ele arrasta a mão sadia para perto da dela. Pega seus dedos pequenos, cobertos de rugas.

— Dei a você o suficiente? — pergunta com dificuldade. Ele se esforça para falar de forma clara, mas a língua parece carne morta. — Dei tudo o que queria? Você teve tudo?

Giulia entende. Compreende as palavras pastosas que ninguém consegue entender, capta o que significam.

Os olhos dela se enchem de lágrimas, porque também sabe que ele jamais lhe dirá palavras de amor. Terá de ser ela a fazê-lo pelos dois.

Ela se senta diante dele, como Vincenzo fez quando Ignazio nasceu. Diz-lhe as palavras que nunca ousou dizer antes, enquanto a carne se dilacera e o coração se quebra.

— Sim, meu amor. Você me amou o suficiente.

Poucas horas mais tarde, chega um garoto vindo da rua dos Materassai e grita que sim, nasceu outro menino. Ignazio Junior será seu nome. A descendência e o futuro da Casa Florio estão assegurados.

Vincenzo mal entende a notícia. O sangue no seu cérebro encontra obstáculos, se acumula, volta atrás com pouco oxigênio, fica estagnado entre os pulmões e o coração.

Está imerso em um sonho.

Ele está em Arenella, aos pés da casa dos Quattro Pizzi. É jovem, tem o corpo forte dos trinta anos, a vista límpida. Parece noite, mas subitamente o escuro se faz luz, como se ele pudesse enxergar na escuridão, como se ele pudesse ver o que há ao redor.

Talvez seja uma lembrança, a memória daquela nadada noturna em que sentiu que a vida inteira o atravessava.

Ele se desnuda, atira-se ao mar, nada até o fundo. Agora, há o sol que reflete sobre o mar com uma intensidade que lhe machuca os olhos. Sente-se leve, forte. Puro, como após um batismo.

O barulho do mar é o único som que ele ouve. Vê a janela do quarto de Giulia e sabe que ela está à espera. Mas atrás dele, em alto mar, há um pequeno barco cujo fundo é plano, com uma vela latina que bate contra o vento.

Um veleiro *schifazzo*.

Seu coração palpita. Ao timão está seu pai, Paolo. E no costado, pronto para pegá-lo, está o tio Ignazio, que lhe faz um gesto para que se aproxime. E então ri, chamando-o.

Vincenzo se vira. Em casa, Giulia o espera. Não pode mais deixá-la tão mal. Sente que ela está sofrendo.

Contudo, aquela mão estendida é mais forte, o atrai mais do que qualquer outra coisa no mundo.

— Vem, Vincenzo — chama seu tio. Ele ri, é jovem como na época em que foram juntos para Malta. — Vem.

E então ele escolhe.

Com vastas braçadas, nada até o barco.

Giulia sabe. Ela entenderá.

Em breve, vai reencontrá-lo.

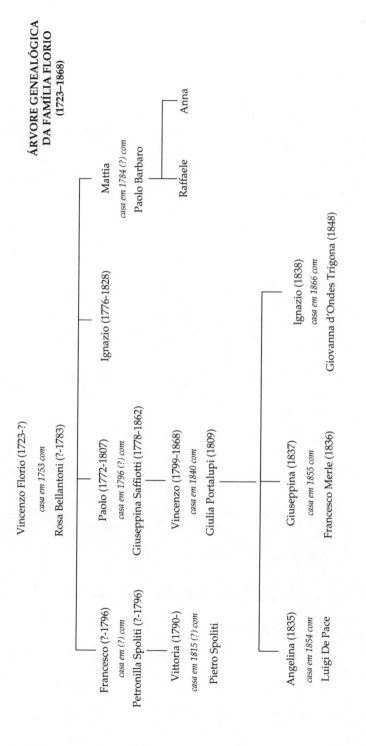

AGRADECIMENTOS

Sempre pensei nos romances como se fossem filhos. Crianças difíceis, às vezes mimadas, que esperam dedicação absoluta. Com certeza, este foi um filho muito exigente.

Como todas as crianças, este romance tem padrinhos e madrinhas. Preciso agradecer, antes de mais nada, a três pessoas: a Francesca Maccani, mulher maravilhosa, que leu e releu esta história com uma paixão e uma dedicação fora do comum, me fazendo notar erros e incongruências; a Antonio Vena, o amigo valioso que todos os autores deveriam ter, pela sua capacidade de enxergar além do texto; e a Chiara Messina, que manteve o meu bom humor mesmo quando os momentos eram sombrios e nunca me disse não. Ela nunca parou de "acender a luz".

Um imenso e infinito agradecimento a Silvia Donzelli, minha superagente, que tem um olhar minucioso e uma paciência épica com minhas crises de ansiedade. Não sei o que faria sem você.

Sou grata a Corrado Melluso, amigo e conselheiro, por quem sinto admiração infinita, e que certo dia me disse em Castellammare: "Você consegue. Claro que consegue." Obrigada por isso e por todo o resto.

Sou grata a Gloria, que sempre me ouviu.

Sou grata a Sara, que conhece este livro por dentro.

Sou grata a Alessandro Accursio Tagano, a Angelica e a Maria Carmela Sciacca, a Antonello Saiz, a Arturo Balostro, a Teresa Stefanetti e a Stefania Cima, e especialmente, ao meu querido, queridíssimo Fabrizio Piazza: livreiros que nunca pararam de me encorajar, além de serem amigos preciosos.

Sou grata a todos aqueles que, em ordem aleatória, me ajudaram na escrita deste livro. A Claudia Casano, pela consultoria fundamental sobre a toponímia da antiga Palermo; a Rosario Lentini, que me apresentou os Florio em sua complexidade e me presenteou com um olhar objetivo sobre a história dessa família extraordinária; a Vito Corte, pelas sugestões na área de arquitetura e a Ninni Ravazza pelo trabalho valioso que faz no mundo das almadravas.

Sou grata a minha família, especialmente ao meu marido e aos meus filhos, que nunca deixaram de acreditar no que eu estava fazendo e que me acompanharam nas explorações desvairadas que fiz por Palermo, e muito mais. Sou grata a minha mãe e minhas irmãs, que nunca pediram notícias. Sou grata a Teresina, ela sabe por quê.

Sou grata a S.C., que, eu sei, está sorrindo.

Sou grata à editora Nord, que acreditou desde o princípio neste projeto e acolheu-me de forma extraordinária. Obrigada a Viviana Vuscovich: não poderia pedir melhores mãos para levar este livro de passeio pelo mundo. Sempre vou me lembrar da nossa conversa sob um céu que misturava sol e chuva.

Obrigada a Giorgia, que tem uma paciência de Jó e uma delicadeza fora do comum com uma autora que sempre se esquece de tudo. E obrigada a Barbara e a Giacomo, que me aguentam, apoiam e estão sempre presentes, e sabem conter meus ataques de ansiedade. Vocês fazem da Nord uma casa.

E, por último, agradeço à minha lapidadora de diamantes, à minha *magistra*, Cristina Prasso. Obrigada a ela, que fez deste livro o que vocês têm em mãos agora: obrigada pela paixão, pela dedicação, pela beleza e pelo amor que colocou nele, obrigada pelas palavras e pela calma que sabe me dar. Obrigada pela paciência. Obrigada por ter ouvido a minha voz. Minha admiração por você é infinita.

Por último, o mais importante. A história que vocês leram é a história dos Florio, mas também é a história da cidade de Palermo, um lugar que amo tanto, assim como amo Favignana.

Os fatos históricos sobre os Florio são plenamente conhecidos e descritos em dezenas de livros, e foi sobre esses eventos que eu teci a minha trama. Aonde não chegou o meu conhecimento, chegaram a fantasia e a imaginação funcional: numa palavra, o romance. E chega a vontade de fazer justiça a uma família composta por pessoas fora do comum que, por bem ou por mal, marcaram uma época.

Esta é a "minha" história, no sentido de que foi escrita assim como eu a imaginei, sem uma hagiografia fácil, colocando-me nas dobras do tempo, procurando reconstruir não apenas a vida de uma família, mas também o espírito de uma cidade e de uma época.

Este livro foi impresso pela Exklusiva, em 2021,
para a HarperCollins Brasil. A fonte do miolo é
Palatino LT Std. O papel do miolo é pólen soft
$70g/m^2$, e o da capa é cartão $250g/m^2$.